高陽作品集 7

秣陵春

高陽 著

華高陽秋 備於
民國九十五年七月
卅日

1

秣陵春

午夢初回，百無聊賴，儘管前廳有清客，後堂有妾侍，而李煦寧願一個人在水閣中獨坐，一遍一遍地盤算心事。

唯一的心事是一大筆虧空，細數有賬——那本總賬房送進來的賬簿，擺在枕邊已經五天了，他始終沒有勇氣去翻一翻。其實就不看賬，心裡也有個數；五十萬不到，四十萬是只多不少的。

「怎麼能夠再點巡鹽就好了！」他在想；不用多，只要兩年。兩淮巡鹽御史一年有五十五萬銀子的好處；照例貼補織造二十一萬，代完兩淮「總商」虧欠官課十二、三萬，也還有三十萬銀子；兩年六十萬，上下打點去個十來萬，多下的夠彌補虧空了。

其實，細想起來也不算怎麼大不得了的一件事，無奈聖眷大不如昔；所以說到頭來，首要之務是如何挽回天心？

念頭轉到這裡，散漫的心思收攏了，只朝這一點上去鑽研。他的習慣是，非繞室蹀躞不能用腦筋。因而起身下榻，趿著龍鬚草編的拖鞋，來回散步，有時拈花微嗅，有時臨窗小駐，在廊上伺候的丫頭、小廝都知道他此刻心中有事，相戒禁聲，誰也不敢去打擾他。

不知是第幾遍窗前閒眺，李煦突然覺得眼睛一亮——窗外池邊一塊面光如鏡的巨石之下，似乎有支玉簪子在草叢中。命小廝撿來一看，自喜老眼不花；果然是一支兩頭碧綠的玉簪。

「這是誰的簪子？」他一面問，一面在心裡思索；五個姨太太，似乎誰也沒有這麼一件首飾。

「是鼎大奶奶的東西。」有個小丫頭倒識得。

這一說，喚醒了李煦的記憶，確曾見過他唯一的兒媳；她那如雲如荼的髮髻上佩過這麼一支似乎由白玉與翡翠鑲接而成的很別致的簪子。

怎麼會把簪子掉落在這裡呢？莫非釵墮鬢橫在那塊光滑的大石頭上？無端有此綺念，害得他心裡好不自在；怎麼會這麼想？他自責著；然而他無法禁抑自己不這麼去想！

忽然，他有了一個靈感，想起他的這個出身雖不怎麼高，但賢慧、能幹、艷麗而且孝順的兒媳婦，曾經說過：最好能置一片義田，一來贍養宗族；二來也有個退步。似乎用「義田」二字做題目，可以做一篇打動聖心的文章出來。

不如找她去談談！他這樣對自己說；隨即將簪子捏在手中，想一想將那本尚未看過的賬簿也帶著，取了一柄團扇，輕搖著出了水閣。

大家的規矩，丫頭小廝不作興問一聲：「老爺上那兒？」只遙遙跟著；看他曲曲折折地進了晚晴軒，那裡自有人招呼，方始放心散去。

晚晴軒常來，不過都是他的兒子李鼎在家的時候；像今天這樣卻還是頭一回。不過青天白日，也不用避甚麼嫌疑；「咳嗽」一聲往裡踱了進去。

咳嗽竟無人應聲；卻看到一個丫頭正仆卧在後廊竹榻上，睡得好酣。是了！他在想，兒媳婦待下人寬厚，這麼熱的天氣，必是讓她們歇著去了。

他有些躊躇，站在堂屋裡頗有進退維谷之感；而就在這只聞蟬唱，不聞人聲之際，發覺有種異聲，細辨是一陣一陣的水聲；再細辨是發自浴盆中的聲音。

他突然有種衝動；這種衝動過了六十歲就越來越少，到近兩年幾乎不曾有過。而此時茁然勃發，那雙腳不由自主地循聲而去。

越走越近越清楚；聲音發自最西面的那間後房，正是兒媳婦的卧室；聽輕哼著的「山坡羊」，更可以辨識，坐在浴盆中，確是兒媳婦。

於是他站住了腳，重重地咳嗽一聲，提高了聲音問：「怎麼沒有人吶？」

「啊！」窗內是十分詫異的聲音：「老爺子怎麼來了？」

「我來跟你談件事，順便撿了你掉的一支簪子，帶來給你。」李煦又問：「丫頭怎麼一個不見？」

「一個告假，一個病了；一個給我倒了洗澡水，忙忙地就上大廚房搖會去了。應該還有一個啊？」鼎大奶奶緊接著說：「爹，你老人家請在堂屋裡坐一坐，我就來。」

「不忙，不忙！你慢慢兒洗吧！我等一等，不要緊。」

口中這樣說，身子卻未動，心內尋思，還有一個必是昨夜「坐更」，這會兒口角流涎，睡得跟死豬一樣。丫頭、小廝、聽差、廚子在大廚房搖會，得好一會的工夫；既無人見，做一件見不得人的事也不要緊。

這一想膽便大了，先側身聽了一下，確無人聲，方始往西移動腳步，將走近時，一看裡面垂著窗帘，不由得冷了半截；再一想：日光正烈，人影在窗，根本就偷看不成！又冷了半截。暗暗嘆口氣，掉頭而去。

那知就在一轉身之間，有了意想不到的發現；窗壁之下，離地尺許，開了約莫四寸見方的一個「貓洞」。驚喜之餘，亦不免畏懼；但一想到機會只在出水與著衣之間，稍縱即逝的短短片刻，不由得大為著急；立即傴僂著身子，掩過窗下，雙手撐地，把個腦袋使勁歪向一邊，終於能從窗洞中看到裡面了。

先看到的是滿地水漬；再看到朱漆的大浴盆，盆邊搭著一條溼淋淋的浴巾，眼向右移，是一堆換下來的髒衣服，一方猩紅的兜肚，格外顯眼，及至視線吃力地往左搜索時，終於看到了他想看的人——她正精赤條條地坐在楊妃榻上檢點衣衫，及至一站起來，恰好面對著「貓洞」，渾身上下，白是白、黑是黑；凹是凹、凸是凸。李煦口乾舌燥；耳邊「嘭、嘭」地，一顆心跳得布鼓雷門般響。

怎麼辦？他惶急地自問；思慮集中在那扇門上，而疑問極多，門是虛掩著，還是上了門的？如是虛掩，自然一推即開；那時她會怎樣？驚喊、發怒、峻拒、閃避，還是順從？以她平時的孝順識大體，多半會巧言閃避；這只要拿定主意，不上她的當，軟哄硬逼，總可如願。可是，裡面如果上了閂，一推不開；問起來怎麼說？

無話可說；說起來是一場威嚴掃地的大笑話！就算她不說；自己見了她虧心，先就怯了三分。往後這日子可怎麼過？

看來只有騙得她自己開門，再作道理。正在估量這個念頭是否可行時，不道手掌一滑，傾倒在地，失聲而喊：「呀喲！」

這一聲嚇壞了鼎大奶奶，「誰？是爹爹不是？你老人家還在那裡？怎麼啦？」這樣自問自答；自答自問，語急聲慌，卻提醒了李煦。

這不正好將計就計嗎？他不假思索地說：「讓磚地上的青苔，滑我一大跤。」

「啊！那可不是當耍的，摔傷了沒有？」接著大喊：「琳珠——。」

只喊得一聲，便讓李煦喝住了，「別鬧笑話！」他說：「我沒有摔傷，只爬不起來；你來攙我一把，我自己就能走路了。」

「別鬧笑話」這四個字，提醒了鼎大奶奶。兒媳婦在屋子裡洗澡；公公就在窗外摔了一跤，這話傳出去，不知道有多少成天吃飽了飯沒事幹，只愛嚼舌頭的下人，加油添醬地說得如何不堪？

念頭還沒有轉完，已知道自己該怎麼做了？她是剛套上一條藍綢的袴子，上身還裸著；也來不及掛兜肚，隨手拾起一件漿洗得極挺括的、江西萬載細白夏布的褂子，抖開來穿上，趿上繡花拖鞋，一面扣鈕子，一面走來開門。

李煦故意不去看她，只愁眉苦臉地用一隻手在揉胯骨；等她走近了才指著院子的那株椿樹說：「一時高興，想採點香椿嫩芽拌銀魚吃，那知道會摔一跤。」

「你老人家也眞是！」鼎大奶奶忍不住埋怨：「想吃香椿，只叫人來說一聲，不就揀頂嫩的送了去了？還用得著你老人家自己動手；萬一摔傷了，傳出去總說兒媳婦不孝。你老人家就倚仗著自己身子硬朗，凡事不在乎，可也得爲小輩想一想；顧一顧小輩的名聲。」

說著，彎身下去攙扶，鼓蓬蓬的一個胸脯，直逼到李煦眼前；他趕緊閉上了眼。不過心裡還是分辨得很清楚；鼎大奶奶原意扶他到堂屋裡坐定，自己進去換好了衣服，再出來找了下人來，從從容容地宣布這件事，可以不落任何痕跡。那知李煦不聽她使喚，身子往西，擠得她站不住腳，只能順著他往自己這面倒的勢子，扶著他進了自己剛走出來的那扇門。

「爹！走好！地上有水，別又滑倒；我扶你進前房去。」

「不！讓我先息一息。」李煦很俐落地在楊妃榻上坐下；抬眼看著兒媳婦。

一瞥之下，鼎大奶奶大吃一驚！怎麼會有這樣的眼色；他倒是在打甚麼主意？

一面想，一面往後退；但李煦已一把撈住了她，「阿蘭！」他喚著她的小名說：「你甚麼都不用說！我疼你就是。這裡甚麼人都沒有。你喊也沒用；我也不怕。我要面子，你更要面子！」

突然間，眼前一亮——來自北面的光，不會太強，但身受的感覺，亮如閃電。霎時間，李煦、鼎大奶奶，還有剛在大廚房搖會中了頭彩的琪珠，都覺得自己處身在十八層地獄中了！

「我恨不得把我的兩隻眼珠挖掉！」琪珠哭著說：「大奶奶，我可是眞沒有想到——。」

「你別說了！」鼎大奶奶用平靜而堅決的聲音阻斷：「我並沒有怪你。」

「就因爲大奶奶不說一句怪我的話，越叫我覺得做不得人！我的天啊！爲甚麼偏叫我遇見這個惡時辰？」

說著又要哭。甫一出聲，警覺到哭聲會驚動別的丫頭、老媽來問訊，恰是醜事洩漏的開端；因而自己使勁捂住了嘴，睜得好大的兩隻眼，充溢驚悸疑懼的神色。

「你這個人眞是想不開！」鼎大奶奶嘆口無聲的氣：「我跟你說過，你只當沒有這回事，甚麼都丟開，甚麼都不說；不就沒事了嗎？」

「是，是！我聽大奶奶的教導，甚麼都丟開，甚麼都不說！」甚麼都不說，那是一定的；怎能甚麼都丟開？琪珠這樣想著，不自覺地又加了一句：「我一定甚麼都不說！如果漏出一個字去，教我爛舌根，活活爛死。」

「別罰這種血淋淋的咒！你睡去吧。」鼎大奶奶有些不耐煩了，「你容我一個人淸淸靜靜坐一會，行不行？」

「是！」琪珠怯怯地說。

她沒有忘記伺候女主人一天，最後該做的事，先去鋪床，拉散一床紫羅夾被，虛疊在裡床；然後放下半邊珠羅紗帳子，用蒲扇將蚊子都趕了出來，放下另半邊帳門，嚴嚴地在薦子下面掖好。

接著，去沏了一壺六安瓜片，連同松子糖、核桃糕、鹽漬陳皮、杏脯四樣零食，做一托盤盛了，送到擺在屋子正中的那張紅木八仙桌上；又從櫃子裡取出來一匣象牙天九牌，一本題名「蘭閨清玩」的天九牌譜，跟茶食放在一起。每逢「鼎大爺」出遠門；這些就是她排遣漫漫長夜的恩物。

最後，檢點了燉在「五更雞」上的紅棗蓮子銀耳羹；又續上一根驅蚊的「艾索」，方悄悄地掩上了門，捧著一顆被割碎了的心，回到下房裡去受心獄中煎熬。

「琪珠！」還在納涼的琳珠說：「今天不是該你坐更？怎麼回來了呢？」

「大奶奶說人少，輪不過來，今天不用坐更了。」

「昨天不也是不該我的班，給珊珠打替工？大奶奶就不說這話，可見得是格外疼你。」

琪珠懶得跟她多說，鼻子裡「哼」了一下，管自己進屋。

「這麼熱的天，你在屋子倒待得住？」琳珠臉朝裡問說：「琪珠，我問你；你倒是甚麼事哭得那麼傷心？」

「誰哭了？不死爹、不死娘，哭個甚麼勁？」琪珠沒好氣地罵道：「好端端地，咒人傷心！傷你娘的心！」

鼎大奶奶的「四珠」，以琪珠最大、最得力；琳珠挨了罵，不敢回嘴。不過，她的心裡藏不住事；走到屋裡壓低了聲音說：「琪珠，我跟你說件事；你要不要聽？」

琪珠心裡一動，隨口問道：「甚麼事？」

「我做了一個夢，夢見老爺來看大奶奶——。」

一語未畢，琪珠斷然喝道：「你要作死啊！嚼的甚麼蛆！」說著，一巴掌將琳珠打得差點跌倒。

「你幹嗎發那麼大脾氣？」琳珠捂著臉說；若非琪珠的一句話能決她的禍福，眞能動手跟她對打。

琪珠也很失悔，自己亦未免太沉不住氣。於是換了一副態度，陪笑說道：「好妹妹，我不是有意的，你不知道我心裡煩。我看看，打疼了你沒有？」

左頰上五條紅印子；這一巴掌打得夠狠的。琪珠少不得好言安慰，又將鼎大奶奶從南京曹家帶回家的西洋玫瑰霜與西洋水粉，各分了一瓶給她；拿她哄得沒事了，方始問她「夢」中之事。

「我也記不太清楚，睡得太迷糊了。彷彿夢見老爺來見大奶奶；大奶奶還叫我，我還應了她的。」

「你在夢裡頭答應？」

「也不知是夢裡，還是醒著，反正記得很清楚。」

「越說越玄了！」琪珠問道：「後來呢？」

「後來，後來就不知道了。」

「你這叫甚麼話？」琪珠抓住她漏洞，絲毫不放地問：「你不說你還答應了大奶奶？」

「是啊！答應是答應了，一雙眼睛就像拿膏藥黏住了，酸得睜不開。」琳珠想了一下說：「大概我聽大奶奶沒有再叫，心思一鬆，翻身又睡著了。」

琪珠覺得她不像說夢話。大奶奶只叫得一聲；如果叫第二聲，就不會有這件事；或者琳珠不是那麼死懶，自己也就錯開了那個「惡時辰」，合該自己倒楣，還說甚麼？

「琪珠，你在想甚麼？屋子裡好熱，咱們到院子裡涼快涼快去！」

「琳珠，我可告訴你，」琪珠突然又變得兇巴巴的樣子了：「你剛才跟我說的話，不管有影兒，沒影兒，可千萬不能跟第二人說；連大奶奶面前都不准說。如果你漏出了一個字，你可仔細看，自有你後娘收拾你！」

這一說，將琳珠的臉都嚇黃了。她也是「家生子」；老子是轎班，娶的二房悍潑無比；有一次琳珠犯了錯，鼎大奶奶叫把她送回家，她後娘那一頓毒打，差點要了琳珠的命。所以琪珠才拿這話嚇她。

一則白天睡足了；再則貪院子裡涼快；三則心裡老盤旋著琪珠的神氣與言語，越想越納悶，因而到了四更天，琳珠還是毫無睡意。

於是她去巡視前後正屋——那是琪珠託她的；知道她睡得晚，說是「今晚上沒有人坐更；你臨睡那會兒前前後後去繞個彎兒，也裝個樣子。」為的是倘或有那窺伺的宵小，看有人在走動，心存顧忌，不敢下手；這是惠而不費的事；琳珠自無不可。二更未打去繞了一圈；三更剛過又去走了一遍，這一次是第三回。

頭兩回都看到鼎大奶奶屋裡有燈光，琳珠並不覺得甚麼；四更天了還沒有睡；卻是件罕見的事。她忽然心中一動，何不敲門進去，說一聲：「轉眼天就亮了，大奶奶還不歇著？」這一來顯得殷勤；二來也見得她做事巴結。鼎大奶奶素來大方，一高興說不定就會揀一兩樣不太時興了的首飾賞下來。

主意一定，毫不怠慢，繞迴廊、到前房；站住腳先輕咳一聲，然後舉手叩了兩下門，臉上已堆起笑意，只待鼎大奶奶開口動問；便好笑盈盈地答一聲：「是我！」

等了一會不見動靜，再叩第二次；依舊毫無反應；琳珠不由得困惑了，鼎大奶奶從來不熄燈不上床的，何以明晃晃的燭火在，而聲息全無？

正不知應該回去，還是應該設法窺探究竟時，突然發現窗紗上大起紅光！琳珠吃驚不小；拔腳便奔，到得廊上，只見窗上一片紅，裡面燒起來了！

「大奶奶，大奶奶，大奶奶！」她極聲大喊，凝神一聽，仍無回音；琳珠知道不必再喊了，向冰紋花樣的窗格，一伸手，戳穿了新糊的窗紙，在裡面拔開了閂，向外開了窗子，使勁一把扯掉湖色冷紗的窗帘，只見置在紅木方桌上的那座雲白銅燭台之下，堆滿了蠟淚，其中大概夾雜了甚麼可以代燭蕊的棉繩之類，以致火雜雜地燒得滿桌是火。

琳珠不是膽小的人，看清楚了倒不怕了；爬進窗子去，從床上拿起夾被，高舉撐開，看準了往桌上一罩；眼前頓時一片黑，摸索著撳滅了火；自己很滿意地舒了口氣。

「琳珠！」

這突如其來的一聲，可貞把她嚇壞了；嚇得辨不清方向，辨不出聲音，「大奶奶，」她的聲音發抖：「你在那兒？」

「琳珠，是我！怎麼啦？」

這才弄清楚，是琪珠在窗外發問；她的聲音比自己更驚恐，琳珠知道是因爲自己極聲大喊之故。

「大奶奶呢？」琪珠緊接著又問。

「不知道在那兒，屋子差一點燒起來！」

「你快開門讓我進來。快，快！」

等房門一開，琪珠直衝進門，取一根抽水煙用的紙煤，在五更雞上點燃吹旺；點著了梳妝台的蠟燭，熚熚一片霞光，遮蓋琪珠蒼白的臉色，卻掩不住她眼中的疑懼。

「大奶奶！大奶奶！」

琪珠擎著燭台從前房到後房，直奔那扇「地獄之門」，只見屈戌緊扣，頓時臉色大變。

「前後門都關著，會到那裡去了呢？」琳珠茫然地問。

忽然，她發現燭燄在搖晃；而幾乎是同時，又發現琪珠身上抖個不住。她趕緊從她手裡接過燭台，身子往後一退，將燭台擎高了一看，連兩條腿都在抖。

「琪珠！」琳珠大聲嚷道：「你別嚇人！」

「你，去看！」琪珠已無法說成一句整話：「夾弄。」

前房那架碩大無朋的紅木架後面，有道高與床齊的隔板，跟後房的板壁，形成一條四尺寬的夾弄；那是鼎大奶奶一處禁地，除了貼身丫頭與「鼎大爺」之外，誰也沒有到過——琳珠被提醒了，鼎大奶奶一定在那裡。

一想到此，她也發抖了：「去啊！」琪珠很吃力地慫恿：「你不是甚麼也不怕的嗎？」

這句話很管用，琳珠的膽氣一壯；記起一句蘇州的俗語：「伸頭一刀，縮頭也是一刀！」不由得衝口答道：「我去！」

將燭台放在後房門口，燭火照出夾弄口極鮮豔的一幅門簾；白緞面子繡出一棚紫葡萄；下垂一架用金色鍊子拴著的紅嘴綠鸚鵡；棚架上一頭弓起了背的波斯貓，虎視眈眈地望著鸚鵡。簾幅之下還有花樣，叫甚麼「潘金蓮大鬧葡萄架」——為這幅門簾，恩愛小夫妻倆大起交涉，鼎大奶奶不准掛，說傳出去惹人笑話；「鼎大爺」道是房幃之中，等閒人不得到，掛之何礙，又道這幅門簾上的花樣，有兩樣好處：一是鎮邪，有它在，不怕金珠寶貝會被「鐵算盤」算了去，這倒是鼎大奶奶聽人說過的，她自己十來口放緊要東西的箱子，便都有仇十洲的春冊壓箱底；再是避火，鼎大爺說火神菩薩原是女身，而且是未出閣的大姑娘，幾曾見過赤身露體的男人？一見自然羞得滿臉通紅地逃走，這火又那裡燒得起來？鼎大奶奶聽這話新鮮，不過也不能說是沒道理；終於還是如了鼎大爺的願。不過，一聽說有到得了她這間房的至親內眷來作客，頭一件事就是叫丫頭換夾弄門簾。

琳珠平時最愛搶這件差使，因爲換下來可以細看，就不看下面的花樣；光是那架鸚鵡的配色，就教人越看越愛。可是，這會兒卻望著那幅門簾發愁，幾番伸手，始終不敢碰它。

「琳珠！你膽也跟我一樣——。」

一激之下，琳珠猛然伸手，入眼是一雙懸空的腳！琳珠一看，心膽俱裂，但居然能撐持著，牙齒打戰，雙眼發直，從不信眼前所見的虛幻感覺中，擠出來一個確信不疑的眞實。

「琪珠，」她回身說道：「看來你早就知道了？大奶奶會上吊。爲甚麼？」

琪珠的眼睛，先是睜得好大；然後閉上。奇怪地，她的身子不抖了：「冤孽！」她睜開眼來說：「你看老爺在那位姨娘屋裡，趕快去稟報！」

「什麼說法？」

「我不知道。」琪珠搖搖頭；但緊接著又改了口：「只說鼎大奶奶上了吊。別的話都不用說。」

聽得琳珠來報，李煦透骨冰涼，擔心的事終於發生了！如今只有一件事頂要緊，保自己，保全家的平安。

「琪珠呢？」李煦問說：「她爲甚麼不來？」

「她，她在晚晴軒。」

李煦起身就走；一出了四姨娘的屋子，只見總管之一的楊立升，管家老媽吳嬤嬤都已得到信息，趕來伺候了。

「你們看，這個家運！」李煦稍停一下，又說了一句：「傳雲板！」

說完又走，以眼色示意，讓吳嬤嬤跟著來。到了晚晴軒；只在爲琳珠所毀的那扇窗前張望，正好遙對放在前後房門口、夾弄前面的燭台；視線所及，卻無琪珠的影子。

「琪珠！」琳珠在喊了，「琪珠！」

隨後趕到的吳嬤嬤也幫著喊：「琪珠，琪珠！」

不見琪珠出現，也沒有聽到她應聲。李煦緊閉著嘴透了一口氣，向吳嬤嬤用低沉的聲音說道：「你跟琳珠兩個人進去看看！看大奶奶身上，梳粧台抽斗裡，枕頭下面，留下甚麼紙片兒沒有？快去。」

「是！」

吳嬤嬤見多識廣，心知事有蹊蹺；這樁差使要做得乾淨俐落，惹不得一點嫌疑。所以一進屋子，先命琳珠將所有的燈燭全都點上，照得內外通明，好讓在窗外的李煦看清她跟琳珠搜索的細節。

於是先翻枕下，再看床前；退回來檢查梳粧台，將所有的抽斗都拉了開來，凡有紙片，不管是鼎大奶奶隨手記的一筆帳，還是一張禮單甚麼的，一古腦兒拿個福建漆的圓盒盛了，放在桌上。

這就該搜鼎大奶奶身上了。吳嬤嬤走到夾弄前面，一看那幅門簾，立即轉過身來，綳著臉對琳珠說：「趕快摘下來，包好，送到我屋裡。」

「這會兒就摘？」

「這會兒就摘！」

門簾一摘下來，吳嬤嬤顏色大變；顫巍巍跪倒在地，失聲嗚咽。

「大奶奶！你怎麼就去了呢？倒是爲了甚麼呀！」她將臉埋在手掌中哭。

李煦在窗外頓足：「你別哭了！」他急促地說：「倒是快辦正事啊！」

積世老虔婆的眼淚，來得容易去得快；吳嬤嬤爬起身來，拿衣袖拭一拭眼；看琳珠已包好了那幅門簾，隨即說道：「你進去，把大奶奶的法身請下來！」

琳珠膽雖大，若說要她將上吊的屍首從繩子上抱下來，究不免還有怯意，所以不由自主地往後縮了縮。

「枉爲大奶奶疼了你們！」吳嬤嬤罵過了鼓勵：「快去！我把你的月規銀子提一級，跟琪珠一樣。」

月規銀子提一級，才多二兩銀子，算不了甚麼；等級跟琪珠相並，以後不必看她的臉嘴，打還手、罵還口，那可是好事。看這份上，琳珠的膽也大了。

「只怕我抱不動！」

「大奶奶能有多重！來吧，我幫著你。」

於是吳嬤嬤取支畫叉，將用黃色絲繩結成的圈套叉住；琳珠抱著「法身」下半截，往上一聳，脫離圈套，由吳嬤嬤扶著抱了出來，直挺挺地平放在床上，隨手取塊繡帕，覆在她臉上。然後摸索身上，果然有封信在！

吳嬤嬤心頭一喜，拿著那封信，連同漆盒，一起捧到窗前，叫一聲：「老爺！」

李煦是等琳珠一進夾弄，便轉過身去了的；此時轉回身來，看到吳嬤嬤的右手，便來接信。

「是大奶奶身上找到的。」遞了信；又遞漆盒：「這是梳妝台抽斗裡的紙片兒。」

李煦不接漆盒只接信，小小的絳色信封，長只三寸，寬約寸許；封面上寫的是「敬留英表姊妝鑒」。李煦不由得一驚，遺書不留給丈夫；留給嫁在曹家的「英表姊」，莫非是細訴尋短見之由？

不過，細想一想，心懷一寬；因爲信未封口，便表示其中並無不足爲外人道的話。於是，急急抽出細看。字很小；不過他的眼力很好，仍能看得很清楚。

信中說，她是外強中乾，表面看來沒有甚麼，內裡虛弱，唯有自知，「流紅之症」，一直未癒。久病厭世，又以這麼大一家人家，她以「冢婦」的資格，主持中饋，實有難以爲繼之勢。倘或出了甚麼紕漏，有負「堂上老親」；不如一死以求解脫。又說「千年無不散的筵席」，爲今之計，總宜及早尋個退步；這年春天，同楊深談，所說的話，想未忘懷；切盼「英表姊」能夠找個機會，「婉稟兩家堂上」。如果此事能夠實現，「含笑九泉，一無所憾。」又說公公待她極好；不能侍奉九十三歲的「老太夫人歸天」，尤爲莫大的不孝之罪！

「唉——！」李煦這口氣嘆得特別長；因爲實在是鬆了一口氣：「眞是想不開！你看，你找人講給你聽，看大奶奶死得冤不冤？」說完，順手把信遞了給吳嬤嬤。

其時早已傳過雲板——一塊雲頭花樣的厚銅片，敲起來聲沉及遠，俗稱「打點」；富貴巨家，凡有緊急大事，須召上下人等集合時，以雲板爲號，猶是鐘鳴鼎食的遺意。不過天色微明，忽傳雲板，沒有好事；先當火警，看淸了不是，難免猜疑，相互低聲探詢：「莫非老太太中風了？」

只有極少數接近上房的婢僕，知道喪事不出在老太太靜養的西院；而出在東面的晚晴軒。於是二總管溫世隆帶了兩個小廝，跟吳嬤嬤的媳婦都趕了來聽候使喚；那時恰是吳嬤嬤跟琳珠四處找遍找不著琪珠的時候。

「會到那裡去了呢？」李煦焦躁地說：「給我四下找！好好兒找！」

「只怕也尋了死了！」琳珠接了句口。

沒有人答她的話，但都接受了她的話；於是找空屋、床角、門背後、井裡，只注意可以尋死的地方；最後是在花園的荷花池子裡找到了琪珠。

找到已經沒有氣了。不過還是盡了人事；找了口大鐵鍋來，闔在池邊空地上，拿屍身翻過來撲在鍋底上面，溫世隆自己動手，輕壓背脊，口中倒是吐出來好些泥水，不過救是早就救不活了。

「死得好，死得好！好個殉主的義僕。只可惜，折了我一條膀子！」說著，轉過身來，遙望著鼎大奶奶的卧房，放聲一慟。

下人自然都陪著垂淚。等他哀痛稍止，總管楊立升勸道：「出這麼一件事，眞是沒有想到。大奶奶的孝順賢惠，上下無人不知，難怪老爺傷心；不過，老爺一家之主，千萬保重。再說喪事怎麼辦，也得老爺吩咐下來，才好動手。」

「怎麼辦？反正不能委屈死者！」

這表示一切從豐，楊立升答應一聲：「是！老爺請先回上房吧！」

這時吳嬤嬤已叫人絞了一把熱手巾來，親自送給李煦；同時輕聲說道：「這件事只怕得瞞著老太太！」

「啊！」這下提醒了李煦，立即向楊立升問道：「人都齊了？」

「早就伺候著了，該怎麼跟大家說，得請老爺的示。」

「喏，大奶奶有封遺書，在吳媽那裡！你把大奶奶爲了當家責任太重，身子又不好，以致尋了短見的因由，跟大家說一說。頂要緊的一件事，千萬別到處胡說，傳到老太太耳朵裡，她最疼孫媳婦；一知道了要出大事！立升，你可仔細看，倘或誰不謹愼，闖了大禍，我只唯你是問！」

「是！」楊立升誠惶誠恐地回答了這一句話，轉臉向吳嬤嬤說：「老嫂子，你可也聽見了老爺的話了！闖了禍，大家都是個死！這會兒，這裡暫時交給你；我得先把老爺的話，切切實實去交代了。」

說完，匆匆而去；李煦定定神細想了一會，覺得還有件要緊事要做，便即說道：「吳媽，你把琳珠帶來，我有話說。」

吳嬤嬤知道，他要問的話，只有琳珠才能回答；自己很可以不必夾在裡頭，因而答一聲：

「是！讓琳珠先跟著老爺說，我料理了大奶奶『動身』，馬上就來。」

「好！快一點就是。」

等李煦剛一轉身，吳嬤嬤喊住他說：「老爺，請等一等。我看大奶奶的鑰匙在那裡，請老爺帶了去。再請一位姨娘來坐鎮；大奶奶屋裡東西很多，慌慌亂亂的，只怕有人眼皮子淺，手腳會不乾淨。」

李煦一面聽；一面深深點頭。等他接過鑰匙，帶走了琳珠；楊立升宣示已畢，派了好些中年僕婦進來，自然是歸吳嬤嬤指揮；但見她大馬金刀地在堂屋門口一坐，只動口，不動手，直待她媳婦來回報：「該請和尚來念『倒頭經』了！」方始進屋察看。

帳子撤掉了，空落落的一張碩大無朋的床上，躺著身軀嬌小的鼎大奶奶，臉上蓋一方絹；雙腳套在一隻斗中。屋子裡的字畫陳設都收掉了；花團錦簇的一間「繡房」，像遭了洗劫似地，滿目悽涼。

吳嬤嬤走到床前，將白絹揭開來看了一眼，「似鮮花兒一朵的人，誰想得到會是這麼一副口眼不閉的難看相！」她在心中自語：「鼎大爺回來，只怕有一場大大的風波。」

及至天色大明，已有親友得知消息，陸續趕來慰唁。李煦從康熙三十二年放蘇州織造，至今二十七年；親族故舊先後來投奔的，總有二、三十家，平時沒有機會上門，只有逢年過節，婚喪大事，才得見李煦，一伸敬意；又都知道李家的這位少奶奶，從她婆婆一死，便接掌了當家的重任，除了公公以外，上有老太太與五位姨娘，下有成群的婢僕，虧她能處得毫無閒言，故而極爲李煦所看重；如今年輕輕的死於非命，李煦的悲痛懊惱之深，可想而知。這樣，既來了亦就不便只泛泛地勸慰一番；那怕沒有話，也得多待些時候，以示休戚相關。

事實上，弔客似乎也說不上話；只聽李煦不斷地拭淚，不斷地談他的兒媳婦，如何賢惠，如何能幹，道是「我這個兒媳婦，比我兒子強十倍；諸親好友，盡人皆知。不想白頭人來哭黑頭人；寒舍的家運，怎麼這麼壞！」說罷又放聲大哭。

這副眼淚來自別腸，無人知道；說他出於哀傷，不如說他出於痛悔。想想自己是六十六的老翁了，一旦不測，偌大的一筆虧空，立即敗露，登時便是傾家之禍；所以連日來苦思焦慮，要趁自己精神還健旺的時候，把這個大窟窿補起來；其事艱鉅，正要倚仗這個得力的幫手時，不道出此一段奇禍！看來家破人亡，就在眼前，安得不有此放聲大慟？

親友不知道他有此隱衷，只多少覺得公公哭兒媳婦是這等哭法，似乎少見；打聽鼎大奶奶尋短見的緣故，道是爲了深懼不勝當家的重任，一死以求解脫，彷彿也有點不近情理。因此，若非眞有等不得的事要辦，都願意稍作逗留，希冀著或者有甚麼新聞可聽。好在旗人原有「鬧喪」的習俗，留著不走，不但不會惹厭，且是幫襯場面，反爲主人所感激。

到得中午，凡是李家親戚、世交、僚友，都已接到報喪條；弔客越來越多，大廚房開流水席忙不過來了。

臨時找了兩家大館子供應，鬧哄哄地直到起更時分，弔客方始散去。李煦是早就倦不可支了，但仍不能不強打精神，細問喪事，不然不能放心。

綜辦喪事的是，李煦的另一個總管錢仲璿；此人能說善道，八面玲瓏，李煦凡有對外接頭之事，都歸他管。七年前李煦的髮妻韓夫人病歿，就是他辦的喪事，所以這一次仍由他一手經紀。

「看了一副板，是沙枋獨幅，討價三千銀子，還到兩千五，還不肯鬆口——。」

「依他的價兒就是。一棺附身，最後一件事了，不能讓大奶奶有一點委屈。」

「不過有人議論，老爺似乎不能不顧。」

「議論甚麼？」李煦瞪著眼問。

「沙枋還則罷了，難得的是獨幅。」錢仲璿說：「強過老太太的壽材，於道理上是欠缺了一兒點。」

別樣閒言閒話都可不理；議論到這一點，李煦不能不顧，脫口問道：「那麼，你說該怎麼辦呢？」

「只有借老太太的壽材，讓大奶奶先用；把那副板定下來，另挑日子來合。」

「這行嗎？」

「如何不行？」有個李煦最賞識的「篾片」田子密，外號「甜似蜜」的接口：「江南的風俗，『借壽添壽』，壽材原作興出借的。少夫人既不永年，餘壽必多；添在老太太身上，是件再好不過的好事。」

聽這一說，李煦方始釋然：「好，好！」他連連點頭：「借壽添壽，準定借老太太的壽材。」

「若是這樣子，事情就更順手了。」錢仲璿說：「大殮要挑單日，明天不殮，後天不行，就得大後天；用那副獨幅合材，一天的工夫不夠。天氣太熱，法身不便；如今是可以在明天挑時辰了。」

「那就挑吧！陰陽生呢？」

「陰陽生算過了，明天只有兩個時辰：一個是下午申時，一個是今天半夜裡的丑時。要請老爺的示。」

「你們看呢？」

「不如半夜丑時，天氣涼爽，辦事麻利。」

「照立升看，也是丑時好！」楊立升接著「田似蜜」的話說。

午夜過後的丑時大殮，是太倨促了些；但想到縊死的形相可怕，天氣又熱，眞不如早早入棺爲安！所以李煦也同意了。

這就無法細細議及其他；因爲離大殮時刻只有兩個多時辰，而壽材猶寄存在葑門筵壽庵，必得即刻去起了來，此外還要傳齊各類執事，通知家下人等誰該送殮，誰該避煞，種種瑣屑，都得費工夫才辦得週全，沒有說話的空閒了。

話雖如此，商量了兩件事，李煦早就交代過，喪禮務必風光，花錢不必顧慮。而有兩樣東西，就有錢也不是叱嗟可辦的：一是大殮之時，披蔴帶孝的兒女；二是鼎大奶奶尚無封典，神主牌上光禿禿地沒有銜頭，不夠體面。

「沒有封典不要緊！」甜似蜜說：「花個一兩吊銀子讓世兄捐個職銜就是。」

「我也這麼想。」錢仲璿說：「只是遠水不救近火，等『部照』發下來，不知是那年那月了？」

「這怕甚麼，藩庫『上兌』，有了『實收』，就算捐了官了，很可以大大方方地寫在神主上。」

「是極！是極！」李煦連連點頭：「子翁，你看捐個甚麼樣的官？」

「太低不好看，總得五品；六品稱『郎』，五品稱『大夫』；『奉政大夫』貤封妻室是宜人，也很風光了。依我看，世兄不如捐個知州，也算有個外官的資格在這裡；將來在皇上身邊歷練兩年，放出來當直隸州，一過班就是『四品黃堂』了。」

「是極！是極！」李煦又是連連點頭，轉臉向錢仲璿說：「明天拿我的片子去看江大人；把大爺的履歷也帶了去，說我拜託江大人交代下去，讓經歷司算好了來兌銀子，提前報一報，好教『部照』早點兒下來。」

「是！」錢仲璿說：「可不能再伺候老爺了。大奶奶靈前沒有人，不如揀個小丫頭，認爲義女，也是一法。請老爺斟酌。」說完，匆匆退了出去，忙著派人到延壽庵去起壽材。

李煦心裡在想，錢仲璿這個主意很可以使得，不過不必找小丫頭；現成有個琳珠在那裡。一大早帶回來問話之後，自己曾許了她的，自今以往，一定另眼相看，只不可再說「夢見老爺來看大奶奶的話」，如今拿她作義孫女，旣抬舉了她的身分；也讓兒媳在九泉之下能聽人喊她一聲「娘！」豈非兩全其美之事。

當然，這在琳珠是求之不得的事；即時給李煦與姨娘們磕了頭。改了稱呼。但還不能給老太太去磕頭——鼎大奶奶的死訊，不但在老太太面前瞞得鐵桶似地；而且託詞屋子漏得太厲害，得要大修，將老太太移往別墅去了。琳珠如果現在去磕頭，問起來是怎麼回事？豈不把西洋鏡都揭穿了？

「難得琳珠孝順大奶奶，自己願意替大奶奶披蔴帶孝！她就算是大奶奶的女兒了，也替我跟幾位姨娘都磕了頭了！從此刻起，」李煦鄭重其事地吩咐楊立升與吳嬤嬤：「你們切切實實傳話下去：管她叫琳小姐好了！」

「那就不能再住下房了！」吳嬤嬤接著說：「得按曾孫小姐的規矩替她鋪房間。可還是住晚晴軒？」

「先在晚晴軒守靈；等大爺回來了，把她挪到四姨太那兒。」

「是！」吳嬤嬤抬眼遙望著：「鼎大爺只怕已經從熱河動身！回蘇州來了。」

重陽前一天，李煦才接到李鼎從熱河所發的一封家信，亦喜亦憂，心裡亂糟糟地不辨是何滋味？他所想到要做的，只有一件事。得趕緊去告知九十三歲的老母。

四月十八，李家專門上京送奏摺的家人曹三回蘇州，才知道太監魏珠傳旨，命李鼎送丹桂二十盆至熱河行宮，限六月中要到。這叫做「欽限」，一天都耽誤不得，李煦是走慣了這條路的，由蘇州坐船，沿運河北上到通州，總得二十天；然後起旱進京，出口到熱河行宮，總得十天。天時入暑，趕路都在一早一晚；而且河水也淺，得寬訂程限。李煦給兒子四十天的工夫；端午節起身，限六月十五非到熱河不可。

結果李鼎還是晚了三天；從那時——六月下旬來過一封信，再無信來；李老太太想念孫子，不斷地在問，儘管李煦一再解釋，在熱河不如在京裡，常有南來的便人，可以捎信。最快也得八月半才有第二封信。可是，過了中秋，李老太太從別墅回家，而李鼎依舊音信杳然；以致天天催問，問得李煦幾乎詞窮，竟有些怕見老母的面。

如今可是振振有辭了：「看！我說嘛，小鼎跟在皇上身邊，還會出岔子不成！這不是他的信來了！」

「怎麼說？快念給我聽！」

李煦無法照念，怕念得口滑，無意中漏出一句去，關係不淺。因爲兒子已經得到家信，知道了家中出的變故，提起他妻子，語氣中似乎哀傷有所保留；而對遺書中自道身子如何外強中乾、虛弱難支卻毫無保留地表達了他的強烈的疑惑，不知道鼎大奶奶何以有此說法？因爲照他的瞭解，她的身子跟她自己所說的情形，大不相同。

「小鼎是七月初五見的駕。」李煦只講不念：「皇上特爲召見，問到我，也問到娘。隨後又准小鼎跟皇上一起出口行圍；去了二十多天才回行宮。」

「怪不得！原來哨鹿去了！」李老太太喜動顏色：「能巴結到這一步，小鼎有出息了！」

「那也要看他的造化；更要看他肯不肯上進。娘，有這封信，你該放心了！歇著吧。」

「也不能完全放心！」李老太太說：「該打發人去把小鼎婦媳接回來！這一趟去住的日子可眞不少了！」

又說到李煦揪心的事了。從將她老太太挪到別墅那天起，就說鼎大奶奶讓曹家接到南京去了；又說來辭了兩回行，都趕上她睡著，不敢驚動。這話已嫌牽強；及至一問再問，一催再催，支吾搪塞，一回難似一回，看看眞要交代不過去了，李煦心想：索性等兒子回來了，將兒媳婦已不在人世的話揭穿了它。不過言之太驟，刺激特甚，應該一步一步逼近眞相。

打定了主意，隨即答說：「昨天南京有人來，說她身子不爽，還得待些日子。反正小鼎也快回來了，路過南京，把他媳婦帶了回來，倒也省事。」

「身子怎麼不爽？」

「傷風咳嗽而已，沒有甚麼大不了的。」

李鼎終於回蘇州了。

若無喪妻一事，他應可說是衣錦還鄉；因爲去時是一名尚無出身的監生，歸來已換上了五品服飾，雖是捐納，畢竟是官！而況旗人與漢人不同，不在乎甚麼科第。此去能蒙皇帝單獨召見，且能扈從出口，行圍哨鹿，便已夠「近臣」的資格；誠如他祖母所說：「巴結到這個地步，就有出息了。」應該是值得舉家興奮的一件事。

但就因爲妻子不明不白地，一夕之間，人天永隔，所以李鼎這一路來，白蘋紅蓼，觸處生愁。只是一到家卻不能不強打精神，裝得很豁達似地按規矩行事，先到設在大廳東偏的「祖宗堂」磕了頭；然後問「老爺在那裡？」

「在書房等著大爺呢！」楊立升說：「該換了官服再上去，讓老爺看了也高興。」說著，向旁邊呶一呶嘴。

於是有個俊俏小廝壽兒，捧著一個錦袱，笑嘻嘻地請個安說：「恭喜大爺！」

說罷起身，將錦袱解開，裡面是一套五品補服，藍袍黑褂，用料之講究，自不待言；那副繡白鷴的補子，精細非凡，更是罕見——織造的大少爺，這身補服怎能不出色？

換好補服，壽兒把帽籠提了過來，揭開蓋子，裡面是簇新的一頂紫貂暖帽，上綴水晶頂戴；他右手托著帽裡，左手拿一面有柄的西洋玻璃鏡，說一聲：「大爺升冠！」等李鼎將帽子接了過去，隨即退後兩步，微蹲著身，將鏡子擎了起來，鏡面斜著向上，好讓李鼎自己照著，帽子戴正了沒有？

「這套衣服是誰教辦的？」

「大夥湊的分子，恭賀大爺。」楊立升答說。「喔！」李鼎吩咐：「你到賬房裡支兩百銀子，記我的賬！」

「是！」楊立升向外大聲說道：「大爺有賞！」

「謝大爺的賞。」在場的聽差、小廝都請了安；然後簇擁著他，來到思補齋——李煦的書房。

磕了頭，也叫應了，李煦先不答話；端詳了他這身補服，點點頭說：「五品可以掛珠；回頭跟你四姨娘說，有串奇楠香的朝珠，讓她撿出來給你。」

「是！」李鼎又說：「兒子在京裡買了一串翡翠的。」

「翡翠的？花了多少錢？」

「八百多兩銀子。」發現父親神色不怡，李鼎趕緊又說：「給內行看過，足值一千二百兩，算是撿了個便宜。」

李煦不語，過了一會才說：「如今不比從前了！那還這麼能敞開來花？」

「是！」李鼎答應著，聲音之中，顯得有些委屈。

李煦有點懊悔，兒子遠道歸來，不該剛見面就搞得不痛快，所以放緩了臉色與聲音問道：「皇上帶你哨鹿去了？」

「是皇上親口交代的，讓兒子跟著『三阿哥』的隊伍走。八月初六出口，月底才回來。」

「皇上精神怎麼樣？」

「精神還好；身子可是大不如前了。」

「喔！」李煦異常關切地：「你是從那裡看出來的呢？」

「是聽梁九功說的。往年行圍，皇上一早出行帳，總得到未時才回駕，今年出得遲，回得早了。」

提到梁九功，李煦有許多話要問；因爲他這幾年，對這個在皇帝面前最能說得上話的首領太監，很下了些功夫；有所圖謀，都是走這條路子，「你把我的話都說到了？」他問。

「到熱河的第二天，就把爹交代的話，都告訴他了。」

「他怎麼說？」

「他說，這件事急不得，要等機會。」

「總還有別的話吧？」李煦催問著：「你細說給我聽。」

李鼎略有些遲疑。梁九功的話很多，但說出來怕傷老父的心，所以吞吐其詞；此刻無奈，也只好揀幾句要緊的話說。

「梁九功說，皇上言談之間，嫌爹摺子上得多了。說是『十四年的鹽差，李某人一個人管了九年，也應該知足了；如何貪得無饜？』意思是，四月裡那個摺子上壞了！」

聽得這話，李煦像當胸挨了一拳，好半晌說不出話；而十多年來的往事，盡皆兜上心頭。康熙四十三年，他跟他的妹夫江寧織造曹寅，奉旨輪視淮鹽，十年爲期——兩淮巡鹽御史，一年一任，由硃筆欽點。這是個有名的闊差使；皇帝因爲幾次南巡，曹寅、李煦辦皇差，用錢有如泥沙，虧空甚多，所以有此恩命。

到得康熙五十一年夏天，曹寅在揚州得病；由傷風轉爲瘧疾，日漸沉重。李煦特爲從蘇州趕去探視。曹寅向他說道：「我的病時來時去，醫生用藥，不能見效，必得主子的聖藥救我。不過，我的兒子還小，如果打發他進京，求主子，身邊又沒有看護的人；請你替我代奏。」

所謂「聖藥」，是來自西洋專治瘧疾的「金雞拿」。皇帝得奏，發出藥來，限兵部差官照傳遞緊急軍情的例規辦理，星夜馳驛，從北京到揚州，限七天到達；又在原奏中，硃筆親批「金雞拿」的用法；「用二錢末、酒調服，若輕了些，再吃一服。往後或一錢、或八分，連吃二服，可以出根。若不是瘧疾，此藥用不得，需要認眞。」下面連寫：「萬囑、萬囑、萬囑、萬囑！」

歷來皇帝關切臣下生死，從無如此認眞的！可惜藥晚了一步，曹寅已經病歿，留下了一大筆虧空，和一個矯生慣養、年方弱冠的兒子曹顒。這對曹家自是沉重的打擊；不過還不要緊，皇帝一定有逾格的恩命，因為曹寅之與皇帝，名為君臣，情同手足。皇帝在八歲即位之前，由於未曾出痘，隨保母住在西華門外的福佑寺；保母在內務府上三旗包衣中挑選，正白旗中選中四名，其中一姓孫，一姓文，就是曹寅的生母，以及至今健在，年已九十有三的李煦之母。

在上十個保母中，皇帝獨與孫嬤嬤最親，所以隨母當差的曹寅，自然而然地成了皇帝的總角之交。及至順治十八年正月，世祖賓天，當時皇帝正好剛出過痘；所以太皇太后——孝莊文皇后接納了他的教父天主教士湯若望的建議，挑選他繼承大位。曹寅亦就隨帝入宮，當了一名小跟班；滿洲話叫做「哈哈珠子」。

皇帝身心兩方面都早熟，十三歲就生了第一個皇子。也就是這個時候，下了「削藩」的決心；而第一步是要翦除跋扈不馴的顧命大臣鰲拜，於是密密定計，挑了一批哈哈珠子練摔角；本事練得最好的就是曹寅，在他十歲的時候，便能夠追逐黃鼠狼，憑一雙小手制服了牠。

看看可以動手了，皇帝才將收拾鰲拜的法子，告訴了包括曹寅在內的幾個最親信的哈哈珠子。有一天鰲拜進宮，照例賜坐；曹寅故意端一張有條腿活動的凳子給他，一坐上去，自然傾跌在地。於是曹寅與他的同伴，一擁而上，縛住鰲拜；乾清宮外早有參預機密的一班大臣在接應，依律論罪，肅清君側，曹寅小小年紀，便已立下了大功。

那時他的父親曹璽，已經久任江寧織造；到了康熙二十九年，曹寅外放為蘇州織造。隔了兩年曹璽病歿，曹寅由蘇州調江寧，承襲父職；蘇州織造補了李煦。郎舅至親，做的又是同樣的官，無論於公於私，都親得跟一家人無異。皇帝亦常說：「江寧、蘇州、杭州三處織造，應該視同一體，彼此規勸扶持。一個不好，其餘兩個一起說他；一個有難處，其餘兩個一起幫他。」而三處織造，其實只由曹寅為頭；皇帝能夠充分信任的，亦只有一個曹寅，因為他能做一件他人不容易做到的事，而且做得很好。

原來「三藩」雖平，前明的遺老志士，不肯臣服於清的，比比皆是。江南的巖壑中，不知藏著多少內心熾熱，表面冷漠的隱士；想訪著流落民間的「朱三公子」，奉以起事。皇帝曾經特開「博學弘詞」科，以渴求遺才為名，希望羅致這批巖壑之士，但不應徵辟的仍舊很多。為了弭患於無形，皇帝賦予曹寅一個極秘密的任務，設法籠絡江南的名士，潛移他們反抗清朝的念頭。

於是曹寅大修由前明漢王高燧府第改成的織造衙門西花園，廣延賓客，論文較藝；他為人不俗，而賦性肫摯，加以飲饌精美，家伶出色，所以南來北往的名士，幾乎沒有一個人沒有作過他的座上客。當然，他的官聲亦很不壞，保護善類，為民請命的好事，由於能直達天聽，總能做得很圓滿，因此曹寅的聲名，遠出其他兩處織造之上。

到了康熙四十三年以後，曹寅的恩眷益隆，不但與李煦十年輪視淮鹽；他的長女並由皇帝「指婚」，匹配「鑲紅旗王子」平郡王訥爾蘇為嫡福晉；第二年冬天成婚，隔了兩年誕育世子，取名福彭。又奉旨在揚州開書局，刊刻「全唐詩」、「佩文韻府」，富貴風雅，難得相兼；曹寅卻占全了。

誰知好景不常，不到六十歲下世，但看御批的四個「萬囑」，便知他寵信至死不衰，所以李煦上摺，奏請代管鹽差一年，以鹽餘償還曹寅虧欠，皇帝自然照准。及至康熙五十二年，十年差期已滿，李煦以曹寅的虧欠未清為由，奏請再派鹽差，皇帝沒有許他，責成兩淮鹽運使李陳常代補曹寅虧空。不過康熙五十五、五十六兩年的巡邏御史，仍舊派了李煦，直到康熙五十七年十月，方始差滿交卸。算起來，十四年中他當了九回巡鹽御史；誰都沒有他這麼好的機會，應該可以知足了；那知他還虧欠著公款。

這時有個織造衙門的司庫，滿洲話叫烏林達，向李煦獻議，由理藩院員外本缺，派充滸墅關監督的莽鵠立，差期將滿，很可以取而代之。

李煦心想滸墅關在蘇州以北，東起上海、西迄太湖，凡松江、太倉、嘉興、湖州這些江浙有名的膏腴之地，都在滸墅關以南，絲、茶以及其他土產如「南酒」之類，由運河北銷，滸墅關是必經之地，這個差使每年也有好幾萬銀子的好處，而且近在咫尺，照料也方便，很值得去求一求。

於是在四月十五那天，親筆寫一個奏摺，請皇帝賞他兼管滸墅關稅差十年；「餘銀」除彌補虧欠的公款以外，每年報效若干。不想碰了個釘子；但李煦不死心，趁李鼎到熱河送桂花之便，打點了一份厚禮，又寫了一封極切實的信，重託梁九功從中斡旋。那知還是白費心機。

李煦這時才警覺到，境遇確是很艱窘了！意煩心亂，不想跟兒子多談；便即說道：「你見老太太去吧！」

「是！」李鼎答應著退了出來。已經走到廊上了，李煦突然想起一件事，將他喊住了說：「你媳婦的事，瞞著老太太的，只說她上南京去了。此刻身子不爽，暫且不能回來。老太太提起來，你說話可留點兒神。」

其實，這是多餘的叮囑，李煦早在家信中，便已這樣說過；李鼎不但謹記在心，而且也編好了一套話，相信能夠瞞得住祖母。

回到晚晴軒實在倦不可當了。在祖母那裡話說得太多，光是行圍哨鹿，當一段新聞來講，就費了不知多少唾沫；因爲上了年紀的人，愛問細微末節，而且顛三倒四，一句話往往講了再講，越費工夫。

談到鼎大奶奶，倒是輕易地瞞過去了。但問到曹家的情形，卻使得李鼎難於應付；因爲這一趟南歸，未到曹家，而假說去了曹家，問到「你姑姑跟你說了些甚麼」之類的話，得要自己現編一套說詞，自是很累的事。

雖已累極，少不得還要在靈前一拜；起身揭開白竹布幃幔，看到靈柩，終於忍不住失聲而號，憑棺大慟。

「大爺！」珊珠絞了一把熱手巾來：「別傷心了！哭壞了身子，大奶奶也不安。」

「到底是怎麼死的呢？」李鼎收淚說道：「你們來！好好兒講給我聽。」

他出幃幔，拿手巾擦淨了眼淚，看到珊珠跟瑤珠的臉色，不由得疑雲大起！

這兩個丫頭、珊珠十五、瑤珠十四，這般年齡的少女，心思最靈、膽子最小，風吹草動，都會受驚；而兩人眼中的神色，除了驚惶以外，還有相互示警、保持戒備的意味。怎不令本就在懷疑妻子死因的李鼎，暗暗心驚！

不過，他也不會魯莽；魯莽無用，無非嚇得她們更不敢說實話而已。李鼎默默盤算了一會，打定了一個曲折迂迴、旁敲側擊的主意。所以回到臥室坐定，先要茶來喝；等珊、瑤二人恢復常態，方始從容發問。

「從我動身以後，大奶奶的胃口怎麼樣？」

這話問得兩個丫頭一楞，原以爲會問到鼎大奶奶去世時候的光景；那知是這麼稀不相干的一句話！

「大奶奶的胃口跟平常一樣。」珊珠答說：「不過夏天吃得清淡，飯量可沒有減。」

「睡呢？」

「自然比大爺在家的時候，睡得早。」

「我不是說睡得遲早，是睡得好不好？」

「那要看天氣。天氣太熱，就睡不好了。」

「那是一定的。」李鼎好整以暇地剝著指甲說：「家裡事情多不多？」

「不多。」珊珠又加了一句：「這個夏天，老爺的應酬也少。」

鼎大奶奶當家，頂操心的一件事，就是應酬。親友婚喪喜慶，要看交情厚薄，打點送禮；逢年過節，南北兩京總有七八十家禮尚往來。尤其是年下，還有二、三十家境況艱窘的族人親戚等著餽歲，一個臘月，能忙得她連說句閒話的工夫都沒有。此外若有南來北往的官眷，至少也得上船敘一敘寒溫，送幾樣路菜，雖是交代一句話的事，但少這麼一句話，也許就得罪了人。至於逢到李煦請客，更是裡裡外外，非她親自檢點不可。妻子持家之累，是李鼎所深知的；但不勝負荷之感，不起於前兩年，而起於這兩年家境較差，門庭漸冷，尤其是在夏天應酬不多之時，豈不可怪？

由珊珠的這句話，李鼎覺得已可認定，妻子遺書中的話，不盡不實；不過還有一點需要查證。

「大奶奶那個『流紅』的毛病，犯了沒有？」

「那得問她！」

她是瑤珠，專司浣滌之事。瑤珠也知道主人問這句話，自有道理，但不知道該說眞話，還是撒謊；因而楞在那裡，無從回答。

「你沒有聽清楚嗎？」李鼎追問著：「大奶奶流紅的毛病犯了沒有？別人不知道，你管大奶奶換洗的衣服，總知道啊！」

瑤珠被逼不過，心想說實話，總比撒謊好；便答一聲：「沒有！」

這越發證實了遺書無一字眞言。李鼎內心興起了無名的恐懼；「叭噠」一聲，失手將一隻細瓷茶碗，打碎在地上。

兩個丫頭趕緊收拾乾淨；然後爲李鼎鋪床，希望他不再多問，早早上床。

這本來是琪珠的職司；李鼎便問道：「琪珠是怎麼死的？」

「聽說是自己投在荷花池裡尋的死。」

瑤珠的那個「死」字還不曾出口，珊珠已惡聲呵斥：「甚麼叫聽說？千眞萬確的事！你不會說話就少開口，沒有人當你啞巴！」

李鼎奇怪！珊珠的火氣何以這麼大？

多想一想明白了，必是有人關照過：等大爺回來，提到那件事，你們可別胡亂說話！

意會到此，索性不問。他覺得知道的事已經夠多了；需要好好想一想，才能決定下一步該怎麼走？

他在想，妻子隨和寬厚，生性好強；不是那種心地狹隘，一遇不如意就只會朝壞處去想，以致鑽入牛角尖不能自拔的女子；所以若說她會自盡，必有一個非死不可的緣故！

這個緣故是甚麼?他茫然地在想，連入手的線索都沒有。得找個甚麼人談談?此念一動，不由得想起一個人。

此人可以說是個怪人；他是李鼎五服以外的族兄，名叫李紳，畫得一筆好花卉，寫得一手好小楷，但從不與李煦的那班清客交往。

事實上，全家上下，包括織造衙門的那班官員及有身分的工匠在內，能跟他說得上話的，不到十個人；大家都說他性情乖僻，動輒白眼向人，敬而遠之爲妙。

然而他跟李鼎卻有一份特殊的感情。這因爲他是看著李鼎長大的；他五十未娶，一個人住在鄰近家塾的一座小院子裡。李鼎只要一放了學，一定去找這個「紳哥」。

在李鼎十三歲那年，李煦奉旨刊刻御製詩文集及佩文韻府等書，將李紳派到揚州，照料書局；一去數年，再回蘇州時，李鼎已成了一名軍金如土的紈袴，聲色犬馬，無所不喜；光是搞一個戲班子，添行頭、製「砌末」、請教師，就花了三萬銀子。

李鼎倒還不忘小時候的情分，依舊「紳哥、紳哥」地叫得很親熱；李紳待他，亦一如從前，不過，只要李鼎提到「請你看看我新排的『長生殿』」；或者：「有幾個在一起玩的朋友，想請一請紳哥」，他總是虎起了臉，聲冷如鐵地答一句：「我不去！」

碰過幾個釘子，李鼎再也不會自討沒趣了。但是就像小時候闖了禍總是向「紳哥」求援那樣；遇到疑難之時，不期而然地會想起李紳，而且一席傾談，亦每每會有令人滿意的結果。放著這樣一個智囊，如何不趕緊去求教？

於是李鼎喚來珊珠：「你到中門上傳話給吳嬤嬤，讓他告訴小廚房，不拘甚麼現成的東西，備幾個碟子送到芹香書屋紳二爺那裡。」他格外叮囑：「多帶好酒！」

「怎麼？」珊珠問道：「大爺要跟紳二爺去喝酒？」

「嗯?!」李鼎答說：「心裡悶不過，找紳二爺去聊聊。你先去；順便告訴吳嬤嬤把東邊的角門打開。」

等珊珠一走，李鼎換了衣服；又開箱子找出一瓶「酸味洋烟」，叫值夜的老婆子點上燈籠，送到東角門；吳嬤嬤已手持一大串鑰匙，帶著人在那裡等著了。

「大爺剛回來，又折騰了這麼一天。依我說，該早早安置；就明天去看紳二爺也不遲。」

「是的。」李鼎略略陪著笑說：「實在是睡不著，跟紳二爺喝著酒聊一會兒；人倦了，反倒能騙個好覺。」

「可別喝醉了！」吳嬤嬤說：「大奶奶這一走，老爺就跟折了一條膀子一樣；往後都得靠大爺替老爺分勞，千萬想著，要自己保重。」

「嬤嬤說得是！」

原來李、曹兩家都是「包衣」；這句滿洲話的意思是「家裡的」，說實了就是「奴才」。不過李、曹兩家上代的運氣都不算太壞，前明萬曆年間，爲「破邊牆」南下的八旗勁卒從山東、河北擄掠到關外，撥在正白旗內。這一旗的旗主是睿親王多爾袞；一片石大破李自成，首先入關，占領北京；正白旗包衣捷足先登，接收了明朝宦官所留下來的十二監、四司、八局共二十四衙門。及至多爾袞身死無子，正白旗收歸天子自將，與正黃、鑲黃並稱爲上三旗，而在上三旗包衣爲主所組成的內務府中，始終以正白旗的勢力最大；因緣時會，常居要津，外放的官員以家臣的身分，品級雖低，卻能專摺言事，因而得與督撫平起平坐。但是說到頭來，畢竟不脫「奴才」的身分。若是下五旗的包衣，那怕出將入相、位極人臣，遇到旗主家的紅白喜事，一樣也要易朝服爲青衣，或爲執帖的輿台，或爲司鼓的門吏。

因此，在李、曹兩家便有與衆不同的忌諱；與衆不同的家規。「奴才」二字輕易出不得口；年長的老僕，特受禮遇，隱隱有管束小主人的責任及權柄，是故吳嬤嬤說這一番告誡的話，李鼎即或心中不快，表面上還得裝出虛心受教的樣子。

「大爺甚麼時候回來？」吳嬤嬤又問：「我好叫人等門。」

李鼎心想，這一談不知會到甚麼時候；便即答說：「我跟紳二爺五個多月不見，他不會放我早回來的。索性不必等門了，我就睡在他那兒好了。」

「也好！不過可別睡過了頭，忘了一早到西院去請安；老太太不見大爺，會派人來找。」

「是了！你請趕快回去睡吧！別招了涼。」說完，李鼎提著燈籠，出了東角門。

走到一半，他的一個小廝柱子得信趕了來，接下燈籠領路；橫穿兩排房子，來到最偏東的芹香書屋，繞迴廊往北一拐，盡頭處有道門，裡面三間平房，一個小天井，就是李紳的住處。

柱子拍了兩下門；稍停有人問道：「誰啊？」

「是小福兒不是？我是柱子。我大爺來看二爺。」

「喔！」門啓處，李紳的小廝小福兒擎著手照笑嘻嘻地說：「聽說大爺回來了！請裡面坐。」

「你家二爺呢？」李鼎一面踏進門檻，一面問。

「二爺到洞庭山看朋友去了。」

李鼎大出意外亦大失所望；轉過身來問道：「甚麼時候走的？」

「昨天才動身。」

「那天回來？」

「半個月。也許十天。」

「這可是沒有想到！」李鼎怔怔地說：「那怎麼辦呢？」

角門雖已上鎖，再叫開中門，亦未嘗不可；但李鼎自料這一夜決不能入夢，怕極了輾轉反側的漫漫長夜，所以不願回晚晴軒，那就不知道何去何從了！

正在徬徨之際，只見小廚房有人挑了食擔來，四碟冷葷，一大盤油煠包子，居然還配了一個什錦火鍋來；挑子的另一頭是，五斤一罈的陳年花雕。這一來暫時解消了難題，不妨寒夜獨飲，喝醉了就睡在這裡。

「小福兒你來！」李鼎指著座位說：「陪我喝酒說說話。」

「沒那個規矩！」小福兒陪笑答道：「大爺你一個人請吧！」

「原是有事要問你，坐下好說話。」

小福兒知道他要問的甚麼？越發不敢坐了，「大爺有話儘管吩咐。」他說：「規矩我可是不敢不守。」

一見不能勉強，也就罷了；李鼎喝著酒閒閒問道：「大奶奶的事，你是甚麼時候知道的？」

「那天晚上很熱，我先弄了一床涼蓆，就睡在走廊上；天涼快了正睡得挺香的時候，紳二爺走來踹了我一腳說：『快起來，去看看出了甚麼事？』我說：『會出甚麼事？』紳二爺說：『你沒有聽見傳雲板？』果然，雲板還在打；我忙忙地去了。總管老爹說大奶奶沒了！」

「沒有說怎麼死的？」

「說了！說大奶奶尋了短見。總管老爹說，大奶奶是身子太弱，當這麼大一份家，累得喘不過氣來，一時想不開，走了絕路。大家念著大奶奶死得苦，務必勤快守規矩，別打架、別生是非；不然大奶奶死了也不安心。」

「你還聽見別的話沒有？」

「沒有！」小福兒答得十分爽脆。

「琪珠呢？是怎麼死的？」

「自己投荷花池死的。」小福兒答說：「撈起來已經沒有氣了。吐出來一大灘泥水。」

「另外，」李鼎躊躇了一下又問：「還聽見了甚麼沒有？」

「沒有！」小福兒慢吞吞地，搖著頭說：「我們在外頭的，向不准隨便打聽裡頭的事。」

這話似乎是個漏洞，彷彿這件事值得打聽似地。「那麼，紳二爺呢？」他問：「你聽紳二爺跟你怎麼說。」

「紳二爺從不跟我們談裡頭的事。」

「嗯。」李鼎只有一個人喝悶酒了。

小福兒見他再無別話，臉色陰鬱，逡巡退去。等他走到廊上；杜子突然想起一件事，悄悄追出來一把攥住他的肩；等他受驚回過頭來，只見杜子似笑非笑地瞅著，不由得心裡有氣。

「幹嗎呀？嚇我一大跳！」

「這兒就你一個人？」杜子問道。

「是呀！怎麼樣？」

「你想不想賺五兩銀子？」杜子壓低了聲音問。

聽這一說，小福兒笑逐顏開，「怎麼個賺法？走，走！」他說：「到我屋裡說去。」

小福兒住的是加蓋的一間小房，旁邊有一道緊急出入的便門，開出去就是通大街的一條夾弄。

「小福兒，便門的鑰匙在不在你那兒？」

「你問這個幹甚麼？」

「你別管，你只老實說就是。」

「鑰匙是在！好久沒有用，不知道擱那兒去了？等我想一想。」小福兒想了好一會，記起來了；打開一個抽斗，一找便有。

「好！你五兩銀子賺到手了。」

接著，杜子扳住小福兒的肩，咕咕噥噥地說了些話。小福兒面有難色；禁不住杜子軟哄硬逼，終於答應了。

於是，杜子復回堂屋，但見李鼎意興闌珊，右臂擱在桌上，手扶著頭不知在想甚麼；一見他進去，便即說道：「你叫小福兒把紳二爺的房門開了，我躺一會兒。」

「大爺，」杜子含著鬼鬼祟祟的笑容，低聲說道：「我去把王二嫂找來，陪大爺聊聊，好不好？」

一聽這話，李鼎眼中有些生氣了，不過隨又頹然：「算了！」他說：「那有心思幹這個？」

「大爺不是在打聽大奶奶臨終的情形嗎？也許她在外頭，知道得還多些。」

這句話打動了李鼎，精神便覺一振，「妥當不妥當？」他躊躇說：「別鬧笑話！」

「妥當之至！這兒只有小福兒一個人，我跟他說好了。大爺，你看，」杜子將那柄已長滿鐵鏽的鑰匙一揚：「這東西他都給我了。我這就去，把她領了來陪陪大爺；回頭我跟小福兒倆輪班坐更，到五更天我會到窗外來通知，開門把她送走。神不知，鬼不覺，誰知道？」

像這樣牽線拉馬的把戲，杜子幹過不止一回；李鼎等他一走，忽然覺得有了些酒興。擎杯在手，不覺豔影在心，高䠷身材，紫棠色面皮，永遠梳得極光的頭，配上那一雙一汪水似的眼睛，簡直就是金瓶梅上的王六兒。

也可憐！李鼎在想，機戶中頗有幾個出色的小媳婦，細皮白肉，眉目如畫，比她長得美；但不知怎麼，偏都不如她另有一股撩人的風韻。這樣的人材，又偏偏嫁了嗜賭如命的王二，實在替她委屈。

念頭轉到這裡，不由得又想起鼎大奶奶。那是去年春天的事。剛剛與王二嫂勾搭上手，不想妻子就知道了。她不嗔也不惱，只是勸他：「俗語道的是：『兔子不吃窩邊草』，機戶的老婆，又住在後街；倘或叫人瞧見了，沸沸揚揚傳出去，不把你這個『大爺』看扁了。再說，染坊裡的那幫太平、寧國府來的司務，全是單身的光棍；倘或跟你走在一條道兒上，鬧出什麼爭風吃醋的笑話來，不把老爺子氣出病來？依我說，你最好斷了她；如果眞捨不得，我替你辦，叫人給王二幾百銀子，寫張休書；另外找一所小房把她安頓在那裡，也省了我提心吊膽。」

李鼎當然不會要妻子替他置外室；可是也沒有能斷得乾淨，藕斷絲連，不時偷上一回，反覺得更有意趣。

於是回想著跟王二嫂幽會的光景，一次又一次，想到有些出神。忽然聽得「嘎吱」一聲，李鼎定定神才想起是開門的聲音；急接忙怡眼向外望去，熟悉頎長的身影入眼，立刻浮起一陣從接到妻子死訊以後所未曾有過的興奮。

「進去吧！」杜子在堂屋門口說：「伺候大爺的差使可交給你了！」

王二嫂慢慢跨了進去，頭低著，拿手遮在眉毛上，是由暗處驟到明亮之處，眼睛還睜不開的樣子。

「你大概已經睡了吧？」李鼎問說。

「想睡、睡不著。」王二嫂將手放了下來，雙眼使勁眨了幾下，睫毛亂閃；李鼎頓覺眼花撩亂了。

「來！坐下來，我們好好聊聊。咳！」李鼎嘆口氣：「去了五個多月，誰知道回來是這個樣子。」

「你也別難過！」王二嫂安慰他說：「憑大爺這個身分，還怕不能再娶一房勝過前頭大奶奶的大奶奶？」

「現在那談得到此？我倒問你——」

剛說到這裡，門外的人打斷了他的話；是小福兒跟柱子，一個在前開了李紳的臥室；一個在後，端了個取暖的火盆來。

「裡面坐吧！裡面暖和。」柱子說道：「等我把酒菜來端了進去。」

一挪到裡面，滿室如春，李鼎卸脫皮袍，渾身輕快；王二嫂的棉襖也穿不住了，只穿一件緊身小夾襖，陪著李鼎乾了一杯酒，便有星眼微餳，春色惱人的光景。

「大爺，」王二嫂偏著頭，看著李鼎說：「不說要問我話。」

「啊！」李鼎被提醒了，不過想了一下才問：「大奶奶去世，外頭怎麼說？」

「都說老天爺不公平，好人不長壽，惡人一千年。」

「我不是說這個。」

「那麼，說甚麼呢？」

「我是說，」李鼎很吃力地說：「外頭可曾提到，大奶奶為甚麼要尋短見？」

「是啊！」王二嫂立刻接口：「為甚麼要尋短見，年紀輕輕地，生在富貴人家，又那麼得人緣，往後眞是享不盡福。為甚麼要尋短見？」

「這？」王二嫂垂著眼說：「你該問『琳小姐』才是啊！」

要細問琳珠，本在李鼎的打算之中，只是一時不得其便。此時聽王二嫂說到「琳小姐」三字，聲音有異，帶著種有意做作的味道，不由得便想：莫非其中有文章？

於是他稍作考慮，想好了應該問的幾句話，從容說道：「你跟琳珠熟不熟？」

「怎麼不熟？她後娘是隻母老虎，也只有我能對付她；每次她要打琳珠，都是我去救。」

「這麼說，你就跟琳珠的親娘一樣！」

這句話惹得王二嫂不愉快，斜睨著說：「你就把我看得這麼老了，能有這麼大的女兒？」

「我是作個比方。」李鼎握著那隻豐腴溫暖的手，將她拉近了些：「早知道琳珠跟你這麼親熱，咱們倆不就方便得多了嗎？」

「算了！虧得你沒有跟她說破咱們這一段，我有點兒疑心，這個丫頭恩將仇報。當面叫我『姑姑』，背後在造我的謠言。」

李鼎恍然大悟，何以當初剛把王二嫂偷上手，妻子就知道了？不言可知，是琳珠得了消息告的密。不過此時他不暇追究這一段；要緊的是，打聽琳珠跟她說了些甚麼？

「既然她叫你姑姑，就當你是親人；她由丫頭變成小姐，你當然也替她高興囉？」

「高興是高興，就一樣不好！本來叫她琳珠，如今可得管她叫『琳小姐』，平空矮了一截。」

「你不會仍舊叫她琳珠？」

「那怎麼行？」王二嫂作色道：「老爺吩咐下來的話，誰敢不聽？不過——。」

「怎麼？」

「有好些人不服。」

「包括你在內，是不是？」李鼎問道：「爲甚麼不服？像這種事，做官人家也是常有的。」

「只爲——。」王二嫂突然住口，似乎是有所警覺似地。

「只爲甚麼？」

「只爲——，」王二嫂很慢很小心地說：「大家都說，如果鼎大奶奶要認個乾女兒，應該是瑤珠。」

「爲甚麼呢？」

「咦！」王二嫂忽然反問：「這個道理，大爺你應該很明白啊！怎麼反倒問我呢？」

「奇怪了！我憑甚麼該明白其中的道理？」

「誰都知道，鼎大奶奶身邊四珠，最得寵的是一頭一尾：再說瑤珠的年歲也適合。不認瑤珠認琳珠，只怕不合大奶奶的心意。」

「那麼，爲甚麼認了琳珠呢？」

王二嫂笑了，「大爺這話可眞是把人給問住了！」她是揶揄的神氣：「你不會去問老爺子嗎？」

李鼎心頭一震！妻子的死因要問琳珠；琳珠何以能「飛上枝頭作鳳凰」，要問老爺子。兩件不相干的事，彷彿串連在一起了；而關鍵在琳珠。

想到此處，恨不得即時能把琳珠找來，問個明白。無奈這是辦不到的事；琳珠已經搬到四姨娘院子裡去住了——這也似乎是件不平常的事！李鼎在想。

原來李煦娶過六房姨娘；除了李鼎的生母，順序第三的姨娘，早已亡故，現存五房，而以四姨娘爲最得寵。倒不是因爲四姨娘顏色過人，最美的是五姨娘；而是四姨娘知書能算，處事謹密，爲李煦的一大臂助。

他在想，父親跟四姨娘，常常深宵籌畫，某處應該如何打點；某筆款子可以挪來先用，事屬機密，不宜外人共聞。家中有的是空屋，何必把個不相干的琳珠挪了去，自招不便？

意會到此，越覺事有蹊蹺，片刻都耐不下：「你總聽說了些甚麼吧！」他使勁搖撼著王二嫂的手：「我的好人！你就跟我說了吧！」

越是如此，王二嫂越不敢說，「大爺，你別這樣子！」她有些發慌了：「我那會知道宅裡的事？」

「琳珠沒有跟你說過？」

「沒有！」

「你也沒有問琳珠？」

「沒有！」

「可見得你撒謊。你們那裡的情形，你打量我不知道；大奶奶的一隻波斯貓走丟了，你們都當作一件新聞，那有這麼大一件事，你不問一問琳珠的道理。」

王二嫂語塞，想想亦眞無話可以辯解，只有垂著眼不作聲。

李鼎也不作聲，僵硬的空氣，令人無法忍受；而那種難堪的沉默的本身，便具有強力的催促作用，王二嫂畢竟承認了。

「談是談過的。她說她當時簡直嚇傻了，所以問到那時候的情形，模模糊糊，說不上來。我又問她，老爺怎麼把你認作鼎大奶奶的乾女兒了呢？她說，老爺因爲她救火有功；若不是她跳窗進去，把火滅掉，晚晴軒一燒起來，可不得了。」

李鼎心想，這話就不對了，琳珠能夠一個人逾窗而入，從容救火；何至於一發現女主人自縊竟會嚇得連當時的情形都記不清楚？只怕不是記不清楚，而是不便細說；或者根本就是王二嫂的託詞。

由於她已有警覺，李鼎覺得硬逼她說實話，是件不智的事，只能慢慢套問。點點滴滴，眞眞假假的情節，經一番過濾拼湊，李鼎多少了解了事實的眞相；琳珠發現蠟淚延燒，勢將成災時，一面救火，一面喊「大奶奶」，結果是將琪珠驚動了來。兩人一起尋覓女主人的蹤跡，當琪珠發現，前後房門自內緊閉而鼎大奶奶不知去向時，嚇得渾身發抖；而夾弄中可能生變，卻又是她的指點。照這樣看，似乎鼎大奶奶會尋短見，已在琪珠的意料之中；然則琪珠之死在荷花池內，莫非是有人殺她滅口？

「大爺！」窗外突然發聲；是柱子的聲音：「天可不早了。」

「知道了！」答過這一聲；李鼎歉仄地向王二嫂苦笑：「多冤枉！半夜工夫，就這麼糊裡糊塗蹧蹋掉！」

「別這麼說！」王二嫂急於脫身，半安慰地說：「往後少個人管，來去也方便；就怕你把我丟在腦後！若是起了這個心，千萬叫柱子來跟我說一聲，免得我牽腸掛肚。」

「怎麼能丟得下你！」李鼎站起身來，從荷包裡掏出一枚足赤金錢，交到王二嫂手裡說：「這是皇上皇后拿來賞王公家的小孩兒用的。東西不算貴重，不過很難得，我也僅得了這麼一個，送給你玩兒。」

只有一個，肯以相贈，足見情意之厚；王二嫂不由得就摟著他的脖子，把臉貼了上去。然後兩張臉相摩相轉；她長得跟李鼎一般高，轉正了正好親嘴。

這使李鼎想起端午節前動身赴熱河；臨上船的那天清晨，也是連馬褂都穿上了，還跟妻子這樣子難捨難分。夫婦的恩情如此，就算世間無一事堪以留戀，至少她也要想一想丈夫，燈前月下，數不盡的輕憐蜜愛；莫非連這些溫馨的回憶，都無動於衷？那也就太不可解了！

李鼎此刻已可以百分之百斷定，愛妻不但不會輕生，甚至從未有過輕生的念頭；而是別有不能不死的原因，這個原因是連丈夫面前都不能透露的——。

「不見得！」他自語著：「也許有信給我。」

「大爺！」王二嫂嚇了一跳：「你在說甚麼呀！」

這一問，才使得李鼎省悟，自己想得出神了；不好意思地笑一笑說：「沒有甚麼！你回去吧！」

王二嫂面現憂色，一面穿棉襖；一面身子有抖顫的模樣。李鼎不由得一驚。

「你怎麼了？」他問：「是發酒寒不是？」

「大爺！」王二嫂抑鬱地看著他說：「我有點怕。」

「怕甚麼？」

「彷彿覺得要出甚麼事！」

「喔！」李鼎閉著嘴，用鼻孔作了一次沉呼吸，然後用很沉著的聲音說：「你別怕！不會出甚麼事。你只記住，我今天問你的話，你千萬擱在肚子裡，尤其是見了琳珠，更不能大意。」

回到晚晴軒，第一件事是開一個西洋來的小鐵箱，這個鐵箱用暗碼代替鑰匙，來回轉對了才打得開；而在這世界上，此刻已只有他一個人能開這鐵箱，李鼎在想，愛妻一定會有遺書留給他；而且一定置在這隻鐵箱中。

果如所料，一開了鐵箱，便發現一張摺疊著的素箋，打開來一看，上面只有八個字：「清白身來，清白身去。」

全神貫注在追索愛妻死因的李鼎，立刻想到，並且可以斷定，字裡行間隱藏著一樁奸情。這八個字是她自明心跡，也是告慰丈夫。

李鼎震動了！明明是逼奸不從，羞憤自盡。雖保住了清白之身，畢竟也受了辱。是那一個惡僕，膽敢如此？李鼎心裡在想：這個人不難打聽；只是打聽到了如何能置之於死地而又能不為人所知，免得家醜外揚，卻是頗費思量的事。

但不論如何，那顆心已非飄飄蕩蕩，毫無著落；加以也實在是太累了，所以一覺睡到第二天日中方醒。

醒來第一件想到的事，便是叫杜子去打聽那逼姦主母的惡僕是誰？不過，他心裏是如此斷定，對杜子卻不能想到甚麼說甚麼；因爲了解與感受都不同，會使人覺得他太武斷，胸中太無丘壑，或許會起輕視之心。

「大爺」，丫頭伺候他漱洗時，杜子在窗外回話：「老爺吩咐，有幾處要緊地方，大爺得趕緊去走一走；吃了飯就出門，老太太、老爺那裡，都等拜了客回來再去，免得耽誤工夫。」

「好吧！」李鼎問說：「是那幾處地方？」

「撫台、兩司、蘇州府，還有長、元、吳三位縣大老爺。」杜子又說：「老爺又吩咐，大爺現在是五品官，禮節別錯了。」

「那，」李鼎問說：「派誰跟了去？」

「派的錢總管。老爺說，派別人不放心。」

有錢仲璿確是可以放心了；「好吧！吃了飯就走，早去早回。」李鼎說道：「你別跟去了！你進來，我有話告訴你。」

丫頭伺候慣了的，遇到這樣的情形，便知大爺有不願旁人聽見的話跟柱子說；所以都避了開去。

及至柱子到得面前，李鼎卻又不知道該怎麼開口；想了一會，還是泛泛的一句話：「大奶奶的事，你聽到了甚麼沒有？」

「喔，」柱子精神一振，是突然想到一件要緊事的神氣，「我聽小福兒說，紳二爺這回是特意躲了開去的；紳二爺說：鼎大爺回來了，如果問到鼎大奶奶那檔子事兒，他不知道該怎麼說？不如溜之大吉。」

「有這話！」李鼎怕是聽錯了；回想一遍，柱子的話，每一個字都是清楚的；然則「紳哥」必是知道眞相的了！

既然他能知道眞相；別人當然也知道，「柱子，」李鼎說道：「大奶奶死得冤枉！決不是甚麼身子不好；是太貞烈了的緣故。大奶奶待你不錯，你得替他報仇；好好兒去打聽，千萬別露聲色！」

「是！我懂。」

「你去打聽很容易。不過先別問人家，等有人拉住你，問京裡、問熱河的情形，你講完了，再問家裡的情形，慢慢提到大奶奶的死。你懂吧？」

「我懂。」

雖然打聽到的情形不多，但一半印證一半猜，李鼎覺得慢慢接近眞相了。逼姦這一點，大致可以斷定，確有其事。出事那天下午，鼎大奶奶在後房洗澡，當時四個丫頭，一個生病、一個告假、一個呼呼大睡、一個在大廚房搖會；有人逼姦，必在此時。但逼姦的決不是甚麼惡僕，否則，「老爺子」早就作了處置；而「紳哥」亦不必爲難得必須避開。定是在蘇州的族人或者親戚。李鼎在心裡一個一個數；浪蕩好色的雖也有幾個，但沒有一個能到得了晚晴軒。

那麼會是誰呢？李鼎不斷地在想；尤其使他大惑不解的是，據杜子說，一打聽到鼎大奶奶的事，似乎沒有一個人願意多談，然則何以有此諱莫如深的態度？

深宵倚枕，聽一遍遍的更鑼，正在發愁不知如何方能入夢時，忽然聽得窗上作響，接著又聽得低微的聲音在喊：「大爺，大爺！」

「誰？」李鼎問。

「杜子！請大爺開開門。」

這樣的深夜，杜子會來求見，自然是緊急大事；李鼎趿著鞋走來拔門開門，只見杜子臉上陰鬱得可怕。

「怎麼啦？杜子。」

「大爺，輕一點！」杜子還回頭看了一下。

李鼎驚疑滿腹，回身坐在床沿上；杜子進門，輕輕地將房門關上，走到床前輕聲問道：「後房沒有人吧？」

「沒有。」

「我——。」杜子說了一個字，沒有聲音了。

「怎麼回事？」李鼎有些不耐煩：「有話怎麼不好好說？」

「我剛打聽到一個消息，大奶奶死的那天下午，老爺在水榭外面撿到一支大奶奶的碧玉簪子，親自來送還大奶奶，正就是琪珠在大廚房搖會的那時候。」

不等他語畢，李鼎已如當頭著了一個焦雷，震得他五臟六腑都在翻騰；但他直覺地排拒任何將他父親與他妻子連在一起的說法。「誰說的？」他問：「一定是弄錯了吧！」

「不錯！」杜子的聲音很低但很堅定：「老爺還帶著一本賬，大概是要跟大奶奶算；這本賬到傍晚才由琪珠送回來，是成三兒經手收下的。」

李鼎方寸大亂，心裡像吞下一條毛毛蟲那樣地難受。但是他還是不願接受這個事實。「有人看見沒有？」他問。

「據成三兒說，他們是遠遠跟著，看老爺進了晚晴軒才散了去的。」杜子又問：「大爺不問過琳珠，她怎麼說？」

「她說前一天晚上她坐更，那天她睡了一下午，甚麼也不知道。」

「恐怕她沒有說實話。」杜子停了一下，又補一句：「如今她是『琳小姐』了！」

這話像是在李鼎胸前搗了一拳，疼得他說不出話來。

「也怪不得紳二爺要躲開了。八成兒他知道這件事；怕大爺問他，說也不好，不說也不好——。」

「你別說了！」李鼎暴喝一聲；一掌打在杜子臉上。

這是多大的委屈，杜子捂著臉，兩行眼淚慢慢地掛了下來！

「杜子！」李鼎撲過去抱著他，痛哭失聲。

李鼎像換了一個人似地，沉默寡言，從無笑容，幹甚麼都不起勁。這種改變，自然令人詫異，但只要多想一想，便能意會，無怪其然！

只有一個人詫異愈來愈甚；李老太太！

「怎麼回事？小鼎！幹嗎悶悶不樂的！」

「沒有！」

「還說沒有！你眞以爲我眼花得連你臉上的氣色都看不清楚？快告訴我，爲甚麼？又鬧了虧空，轉不開了，是不是？」

這卻不必否認，點點頭不作聲。於是李老太太叫人開箱子，給了他一百兩金葉子。這倒還不錯，無奈可一不可再；李鼎見了祖母必得裝笑臉，這跟他父親發覺他抑鬱寡歡卻不敢去問原因，是同樣的痛苦。

「小鼎啊，」十一月初一，李老太太問：「你媳婦兒那天回來？」

「快了！」

「那一天？」

李鼎想了一下答說：「等我寫信去問一問。」

「怎麼著，還要寫信去問啊！你不會派人去接？」李老太太立即又改口：「不！你自己去一趟好了！」

李鼎無奈，只得答一聲：「是！」

「冬至快到了。冬至大似年！再說，就要過年了，多少事等你媳婦兒來料理。你明天就走吧！」

「那，」李鼎只好找這麼一個理由：「出門也得挑個日子。」

「不用挑！從今天起，一直到冬至，都是能出門的好日子。」

「是！我明天就走。」

眼前，只不過一句話就可搪塞；但冬至以前，從那裡去變出一個活的鼎大奶奶來？李鼎一直不大願意跟父親見面；這一天可不能不當面去請示了。

「你也別著急！」李煦好言安慰：「從明天起，也不必去見老太太，問起來就說你已經走了。冬至還有十來天，總能想得出法子來？」

法子在那裡?李鼎不知道想過多少遍了;一點頭緒都沒有。不過李鼎不願多說,誰闖的禍,誰去傷腦筋;且等著看好了。

在李煦,第一件要做的事是叮囑凡能到得了老太太面前的人,都是一致的說法:「鼎大爺上南京曹家接鼎大奶奶去了!」那知百密一疏,有個極伶俐的小女孩,忘了關照。

這個小女孩今年六歲,小名阿筠,她的父親是李煦的胞姪,書讀得很好,人也能幹,在李家小一輩中,可望成大器,所以頗得李煦的器重。那知在阿筠三歲那年,染了時疫,不治而亡;妻子侍奉湯藥,也染上了疫氣,接踵而歿。父母雙亡的阿筠,便由李煦帶在身邊;先是四姨娘帶,後來因爲聰慧可人,加以眉目如畫,已宛然美人的雛型,爲李老太太 所鍾愛,幾乎一天不見阿筠便吃不下飯,所以索性拿她搬在老太太後房住,小心呵護,都說阿筠是老太太的「活盆景」。

六歲的阿筠,已很懂事,也知道「鼎大嬸兒」死得可憐;消息是瞞著老太太的,從不敢多一句嘴。但老太太逼著孫子去接孫媳婦,她不在面前不知道;李煦傳話,假作李鼎已經動身,又忘了告訴她,以致無意間一句話,洩漏了眞相。

是十一月初四那天,李老太太看她在玩一隻琺瑯鑲珠的小銀錶,便即問說:「那兒得了這麼一個錶?」

「鼎大叔給的。」

「你鼎大叔給的?」李老太太又問:「甚麼時候給你的?」

李老太太面前最得力的丫頭連環,一看要露馬腳,連連假咳嗽,想阻止阿筠;可是她的話已經出口了。

「今兒早晨。」

「今兒早晨！」李老太太抬眼看到連環的神色，大致明白了。

「你把大爺找來！」

「大爺，」連環還裝佯：「不是上南京去了嗎？」

這一說，阿筠知道闖禍了；「叭噠」一聲，失手將個錶掉在地上。

「你們別再騙我了！」

李老太太開始有些生氣，右眼下微微抽搐；連環略通醫藥，知道這是動了肝風的跡象，大爲驚恐，但卻不知如何回答？

「那有一個當家人，一去這麼多時候的！自己家裡不過日子了？到底怎麼回事？還不快告訴我！」

連環爲難極了！心想，不能實說，又不能不說，不管怎麼樣，這個干係都擔不下，眼前唯一的辦法，是去請能作主的人作主。

於是她說：「老太太，你可千萬別生氣！我去請老爺來，好不好？」

「對了！你把老爺去請來。」

「是！」連環答應著，匆匆而去。

阿筠很乖巧，也很害怕，知道自己闖了禍，留在這裡更爲不妥，想悄悄地溜走，但李老太太耳聰目明，手也很靈活，已一把攬住了她。

「阿筠，你跟我說實話，你大嬸兒是怎樣啦？」

「不是上南京姑太太那兒去了嗎？」

「你這小鬼丫頭！」李老太太在她背上拍了一巴掌，「你也不說實話，白疼了你！」

阿筠不作聲，也不敢看她曾祖母；卻鑽到她身後，掄起了肉團團的兩個小拳頭說：「我給你老人家搥背。」

李老太太不忍再逼她，但還想騙幾句實話出來；想一想問道：「你大嬸兒從南京捎了甚麼好東西來給你吃，給你玩？」

「姑太太常派人送東西來，我也不知道那些是大嬸兒捎來的。」

「那麼，你想不想你大嬸兒呢？」

聽得這句話，正觸及阿筠傷心之處；不由得又想起她常在回憶的那幾句話：「你沒有娘，我就是你的娘！看人家有好吃的，好玩兒的，別眼熱，你只要告訴大嬸兒；大嬸兒定教你稱心如意！」

一面想，一面眼淚簌簌地流，忘了答話；直待老太太回頭來看，方始一驚，然而已無可掩飾了。

李老太太即時神色慘淡，急促地問道：「你大嬸兒死了不是？」

阿筠再也無法說假話了，「嗬，嗬，嗬」地哭著點頭。

「我就知道，是死了！」李老太太茫然地望著窗外，聲音空落落地，「我說呢，這麼孝順的人，會忍心把我丟下，幾個月都不來看我一看，果然不錯！唉，這個家運，老的不死，小的一個個走了！」

越說聲音越低，白髮飄蕭的頭慢慢垂到胸前，阿筠害怕極了，張著嘴，無法出聲；於是另外兩個丫頭玉蓮、玉桂趕了來，扶著她的身子喊：「老太太，老太太！」

李老太太吃力地抬起頭來，一雙失神的眼，望著這一雙同胞姊妹說：「你們好！鼎大奶奶沒了，也不告訴我！」

「是怕老太太傷心！」玉蓮答說：「老爺吩咐，要瞞著老太太。」

「瞞得過一輩子嗎？」李老太太問「甚麼時候出的事？」

「就是老太太挪到別墅去的那一天。」

「是出了事才把我挪出去的？」

「是！」

「甚麼病死的？」

「是——？」玉蓮不知道怎麼說了，只好望著她妹妹。

「是絞腸痧。」玉桂比她姊姊機警：「從發病到嚥氣，只得兩個時辰。」

話剛完，窗外有人聲，聽腳步便知是誰來了；玉蓮急忙奔出去，迎著李煦，只能交代一句話：「說大奶奶是絞腸痧死的，前後只有兩個時辰。」

「老太太人怎樣？受得住嗎？」

「還好！」

「說破了也好！」李煦回頭望著跟他一起來的二姨娘與四姨娘說，神情之中，頗有如釋重負之感。

等一進了屋子，當然不會責備兒子，爲何將孫媳婦的死訊瞞著她，只細問了得病的經過，如何辦的後事，李煦編了一套話，差足應付。又趁機會將「借壽添壽」——借用了老太太的壽材的話，稟告了老母。

李老太太流著眼淚傾聽，只嘆家運不濟；提到誰能代替孫媳婦當家？李煦表示要稟慈命而下，李老太太如李煦所願地指定了四姨娘。

李煦一直在擔心，白髮高堂在得知永不能再見孫媳婦時，會因哀傷過度，而生不測之禍！到底九十三歲了，何堪遭此拂逆？誰知居然風平浪靜地過去了，實在是件值得慶幸的事。

這是輕率的樂觀。一夜過來，李老太太又起了疑心，覺得孫媳婦之死，在道理上有說不通的地方，便將連環喚了來說：「你把琪珠找來，我有話問她！」

連環心裡嚇了一跳——琪珠自盡是瞞著老太太的；此時只好再編個理由騙一騙：「琪珠打發出去了。」

「爲甚麼打發出去？」

「咦！」連環故意用詫異的語氣答說：「她不小了呀！大奶奶又沒了，自然把她嫁了出去。」

「喔，嫁了！嫁的甚麼人？」

「是個小官兒，給他做塡房，帶到任上做官太太去了。」

「這倒也罷了！」李老太太點點頭說：「那麼，你把琳珠去找來。」

琳珠也不能見老太太的面。連環心裡在想，老爺並不曾將琳珠認作義孫女，替鼎大奶奶披蔴戴孝這件事，告訴老太太；貿然說破，追問緣故，又生許多是非，不如先敷衍著，拿這些情形據實上陳，自己就不必擔干係了。

「是！我這就去。」

李煦不在家，只好告知四姨娘；她先誇讚連環處置得當，然後問道：「你可知道，老太太要問什麼？」

「不知道。」連環答說：「猜上去，左右不過是鼎大奶奶去世的情形。」

「我想也是！」四姨娘想了一下說：「我叫琳珠跟著你去。」

於是四姨娘親自到琳珠屋子裡，將老太太找她的緣故告訴了她；很宛轉地要她委屈一時，暫時仍算是丫頭的身分，爲的是避免橫生枝節，惹老太太疑心。

琳珠馴順地答應著，跟隨連環而去；一進院子就聽見李鼎的聲音，兩個人不由得都站住了腳，彼此以眼色示意，悄悄地挨近窗戶，屏息靜聽。

「絞腸痧原是極兇的症候，說來就來；有連大夫都來不及請，就咽了氣的。」

「可是，有時疫才會有絞腸痧；今年夏天並沒有聽說鬧時疫！再說，絞腸痧會過人，咱們家並沒有人得這個病；你媳婦好端端地在家，從那裡去過來這個病？」

「老太太說得是！」李鼎陪笑答道：「那時候我不在家，不知道是怎麼回事兒。」

「等我來問琳珠。」

聽到這裡，連環將琳珠的衣服一拉，走到一邊，低聲問道：「你聽見了吧？」

「聽見了。」

「你拿什麼話回老太太，你自己琢磨吧！小心。」

說完，她放重腳步，進了屋子；琳珠跟在後面，頗有些緊張，她倒不是怕見李老太太，而是怕見李鼎。

等行了禮，還未容她開口，李老太太就大聲地說：「琳珠，你過來讓我看看你。你怎麼這一身打扮？」

就這一問，琳珠和連環都驚出一身汗；又疏忽了，露了極大的一個馬腳——李家的丫頭，穿羅著緞、戴金玉首飾不足爲奇，只是不能著裙；而琳珠繫了一條月白緞子鑲「闌干」的裙子，這就不是丫頭的打扮了。

「你說啊！」李老太太在催問。

琳珠無奈，跪下來答說：「老爺的意思，讓琳珠給大奶奶披蔴戴孝，算是大奶奶的女兒。」

「奇怪！這不是甚麼不合道理的事，爲甚麼就沒有一個人告訴我？」

琳珠無法作答；連環便說：「原是連大奶奶的死，一起瞞著老太太的。」

「昨天呢？昨天爲甚麼不告訴我？剛才又怎麼不告訴我？」李老太太將大家的臉色一個一個看過來，突然將手邊極粗的一支方竹枴杖往地上一拄，用極大的聲音說：「你們一定有事瞞著我！小鼎，你去找你老子來！」

「該說的都說了！」李鼎答說：「沒有事瞞著老太太，琳珠的事是一時疏忽。老太太何苦瞎疑心？」

老太太沒有理他，轉臉問道：「你大奶奶到底是怎麼死的？」

「不就是絞腸痧嗎？」

「請的那幾個大夫？」

「陸大夫，張大夫，」琳珠信口報了兩個熟醫生。

「藥方呢？」

這一問，琳珠楞住了，「不是我收的。」她說：「不知道擱那兒去了？」

「哼，哼！」老太太連連冷笑；然後顫巍巍站起來說：「小鼎，你跟我來！」

誰也不知道她要幹甚麼？李鼎只是趕緊上前相扶；連環、琳珠跟別的丫頭都不敢跟進去，相互使個眼色，悄悄退到廊下。

老太太將李鼎一直帶到佛堂，坐在平時念經的那張椅子上，用哀傷而固執的聲音說：「小鼎，就是這三四天，我看你的臉色不對，心裡好像有極大的委屈說不出來似地；你怎麼不跟我說說？」

李鼎不答，只低著頭亂眨眼睛，想把眼淚流回肚子裡去。

「你媳婦是怎麼死的？」老太太說：「我昨兒想了一夜，怎麼樣也不像死在絞腸痧上頭。剛才琳珠在撒謊，我全知道，藥方既不是她收的，就該問收的人，她憑甚麼說是不知道收在那兒？咱們家的藥方，不是專派了人管的嗎？再說陸大夫是外科；琳珠隨口撒謊，都撒得沒有邊兒了。小鼎，你可不許騙我，老實跟我說，你媳婦是怎麼死的？不是吞金、服毒吧？」

「是——，」李鼎跪了下來：「是上吊！」

猜想證實了，但仍不免五內震動；老太太伸出枯乾的手，使勁趴著桌子，抖著聲音說：「為甚麼？是甚麼事想不開？是你二姨娘想當家，跟她吵了？」

「不是！」

「那麼是甚麼？快說！」

「孫子不能說！說出來，一家就都完了！」李鼎可再也忍不住了，雙手掩面，失聲而哭。

「你說的甚麼？」老太太將眼睛睜得好大，「怎麼一說出來，一家子就都完了呢？」

李鼎不答，只是搖頭、只是痛哭；左手緊抓著衣服往一面扯，似乎胸中悶得透不過氣來似地。

「小鼎，」老太太喘著氣問：「你媳婦給你留下甚麼話沒有？」

「有的！」

「怎麼說？」

該怎麼說呢？李鼎發覺失言，已無法掩飾，唯有不答。

「說啊！」老太太問道：「你媳婦能告訴你的話，莫非不能告訴我？你忍心讓我一夜睜眼到天亮去瞎猜？」

這逼得李鼎不能不說了；同時他又想到，有句話不說，似乎也對不起妻子：「她說，她的身子是乾淨的！」

老太太顏色大變，嘴角垂了下來，那種突然之間發覺失卻一切的淒苦表情，令人心悸！

從第二天起，李老太太就病倒了。

病因不明，既未受寒，亦未積食；病象亦不明顯，不頭痛、不發熱，只是倦怠，懶得說話，甚至懶得應聲，丫頭們問話，恍如不聞。連環不敢怠慢，急急到上房稟報，李煦自然著急，一面吩咐請大夫；一面帶著四姨娘趕來探視。

聽得丫頭一聲：「老爺來了！」老太太立刻迴面向裡，叫她也不答了。

「娘，娘！」李煦走到床面前，俯下身子去喊。

老太太毫無動靜；李煦還待再喊，四姨娘攔住了他，「必是睡著了！」她探手到老太太額上按了一會，又試一試自己頭上，「好像沒有發燒。」說著，向外呶一呶嘴。

於是李煦退了出來，在堂屋中坐定，找了丫頭來細問老太太的起居；由於連環眼中一直保持著警戒的神色，丫頭們都不敢多說話，所以問到張大夫都來了，依然不得要領。

「張琴齋是二十幾年的交情，你也讓他看過。」李煦對四姨娘說：「不必迴避吧！」

於是四姨娘先進卧室，輕輕將老太太的身子撥過來；倦眼初睜，四姨娘大吃一驚，從未見過有個活著的人，會有那種呆滯得幾乎看不出生機的眼神。

「張大夫來了！」四姨娘問道：「老太太是那裡不舒服？」

「心裡！」老太太有氣無力地說。

這是必得往下追問的一句話；但此時並無機會，因爲丫頭已經打起門簾，可以望見張琴齋的影子，他微傴著腰，進門站定，先看清楚了周圍，然後緊走兩步，到床前向李老太太自陳姓名：「晚生張琴齋，有大半年沒有來給老太太請安了。」

「不敢當！張大夫請坐。」

於是，四姨娘親手端過一張骨牌凳來，「不敢，不敢！」張琴齋頗有受寵之感，坐定了向左右望一望，還不曾開口，李煦已會意了。

「想是太暗？」

「是的！要借點光，我好看一看老太太的臉色。」

連環不待他話畢，已在應聲：「我去取蠟燭來。」

一支粗如兒臂的新蠟燭捧了來，燭台高高擎起；張琴齋與李煦往下一看，亦跟四姨娘一樣，無不吃驚！

「琴齋兄，」李煦忍不住要問：「你看氣色如何？」

「等我請了脈看。」

於是四姨娘將老太太的手從被中牽了出來，張琴齋凝神診了診；略略問了幾句話，面無表情地站了起來。

「張大夫！」四姨娘問道：「不要緊吧？」

「不要緊，不要緊！」張琴齋俯身說道：「老太太請保重！」

說完，他掉身而去；李煦緊跟著，讓到對面屋裡，桌上已設下筆硯，準備他開方子。

「怎麼樣？」李煦皺著眉說：「神氣似乎不大好？」

「不好得緊！」張琴齋放低了聲音說：「脈象頗爲不妙。彷彿有怫逆之事。」

「是的。夏天小媳亡故，原是瞞著老人的；冬至將到，實在瞞不住了！」李煦說道：「這個孫子媳婦，原是當孫女兒看待的。」

「那就怪不得了！抑鬱得厲害！老年人最怕內傷；我看方子亦不必開了。」

「怎麼？」李煦臉都急白了，「何以一下子成了不治之症？」

「說實話，老太太沒有病；只不過老熟得透了，加以外感內傷，故而生意將盡。譬如深秋落葉，自然之理，請看開些！」

「話雖如此，還是要借重妙手。」

「好！我就擬個方子。不過，總要老太太自己能夠想得開；那比甚麼補中益氣的藥都來得管用！」

開的就是一張補中益氣的方子，當即抓了藥來，濃濃地煎成一碗；但老太太怎麼說也不肯服。

「藥醫不死的病！」她說：「我本來就沒有病；就算有病，也不是這些藥醫得好的。何必還讓我呑這碗苦水？」

四姨娘沒法子了，「就算不吃藥，總得吃點甚麼？」她說：「煮得有香粳米的粥——。」

「我不餓。」老太太不待她話畢，便迎頭一攔；再勸，索性臉又朝裡，睬都不睬了。

四姨娘在床前站了好一會，心裡七上八下，好半天都不能寧帖；一眼看到連環，略招一招手，將她喚出去，有話要問。

「老太太是甚麼意思呢？」她困惑而著急地說：「莫非眞應了那句俗語：『壽星老兒服砒霜』，活得厭了？那不是笑話！」

「恐怕不是笑話。」

話一出口，連環便深悔失言；四姨娘自然不肯放鬆，緊接著問說：「看這光景，老太太像是另有心病。你總知道囉？」

連環心想，老太太的病，起在佛堂中；當時由鼎大爺扶出來時，神氣就大改了。但這話不能說，是非已經夠多了，倘或骨肉之間，再有衝突，這一大家人家非拆散不可；那時誰也沒有好處。

於是她說：「也還是爲了鼎大奶奶傷心。到底九十三歲的人了呀！」

「唉！」四姨娘嘆口氣，臉上的表情很怪，似乎有滿腹疑難，卻不知從何說起，好久，恨恨地說了句：「眞不知道他走的甚麼運？」

這個他指的是誰？連環不敢問；只勸慰著說：「四姨娘如今當這個家，也是不好受的罪；只好凡事看開些，總往好的地方去想，自己寬寬心。」

「也總要有那麼一點點能讓人高興的事，才能往好處去想。一夏天到現在，盡出些想都想不到的亂子，怎麼寬得下心來？連環，你是伺候老太太的，老爺跟我都沒有拿你當外人，你總也不能看著老爺跟我受逼吧？」

連環不知四姨娘的話風何以突變？急忙答說：「老爺跟四姨娘看得起我，我那有個毫不知情的道理？不過我實在不明白老爺跟四姨娘甚麼事受逼？只要我能使得上力，請四姨娘儘管吩咐。」

一聽這話，四姨娘的臉色開朗了，「連環，」她執著她的手說：「有些話只能跟你說。我不知道你看出來了沒有；如今只剩得一個空架子了！這個架子決不能倒；一倒下來立刻就是不了之局。像前天，吳侍郎的大少爺叫人來說，有急用要借兩百銀子，能不應酬嗎？賬房裡沒有錢，拿我的一副珠花去當了一百五十兩銀子，另外拼拼湊湊，才勉強夠了數兒。你想想看，往後這個日子怎麼過？」

連環既驚且詫！雖知主人這兩年境況不好，又何至於這樣子的捉襟見肘？因此，楞在那裡好半天說不出話來。

「夏天大奶奶的那場喪事，也實在不必那樣子鋪張；只不過那時候說話很難，只好盡著老爺的性子去辦。如今老太太倘有個三長兩短。有夏天的那種場面比著，想省也省不到那裡去。可是錢呢？連環，你倒替我想想，能有甚麼好主意？」

「我想，」連環很謹愼地說：「老太太花自己的錢，只怕也夠了。」

「這就只有你知道了！我也不敢問；傳出去說是老太太還沒有歸天，已經在打兩個大櫃子的主意了。反正鑰匙歸你管，你是有良心的，老爺跟我都很放心。」

「有良心」三字聽來刺耳。看樣子四姨娘對老太太的私房，所望甚奢；倘或那時候開出櫃子來，不如想像之多，疑心她暗中做了手腳，可是洗不清的嫌疑。

這樣一想，連環覺得鑰匙以早早交出去爲宜；不過畢竟受老太太的付託，似乎不便擅專，但又不宜在此時到病榻前去請示。至於鑰匙交出去以後，還要防到四姨娘誤會，以爲自己接收了那兩個大櫃子，可以自由處置；那時要攔住她可就不容易了。

話雖如此，只要說明白了，也就不礙。於是她仔細想了一會，將拴在腋下鈕扣上的一串鑰匙取下來，撿出兩枚，托在手中說道：「四姨娘，兩個大櫃子的鑰匙在這裡。如果四姨娘不讓我爲難，我這會兒就可以交鑰匙。」

「連環，」四姨娘立即接口：「我怎麼會讓你爲難？那是決不會有的事。」

「雖說有鑰匙就可以開櫃子，我可是從來不敢私下去開。鑰匙交了給四姨娘以後，我想把櫃子先封一封。四姨娘看呢？」

「應該、應該！先封一封櫃子，等老太太好了再說。」

「是！」連環又問：「如果老太太跟我要鑰匙，我不能說已經交給四姨娘了。那時候該怎麼辦？」

「自然仍舊還你，免得你為難。」

連環做事很爽利，即時將鑰匙交了出去；隨又用紅紙剪了兩個吉祥如意的花樣，滿漿實貼在櫃門合縫之處，權當封條。

像油乾了的燈一樣，李老太太已到了在燒燈芯的地步。雖未昏迷不醒，但已跡近虛脫；李煦總算是有孝心的，一天三四遍來探視；但從未能跟老母說一句話。事實上李老太太已說不動話了；甚至連眼皮都睜不開了，僅存一息而已。

後事是早就在預備了。搭蓆棚的、賃桌椅的、茶箱、堂名、貰器行，以及許多可以做喪家生意的店家，都在注視著、預備著、傳說著，織造李家年內要辦一場大喪事。

「外頭都是這麼在說，要省也省不下來。李煦跟四姨娘說：「索性敞開來辦一辦；大大做它一個面子。」

四姨娘不答；好久才說了句：「我何嘗不想要面子？」

「我想過了，老太太總留下點東西，都花在老人家身上，也差不多了。」

「虧空呢？」四姨娘問道：「不說了，指望著拿老太太留下來的東西，多少彌補了虧空，對皇上也有個交代。」

「那是我算盤打錯了。」李煦亂搖著手說：「窟窿太大，一時補不起來。太寒酸了，反教人起疑心；以後就拉不動了！你得知道，我如今不怕虧空；要能在皇上說得出、我的虧空是怎麼來的？平時散漫慣了，遇著老太太最後這樁大事，倒說處處打算？你說，換了你會怎麼想？」

「無非，無非說是李家不如從前了！」

「光是這句話，就教人吃不了兜著走！而況還有別的說法，一說是，都說李某人慷慨成性，大把銀子送人，原來都是胡吹亂嗙。要不然，怎麼他九十三歲的老娘沒了，喪事會辦得這麼省儉呢？」

「這話倒也是！」四姨娘微喟著：「眞的，場面撐起來容易，收起來可就難了！」

「這還在其次，最怕的是，有人悄悄兒寫個摺子到京裡，說李某人爲老母飾終，草草了事；皇上心裡自然會想：原來李某人孝順的名兒是假的！那一來不送了我的忤逆？」

聽這一說，四姨娘頓覺不安，「我倒沒有想到這一點。」她說：「照這麼看，不但喪事不能不體面；應酬上頭也不能疏忽。」

「一點不錯！」李煦的神色變得異常嚴肅，喚著四姨娘的小名說：「阿翠，我今年這步運壞得不得了！不過，連出兩場喪事，倒楣也算倒到頭了。如今是起死回生的要緊關頭，出不得一點錯；不然，一著錯，滿盤輸。」

聽得這話，四姨娘頓覺雙肩沉重；收歛心神，很仔細地想了一下說：「老爺，這副擔子我怕挑不動！」

「我知道，我知道！這麼一場大事，當然要我自己來辦。不過，有一層——，」李煦突然頓住，皺著眉想了一下說：「阿翠，你只管應酬官眷好了！」

聽得這話，四姨娘一時不辨這分責任的輕重；細想一想，不由得自慚；由自慚而自恨；而為了大局，終於不能不萬分委屈地說了出來：

「我倒是有八面玲瓏的手段，也要使得出來才行啊！」

「怎麼呢？」李煦似乎很詫異地。

四姨娘有些惱了，「你是裝糊塗還是怎麼著？」她氣沖沖地說：「一屋子的紅裙子，教我往那裡站？」

「啊——！」李煦將聲音拉得很長，要教人相信，他眞個是恍然大悟。

其實，連四姨娘都知道，他是故意使的手段。官眷往來，最重身分；世家大族，更嚴於嫡庶之分，一屋子明媒正娶，著紅裙上花轎的命婦，四姨娘的身分不侔，根本就說不上話。再說，就是姨太太出面，論次序也輪不到四姨娘。

這些李煦早就想到了，不過怕傷了四姨娘的心，不便直說；所以盤馬彎弓，作了好些姿態，才逼得她自己說了出來。也就因為體諒他這片苦心，所以四姨娘雖是自慚自恨，卻仍能平心靜氣地跟他談得下去。

「你看怎麼辦呢？」她說：「看來只有請幾位陪客太太。」

「請誰呢？」李煦說道：「禮節上最重『冢婦』，輩分高低倒不甚相干。」

那裡還有「冢婦」？四姨娘心想，這步霉運都是冢婦上來的。

「也不光是陪官眷。」李煦又說：「倘或老太太不在了，李家三代中饋無人；只有在至親的內眷之中，暫且請一位來當家。旗門的老規矩，原是有的。」

四姨娘是說得一口吳儂軟語的本地人，不甚清楚「旗門的老規矩」；只覺得這個辦法在情理上也說得通，因而點點頭說：「也只有這個法子。不過，倒想不起來族裡有那家的太太、奶奶能請來幫這個大忙？」

「族裡怎麼行？」

李煦兄弟六個，或者遊宦四方，或者株守家園；到蘇州來投奔的族人，都是五服以外的疏宗；再說，也沒有上得了「台盤」的人。

「這不是擺個名目。」李煦又說：「內裡要能壓得住；對外，要能應酬得下來，一露怯，就讓人笑話了。」

「照老爺這麼說，只有至親當中去找；」四姨娘緊接著說：「至親當中，誰也比不上曹家的震二奶奶。」

「果然！只有她。」李煦正一正臉色說：「阿翠，心地再沒有比你更明白的；把曹家震二奶奶請了來暫且當家，這裡頭的意思可深著呢！你慢慢兒琢磨透了，就知道該怎麼樣看待震二奶奶？」

四姨娘心思靈敏，經李煦這一點，自然很快地就能了解其中的深意。震二奶奶，也就是鼎大奶奶娘家的「英表姊」；若按夫家的輩分算，她比鼎大奶奶矮一輩。曹家都取單名，以偏旁分輩分，李煦的妹夫曹寅這一代，是寶蓋頭；第二代是頁字旁；第三代是雨字頭。震二奶奶即是曹震之妻；曹震是曹寅的遠房姪孫，若按李曹兩家的戚誼來說：震二奶奶應該管鼎大奶奶叫表嬸。不過高門大族，這種錯了輩分的情形，往往有之；唯有各論各的親，叫做「亂親不亂族」，所以鼎大奶奶不妨以長敬幼，管震二奶奶叫表姐；但震二奶奶卻得按夫家的規矩，管鼎大奶奶叫表嬸。

這震二奶奶是個極厲害的腳色，而在曹寅家又有特殊的身分；原來他是曹顒之妻馬夫人的內姪女。

曹太夫人——李煦的胞妹，自從獨子早夭，將馬夫人的遺腹子視如命根子；對於寡媳更有著一份莫可名狀的感情，既愛她幽嫻貞靜，又憐她年輕守寡，更感激她為曹家留下了親骨血，還望她將來能撫孤成人，不墜家聲。所以凡可以表示她重視馬夫人的舉措，都會毫不遲疑地去做；震二奶奶既是馬夫人的內姪女，人又精明能幹得非鬚眉可及，那麼，這個家不讓她當，又讓誰來當？

四姨娘在想，為這場大喪事，特意請震二奶奶到蘇州來代為持家，他人會怎麼想呢？首先是老姑太太——曹太夫人會有好感；即令對她的這個「大哥」有所不滿，亦不忍再言，而且必然會有資助。其次，是局外人看來，李、曹兩家畢竟是不分彼此的至親，患難相扶，同枯同榮，目下李煦的運氣似乎不大好，但有曹家幫襯，亦無大礙。至於震二奶奶，是精明強幹的人，必是爭強好勝的人，人家給了她這麼大一個面子，豈有不抖擻精神，照料得四平八穩的？或者甚麼地方還缺一大筆，她私下挪一項可以暫緩的款子來墊上，亦非意外之事。

於是她說：「既然請了人家，禮數上可差不得一點兒。我看，把太太的屋子收拾出來讓她住吧！」

這是指李煦的正室，六年前故世的韓夫人所住的那個院落。以此安頓震二奶奶，足見尊重；而四姨娘作此建議，亦足見她將其中的深意，琢磨透了。李煦自是欣慰不已。

「也得先著個人去請。」四姨娘又說：「免得臨時張皇。」

「不用！姑太太就要來了；她這個姪孫媳婦，是一定陪著來的。到時候我親自求她就是。」

李家的這個姑太太——曹太夫人跟李煦同父異母，但情分上從小與她的庶母文氏投緣；在道理上，這個庶母是「扶正」過的，所以不管從那一點來說，她都應該來送終。而九十三歲的李太夫人，似乎也要跟這個白頭女兒見了最後一面，才能安心瞑目。

姑太太歸寧，在李家一向視作一件大事；這一次非比尋常回娘家，更顯得鄭重。從坐船由鎮江入運河開始，一路都有家人接應探報；船到蘇州金閶門外，早有李鼎特爲穿上五品公服，帶領家人在迎接。碼頭上一字排開八乘轎子，頭一乘是李煦的綠呢大轎，供曹太夫人乘坐；第二乘藍呢轎子，是替震二奶奶預備的，另外是六乘小轎——帶了六個丫頭，曹太夫人四個；震二奶奶兩個。

人未上轎，李家跑外差的家人已回府通報。五房姨娘、總管、嬤嬤都穿戴整齊，在二廳上等候。李煦是在花廳上聽信，要等曹太夫人下轎時，方來迎接。

兩名總管自然是在大門口迎候；只見「頂馬」之後，李鼎像狀元遊街似地，騎著一匹大白馬在轎前引導，惹得左近機戶家的婦人孩子，都奔了來看熱鬧，年長些的跟年輕的媳婦在說：「李家的這位姑太太，還是曹大人在揚州去世的前一年，回過娘家，算來九年了。回來一趟好風光！姑太太手面也闊；見面磕個頭，叫一聲『姑太太』，便是五兩的一個銀錁子。如今，怕沒有從前那樣闊了！」

在轎中的曹太夫人，同樣地亦有今昔之感。那時正是家運鼎盛之日，在閶門外登岸時，長、元、吳三縣都派人來照料；衙役彈壓開道，一路不絕；甚至江蘇巡撫張伯行亦派「戈什哈」從碼頭護送進城。

張伯行是有名的淸官，脾氣耿直，難得假人以詞色：所以，對曹太夫人這番禮遇，爲蘇州人詫爲新聞，談論不休。那才是眞有面子的事！

此番重來，再無當時的風光。但想到夫死子亡的兩次大風大浪，居然都經歷了來；至今回憶，恍如隔世。萬事都由天，半點不饒人，何苦爭強好勝，何苦費盡心機！但得風平浪靜地守得孫子長大成人，於願已足。

這樣想著，自然心平氣和，甚麼都看得淡了；就想到彌留的老太太，也不是那樣悽惻惻地只是想哭了。

綠呢、藍呢兩頂轎子，緩緩抬進二廳；抽出轎槓，李鼎上前揭開轎簾，曹太夫人剛一露面，已一片聲在叫：「姑太太、姑太太！」

曹太夫人不慌不忙地讓李鼎扶著出轎；伸一隻手抓住比她只小三四歲的大姨娘的手腕子，顫巍巍地說：「娘怎麼了？」

一廳的人，姨娘、丫頭、總管嬤嬤，原都是含著笑容的；聽得姑太太這頭一句話便問老太太，無不感到意外，而表情亦隨之轉移，一個個拉長了臉，皆是哀戚之容。

「不行了！」大姨娘答說：「一口氣不嚥，看來就爲的是等著見姑太太一面。」

「喔，」曹太夫人又問：「還能說話不能？」

「能說也只是一句半句。」

曹太夫人還想說甚麼；震二奶奶已搶在前面說道：「你老人家也是！人都到了，還急甚麼？有這工夫，何不先見個禮，順便歇歇腿，不就好瞧太姥姥去了嗎？」說著，便親自上前來攙扶。

「震二奶奶說得是！」四姨娘接口：「姑太太必是累了，先好好息一息。」接著又對震二奶奶說：「你也請進去吧！這裡都交給我了。」

所謂「這裡」是指曹太夫人帶來的箱籠行李；四姨娘督同吳嬤嬤、逐件檢點，送到韓夫人生前所住的那個院落；五開間帶前後廂房，足可容納曹家兩主六僕。四姨娘在每間屋子看過，陳設用具，一樣不缺，方始來到專為接待內眷之用的牡丹廳。

廳上的人很多，卻只有李煦與曹太夫人對坐在椅子上說話，大姨娘也有個座位，在杜腳的一張方凳子上。此外都是站著，不過嬤嬤丫頭站在窗口門邊；李家的幾個姨娘跟震二奶奶站在椅子背後。

四姨娘悄悄跨入門檻，直奔站在曹太夫人身後的震二奶奶。震二奶奶便急急地迎了上來；拉著她的手，輕聲說道：「我給你捎了好東西來。」

於是手牽手到了一邊，緊挨在一起坐下；四姨娘說：「只要你來了，就是一天之喜；還捎甚麼東西給我？」

「前年有人送了一張『種子方』，說是其效如神；那時你帶信來要，偏偏一時不知道塞到那兒去了。說來也眞巧，臨動身以前，我心裡在想，李四姨要過這張方子，倒找一找看！那知居然一找就找到。我替你帶來了。」震二奶奶笑道：「明年這時候可別忘了讓我吃紅蛋！」

「多虧你還記得這麼一件事。前年是一時沒有想開，才捎信跟你去要。說實在的，就要了來也沒有用。震二奶奶，你倒想，他多大年紀了，我還指望這個？」

「那也不盡然。我爺爺八十一歲那年，還替我生了一個小叔叔！」震二奶奶很關切地說：「我看舅公跟四十幾歲的人一樣；四姨，你別當這是個笑話，若是有了小表叔，你就不是老四了！」

「我知道！」四姨娘深深點頭；但只是表示感謝，並不願接納她的意見。

震二奶奶最能察言觀色，一見如此，便不再談種子方；問出一句她早就想找人去問的話。

「我那表嬸兒是怎麼回事？」

大家巨族，攀親結眷，關係複雜，稱呼常是亂的；不過晚輩對長輩，必按著規矩叫，震二奶奶口中的「舅公」是稱李煦、「小表叔」意指四姨娘未來的兒子；這裡的「表嬸」，自然是指她的表妹鼎大奶奶。

「唉！冤孽！」四姨娘輕聲嘆氣；回頭望了一下又說：「說來話長，我慢慢兒告訴你。」

「我睡那裡？」

「南廳，跟姑太太對房。」

「你知道我有擇席的毛病。」震二奶奶說：「今天頭一天，你可得陪陪我。」

四姨娘知道她要作長夜之談，自己也正有好些心事要向她訴說，所以一諾無辭。

「這件事，眞是想亦想不到！我也不知道打那兒說起？總而言之，天下沒有比這件事再窩囊的。」說著，四姨娘又情不自禁地嘆了口氣。

「我在南京聽說，琪珠一頭栽在荷花池裡，跟表嬸的死，也有關係。四姨，你說那是甚麼關係？」

「自然是不能做人了。」

「怎麼？」震二奶奶試探著問：「莫非是她害了表嬸一條命？」

「也差不多。」

「這就奇怪了！」震二奶奶皺緊眉頭在苦思，「表嬸尋短見，當然也是自己覺得不能做人了。難道是琪珠害得她這樣？」

「也可以這麼說。」四姨娘放得極低的聲音：「那天下午，小鼎媳婦在屋裡子洗澡，有人闖進去了，正在纏不清的那會兒，琪珠在大廚房搖會回來，一推門知道不好，想退出來，已經來不及了！」

「有這樣的事！」平時從無驚惶之色的震二奶奶，目瞪口呆地、好一會才說了句：「表嬸怎麼做出這種事來！」

「不過，也怪不得她。」

「那麼怪誰呢？喔，」震二奶奶想起頂要緊的一句話：「闖進去的倒是誰啊？」

四姨娘搖搖頭，「你想都想不到的！」她淒然地又說一聲：「冤孽！」

震二奶奶倒是一下子就猜到了，但是，她不敢相信；也不敢追問。躊躇了好半天，覺得胸前堵得難受；心想還是要問，問明了不是，心裡不就舒服了嗎？

但是，她覺得不便直問其人，問出不是，是件非常無禮的事。所以由旁人問起：「是跑上房的小廝！」

「跑上房的小廝跟著小鼎到熱河去了。」四姨娘又說：「不是下人。」

「那麼是住在偏東院子裡的紳二爺？」

「也不是。」

「那，」震二奶奶用失望的聲音說：「我可猜不透了。」

「誰也猜不透！是他。」四姨娘在嘴唇畫了個八字，意示是有鬍子的。

震二奶奶的心猛然往下一沉，「眞的嗎？」她說：「怎麼做出這麼糊塗的事來？」

「我早說了，冤孽！七湊八湊，都湊在一起，才出這麼一場大禍！」

震二奶奶心潮起伏，好半天定不下來；把要問的話，想了又想，揀了一句說出口：「那麼，表叔知道不知道這件事？」

「我想，他知道了！」

「老太太呢？當然得瞞著？」

「是啊！連小鼎媳婦的死，都瞞著的，只說她到府上作客去了。可是要瞞得住才行啊！冬至都到了，一個當家的孫媳婦，再是至親，也不能賴在人家那裡不回來。老太太天天催著小鼎到府上去接他媳婦回來。小鼎沒法子，只好躲她老人家；後來不知道怎麼就知道了。」

「自然很傷心囉！」

談到這裡，只聽嬌嫩的一聲咳，房門慢慢地推開，四姨娘的丫頭順子跨進來說：「姑太太打發人來了。」說罷，往旁邊一閃；震二奶奶便站了起來迎候。

進來的是曹太夫人四個大丫頭之一的秋月——總有三十年了，曹太夫人一直用四個管事的丫頭，最初按春夏秋冬排行，春雨居長，其次夏雲、秋月、冬陽；以後遣嫁的遣嫁，被逐的被逐，每缺一個總補一個，頂著原來的名字，而資格上名不副實了，如今是秋月居長；跟震二奶奶同年，都是二十六歲，這樣年紀的管事的丫頭，身分上也就跟伺候過三、四代主子的嬤嬤們差不多了，所以震二奶奶不敢怠慢。四姨娘也懂旗下包衣人家的習俗，敬重奴僕即等於敬重自己；而況又是主人，禮下一等，因而也是手扶著桌子站著。

秋月一進門，自然是先含笑跟四姨娘招呼；然後向震二奶奶說道：「都已經睡下了，忽而想起一件事要交代，請二奶奶去一趟。」

「這可怎麼辦呢？四姨娘在我屋裡——。」

「你別管我！」四姨娘不等震二奶奶話畢，便搶著說道：「請吧！我在這兒等你。」

「儘管請吧！」秋月也說：「我替二奶奶陪客。」

「對了！你替我陪著！我去去就來。」

「眞是！」四姨娘目送著震二奶奶的背影說：「你們府裡也眞虧得有這麼一位能幹的人當家！」

「說得是。」秋月很謙恭地回答。

「秋姑娘，你請坐啊！」

「四姨娘千萬別這麼稱呼！叫我秋月好了。」

「沒有這個道理。你是姑太太面前得力的人；又是客。秋姑娘，你請坐！不必客氣；坐了好說話。」

秋月依舊守著她的規矩，辭讓了半天，才在一張擱腳的小凳子上坐了下來。

「芹官長得有桌子這麼高了吧？」

「早有了。」秋月答說：「六歲的孫子，看上去像十歲。」

「倒發育得好？」

「壯得像個小牛犢子。」

「阿彌陀佛，要壯才好！」四姨娘說：「姑太太也少操多少心。」

「何嘗省得了心？上上下下，一天到晚，提心吊膽。這回不是震二奶奶攔著，還把那個『小霸王』帶了來呢！」

「怎麼呢？」四姨娘問道：「想必是愛淘氣，所以教人不放心？」

「正是這話。淘氣得都出了格了！有次玩兒火，差點把房子都燒了！」

「這麼淘氣，就沒有人管他一管？」

「我家『老封君』的命根子，誰敢阿！」

秋月口中的「老封君」，便是曹太夫人；她的「命根子」自然是芹官——曹顒的遺腹子，單名一個霑恩與霑衣雙關的霑字；又因爲落地便是重孝，「泣下霑衣」之衣，自然是「麻衣如雪」；卻又怕養不住，名字上不敢把他看得重了，所以依「芹獻」之意，起號「雪芹」，小名「芹官」。

芹官有祖母護著，沒有人敢管；長此以往，豈不可慮。四姨娘近來對曹家特感關切，不由得失聲說道：「照此說來，竟是沒有人能讓他怕的了？」

「這倒也不是！總算還有個人，能教他怕。不過要管也難。」

秋月還待往下說時，四姨娘搖搖手攔住了她：「秋姑娘，你別說！等我猜一猜。」她想了一下說：「這個人應該是你們現在的這位老爺？」

曹家現在的「這位老爺」，自然是指曹頫；不過曹家下人都稱他「四老爺」，因爲曹頫在本生的兄弟中行四。秋月點點頭說：「眞是一物降一物；那麼一個天不怕，地不怕的人，只有見了四老爺，倒像耗子見了貓似地。」

「這倒是怪事！這位四老爺，我也見過；極平和的人，爲甚麼那麼怕他？」

「那也不是一朝一夕的事了！憑良心說，四老爺眞個叫『恨鐵不成鋼』——。」

原來曹頫感念伯父栽成之德，恨不得一下子拿曹雪芹教養成人，能夠替他的手，承襲織造，才算對得起故去的伯父與堂兄；現在的伯母與寡嫂。所以從曹雪芹剛剛扶床學步時，便板起臉處處管教；曹雪芹就不曾見過「四叔」的笑臉。久而久之，連得曹頫自己都養成了習慣，譬如跟淸客談笑正歡時，只要一見這個姪兒，笑容自然而然地就會收斂。加以這兩年只聽見曹雪芹如何淘氣；曹太夫人如何護短，自更無好臉色給姪兒看；這一下，曹雪芹也就更怕見「四叔」了。

「照這麼說，大人或許還會爲了孩子嘔氣？」

「怎麼不嘔？」秋月對曹太夫人，眞是赤膽忠心，唯獨這件事上頭，爲「四老爺」不平，所以不覺其言之激切，「嘔的氣大了！要不然，四老爺怎麼賭氣不管了呢？」

這在四姨娘就不解了！「大人爲孩子嘔氣的事，是常有的。說過就算了。」她問：「莫非還眞的嘔氣？」

「由孩子想到別處，事情就麻煩了。」秋月搖搖頭，不願多說：「總而言之，是非多是旁人挑撥出來的！」

「挑撥甚麼？」

話一出口，四姨娘便悔失言。明明見人家已不願深談，卻還追問這麼一句，倒像是有意追索人家陰私似地；會遭人輕視。

秋月有些爲難。不答似乎失禮，照實而答卻又像自揚家醜；而且說了眞相，責任也很重，萬一傳到震二奶奶耳朵裡，會生是非。

見他躊躇的神氣，四姨娘更覺不安，「我不該問這話！」她說：「反正你總不是挑撥是非的人。」

這句話很投機，秋月覺得跟她談談亦不妨；這樣轉著念頭，平時一向爲曹頫不平的那股氣，不免湧了上來，越發要一吐爲快。

「大戶人家，那家都有只爲討好，能抹著良心說話的小人！」她說：「四老爺是過分了一點，心是好的；倒有人說，四老爺忘恩負義，欺侮孤兒寡婦，所以眼裡容不下這個姪兒！四姨娘你聽聽，說這種沒天理的話！」

「吁！」四姨娘長長地透了口氣：「這麼挑撥，心可是太毒了一點兒。」

「四姨娘，」秋月趕緊又叮囑：「這話你可放在心裡。」

「當然！我知道輕重。」四姨娘又嘆口氣：「唉！『家家有本難念的經！』」一語未畢，只聽外面腳步雜沓；有個蒼老的婦人聲音：「別慌裡慌張地、慢慢兒說，別嚇著了姑太太！」

四姨娘入耳便知，是吳嬤嬤！聽到最後一句，急忙迎了出去，果然是吳嬤嬤帶著兩個丫頭，匆匆而來。其中一個是她屋子裡的錦葵。

「甚麼事？」她問。

「老太太不行了！」錦葵答說：「老爺交代，請四姨娘陪著姑太太去看看。」

聽得這一聲，四姨娘轉身就走；門簾一掀，跟震二奶奶迎面相遇，「怎麼？」她問：「是不是該送終了？」

「是的。」四姨娘說：「姑太太上床了吧！」

「起來了。」

於是，震二奶奶、四姨娘跟秋月等人，七手八腳地伺候曹太夫人穿戴好了，攙扶著出了堂屋。只見迴廊、甬道、都添了燈火；五六個丫頭每人手裡一盞細絹宮燈，高高照著，一遞一聲地關照：「姑太太走好！」

等曹太夫人趕到，老太太已是氣息僅屬；滿屋子鴉雀無聲，阿筠眼圈紅紅地，拿小手掩著嘴，怕一哭出聲來，便好自制。病床的帳子已經撤掉了，連環跪在裡床，手拿一根點燃了的紙煤，不斷地湊到老主母的鼻子下面，紙媒一亮一暗，證明還有鼻息。就這樣，自李煦以下，都是愁眉苦臉地在等候老太太斷氣。

就在曹太夫人走向床前時，自鳴鐘突然「噹」地響了起來；大家都嚇一跳，床上卻並無動靜。等鐘聲一歇，李煦說道：「十一點，交子時了。」

曹太夫人沒有理他的話，做個手勢，只有震二奶奶懂，將燭台挪一挪，能照到病人臉上。於是曹太夫人俯下身去喊道：「娘、娘！」

居然有了反應，老太太動了一下；震二奶奶便幫著喊：「太姥姥、太姥姥！姑太太特爲從南京來看你老人家。你知道不？」

「娘、娘！」曹太夫人也說：「女兒來看你老人家。」

像出現了奇蹟，老太太竟能張眼了！震二奶奶趕緊親自將燭台捧過來，照得她們白頭母女彼此都能看得清楚；老太太昏瞀的眼中，突然閃起亮光，湧現了兩滴淚珠。

「娘、娘！你別傷心。」曹太夫人用抖顫的手指去替她抹眼淚；但等手指移開，雙眼又復闔上了。

震二奶奶立即將燭台交給在她身旁的四姨娘，伸手到老太太鼻孔下一探，臉上浮起了一陣陰黯。

接著是連環拿紙煤去試，一縷青煙，往上直指，毫無影響；「哇」地一聲，哭了出來。

於是阿筠失聲一慟，大大小小、都跪了下來，一齊舉哀；走廊上的下人，亦復如此。然後哭聲一處一處往外傳；間壁織造衙門的官員匠役亦都知道李老太太終於去世了。

「姑太太、老爺、各位姨娘、大爺，」吳嬤嬤跪在地上大聲說：「請保重身子，不要再哭了！老太太福壽全歸，喜喪。」

江南有「喜喪」這個說法。老封翁、老封君，壽躋期頤，享盡榮華，死而無憾，不但無足爲悲；而且留下有餘不盡的福澤，蔭庇子孫，反倒是興家的兆頭。

這個安慰孝子賢孫的說法，很有效果；首先是大姨娘住了哭聲，來勸「姑太太節哀」，接著李煦爲震二奶奶勸得收拾涕淚，銜哀去親自料理老母的後事。

「老太太養我六十五年，罔極深恩，怎麼樣也報不盡！」李煦垂著淚對總管及其他管事的奴僕說：「這最後的一件大事，務必要辦得沒有一點可以挑剔的。你們總要想到老太太平時待你們的好處，盡心盡力去辦。」

「怎麼敢不盡心盡力？不過，老太太一品誥封，壽高九十三；這場喪事要辦得體面，金山銀山都花得上去，總要請老爺定個大數出來，才好量力辦事。」

錢仲璿的話剛一完，李煦就接口答說：「一點不錯，量力辦事！該花的一定要花；花得起的，儘管去花！」

「是！」錢仲璿答應著，不作聲也不走，像是有所待；又像是有話不便說的模樣。

李煦心裡有數，便即說道：「你把劉師爺請來！」

劉師爺名叫劉伯炎，專管內賬房；聽得老太太故世，知道這場白事，花費甚大，一個人披衣起床，正對著燈在發楞，想不出那裡可以湊出一大筆銀子來？只見錢仲璿推門而入，心知是來商量籌款，不由得便嘆了一口氣。

「你老別嘆氣！天塌下來有長人頂。」錢仲璿說：「請吧，上頭在等。」

「怎麼？今天晚上就要找我？」

「怎麼不要找？」錢仲璿學著李煦的口氣說：「『該花的一定要花；花得起的，儘管去花！』」

「哼！」劉伯炎冷笑：「該花的，只怕也未見得花得起！」

「劉師爺，」錢仲璿正色說道：「我勸你老，犯不著說這話！」

劉伯炎比較算是有良心的；聽得他這話，不免微有反感，正在想跟他辯一辯時，錢仲璿滿臉詭秘地走了進來，便先閉口，要聽他說些甚麼？

「劉師爺，人不為己，男盜女娼！你老也得看看風色；從出了夏天那件事，都說這家人家要完了！照我看，不但要完，還怕有大禍；你老一家八口，三位小少爺還都不上十歲，也要趁早為自己打算打算。」

劉伯炎一驚，「怎麼會有大禍？」他問：「會有甚麼大禍？」

「你老倒想想看，」錢仲璿將聲音壓得更低：「出那麼一件醜事，把個九十三歲的老娘，活活氣死。皇上饒得了他嗎？」

「皇上不見得會知道吧？」

「怎麼不知道？不會有人寫摺子密奏嗎？」

「啊！」劉伯炎恍然大悟，失聲說道：「這麻煩可大了！」

「是啊！」錢仲璿緊接著他的話說：「人無遠慮，必有近憂。劉師爺，你犯不著墊在裡頭，應該自己留個退步。反正是不了之局，你勸也沒用；說不得只好先顧自己，是最聰明的。」

「等我想想。」

「此刻不必想了，請吧！你老只記住，上頭怎麼交代，你怎麼答應。明天等我來替你老好好想條路子，包你妥當。」

劉伯炎點點頭，抱著賬本來到上房；李煦正趕著成服以前在薙頭。有不相干的人在，不便商量，只說了些慰唁的話，靜靜等到他薙完了頭，才談正事。

「這場白事，不能不辦得體面些，不然會有人批評。唉！屋漏偏逢連夜雨，伯炎兄，你得好好替我張羅一番。」

「老太太的大事，當然不能馬虎。」劉伯炎皺著眉頭說：「不過，能張羅的地方，幾乎都開過口了。」

「如今情形不同，停屍在堂，莫非大家都不講一點交情？」

「有交情的人都在揚州，來去也得幾天工夫。」

劉伯炎指的是揚州鹽商；而李煦指的是本地跟織造衙門有往來的商人。兩下話不合攏，就有點談不去了。

「這先不去說它了！」李煦問道：「可有那一筆現成的銀子，能先挪一挪？」

劉伯炎想了一下答說：「有是有一筆，不過還沒有收來。」

「是那一筆？」

「內務府的參款。」

「對了！」發現有款子先可挪用，李煦愁懷稍寬，急急問道：「有一萬五千銀子吧？」

劉伯炎看了賬回答，內務府庫存六種人參，總共兩萬多斤，分交江寧、蘇州、杭州三處織造價賣。蘇州織造分到七百三十八斤，應售到一萬七千二百餘兩銀子；收過三千兩，還有一萬四千二百餘兩銀子可收。

「先收這筆款子來用。」李煦拱拱手說：「伯炎兄，務必請你費心！此外，請你再看看，溧陽的那四百畝田，是不是索性找價，賣斷了它？」

「這怕有點難。上次找過一次價了；如今就肯再找，數目也有限。」

「再說吧！」李煦揮手說：「如今頂要緊的一件事，務必先把那筆參款催了來！」

等劉伯炎一走，李煦將四姨娘找了來說：「兩件大事，一件是錢，一件是人。總算有一件事有著落了；還有一件，索性也辦妥了它。你陪我去看看姑太太吧！」

「姑太太也要歇一歇；四更天了，轉眼天亮，就有人來，她這麼大年紀，睡不到一個時辰。何必？」四姨娘又說：「等把老太太料理好了，我還有件事，非得今天夜裡把它辦好不可。」

「甚麼事？」

「咦！你忘了嗎？」四姨娘低聲說道：「老太太的那兩個櫃子，要趁今天晚上料理；白天不方便。」

「啊！」李煦心頭又是一喜，「眞是！我倒差點忘了。」他略停一下又說：「這得找人幫著你才好。」

「你不用管。我都安排好了。」

正說到這裡，只聽外面在報：「震二奶奶來了！」

「來得正好！」李煦說道：「等我當面先託她。」

這時丫頭已高高打起門簾，四姨娘緊兩步出房門，攙著震二奶奶的手說：「有甚麼事，叫人來說一聲，我不就過去了？還用得著你親自勞駕！」

「我家老太太有幾件事，著我來跟舅太爺當面請示。」

「好，好！」李煦也迎了出來，一疊連聲地：「請屋裡坐，請屋裡坐！」

震二奶奶進屋請了安，站著說道：「明兒一早想打發人回南京取東西，老太太著我來問一聲兒，打算停靈多少天？」

這意思是很明白的，曹太夫人要等出了殯才回南京；停靈的日子久，便住得久，不論在此作客，或是自己的家務，都得有個安排。

「震二奶奶你先請坐下來，咱們好好商量。」

「坐嘛！」四姨娘拉著她一起坐下；又關照丫頭：「把老爺的燕窩粥，盛一碗給震二奶奶。」

「四姨娘，別張羅！」震二奶奶按著她的手說：「我等請示完了，還得趕回去忙著打發曹福回南京。」

「別忙！」李煦接口說道：「你這一問，倒把我問住了。今天十一月十五、過年只有一個半月了；一交臘月，家家有事，趕到年下出殯，累得親友都不方便，存歿都不安心。可是停個十天半個月就出殯，震二奶奶，我這個做兒子的，心又何忍。」說著眼圈一紅，又要掉淚了。

「舅公別傷心！事由兒趕的，也叫沒法。我聽老太太說，按咱們旗下的規矩，停靈少則五天，多也不過三十一天；咱們就扣足了它，臘月十六出殯。舅公，你看呢？」

李煦尚未答話，四姨娘已滿口贊成：「通極，通極！照這樣子，再也沒有得挑剔的了！」

「衡情酌理，確是只有這一個日子。」李煦說道：「請再說第二件。」

「第二件是接三，得姑太太『開煙火』——。」

「這，」李煦搶著說道：「姑太太就不必管了！到時候應個名兒行禮就是。」

「舅公，你老聽我說完。」震二奶奶不慌不忙地說：「接三開煙火，是姑太太盡的孝心，上供之外，還要放賞；不能我家老太太做了面子，倒讓舅公花錢。我家老太太叫我來跟舅公說：一切請舅公費心，關照管家代辦；務必體面，不必想著省錢兩個字。說到這裡，她向外面叫一聲：

「錦兒，你們把東西拿來。」

錦兒是震二奶奶的丫頭；跟曹太夫人的丫頭夏雲應聲而進，兩人四手，都提著布包的白木盒子，顯得很沉似地。李煦一看就知道了，是金葉子；每盒五十兩，一共是二百兩金子。

「何用這許多？」李煦說道：「一半都用不著。」

「當然，也不一定都花在接三那天。」

原以誼屬至親，量力相助；「姑太太」早就打算好了的。李煦便點點頭說：「既然如此，我就沒話說了。再請說第三件吧！」

「第三件，老太太的意思，舅公也上了年紀，天又這麼冷；做孝子起倒跪拜，別累出病來，看能不能讓表叔代勞？」

「我和道，我知道！你跟姑太太說，不必惦著，我自己會當心。」

「是！」震二奶奶接著又說：「再有一件，大姥姥也是宮裡的老人，舅公該代她老人家上個臨終叩謝天恩的摺子。」

「啊！說得是。」李煦連連點頭：「要的，要的！」

「摺子上不知道怎麼措詞？」

「震二奶奶，你又把我考住了！這會兒，我可實在還不知道怎麼說！」

「少不得要提到病因。」震二奶奶面無表情地說：「我家老太太讓我提醒舅公，這上頭宜乎好好斟酌。」

話中大有深意，李煦凝神細想了一會，不由得從心底佩服「姑太太」的見識。江蘇一省，能夠密摺奏事的，算起來總有上十個人；這些密摺，不比只言公事，發交部院的「題本」；乃是直達御前，無所不談。家門不幸，出了這件新聞，平時有交情的，自然有個遮蓋；有那面和心不和的，譬如巡鹽御史張應詔，少不得直言無隱，甚至添葉加枝，落井下石。如果自己奏報老母的病因，與張應詔之流所說的不符，一定會降旨詰責，那時百口莫辯，關係極大。

不但要據報奏陳，而且還要奏得快，因爲這等於「遺疏」，照規矩，人一嚥氣就得遞。於是，李煦趁四姨娘去接收那兩個櫃子的工夫，一個人靜悄悄地來辦這件事。先交代丫頭，傳話出去，通知專跑奏摺的曹三即刻收拾行李；然後挑燈拈毫，寫下一個奏摺：

竊奴才生母文氏，於十一月初五日，忽患內傷外感之症，雖病勢甚重，心神甚清，吩咐奴才云：「我蒙萬歲隆恩，賞給誥封。就是歷年以來，汝面聖時節，必蒙問及，即今秋孫兒熱河見駕，又蒙萬歲溫顏垂問。我是至微至賤之人，竟受萬歲天高地厚恩典。倘我身子不起，汝要具摺爲我謝恩。我看你的病已經好了，盡心竭力爲主子辦事。若論我的壽，已是九十外的人了，你不再悲傷。」奴才生母文氏，病中如此吩咐；十一月十五日子時，永辭聖世，母年九十三歲。奴才遵遺命，謹具摺代母文氏奏謝，伏乞聖鑑。奴才煦臨奏不勝悚惶之至。

寫完檢點，自覺「忽患內傷外感之症」八字，含蓄而非欺罔，頗爲妥當；此外亦無毛病，可以封發了。

可是，年近歲逼，既有家人進京，照例該送的「炭敬」，自然順便帶去。轉念到此，心事重重——京裡該應酬的地方，是有單子的，從王府到戶部的書辦，不下四十人之多，一份炭敬十二兩銀子起碼，多到四百兩；通扯八十兩銀子一個，亦須三千二百兩銀子；此外還須備辦土儀，光是冬筍，就得幾十簍。往年一到十一月，便已備辦齊全，此時已裝運上路。而今年，直到這時候才發覺，還有年節送禮這件大事未辦；說來說去怪當家人不得力！

於是，李煦自然而然又想到了鼎大奶奶！心裡又慚又悔，又恨又悲，自己都不辨是何滋味？

就這時候，聽得窗外人聲雜沓，四姨娘帶著一羣下人回來了；粗做老媽子抬進來兩個箱子，輕輕放在地上，隨即退了出去。

「念『倒頭經』的和尚、尼姑快來了！」四姨娘吩咐：「你們到二廳上去看看，大姨娘一到，趕快來通知我。」

看她臉色落寞，李煦的心也冷了；但忍不住還是問了出來：「有些甚麼東西？」

「喏，都在那裡？」四姨娘將嘴呶一呶：「除了一桌金傢伙，筷子還是象牙包金的，就沒有甚麼好東西了？」

「怎麼會呢？」李煦問道：「莫非平常走漏了？你問過連環沒有？」

「怎麼沒有問過？」

「她怎麼說？」

「還說甚麼？便宜不落外方！老太太在日，都私下給了孫子，去養戲班子了！」

「怪不得！」李煦倒抽一口冷氣：「有人告訴我，前兩年他置一副戲箱，花了三萬銀子；我問他，他還不認。看來是確有其事。」他又跺一跺腳：「我這個家，都毀在這個畜生手裡！」

「你也別罵他！上樑不正下樑歪。」

「這是甚麼時候？還說這個！」李煦又氣又急：「曹三進京遞摺子，今天就走，年下該送的禮，一點兒都還沒有預備，怎麼辦呢？」

「家裡落了白事，還送甚麼年禮？沒那個規矩！」

「話是不錯。不過，不打點打點，總不大好。」

「打點跟送年禮是兩回事。」四姨娘嘆口氣：「本以為老太太總有十萬八萬的東西留下來，那知『啞巴夢見娘』，豈但一場空歡喜，而且有苦說不出！」

話是很俏皮，可是李煦無心欣賞，「別提這些閒白兒了！」他催促著：「你看看，有甚麼法子，先弄個兩千銀子出來，在京裡點綴點綴？」

「就有兩千現銀子，也不能讓曹三帶去；還是得託人在京裡劃個賬，不急在一時。」

「怎麼不急？是託誰劃賬，京裡跟誰去取？取了來怎麼送？不都得這會定規好了，告訴曹三？」

四姨娘不作聲，坐下來交替著將腿架在膝頭上，使勁地捶了一會；方始說道：「依我說，不如就拿姑太太送的二百兩金葉子，讓曹三帶去，倒也省事。不過，臘月裡的道兒，怕不平靖。」

「算了，算了！正倒楣的時候，還是小心為妙。」李煦也有了主意：「就讓曹三晚一天走吧！儘今天這一天把事情都辦妥當了它！」

上下忙到天亮，李老太太的靈停好了，停在二廳；窗槅子已經拆了下來，西北風「呼溜、呼溜」地颳進颳出，吹得一個個發抖，走廊上東面八個和尙念倒頭經；西面八個尼姑念往生咒，凍得念經咒的聲音都打哆嗦了。

大姨娘特爲來說：「姑太太別出去了！會凍出病來；到大殮的時候再說。陰陽生批的是酉時大殮。」

「不光是我！」曹太夫人說：「探喪的人要凍著了怎麼辦？」

「是啊！正爲這個犯愁呢？」

「風這麼大，又不能生火盆；不然火星子颳得滿處飛，會闖大禍。」震二奶奶接口說道：「我看只有一個法子，搭蘆棚，把天井整個兒遮住，不教風颳進來，不就行了嗎？」

「啊！」大姨娘說：「這個主意好，我趕緊說給我們老爺去！」說著匆匆忙忙走了。

「唉！」曹太夫人嘆口氣：「也不過少了個小媳婦，就會亂得一點章法都沒有。我們李家——唉！」她又重重嘆了口氣。

「人也不能老走順運，爬得高、跌得重；是要栽這麼一兩個觔斗，往後反倒平平穩穩，無災無難了。」

震二奶奶的這個譬解，表面是說李煦；暗中也是爲自己曹家的境遇作勸慰。三年之中，父子雙亡，兩度瀕於破家的厄運，這觔斗栽得不謂不重；衡諸盈虛之理，否極自然泰來。這話不必說破，讓曹太夫人自己體會出來，心情更覺寬舒。

對於娘家的境遇，曹太夫人亦持此想。鼎大奶奶的死於非命，無異折了李煦的一條手臂；如今又有喪母之痛，一年辦兩次白事，說倒楣也眞到頭了。可是，她總覺得還不能釋然。

「事情怕還不能就這麼完！只看天恩祖德了！」

「不要緊的！舅公平時厚道，又捨得結交，不會有人跟他過不去。再說，這種沒法子追究的事，也不能到皇上面前胡奏。」

「但願如你所想的那樣就好了！」

一語未畢，從窗槅上鑲嵌的那方綠玻璃中，遙見來了一群人，領頭的是李煦；後面跟著大姨娘與四姨娘。震二奶奶急忙起身相迎，李煦已自己掀著門簾跨了進來了。

「姑太太，」他一進門就說：「我求你件事，你可不能駁我的回！」

「甚麼事，怎麼急?請坐下來再說也不晚呀？」

「主意是早就打定了;剛才聽見搭棚的話，益見得我的主意打得不錯！」

「說的倒是甚麼呀！」曹太夫人有些急了，怕是自己答應不下來的事，所以催得很急：「大哥，你快說吧!說明白一點兒。」

「打老太太一撒手走了，我李家內裡三代沒有正主兒，得請個能擔當大事的人，替我主內。我早就想過了，」李煦的視線帶著震二奶奶，「除了姑太太你這個能幹賢惠的姪孫媳婦以外，再沒有別人。」

大家聽到這裡，都拿眼望著震二奶奶；倒讓她有些發窘，趕緊搖著雙手說：「不成，不成！我那幹得了這個差使？」

「若說你幹不了，還有誰能幹得了？不說別的，只說搭棚遮風這個主意，原不算新奇，可偏偏就只有你想得到！二奶奶，咱們至親，你總也不忍看我家破人亡，就袖手兒不管吧？」

「舅公這話，姪孫媳婦可當不起！」爭強好勝的震二奶奶，禁不起李煦一恭維，已有躍躍欲試之意，但曹太夫人尚無表示，不敢應諾；但神情之中看得出來，她本人無可無不可，一切須稟命而行。

因此，所有的視線都落在曹太夫人臉上；她卻聲色不動，慢條斯理地說道：「本來至親休戚相關，能夠出力，沒有個推辭的道理；不過，自己也得量力而行！若是大包大攬，臨了兒落個包涵，自己沒臉，還是小事；把老太太的這場大事辦得欠圓滿，只怕你我的心都不安。」

「不會的！」四姨娘插嘴說道：「二奶奶的才幹，誰不佩服？」

「這倒也是實話，我也不必替她假客氣。」曹太夫人從容說道：「可是，在這裡究竟不比在自己家，有十分本事，能使出來一半就好了！」

「這，姑太太請放心。」大姨娘趕緊聲明：「請了二奶奶來主持，自然事事聽她的。」

「你們聽她的，她也要拿得出來才行。大哥！」曹太夫人要言不煩地說：「有兩句話，我想先說在前頭，第一、『主賓』不能『相禮』；『相禮』不能『主賓』，震兒媳婦只幹一樣還差不多。」

世家大族的婚喪喜慶，都按朱文公的「家禮」行事，喪家延親友一人，專典賓客，謂之「主賓」；延知禮的親友一人，凡喪事都聽他處置，謂之「相禮」。不過李煦請震二奶奶襄助，卻非專主一事；所以想了一下答說：「以『相禮』爲主；『主賓』爲輔。將來有幾位堂客來，譬如吳中丞的老太太來了，我想非要勞動姑太太替我陪陪不可。」

「那當然。」曹太夫人說：「既然大哥要她兩樣都管，那就只能打打雜，還是大家商量著辦。」

「凡事還是二奶奶爲主，自然總有人幫她，姑太太說第二件吧！」

「第二件是，我原來的打算是，我等出了殯回去，讓震兒媳婦先回南京——。」

「我知道！我知道！」李煦搶著說：「年下事多，你又不在家，更得二奶奶料理。這樣，過了三七，我派人送二奶奶先回去；臘八到家。姑太太看如何？」

「能這樣，自然最好。」

「好！我先謝謝二奶奶。」說著，李煦起身，兜頭一揖。

「不敢當！不敢當！」震二奶奶急忙避開。

「既然說停當了，你就跟著兩位姨娘去吧！」曹太夫人正色叮囑：「記著，凡事商量著辦，別逞能！」

「老太太也是！」震二奶奶答說：「我有甚麼能好逞？不過跟幾位姨娘學著一點兒就是。」

「言重！言重！」李煦說道：「我已經叫人把花廳收拾出來了，請二奶奶就治公吧！」

震二奶奶很聰明，知道舊家世族，亦有許多「城狐社鼠」盤踞著，架弄哄騙，明侵暗蝕，其弊不可究詰。自己只是受託料理喪事，並非替李家整頓積弊；而況又是一個短局，就有此意，亦沒有足夠的時間來料理，貿貿然就去揭此輩的底細，落得虎頭蛇尾，徒然留下話柄而已。

不過，既受重託，料想必有好些人在暗中注視；都說曹家的震二奶奶、能幹出了名的，倒要瞧瞧，究竟有點甚麼能耐？所以亦不能不露一手給李家的下人看看；只要他們略有三分忌憚之心，自然遇事巴結，既有面子，又不傷和氣，豈不甚妙？

打定了這個主意，便緊守著曹太夫人的「別逞能」之誡，到得花廳就聲明：論人，個個陌生，不知孰長孰短；論事，件件生疏，不明來龍去脈，所以遇著下人回事，仍請四姨娘發落，遇到疑難，商量著辦；或有所見，直陳無隱。四姨娘聽她說得在理，跟大姨娘商量之後，決定照她的意思辦。

這一來，震二奶奶成了名副其實的「客卿」，只坐在那裡替四姨娘出主意。第一個主意是，按名冊重新分派職司，某人照看何處，某人專司何事；特別定下輪班交接的規矩，務期勞逸平均。又說數九寒天，值夜、巡更的格外辛苦，應當格外體恤。當下商定，後半夜另加一頓點心；多發一個放在腳爐中取暖用的炭結。

就是這個主意，贏得了李家下人一個心服口服；吳嬤嬤便即提出警告：「你們別當曹家震二奶奶是好相與的。有恩必有威，犯了錯，只怕四姨娘也護你們不得！」

楊立升也說：「接三是姑太太的事；上頭交代了，一點馬虎不得！震二奶奶是這麼體恤大家，大家也得捧捧震二奶奶！務必放出精神來，好好辦事。廚房、茶箱是自己人，不用說；鼓手跟『堂名』是誰接頭的，千萬先關照：第一、不許弄些糟老頭子、小孩兒來湊數；第二、不許躲懶；第三、不論動用的傢伙、身上的衣服，必得乾淨整齊！」

原來照北方跟旗人的規矩，道是死者在亡故三天以後，會登上望鄉台遙望家鄉，乃至戀家不捨，魂兮歸來，故有「接三」之舉。第一件事當然就是上供，名爲「開煙火」，照例由已嫁之女盡這番孝心；由於這是第一次爲死者上祭，所以無形中便成了第一次正式受弔；喪禮的風光，亦就是第一次展現。

接三的儀禮，始自正午；弔客雖在近午方到，執事卻一大早就進入各人的位置了。但見門樓上紮起素彩牌坊，照牆上亦掛滿了藍白綢子的綵球；門前八名接待賓客的家人，一個個腰板挺得筆直，在呼嘯的西北風中，格外顯得精神十足。

大門自然開得筆直，望進去白茫茫一片，直到靈堂，燭火閃耀，香煙飄揚，舉哀之聲，隱約可聞；往近處看，大門內六角架子上支著一面大鼓，亦用藍白綢子點綴得極其漂亮，權充「門官」的鼓手，來頭不小，是李鼎所養過的一個戲班子的班主魏金生；江南仕宦之家，無不識得此人。

從去年春天離開李家，魏金生便帶著他的「水路班子」在江蘇的蘇、松、太；浙江的杭、嘉、湖跑碼頭，到一處轟動一處，著實攢了幾文。這一次是應常熟錢家之邀，來唱重修宗祠落成的堂會，得知李家老太太之喪，特地趕來磕頭，爲楊立升留住，充當這個差使。

約莫巳末午初，第一位弔客到了，是管理滸墅關的內務府員外郎喀爾吉善；等他一下了轎，魏金生掄起繫著白絨球的鼓槌，「鼕、鼕、鼕」三下，由輕而重，由徐而疾，然後一陣猛掄；引路的家人便高舉名帖，帶著喀爾吉善，直到二廳，高聲唱道：「滸墅關喀老爺到！」於是堂名細吹細打，請來「支賓」的四位親友之一，專管接待旗人的織造衙門的烏林達，躬身趨迎，陪著到靈前上香行禮。等讚禮的一開口，李煦，李鼎父子立即在靈桌右面的草荐上磕頭回禮；白幔後面亦便有婦女舉哀之聲，其中有曹太夫人，有阿鈎、有連環、有琳珠、還有些善哭的丫頭、老婆子；當然也有李煦的妾，只得五、六兩姨娘——四姨娘在花廳內賬房；大姨娘監廚；二姨娘因爲跟四姨娘爭權嘔了氣，說是肝氣犯了，疼得滿床打滾，不曾來陪靈。

弔客行完了禮，李煦父子照規矩磕頭道謝。喀爾吉善到任未幾，他也是正白旗包衣，漢姓亦是李；又知李煦謀過他的現職而未能如願，怕他記恨，所以格外恭敬，以伯父之禮事李煦；照旗人的習慣，稱之爲「大爺」。

「大爺，不敢當，不敢當！」他也跪了下來，大聲說道：「老太太好福氣！一生享盡榮華；身後孝子賢孫，替她老人家辦這麼體面的白事！」

「父母之恩，那裡報得盡？盡心而已！」

喀爾吉善還想寒暄幾句，門鼓卻又響了；烏林達便上前將他扶了起來；有個家人用擦得雪亮的雲白銅盤子，捧來一根細白布撕成的帶子，其名謂之「遞孝」，本應接來繫在腰上；喀爾吉善爲表示情分不同，要了一件白布孝袍來穿上，自居於喪家的晚輩。然後由烏林達陪著，到了客座，茶箱沏來一碗六安瓜片；擺上四碟素點心，是熱氣騰騰的蒸食；菜泥包子、花素燒賣、芝麻松子餡的蒸餃、棗泥核桃方糕。

「眞是，不是『三世做官，不知道穿衣吃飯！』」喀爾吉善咂著嘴說：「光說這四樣素點心，只怕江南除了這李府上跟金陵曹家，再沒有第三家能拿得出來！」說著又吞了一個菜泥包子。

「喀公鑑賞不虛！」烏林達答說：「這四樣素點心，眞是曹家一位當家的奶奶，指點這裡的廚子做的。」

「喔！對了！今天是曹太夫人替這裡的老太太開煙火。」喀爾吉善問道：「曹家兩番大故，莫非豪奢如昔？」

「自然不如從前了！不過，百足之蟲，死而不僵。」

巡撫衙門的午炮，恰似接三祭典開始的信號。首先是魏金生擂了一通催促執事的鼓；也通知了男女弔客，從各處集中到靈堂來觀禮；及至二通鼓響，執事皆已齊集，一桌極整齊的祭筵，由本來在陪客的震二奶奶趕了來，親自看著，擺設妥當。然後，她一隻手執著靈桌，喊一聲：「楊總管！」

楊立升正站在簷口照看，立即閃出來答應：「楊立升在！」

「諸事齊備了？」

「是！」

「都檢點過了？」

「早就檢點過了。」

「好！多承大家費心。」震二奶奶又問一句：「可以上供了吧！」

「是的。」

震二奶奶點點頭，嬝嬝娜娜地踏出來，向一直跪在那裡的李煦請個安，低聲說道：「舅公，該行禮了。」

「是，是！這該姑太太領頭。」

「是！」震二奶奶向楊立升說：「傳鼓！」於是三通鼓起，院子裡樂聲大作；震二奶奶與連環從白幔後面將曹太夫人扶了出來，但見一身縞素，頭白如銀，雖然面現哀感，而神態自然從容，在男左女右，兩面觀禮弔客的一片肅穆之中，走到拜墊前面站定；接著，大姨娘領先，李家的女眷連阿筠、琳珠在內，在靈桌西面的草荐上跪齊，震二奶奶向鳴贊遞個眼色，示意贊禮。

鳴贊有意討好，高聲唱道：「晉爵！」

吳嬷嬷便將一個黑漆方托盤捧了過去，上有一鍾酒、一碗飯、一杯茶；連環一時茫然，不知該取那一樣？不免手足無措。

「酒！」曹太夫人輕輕說了一個字。

連環便用雙手捧酒遞上；曹太夫人接過來，高舉過頂；然後交給另一面的震二奶奶，捧到靈前供好。

接下來獻飯、獻茶，然後上香；震二奶奶扶著曹太夫人跪了下去，只聽她喊一聲：「娘！」隨即伏在拜墊上嗚咽不止。

這一來，李家的女眷，自然放聲舉哀；襯著院子裡的樂聲，哭得十分熱鬧。於是便有幾位善應酬的堂客，如蘇州府的夫人，臬司的二姨太、巡撫的居孀住在娘家的大小姐，上來勸請節哀。等曹太夫人慢慢住了哭聲，行完禮起身；便是震二奶奶磕頭；接下來才是李家大小依序行禮。禮畢樂止，恢復了一片喧嘩；都在談論，李太夫人有這麼一個女兒，才眞是福氣。

到這時又該「知賓」忙了，分頭招呼入席。接三照例是麵席，但李家供應的是整桌素筵；「知賓」還秉承李煦要讓「弔者大悅」的一番待客之誠，私下告訴貪杯的賓客，備得有上好的花雕，「這是喜喪！」知賓爲人解嘲；同時暗提警告：「只要別喝醉了，小飲無妨！」

於是，這一頓麵席從未初吃到申正；冬日天短，暮靄將合，就該預備「送三」了。

其時佛事早已開始。按旗人的規矩，唪經論棚，京中講究僧、道、番、尼，四棚俱全，番是喇嘛，外省缺如，所以李家這天只有三棚經，一棚尼姑，就在靈堂東面；一棚和尚，設壇靈堂正對面；還有一棚是玄妙觀中請來的七七四十九名全眞道士，在晚晴軒中鋪下法壇，要打一場七晝夜不停的解冤洗業醮——這是李煦早就說過了的，只爲老太太健在，怕作法事轡動法器，驚動了老人家；如今正好順便了卻這一頭心事。

這三棚經，此起彼落，從無中斷；加上內有滿堂的弔客，外有滿街等著看送三的街坊，人語喧闐，鐃鈸齊鳴，那種像要把屋子都翻了過來的熱鬧勁兒，令人恍然有悟，甚麼叫繁華？這就是！

「時候差不多了吧？」又回到內賬房坐鎮的震二奶奶，將楊立升喚了來說：「送了三還得放燄口；至親好友都要等『召請』了才走，這麼冷的天，似乎過意不去！」

「說得是！在等冥衣鋪送紙紮的傢伙來。」楊立升答說：「老爺昨兒才交代，凡是老太太屋子裡動用的東西，都得照樣紮了燒化；東西太多，分五家鋪子在趕，大概也快到了。」

「四姨娘，你看怎麼樣？」震二奶奶轉臉問道：「我想少幾樣也不要緊；橫豎出殯的時候還可以補。」

「一點不錯！」

「那，楊總管，請你務必多派人去催，有多少送多少來！送來了，不必請進屋，就在外面擺隊，接上送三的隊伍，免得多費工夫。」

「是！」

楊立升領命而去；幸好冥衣鋪已將旗人所稱的「燒活」送到，在滿街燈籠火把、照耀如同白晝之下，但見從綠呢大轎到李老太太愛鬥的紙牌，無所不有，皆是綵紙所紮，玲瓏逼眞，引得看熱鬧的一擁而上。紙紮的玩意經不起擠，急得經手此事的錢仲璿直喊：「縣衙門的哥兒們在那裡？」

於是長、元、吳三縣派來的差役，舞著鞭子，大聲吆喝著來彈壓。費了好大的勁，才能排出一條可容「導子」行進的路來。

於是四名司大鑼的「紅黑帽」，倒過鑼鎚，在鑼邊上輕擊三下，取齊了節奏，一齊下槌，噹聲大響聲中，跪在靈堂前面的李家女眷，放聲舉哀；外面的鑼聲響亮，號筒嗚嗚，加上「迷哩嗎啦」的鎖吶，引導一對白紙大燈籠，往西而去；隨後便是帶「頂馬」、「跟馬」的「綠呢大轎」與上百樣「燒活」；再後是送三的男客，每人手裡執著一股點燃了的藏香；再後是三十一名身披袈裟、手執法器的僧衆，最後才是喪主、兩名小廝扶掖的李煦，後面跟著李鼎；手捧拜匣，裡面是一份「李門文氏」到陰曹地府的「路引」。緊跟在他身邊的是杜子，手裡抱著一條全白的毛氈，因爲李鼎忽然感冒，受不得涼，得替他預備一樣禦寒之物，必要時好用。

當然綴尾的還有一班人，是執事與李家的下人，捧著拜墊之類的用品，空著手的也持一個小燈籠，亮紗所製，上貼一個藍絹剪成的「李」字。

出了巷口往北，是一處菜畦；經霜的白菜已經拔乾淨，楊立升亦早就派人將地面收拾得很平整。地方很大，但燒活太多，不能不胡亂堆疊在一起；等鋪好拜墊，李煦父子向西跪下，和尚先唪一遍經；大和尚用梵音抑揚頓挫地念完了「路引」，開始舉火。

一霎時烈燄飛騰，風聲虎虎，加上「嘮嘮啪啪」的乾竹子爆烈之聲；這個有聲有色的場面，吸住了所有弔客的視聽；沒有人想到李家的喪事，心裡浮起的是一種無可究詰其來由的很痛快、很舒泰的感覺。

突然傳來呼喊：「老太太，你可走好啊！弟妹、琪珠，你們倆可看著老太太一點兒！」

李煦勃然色變，急急回頭去望；其餘的人，包括僧衆在內，亦無不向東面望去，只見一個中年漢子，邊哭邊喊，飛奔而來。

「這是誰啊？」有個弔客低聲問。

「是李家的人；都管他叫紳二爺。」有人回答：「一向瘋瘋癲癲的！」

「挺圓滿的一場功德，臨了兒叫那個紳二爺攪了局！」震二奶奶滿面懊惱地說。

「其實也沒有甚麼！他的話也沒有說錯。」曹太夫人平靜地說，「他一回家正趕上送三；想起老太太平時對他的好處，急急忙忙哭著來送，就算是有良心的。若說送老太太，就不能提小鼎媳婦跟琪珠，這是誰定的規矩；說這話的人，自己心裡先就有病。」

「都像老太太這麼說就好了！」

「對了！都得像我，見怪不怪，其怪自敗，也少好些是非。」曹太夫人問道：「賞號開了沒有？」

「自然開了。」震二奶奶說：「我可替你老人家大大做了一個面子。」

「哼！」曹太夫人聲音是冷笑；表情卻是忍俊不禁似地，「明是你慷他人之慨，花不心疼的錢，自己買好兒，倒說替我做面子。」

「自然是替你老人家做面子；就是我買好兒，也是替老太太做面子。李家上上下下不都在說：到底是姑太太調教出來的，強將手下無弱兵；若非姑太太格外寬厚，震二奶奶敢這麼大方嗎？」

「你們聽聽，」曹太夫人向丫頭們說：「都是她的理！」

丫頭們都知道，其詞若憾，其實深喜；所以個個含笑不答。

「老太太安置吧！」震二奶奶說：「這一天累得可眞夠瞧的！」

老年人愛熱鬧；曹太夫人倒是倦了，卻捨不得去睡，「還沒有『召請』呢！」她說：「你忙你的去吧！答應了給人家幫忙，可別躲懶。」

震二奶奶心想瑜珈燄口一完，還有一頓消夜；打發弔客、打發和尙；歸拾動用什物，還有許多瑣碎事務，少不得會有下人來請示，四姨娘一個人一定忙不過來，得幫著她料理料理，累了一天，也落個全始全終的好名聲。

於是她說：「既如此，我可走了。不過『召請』供茶燒紙，老太太就不必出去了。」

「好吧！」曹太夫人說：「料想不允你這句話，你也不會走。」

震二奶奶微笑著，將秋月招到一邊，悄悄叮囑：「想法子哄老太太早早上床」，才又帶著丫頭回到花廳內賬房。

剛坐定下來，喝得一口茶，只見李鼎走了來說：「表姊，我父親著我來請表姊，有件事非得求表姊不可。」

「喔！」震二奶奶問：「舅公這會在那兒啊？」

「在書房裡。」

「好！我這就去。」

震二奶奶一面說，一面站起身來，不知怎麼，腳下一絆，人往一邊歪了過去；李鼎眼明手快，一把扶住。

「我的丫頭呢？」震二奶奶問；又坐下來，伸手下去握著自己的右足。

「上二奶奶屋子裡取手絹兒去了。」順子答說。

「怎麼？」四姨娘問：「蹩著了？疼不疼？」

「還好！」震二奶奶站起身，提腳踮了兩下；又走兩步，顯得不大俐落了。

「不行，不成！」四姨娘說：「叫人抬軟椅！」

話還未完，震二奶奶便即阻攔：「算了，那成甚麼樣子？教人看了笑話！我能走。」

「那就讓順子攙了你去。」

「錦葵不在，就順子一個人，怎麼離得開？我等一等，等——，」震二奶奶躊躇著說：「可又怕舅公等得心煩！」

「乾脆，」四姨娘看了李鼎一眼：「大爺攙一攙！」

「這，讓人瞧見了不大好吧？」

「不要緊！開角門出去，往裡繞一繞，誰也瞧不見。」

震二奶奶不作聲，顯然同意了。於是李鼎命小丫頭點燈籠引路；一手攙著震二奶奶的手肘，從花廳裡面的角門開了出去，但見涼月在天，西風瑟瑟，兩個人都打了個寒噤。

「趕快走吧！」震二奶奶說：「你不是感冒？這風太厲害。」

「不要緊！表姊冷不冷？」李鼎一面說，一面在震二奶奶臂上捏了一把，是要試試她衣服穿得夠不夠。

震二奶奶輕輕在他手背上打了一下，轉過臉來，向前呶一呶嘴，意思是當心小丫頭發覺。

「有多遠啊！」

「繞過這個院子，穿一條夾弄就到了。」李鼎說道：「表姊，你走裡面來！」

說著，他調到外面，讓震二奶奶沿著迴廊的牆走，爲的是有他可以擋風；手臂還攙著，不過本來攙左臂，此時也調到右面來了。

「你是在那兒得到表嬸兒的消息的？」

「從熱河回京以後。」

「當時哭了？」震二奶奶打趣似地問：「哭了幾缸眼淚？」

「先倒沒有怎麼哭。回來——，唉！」李鼎不願往下說，只重重地嘆口氣。

「也難怪你！一個爺兒們，最怕遇到這種事。」震二奶奶也嘆口氣，「我表嬸也是！去年還跟我說，說你慢慢收心了，在家待得住了。我也替她高興，倆口子有幾年恩愛的日子過。那知道你倒收心了，她可伸腿走了！」

說完轉臉向外來看，月光正照在她臉上；一雙眼中充滿了憐惜，倒像盈盈欲涕似地。李鼎的心一跳，不由得一哆嗦。

「怎麼啦?你!」震二奶奶帶著埋怨的聲音說：「知道自己不能受涼，也不多穿一點兒。」

「沒有甚麼!走快一點吧!」他把手放了下來，疾行兩步；忽又醒悟，回過身來，歉意地說：「我都忘了我自己的差使了!腳上這會好一點兒了吧?」

只為走得太急，小丫頭絆了一跤，人沒有摔傷，卻將燈籠摔熄了。繞行迴廊，有月色相照，沒有燭火倒也不礙；但前面那條長長的夾弄，不能沒有照明，李鼎便罵小丫頭：「走路不長眼睛!還不快回去點了燈籠來?」

小丫頭不敢作聲，摸著牆壁又繞迴廊走了回去。此時風勢忽大，震二奶奶不由得聳一聳肩，說聲：「眞該多穿點衣服才是。」

「這兒正當風口。來!到這兒來避一避。」

他所指的避風之處，正當轉角，風雖不到，月亮也照不到；李鼎又站在外面翼護，震二奶奶偪仄在死角落裡，是個很安全的位置，但也是很不安全的位置。

她突然警覺!甚麼叫「瓜田李下」?這就是。倘或小丫頭跟人一談此時此地的情形，那時流言就不堪聞問了。「羊肉不曾吃，落得一身羶」，不比鼎大奶奶還更冤枉!

想到這裡，她毫不思索地說：「不行!表叔，你去取火；讓小丫頭在這裡陪我。」

李鼎一楞，旋即會意；看她凜然不可犯的神色，問都不必問，問了會自找沒趣，便提高了聲音喊：「等等!你回來!」

把小丫頭叫住，換手讓她回來跟震二奶奶作伴；李鼎匆匆又從角門回到花廳，四姨娘奇怪地問：「怎麼回來了？」

「來換燈籠。」

「怎麼不叫小丫頭，還自己來？」

李鼎不好意思說，震二奶奶不願跟他單獨相處，只說：「小丫頭走得慢，怕人家等得心急。」

「有你陪著說說話，等一會兒要甚麼緊？」

「也沒有甚麼好說的。」

「你這位大爺，」四姨娘自語似地說：「眞老實！」

李鼎不作聲，心裡卻是一直在琢磨，四姨娘這句話甚麼意思？莫非暗示，可以把震二奶奶勾搭上手？念頭轉到這裡，不由得想起震二奶奶向小丫頭背影呶呶嘴的神情，一顆心頓時火辣辣地動盪不已；但「不行！你去取火，讓小丫頭在這裡陪我」的聲音，冷冷地響起在耳邊，立刻又覺得脊樑上冒冷氣。

就這樣心潮起伏之際，不知怎麼一頭撞在柱子上，額上撞出老大一個疱；心裡十分懊惱，但有苦說不出，只有定定神，舉高燈籠，好生走路。

因爲燈籠舉高了，他額上的疱讓人看得很清楚；震二奶奶詫異地問：「怎麼回事？怎麼會有這麼大一個疱？」

「我也不知道。糊裡糊塗在柱子上撞了一下。」李鼎哭喪著臉說。

「疼不疼?」

「還好。」

「我看看!」震二奶奶仔細察看傷處,油皮未破,亦無淤血,便又問道:「頭暈不暈?」

「不暈。」李鼎說著還把腦袋搖了兩下。

這是眞的不礙。震二奶奶斜睨著他笑道:「必是你心裡在胡思亂想。天罰你!」說完了,又拿手絹摀著嘴笑。

李鼎唯有陪著苦笑;再一次舉高了燈籠,照著她扶著小丫頭的肩,一直穿過夾弄,轉過彎,就到了李煦的書房。

李煦親自打門簾將她迎入屋內,滿面憂容地說:「深夜驚動,實在叫事出無奈。有件事只有求二奶奶你伸手拉我一把;不然這個關可就難過了。」

震二奶奶心知不會是好事,裝作一無所知地問:「甚麼事?請舅公吩咐。」

「唉!屋漏偏逢連夜雨,有幾筆款子,早就在催了,一直沒有能催得來。年下到了,京裡的『香』不能不『燒』;不然還可以拖幾天,偏偏又要進京遞摺子,一時那裡去湊?就湊到了得找人劃賬,也不是一天兩天的事;你說急人不急人?」

「這——。」

李煦不容她往下說,搶著開口:「我只求二奶奶幫我挪一挪;在令叔那裡,先撥三千銀子,一過了年，立刻奉還。」

原來震二奶奶，也就是曹顒之妻馬夫人的娘家，不但與曹、李兩家同爲正白旗的包衣，而且也當過織造。馬夫人的祖父名叫馬偏額，是順治十三年至康熙二年的蘇州織造；他的長子改了滿洲名字，名叫桑格，康熙二十三年當江寧織造，是曹寅的前任。馬夫人就是桑格「最小偏憐」之女；她的哥哥有好幾個，長兄即是震二奶奶的父親。另外有個哥哥叫馬維森，是內務府的紅人，管著好幾座庫房；與領了內務府本錢作買賣的「皇商」，以及包辦修繕宮殿陵寢的大木廠，都有往來。

李煦口中的「令叔」，即指馬維森，因爲「皇商」採辦之物，遍於四海；譬如要到福建來採辦供上方玉饌的海味，自然要帶一大筆銀子。但如果南邊有人要捎現銀到京裡，只要劃一筆帳，彼此方便。曹寅在日，如果京裡要用銀子，都由馬維森那裡兌劃，至今如此。李煦在風頭上時，憑一封書信，讓馬維森先墊個萬兒八千的，亦辦得到；只是有一次墊了五千銀子，久不歸還，直待催索，方始償清。李煦自覺信用已失，不便開口，所以特地重託震二奶奶。

這是件令人極爲難的事。但誼屬至親，彼此的底細，盡皆清楚；震二奶奶在曹家當家，銀錢調度，動輒上千論萬，只憑她隨身攜帶，起臥皆俱、上鐫一個「英」字的一顆小玉印，寫「付銀三千」，她叔叔那裡就會照付。所以如用這些手續上的託詞來搪塞，不能令人置信，只會傷了感情。

震二奶奶心想，錢是非借不可的，但代借了這筆錢，責任都在自己身上；倘或不還，至少也要能開得出口來討才好。第一、要張筆據；第二、要不相干的人的款子，討債才便於措詞。

她的心思極快，沉吟之間，已籌思妥當，「舅公，」她說：「若是要我叔叔劃三千銀子，不如舅公自己寫信；我的話一定不靈！何以故呢？我叔叔跟舅公也是至好，而且常有往來；何必我插手在裡面？我叔叔會說，李大爺託我墊錢，非經你的手不可；顯得我只相信親戚，不顧交情。那成甚麼話？舅公請想，是不是得駁我的回。」

「二奶奶你眞會說話！」李煦苦笑道：「實不相瞞，過去對令叔失過一次信用，雖然料理清楚了，總覺得沒臉再見令叔。『人人要臉，樹樹要皮』，二奶奶你就成全了我吧！」

說著離座一揖，慌得震二奶奶急忙閃避，「舅公，你這話說得太重了！」她說：「你老人家請坐。我有個計較，看行不行？」

「好，好！請說，請說！」李煦坐了下來，雙手按在膝上，俯身向前，靜聽好音。

「我來之前，佟都統的太太，有筆私房，共是兩千五百銀子，託我替她放出去。只爲趕著動身，還沒有來得及辦。莫如舅公先使她這筆銀子；期限也寬舒了些，就出幾個利息也値得。」

李煦是因爲催索參款，只弄來幾百銀子；賣田又非叱嗟可辦；辦喪事都還虧得有曹太夫人送的那二百兩金葉子。而曹三等著要走，非立刻找一筆現款，不能過京裡的那個「年關」。如今聽得有此兩千五百銀子好借，喜不自勝，急忙答說：「好極，好極！不知道能用多少日子？」

「只要佟都統不調，沒有急用，多少日子都可以。不過她要的利息重，舅公也犯不著吃她的重利；過了年，看有那筆款子進來，先還了她再說。」

「說得不錯。我想用三個月就行了。」李煦又說：「至於利息，請二奶奶作主就是。」

「她要是要兩分，也不能依她的。」震二奶奶想了一下說：「這樣吧，一分五內扣；舅公用三個月，拿利息先扣了給她。婦道人家貪小的居多，也讓她高高興興。」

「好！就這麼辦。不過，」李煦忽又皺眉，「錢，我是在京裡用。」

「這不要緊，就作爲我家要用錢，請我叔叔代墊。」震二奶奶歉意地說：「有句話，舅公可別罵我；佟都統太太那裡，我得交賬——。」

「啊！啊！我知道。」李煦搶著說道：「我自然寫張借據給你。」

住了還不到半個月，曹太夫人便有些想家了。名爲「想家」，其實是想孫子。

李家伺候這位姑太太，倒是無微不至；總怕她寂寞無聊，常在替她想消遣的法子。只是熱孝之中，不便有絲竹之聲；若說替她湊一桌牌，倒容易得很，無奈曹太夫人自己覺得不成體統，堅拒不許。這一來，除卻人來人往，陪她閒話以外，別無遣悶之道，自不免「想家」了。

「你在姑太太面前，別老提『表哥』！」錦葵特爲叮囑阿筠：「姑太太會想芹官。」

「既然想，爲甚麼不派人把他接了來？」

「你倒說得容易！人家就是老天爺賞的這麼一枝根苗；賽過金枝玉葉，碰都碰不得。那像你！」

錦葵是一句無心的話，卻不知阿筠的小心眼兒裡裝的事很多；人家是「金枝玉葉，碰都碰不得」，草非自己就是可以讓人呼來喝去的小丫頭？從李老太太一死，她便受了冷落，本就鬱鬱不自在；此時心裡在想：大家都是沒有父母的孩子，爲甚麼只當芹官是寶貝？說來說去，還不是因爲有人疼的緣故。如果老太太不死，錦葵說這種氣人的話，就可以回她一句：「你別看不起人！你們不說我是老太太的『活盆景』嗎？你倒碰碰看，碰壞了，老太太不撕爛你的嘴才怪！」

如今呢？如今說不起這樣的硬話了！阿筠這才發現老太太死不得！悲痛與委屈交集；眼淚一流，撒腿就跑，奔到李老太太住的院子裡，將彆住的嗓子一放，號啕大哭。

「怎麼啦！」連環趕緊將她拉住，蹲下身來問道：「誰欺侮了你？」

不問還好，一問讓阿筠哭得更厲害；把玉蓮、玉桂都招引了來，三個人連哄帶嚇，說「再哭就不跟你好了。」才讓她抽抽噎噎地，自己擠出一句話來。

「我哭老太太！」

「你看，嚇人一大跳！」玉蓮又好笑，又好氣地說。

「老太太又不是剛故世，你哭也不止哭過一場了！」玉桂也怪她：「這會好端端地又來這麼一下，你倒是甚麼毛病啊？」

「你們別怪她！她哭，自然有她的道理。」

聽得這一句，剛要住的哭聲，突然又響了，「越扶越醉！別理她。走！」玉桂一把將玉蓮拉走了。

她們不會懂，阿筠的哭聲又起，是因爲連環的那句話，正碰到她心坎上。這一陣哭過，心裡舒服得多了，便將錦葵說的那些話，都告訴了連環。

「老太太活著，她不敢這麼說；老太太一死，就沒有人疼我了！都不理我了！」說著，阿筠倒又要哭。

「你這話說得全不對！」連環沉著臉說：「這話要是讓四姨娘聽見了，會把她氣死，她不是挺疼你的嗎？你說這種沒良心的話！若說沒有人理你，你不看上上下下，不都忙得不可開交，那有工夫陪你玩兒？都說你聰明懂事，連這點都不懂。眞是白疼了你！」

一頓排揎，反倒將阿筠小心眼兒裡的疙瘩，掃了個乾淨。不過臉嫩不好意思認錯。

於是連環攜著她的手走回屋裡，爲她洗了臉，重新替她梳了辮子；說道：「上姑太太屋裡玩去吧！不過，錦葵的話也不錯，你別再提表哥了。」

阿筠點點頭；在鏡子裡問道：「我的眼怎麼辦呢？」

眼泡腫著，人家自然會問；連環想了一下說：「那你就別出去了！在屋子裡寫字好了。」

「喔！」阿筠突然想起一件事，「連環姊姊，你叫人送我到紳二叔那裡去好不好？」

原來，阿筠雖未正式從師，老師卻很多；李鼎替她啓的蒙；李煦高興了，教她念唐詩；但她跟李紳念書寫字的時候居多。而自「接三」那天，李紳回來以後，她還一直沒有機會見到「紳二叔」；此時由寫字想到積下的「九宮格」，已有好幾十張，急著要拿給李紳去看，所以作此要求。

連環有些爲難。「紳二爺」已成了不受歡迎的人物，李煦提起來便罵他「畜生」；聽說李紳自己亦說過，只等老太太出了殯，就要回山東老家歸農去了。既是這樣子，派老媽子將阿筠送到他那裡，似乎很不相宜。

「怎麼？」阿筠已看出她的臉色，不解地問：「連環姊姊，妳怎麼不說話。」

「你不是眼腫，怕見人嗎？」

「啊！」阿筠爽然若失，「今天不去了。」

「過一陣子再說吧！」連環趁機說道：「紳二叔幫著辦喪事，怕沒有功夫教你。」

阿筠點點頭，就不作聲了，一個人靜靜地寫了兩張字。連環一面陪著她，一面在想老太太的遺言——。

連環記得很清楚，那是夏天挪到別墅的第三天；只有她一個人陪著老太太納涼，不知怎麼談起了「老古話」？李老太太說：「曹李兩家是分不開的！當時一起在睿王爺旗下；好到比親弟兄還好。遇到打仗，兩家的爺爺總是搶在前頭；也不知死過幾回，總算命大，到底跟著睿王爺進了關。不過，那個苦頭也不知吃了多少；連馬溺都喝過！你道，這片家業是容易掙來的麼？」

這些「老古話」，連環也聽得不少，便即答說：「要不然，怎麼會讓睿王爺看重，讓兩家的老太爺管內務府呢？」

「還沒有到在內務府當差的時候。」李老太太說：「當初正白旗只在睿王府當差；後來睿王爺死了，沒有兒子。鄭王爺他們公議，說正白旗應該歸皇家，這才成了『上三旗』。不過，內務府在那個時候，也還輪不著上三旗當家。」

原來明朝亡於宦官，所以早在太宗年間，並特為鑄一面鐵牌，明明白白指示，凡是太監干預外事，凌遲處死。但此輩數百年心傳，善於獻媚邀寵；當時皇帝剛剛成年，又是感情用事的性格，竟為前明所遺留的太監所惑，特別寵信一個吳良輔；聽從他的獻議，竟不顧祖宗家法，廢止內務府，恢復明朝的宦官制度，設立司禮、御用、御馬、內官、尚衣、尚膳、尚寶、司設八監；尚方、鐘鼓、惜薪三司；兵仗、織染兩局，合稱「內十三衙門」。規定：「以滿洲近臣與寺人兼用。」所謂「滿洲近臣」，就是上三旗的包衣。

話雖如此，其實是太監與包衣爭權，而以皇帝的支持，太監占了上風，所以特設一項規定：「凡係內員，非奉差遣，不許擅出皇城；職司之外，不許干涉一事。」太監原就如此，不受影響；顯而易見的，這是吳良輔用來限制包衣行動的巧妙手法。

不過上三旗的包衣，亦非全無奧援，尤其是正白旗包衣，為孝莊太后的家奴；當多爾袞死後，正白旗包衣奉歸皇室時，曾作了一次分配：「鑲黃屬太子、正黃屬至尊、正白屬太后」。所以皇子、皇女的乳母、保母，都在正白旗包衣中選取。

到得順治十八年正月，皇帝以出痘不治而崩；親貴重臣在孝莊太后的主持之下，作了一次鞏固滿洲勢力的大改革，假託遺詔罪己，「漸習漢俗，於淳樸舊制，日有更張」；「明季失國，多由偏用文臣，朕不以為戒，而委任漢官，即部院印信，間亦令漢官掌管，以致滿臣無心任事，精力懈弛」；「於諸王貝勒，晉接既疏，恩惠復鮮，以致情誼睽隔」，凡此重漢輕滿，引以為罪，則以後自必排漢親滿，此爲要改革的第一大端。

「國用浩繁，兵餉不足，而金花錢糧，盡給宮中之費」；「經營殿宇，造作器具，務極精工，求爲前代後人之所不及，無益之地，糜費甚多，乃不自省察，罔恤民艱」，自責奢靡，則將來務從簡約，此爲要改革的另一大端。

宮中之所以糜費，是因爲十三衙門無一不是銷金窟；所以要裁十三衙門，首先就得制裁太監。罪己的遺詔中，是從寵信吳良輔說起。

早在順治十五年三月，就有一道譴責吳良輔的上諭：「內監吳良輔等，交通內外官員，作弊納賄，罪狀顯著，研審情眞。有王之綱、王秉乾交結通賄，請託營私，良輔等已供出，即行逮問。其餘行賄鑽營，有見獲名帖書柬者，有餽送金銀幣帛者，若俱按跡窮究，株連甚衆，姑從寬免。如此情弊，朕已明悉，勿自謂奸弊隱密，竊幸朕不及知。嗣後務須痛改前非，各供厥職，凡交通請託，行賄營求等弊，盡皆斷絕；如仍蹈覆轍，作奸犯法者，必從重治罪。」

吳良輔明明是首犯，皇帝置而不問，寵信不衰。皇帝好佛，奉迎江南名刹高僧，供養在禁中，其中玉林與木陳，更受尊禮；吳良輔即與此輩高僧結納，無形中得到許多庇護。這一來宦官與上三旗的包衣，特別是屬於太后的正白旗包衣，更加勢如水火了。

原來孝莊太后是受過洗的天主教徒，對教父湯若望的尊敬，亦猶之乎皇帝之於玉林、木陳。但太后與皇帝是母子，天性畢竟重於宗教，所信雖不同，而皆願容忍。湯若望在中國多年，人情透達，自己知道在守舊的大臣眼中，是個危險人物；而況天主教與佛教雖皆非中國固有，但歷史深淺不同，佛教傳入中土，已歷千年，禪儒相結，成為理學，為中國士大夫安身立命之所託。天主教如果想在中國生根，只有委屈求全；所以從不敢說一聲「皇帝不該信佛。」

至於玉林、木陳是得道高僧；凡高僧無不廣大、無不圓融、亦無不世俗，只是能見世俗之大。如果攻天主教為異端，勢必挑起母子的衝突；所以玉林與木陳，亦不會跟湯若望過不去。但吳良輔這一幫的太監與正白旗包衣就不同了，近帝近佛則攻天主教；近太后近天主教則攻佛，利益所關，壁壘分明，漸成勢不兩立之局。

順治十七年八月，皇帝最寵愛的賢妃董鄂氏病歿，皇帝痛不欲生，輟朝五日，追謚「端敬皇后」，親製行狀；御祭時命詞臣撰祭文，草稿擬了又擬，改了又改，翰林院的「老先生」為之大窘。

縱然如此，皇帝仍舊覺得未盡悲悼之情；竟有看破紅塵之意。於是吳良輔在徵得玉林與木陳的同意之後，自願代皇帝出家。順治十八年正月初二，在京師最有名的古刹，唐太宗征遼還師，為追薦陣亡將士所建的憫忠寺祝髮；皇帝親臨觀禮。其時已有病在身，第二天就臥疾不起了。

「那年我三十四歲，老爺才八歲。」李老太太追憶著五十九年前的往事說：「正月裡拜年，都在談吳太監出家的事；到了年初四，有人說，滿漢大臣進宮請安，才知道皇上身子不舒服。到了初六一大早，曹家的老太爺，就是姑太太的公公，那時在內十三衙門當差，匆匆忙忙奔了來說：宮裡有旨意：不准點燈、不准潑水、不准炒豆子。這才知道，皇上是出天花。到下午，天牢裡的犯人都放了出來，是為皇上求福。那知道當天半夜裡，皇上就駕崩了。初七天還沒有亮，曹家的老太爺就帶我們進宮，等著給順治爺磕頭。這時候還不知道誰當皇上；直到中午，曹家老太爺來報信兒，又淌眼淚又笑──。」

「那！」連環記得當時曾打斷老太太的話問：「那是怎麼回事？」

「怎麼回事？三阿哥當了皇上；都是我們親手抓屎抓尿抱過的，你說還不該笑嗎？」

「那麼，」連環問道：「是誰定的呢？讓如今的皇上當皇上？」

「自然是太后！從那天起，就是太皇太后了。太皇太后又是聽了湯法師的話──。」

「誰是湯法師啊？」

「西洋人；他的那個國度叫甚麼日耳曼。太皇太后相信他得很。」李老太太說：「本來二阿哥比皇上大八個月，皇上在那個年歲，也還看不出來，後來會創那麼大一番事業，按理說，二阿哥居長，皇位該二阿哥得──。」

「可怎麼又歸了如今的皇上呢？」

「你別性急！聽我告訴你。湯法師跟太皇太后說，一個人不拘身分多麼貴重，一生必得出一次天花，出過就沒事了！二阿哥天花未出，將來不知道怎麼樣？三阿哥可是出過了。」李老太太說：「你想順治爺就是出天花出了事，這麼一個現成的例子擺在那裡，太皇太后有個不聽的嗎？當時就把預備好的小龍袍，親手替三阿哥穿上了。想當初，」事隔六十多年，李老太太仍有掩不住的興奮：「三阿哥出天花的時候，我們幾個晝夜看守，提心吊膽，到天花長滿了，結了疤快要掉的那個時候，三阿哥奇癢難熬，只嚷：『癢，癢！替我抓！』可是誰敢啊！幾個輪著班兒撳住他的手；哄他的好話都說盡了！看三阿哥哭得上氣不接下氣，都快要抽風了，我們心裡那個不疼的?虧得曹家的孫姊姊——。」

「那是誰啊？」連環性急，又插嘴問了。

「不就是姑太太的婆婆嗎?我們都是姊妹相稱，我管她叫孫姊姊；他管我叫文姊。」

「原來就是曹老太太，她怎麼說？」

「她說：寧可讓阿哥恨我一時，別讓我自己悔一輩子！是阿哥，將來就有當皇上的份兒；若是一位麻臉皇上，瞧著多寒蠢哪！又說：寒蠢還在其次；就怕該立太子的時候，看三阿哥樣樣都好，就是臉麻了不好，這關係有多大。」李老太太緊接著說：「後來聽人說，宋朝不知那位皇上歸了天，也是太皇太后作主選皇上，有位阿哥居長，本該選上的，只爲生來大小眼，太皇太后說：這看著不像樣！把皇位給了別個阿哥。還眞有那樣的事。」

「老太太你別講宋朝，只說咱們大清朝。」連環問道：「那時大家聽了曹老太太的話，怎麼樣呢？」

「還有怎麼樣?自然聽她的。隨便三阿哥怎麼鬧，咬緊牙關不理他。到得疤都掉了，光光鮮鮮一張小臉；不由得心裡就想，再受多大的罪也值。」

「怪不得皇上待曹老太太那麼好。說有一年南巡，住在江寧織造衙門，還特地拿她老人家扶出來給喝酒，敘了好半天的舊。可有這話？」

「怎麼沒有？」李老太太說：「就是我，皇上也召見過；還提到當年出天花，說癢得受不得的那會，恨不得拿刀子把我們幾個的手剁下來。話剛說完，皇上自己倒哈哈大笑了。」

聽得津津有味的連環，實在不捨得當時的故事中斷，便又問道：「後來呢？自己抓屎抓尿抱大的阿哥，一下子當了皇上，那不是天大喜事嗎？」

「眞是做夢都沒有想到的喜事！誰也想不到，才二十四歲的順治爺，沒有幾天的功夫，說是駕崩了；更想不到皇位會落在三阿哥頭上。咱們正白旗，打那時候起，可就抖起來了！上三旗若說滿洲、蒙古、漢軍三個旗分，也許正黃、鑲黃比正白旗來得人多勢衆；如說是包衣，正黃、鑲黃比正白可就遠了去了！」

「這是爲甚麼呢？」

「還不就因爲是太皇太后的人嗎？皇上登位那年八歲，凡事都是太皇太后管；不過太監的勢力還是很大，就把吳良輔砍了腦袋，內十三衙門也還是過了一年才能革掉。」

這是李老太太年深日久記錯了。其實只過了一個多月；那天是順治十八年二月十五日，特頒一道上諭：「朕惟歷代理亂不同，皆係用人之得失，大抵委任宦寺，未有不召亂者，加以僉邪附和其間，則爲害尤甚。我太祖太宗痛鑑往轍，不設宦官。先帝以宮闈使令之役，偶用斯輩，繼而深悉其奸，是以遺詔有云：『祖宗創業，未嘗任用中官，且明朝亡國，亦因委用宦寺。』朕懍承先志，釐剔弊端，因而詳加體察，乃知滿洲佟義，內官吳良輔，陰險狡詐，巧售其奸。熒惑欺蒙，變易祖宗舊制，倡立十三衙門名色，廣招黨類，恣意妄行，錢糧借端濫費，以遂侵牟，權勢震於中外，以竊威福。恣肆貪婪，相濟爲惡，假竊威權，要挾專擅，內外各衙門事務，任意把持；廣興營造，麋冒錢糧，以致民力告匱，兵餉不敷。此二人者，朋比作奸，擾亂法紀，壞本朝醇樸之風俗，變祖宗久定之典章，其情罪之大，稔惡已極，通國莫不知之，雖置於法，未足蔽辜；吳良輔已經處斬，佟義若存，法亦難貸，已服冥誅，著削其世職。十三衙門盡行革去，凡事皆遵太祖太宗時定制行。內官俱永不用，爾等即傳布中外，刊示曉諭，咸使知悉，用昭除奸癉惡大法。」

這佟義原是漢人，投歸旗下，從龍入關，總管宮內事務；與吳良輔勾結作惡，幸而早死，得免身首異處之禍。

「現在要談到織造上頭來了。」李老太太說：「這自然是個好差使，正黃、鑲黃兩旗的包衣都想爭。太皇太后說：織造既是管宮裡所用的一切衣料，自然是我的事。既是我的事，就該讓我的包衣去。這話名正言順，誰也不敢駁。於是乎曹家老太爺，放了江寧；馬家老太爺，就是震二奶奶的太爺爺，放了蘇州。」

「那時候我們家的老太爺呢？」

「是在河南當臬司。我們家老太爺一直做外官；直到跟曹家結了親，姑老爺在皇上面前很說得動話，他由蘇州調江寧，才保薦老爺來管這個衙門，至今二十七年，你幫我，我幫你，也分不出是曹、是李，反正一個好，大家好；眞正叫是禍福同當。不過——。」

李老太太突然頓住，昏濛老眼望著天邊圓月，若有所思。連環自然關切、自然要問。

「老太太倒是在想甚麼呀？」

「我在想，如今曹家跟馬家倒又近了！」

意在言外，卻很明顯；她擔心曹、李兩家會漸漸疏遠。

「老根兒人家，都是親上加親。」李老太太又說：「兩家好，不如三家好。咱們李家應該跟馬家也拴上親。」

李老太太有個想法，亦可說是希望；希望鼎大奶奶能生個女兒，匹配芹官；姑表聯姻，不但曹李兩家更不可分；而且由於芹官是馬家的外孫，鼎大奶奶又是馬家的表親，這一來重重姻緣，綰合三家，彼此就更不愁照應不到了！

吐露了這個想法，李老太太自語似地說：「我這個心願，湊巧了一點都不難；不過，我怕我是看不見了！」

連環心想：一點都不錯，老太太就再活一百年，也無法看到芹官做鼎大奶奶的女婿！依鼎大奶奶的為人，應該已經投胎在好人家了。不過也論不定，不都說吊死鬼要討到替身才能投胎嗎？

李老太太不知道她別有心事；見她不答，只以為她不以為然，便即問道：「連環，你說我這是癡心妄想不是？」

「不是？」連環想了一下，很謹慎地答說：「芹官今年六歲，鼎大奶奶就算今年有喜，也得明年才生，表兄妹相差還是六歲。差得太多了一點。」

「那怕甚麼！新郎倌比新娘子大十歲的多得很。」

「那是別家！姑太太家就不成。」

「何以呢？」

「老太太倒想，姑太太就這麼一條『命根子』，有個不想早早抱孫子的嗎？芹官又長得結實，至多十八歲，一定娶親；可是，咱們家的小姐才十二歲，上花轎可是太早了一點。」

「啊，啊！我眞是老悖悔了！連這麼一點道理都想不通！」

說著，臉上浮起了一種難以形容的落寞的顏色。連環在月光映照之下，看得清清楚楚，心裡替她難過得很。大概這個念頭存在她心裡不知多少時候了，想了又想，越想越愛想，自覺是個極好的主意；誰知道說出來半文不値，她那心裡是何滋味？也就可想而知了。

不過，親上加親的想法是不錯的。連環想到一個人，頓時心頭一喜；悄悄說道：「老太太，我倒有個主意，不知道成不成？」

「甚麼主意？」

「咱們不現成有個芹官的少奶奶在這裡嗎？」

李老太太想了一會，眼睛突然發亮：「你是說阿筠？」

「是啊！」連環很起勁地說：「同歲小幾個月。模樣兒，性情；又是那麼靈巧！我看沒有那一樣配不上芹官。」

李老太太的臉色轉爲肅穆了；沉吟了好一會說：「別的都說得過去，就怕姑太太嫌她從小沒有娘，這家敎上總差著一點兒。不過，也得看她自己！」

「老太太說得絲毫不差。只要有人管，有人敎，有娘沒娘是一樣的。」

「你也說得太容易了！」李老太太鄭重囑咐：「這件事很可以做！不過要慢慢來。你先擱在肚子裡，甚麼人面前也別說。等我想一想，再來好好籌劃。」

連環打定了主意，要爲李老太太達成這個心願，她在想，第一步當然要跟四姨娘去談。

自從發現李老太太留下來的東西，遠不如想像力中那麼多，四姨娘不免對連環存著芥蒂，只當是存心騙她。後來從玉蓮、玉桂口中才知道眞相——李老太太拿私房供孫子揮霍。連環很勸過她幾次；所以到後來祖孫都是瞞著連環「私相授受」。照此看來，連環既非存心欺騙；而且也證明她從沒有私底下去看過老太太有些甚麼好東西。交櫃子鑰匙時，說「老太太花自己的錢，只怕也夠了」的話，只是猜想而已。

因此，四姨娘不但前嫌盡釋，反倒覺得她可敬可重，可以做個管家的好幫手。這時見她來了，便很假以詞色；一面讓坐，一面叫錦葵：「給你連環姊姊拿茶。」

「我自己來。」連環從錦葵手裡接了茶，站在那裡跟她說些不相干的話。

四姨娘心中明白，連環不會特爲跑了來找錦葵聊閒天；必是有話不願當著人說，甚至也不願讓人知道，私下有話要說。

於是，她問：「錦葵，昨天裝雅梨給大爺的那個盤子，收回來了沒有？」

「還沒有。」

「快去收回來！那盤子一套五個，少了一個，其餘四個就不能上台面了！」四姨娘又說：

「從大奶奶沒了，晚晴軒就沒有人管了；甚麼事一問三不知，丟了還不知道是誰拿的？快去吧！」

「是！」錦葵答應著走了。

「連環，」四姨娘招招手說：「你必是有話跟我說。來，坐下來好說話。」話很多，得從長計議；四姨娘說的實話，連環便端一張小凳子，在她身邊坐了下來。

「有件事，是老太太交代的。我不知道老太太跟老爺、姨娘提過沒有？不過，我覺得我不能不說。」

「喔，你先說，是甚麼事？」

「老太太有個心願，」連環左右看了一下，放低了聲音說：「想跟姑太太家，親上加親！」四姨娘的表情，就跟當時李老太太聽見她提出阿筠來配芹官那樣，雙眼顯得格外明亮，而且很快地在眨動；顯然的，她聽到了一個值得好好去打算的新主意。

「連環，」她的聲音在喜悅之中帶著困惑，「老親攀新親，是怎麼個攀法呢？」

「那面自然是芹官。」連環答說：「咱們家也有配得上芹官的小姑娘。」

「你是說阿筠？」

「不是我說的，」連環為了抬高阿筠的身分，撒了句問心無愧的謊：「是老太太的意思。」

「喔，喔，老太太的意思！」四姨娘一面想，一面說：「如果姑太太是老太太親生的就好了。」

這表示她顧慮著曹太夫人未必肯從李老太太的遺命。然則曹太夫人不肯從命的原因在那裡？連環所能想到的，也就只是李老太太曾指出來過的，怕阿筠從小失母，家教或者有所欠缺。這一點必得有個很有力的解釋；最好能舉個彰明較著的例子，讓曹太夫人心裡有這麼一個想法；女孩子從小沒娘也不要緊；只要有人好好教導就行！這一來，親上加親就談得攏了。

「連環，」四姨娘問道：「你看姑太太願意不願意結這門親？」

「爲甚麼不願意呢？」

「我怕姑太太嫌阿筠從小父母雙亡，是個孤兒。」

「又不是孤兒院裡沒人管的孤兒！」

「是阿！」四姨娘想一想，也有信心了，「沒娘的孩子，總有些壞習慣，貪嘴囉、撒謊囉、不大方囉！咱們阿筠可是一點都沒有。」

「就是這話！」連環答說：「以前是跟著姨娘學規矩；以後還是得跟著姨娘，格外用點心照管，出了閣一定不會丟娘家的臉。」

她說一句，四姨娘點一點頭，「事情倒眞是一件好事。」四姨娘說了她心裡的話：「今年連著出兩件事，家運太壞，眞教人擔心：老爺若是一倒下來，皇上怕不能像給姑老爺的恩典那樣待咱們家。那時候你想，大爺能頂得起門戶嗎？只怕將來靠親戚照應的日子還多的是。趁現在早早打算，拿兩家拴得更緊，實實在在是一件要格外看重的大事！」

「老太太也是這個意思；不過她老人家想得更遠，說是這一來跟馬家也拴上親了，三家連絡，更有照應。」

「對了！」四姨娘被提醒了，「這件事得從震二奶奶身上下手；只要她肯幫忙，事情就有六分賬了。」

「是的。」

「不過，事情千萬急不得！咱們得好好籌畫定了，才能開口；倘或碰個軟釘子，以後就不能再談了。」

於是從這天起，四姨娘得閒就找連環，密密地反覆計議；最要緊的是，不能讓曹太夫人與震二奶奶對阿筠有何欠佳的印象。但也不能教阿筠有意去討「姑太太」與「表嫂」的好；只是一再叮囑阿筠：要守規矩，別亂說話；要識得眉高眼低，別惹厭！

阿筠當然不知道大人們別具深心，只是乖乖地聽話；尤其是孩子們最難做到的「識得眉高眼低」，她卻做得很好，大人們在商量正事，她會遠遠地避開；看姑太太有點倦了，她亦會很知趣地悄悄退去。所以，曹太夫人一提起阿筠就誇獎：「眞難爲她，六歲的孩子，這麼懂事！」

看看時機快成熟了，四姨娘跟連環商量，兩個人的意見相同，先在震二奶奶面前露個口風，作爲試探。如果震二奶奶贊成，便拜託作個大媒。

這當然要問過李煦。他還是第一次聽四姨娘談及此事；但認爲不開口則已，開了口就不能碰釘子，所以不主張作何試探。

「那麼，直接跟姑太太談？」

「對了！談這件事有時候，得要等出了殯，姑太太回南京之前，替她餞行的時候；也不必多說甚麼？只說老太太有此心願，本想親自交代姑太太；那知病勢突變，見了姑太太已無法開口。如今姑太太要回南京了，不能不提這話，看她作何說法？」

「姑太太一定說，芹官有娘在那裡；得先跟她商量。事情還是不能定局。」

「雖未定局，不至於碰釘子。」李煦又說：「這件事能不能成功，關鍵在兩個人的八字。今兒晚上，等我來細排一排。」

入夜來，李煦命小廝將「子平眞詮」、「萬年曆」等等相命之書都找了出來，在燈下細細推算下來，不由得心有點涼了。

「怎麼樣？」四姨娘問說。

「不怎麼太好！」李煦答說：「阿筠如果早生一個時辰，配上芹官的八字就好了！」

「怎麼好法？」

「有三十年的幫夫運，壽至七十，四子送終，而且死在夫前！眞正婦人家一等好八字。」

「這樣說，芹官的壽算，還不止七十？」

「他們同歲，既死在夫前，丈夫自然不止七十。」李煦又說：「若是這個八字，姑太太一定中意。可惜不是！」

「不是也不要緊。」四姨娘說：「就算阿筠早生一個時辰好了。」

「啊！妙極！」李煦驀地裡一拍大腿，「怎麼我就想不到此？」

「好倒是好，就怕阿筠的八字，曹家早就知道了；瞞不過去。」

「沒有甚麼瞞不過！又不是到了十歲開外，有人來打聽八字，流傳在外；改了時辰會露馬腳。」李煦看了看桌上的紙說：「阿筠生在卯時，就說寅時；『寅卯不通光』，誰也弄不清她到底是寅時還是卯時，還不是憑大人一句話。」

接著，李煦又細心設計。最要緊的是，千萬不能說阿筠的八字，配芹官最好。因爲震二奶奶太機靈，她要起了疑心，敗事有餘。同時，也不能自己把阿筠的八字告訴人家；這顯得有恃無恐，不怕八字不合似地，也是個破綻。

「談親事，當然是講兩家交好；再論人品。談得投機，八字差一點，也能將就；如果『擀麵杖吹火，一頭兒熱』，那面游移不定，這個節骨眼上，能有人提一句：『不如討個八字，合一合看！』那成敗就全看八字好壞了！所以，這一著，在咱們是備而不防，務必深藏不露，到時候自有神效！」

四姨娘心領神會，只悄悄把這些話告訴了連環，叮囑她說：「倘有人問起阿筠的八字；或者阿筠自己會問，你可記住，是寅時！」

「我知道。」連環遲疑了一會，終於說了出來：「聽說震二奶奶快回去了；我總覺得這件事最好當著她的面談。震二奶奶好面子。喜歡攬事；照她的想法，這麼一件大事，不能別人都知道了，她倒不知道！萬一由這上頭存了小心眼兒，怎麼辦？」

「這話倒也是！你的心很細，等我再跟老爺商量。」

這一商量，李煦翻然變計，索性假託李老太太的遺命，希望震二奶奶來做這個媒；而且還備了謝媒的禮物；自然是一份重禮。

震二奶奶定在臘八那天動身；一有了行期，便得排日子餞行，幾個姨娘各做一天的東道。喪服中八音皆遏，只是弄些精緻新奇的飲食，說些閒話，圖個熱鬧；而名爲替震二奶奶餞行，主客卻是曹太夫人，所以四姨娘另作安排，以便避開曹太夫人談這件親事。

「明天輪到我，是老太太的三七；匆匆忙忙的，吃得也不安逸。震二奶奶，我跟你商量，明兒下午你甚麼事也管甭，好好歇個午覺；最好睡足了它。」

四姨娘頓了一下說：「晚上放完燄口，咱們倆清清靜靜喝一鍾；我有好些話跟你說。還有老太太特爲交代的一件事，我們老爺讓我來說。你看好不好？」

「怎麼不好？」震二奶奶很高興地，「我也有些話，不說帶回去，腸子裡癢得慌。」

「那就說定了！不過沒有好東西請你。」

其實恰好相反，四姨娘備的這頓消夜，比誰都來得精緻，不但精緻，而且名貴，有松江的四腮鱸，也有松花江的銀魚紫蟹，都是進貢的天廚珍品。

錦兒當然也算客，在偏屋另外請她，特地邀了連環作陪；四姨娘吩咐：「錦葵、順子，你們兩個輪班兒，一個在那屋陪客，一個就上這裡來招呼，回頭再換。」

「怎的不把她們也找了來？」震二奶奶問說。

「這有個緣故，回頭你就知道了。」四姨娘說：「請上坐！」

「沒有這個道理！咱們對面坐吧。若是拘束，就無趣了。」

「說得是！」

四姨娘又要「安席」，也讓震二奶奶攔住了；「可惜只得兩個人。」她坐下來，手扶著筷子說：「有我表嬸在就好了。」

「若是她在，也不至於弄成今天這個樣子。」

話中包含的事太多，震二奶奶無法接口，換了個話題；「我那表叔呢？」她問：「明年得續弦吧？」

「白事都還辦不過來；那裡就談得到辦喜事了？」

一連碰了兩個軟釘子，把震二奶奶的興致打掉了一大截。四姨娘很快地發覺了，深爲不安，自責似地強笑道：「你看我這個人怎麼啦？眞像蘇州人說的，『吃了生葱』，一開口就惹厭！」

「那裡的話？四姨，你自己多心。」震二奶奶很體諒地說：「我知道你心境不好！也難怪，如今府上這個家，除了你，誰也當不下來。」

「有你這句話，我受氣受累也還値！偏有人還不服氣，只當當這個家有多大的好處似地。有時候想想，那口氣眞嚥不下；恨不得就撒手不管；反正別人吃飯，我不能吃粥；何苦賣了氣力還招人閒話？」

這是指的二姨娘；接著便講了她許多跟四姨娘嘔氣的故事，震二奶奶自然是以同情與關切的心情傾聽著；剛才所生的小小芥蒂，也就在這一番深談中消釋了。

「唉！家家有本難念的經；府上的這本經，特別難念。不過，」震二奶奶特別提高了聲音，希望能起鼓舞的作用：「舅公身子仍舊那麼硬朗；表叔，這回看上去沉靜老練，跟以前大不相同，若是皇上賞下甚麼差使來，不必愁他拿不下來。就這兩件事說，四姨，你眼前累一點兒，後福還有的是呢！」

四姨娘卻無這種只往好處看的想法；但如只往壞處看，便是一家敗落人家，又有誰肯跟你攀親？所以話到口邊，卻又嚥了略去，換上一副笑容答說：「但願如你的金口。說眞個的，小鼎這趟從熱河見了駕回來，眞是長了見識，看上去是有出息的樣子了。不過，有才情還得有人緣。」

「『花花轎子人抬人』，人緣亦要彼此幫襯才顯得出來。若是無親無友，光是老婆孩子、丫頭聽差面前得人緣，能管甚麼用？」

四姨娘一聽這話，覺得是個不容錯過的機會，趕緊接口說道：「一點不錯！親戚彼此幫襯最要緊！震二奶奶，老太太得病的時候，有幾句很要緊的話交代下來；我們老爺說：姑太太那裡，震二奶奶是個當家人，這樣的大事，應該先告訴她；而且老太太又交代了，這件事要託震二奶奶。有此兩層關係，姑太太那裡倒可以慢一慢；且先看震二奶奶的意思。」

左一個「震二奶奶」；右一個「震二奶奶」，且又將她看得這麼重，抬得這麼高高，身受者眞有飄飄然之感了。

不過，喜在心裡，而臉上卻是一臉肅穆之中，帶著惶恐的表情，「四姨！」她斂手說道：

「不知道老太太是甚麼遺命；怎麼一件大事？只怕我辦不下來！」

「世上就沒有你辦不下來的事。」說到這裡；她轉臉對順子說：「你去替錦葵，叫她把兩個盒子捧了來。」

「是甚麼盒子？」

「錦葵知道。」四姨娘回臉看著震二奶奶：「老太太說，曹家、李家，還有府上馬家，這三家是分不開的，一榮俱榮，同枝連根。芹官雖是外曾孫，跟自己的曾孫沒有兩樣；姑老爺又只有這麼一枝根，將來務必替他找一房能夠成家把業的好媳婦。如今天緣湊巧，現成有個小姑娘在這裡；老太太說，人品模樣兒，照她看，是沒有甚麼好挑剔的。只要託出一位夠面子的人來做媒，親事一定可以成功。震二奶奶，我家老太太託的是你，還親自替你留下了媒禮。」

震二奶奶聽到一半，已經知道是怎麼回事了；所以四姨娘在說後半段時，她聽而不聞，只在心裡琢磨。這件事輕許不得，是不須多想就知道的；她在琢磨的是，自己應該採取怎樣的一種態度？要決定這一層，又得先自問有幾種態度可採？

一種是婉言辭謝；但決不可行！且不說至親，就是泛泛之交來請作伐，除非有特殊的窒礙，不便開口，亦無拒絕之理。

一種是存心敷衍；好歹先答應下來，辦得成、辦不成再說。這樣的態度，有欠誠懇，也不宜施之於至親。

一種是盡力而為；看起來這是唯一的相待之道。不過，話說幾分，亦有講究，只能見機行事了。

等她剛想停當，四姨娘的話也快說完了；聽得最後一句，不由得雙手亂搖，「使不得，使不得！」她說：「這時候那裡就談得到媒禮了？」

四姨娘也是極能幹的角色，機變極快，「媒禮也不過說說而已！」她說：「實實在在是老太太的一點『遺念』，不過，憑良心說，老太太待你可眞是不同，照我看，就是給你留的一份最好！」

長輩去世，將生前服御器用，分贈親近的晚輩，名爲「遺念」；旗人原有這個規矩。本乎「長者賜、不敢辭」之義；而且有這樣鄭重的意思在內，自然逼得震二奶奶非受不可了。

等把錦葵捧來的一個包袱解開，裡面一大一小兩隻古錦盒子；四姨娘先開大的那個，裡面是一雙玉鐲；白如羊脂，碧如春水，色澤正而且透，確是罕見的上品。

小的一隻之中，是一枚押髮，拇指大的一片紅寶石，四週金絲纍鑲，不但名貴，而且精緻，震二奶奶一看就愛上了。

「老太太賞我這麼好的東西，教我心裡怎麼過得去？」震二奶奶說：「我看，給我換兩樣別的；這些東西留著將來給阿鈞添妝吧！」

「不相干！各有各的。」四姨娘將那枚押髮拈在手裡，「你的頭髮好，正配使這個！」說著，便走到震二奶奶身後，要替她將這枚押髮戴上。

曹李兩家的女眷，雖在旗籍，卻是漢妝；震二奶奶梳的不是「燕尾」，仍是墮馬髻。她確是生了一頭好頭髮，雖有服制，不施膏澤，亦如緞子一般又黑又亮，襯托得押髮上的紅寶石，格外鮮豔奪目。

錦葵去取了兩面西洋玻璃鏡子來，跟四姨娘各持一面，爲震二奶奶前後照看，她嫌看不眞切，取下押髮插在四姨娘頭上，左右端詳，越看越愛。

「明天得專誠到老太太靈前去磕個頭。」震二奶奶有些不安地說：「我們做晚輩的，也沒有能在她老人家面前盡多少孝心，想想眞教受之有愧！」

四姨娘微笑不答，只親自檢點這兩樣珍飾，照舊用包袱包好，放在震二奶奶身後的茶几上，摸一摸酒壺說：「酒涼了！錦葵，燙熱的來！」

就這片刻之間，震二奶奶已經想好了，做媒一事，不能不格外盡心，不過，話要說得淸楚。「四姨，」她說：「阿筠配芹官，原是順理成章的事；不過，你知道的，我們家的那個『小霸王』，不但是我家老太太的『命根子』，也是曹家的『正主兒』！所以談到這件事，連我家老太太也做不了主。」

四姨娘大爲驚愕：「怎麼？」她急急問說：「怎連姑太太都做不了主！那麼誰能做主呢？」

「王妃！」

震二奶奶所說的「王妃」，是指平郡王訥爾蘇的嫡福晉。平郡王是太祖次子，太宗胞兄禮烈親王代善之後；代善有擁立胞弟的大功，所以蒙恩特深，一門六王，煊赫無比。但一樣封王，卻有區分，一種是及身而止，子孫雖可襲爵，卻逐次降封，爵位越來越低；一種是「世襲罔替」，只要清朝不亡，子子孫孫永襲王爵，俗稱「鐵帽子王」。「鐵帽子王」一共只有八個，而代善一支，已占其三：本人是禮親王，長子岳託一支是克勤群王；三子薩哈璘一支是順承郡王。岳託傳子羅洛渾；羅洛渾傳子羅科鐸，已在康熙初年，改封號為「平郡王」。

訥爾蘇是羅科鐸的孫子，康熙四十年襲爵，照例成為鑲紅旗的旗主。其時曹寅正是得君最專之時，皇帝竟將他的長女「指婚」訥爾蘇；在康熙四十五年冬天，由曹寅親自送女進京成婚。包衣的身分極低，竟得聯姻皇室，出一個王妃，實在是絕無僅有的榮寵。

平郡王妃已經生了兒子，名叫福彭，今年十三歲。這福彭是曹太夫人的外孫，亦就是芹官的表兄。四姨娘知道，曹家上上下下都有個確信不疑的想法，福彭將來會成為「王爺」；而芹官有個當「王爺」的嫡親表兄，飛黃騰達，重振家聲，亦是必然之事。但是，芹官的一切，得由平郡王妃來作主，她卻還是初次聽聞。

不過，只要多想一想，就會覺得這不但是事理之常，而且也是勢所必然。旗人家本來尊重姑奶奶，何況這個姑奶奶是如此貴重的身分？就平郡王妃來說，欲報父母之恩，期待娘家興旺，若無芹官，一切都將落空！自然呵護備至。

在曹家，希望都寄託在王妃身上；正要她來關切芹官！此時關切得愈深，將來照應得愈多；實在是件求之不得的事。

想通了這些道理，更覺得這頭親上加親的姻緣，非結成不可。

於是從容不迫地說道：「王妃遠在京裡，凡事也不能平空拿主意；而且也不會違拗姑太太的意思。姑太太呢，甚麼事都少不得你這位軍師；所以說來說去，頂重要的還是你！」

「四姨，你眞把我抬舉得太高了！當然，這件大事，我家老太太會問問我，我也一定會效勞。不過，四姨，你只見我家老太太事事將就著我；不知道這是她老人家的手段。我說對了，當著人抬舉我，好教我格外巴結，說得不對，決不肯在人面前駁我，保住我的面子，才能讓下人服我。其實，事無大小，她老人家心裡自有丘壑。所以，我只能說，我盡力去辦；辦得成、辦不成實在不敢說！」

「是的，是的！」四姨娘雖不無失望，卻絲毫不敢形諸顏色，仍是十分感謝的神情，「二奶奶你這『盡力』兩個字，老太太如果聽得見，一定也會高興。」

「本來就該盡力！」震二奶奶說：「反正都還小，慢慢兒來。頂要緊的是，阿筠自己要爭氣。」

「一點不錯！好在這孩子要強，懂事，肯聽話；老太太生前寵她，我們也不敢不照老太太的意思，格外照看她。」說到這裡，四姨娘用一種突然想到的語氣說：「二奶奶，我跟你商量，老太太的意思，應該怎麼樣告訴姑太太？」

「我看，應該讓舅公跟我家老太太當面說。」

「按規矩是應該這麼辦。不過，」四姨娘很謹愼地說：「他又怕碰釘子。」

「怎麼叫碰釘子？」

「怕姑太太不答應。」

震二奶奶心裡好笑，李家熱中這頭親事，竟致如此患得患失！本想說：「如果舅公一說就成，豈不是用不著媒人了嗎？」但話到口邊，突然醒悟，這樣說法倒像她對做媒很有把握似地。千萬說不得！

於是她想一想答道：「不會的！既是老太太的遺命，就不願意也不能當時就駁回。」

「那麼，二奶奶，照你看，跟姑太太說了，她會怎麼說？」

「這就很難猜了！不過，願意也好，不願意也好，我家老太太一定有個能讓人心服的說法。」

「是的，姑太太行事，向來讓人佩服。」四姨娘說：「我的意思，最好請你先代爲探探口氣。」

「這當然應該效勞。不過，這個口氣怎麼個探法，可得好好兒琢磨、琢磨，把話說擰了，弄成個僵局，以後要挽回就很難了。」

「是的。」四姨娘想了想說：「不妨探聽探聽，姑太太是不是喜歡阿筠？」

「那不用探聽，喜歡！可是，四姨，喜歡歸喜歡，跟做曾孫媳婦是兩碼事。」

「這話也不錯。」逼到這地步，把四姨娘的實話擠出來了，「乾脆就拜託你跟姑太太說，老太太有這麼一份心願；看姑太太怎麼說？」

震二奶奶無法推託了，點點頭答應了下來。

聽震二奶奶悄悄說完，曹太夫人久久不語，表情極深沉，竟看不出她的意向；不過，很重視這件事，卻是可以斷定的，否則不必做這樣深長的考慮。

「我跟你實說吧，我都沒有想到過這件事。」曹太夫人緊接著又說：「這話不對！也不是沒有想過；只是一想到心裡就在說：還早得很！急甚麼？就把這一段兒拋開了。如今老太太有這個意思，我自然不能不仔仔細細想一想。想下來還是那句話：早著呢！不必急著定親。至於阿筠，將來替芹官找媳婦的時候，少不得也會想到她；不過這會兒還談不上。女大十八變，這會兒定下了，萬一將來不如意，你說怎麼辦？還能退婚嗎？」

這話說得很透徹，震二奶奶完全了解了；她心裡在想，這個媒現在還無從做起，不過受了人家的重禮，不能不想法子搪塞。

「你跟四姨娘去說，就說這件事我已經知道了。阿筠既是老太太喜歡，就該另眼相看，盡心管教，將來只要性情溫柔賢淑，像我們這種人家，不怕物色不到好女婿。這才是不負老太太的一番期望！」曹太夫人停了一下又說：「至於親上加親這件事，不妨這麼想，可別以爲事情非這麼辦不可！姻緣這兩個字最難說，我也做不得主；譬如說你大姑，做夢也想不到會嫁到王府。再說，芹官到底還有他娘在，也得問問她的意思。你說，我這話是不是？」

「那有個不是的？」震二奶奶答說：「反正凡事經你老人家一想，裡外透徹，別人能想到的，話裡就有了。就怕我說不週全！」她抬眼看著秋月又說：「你也幫我記著點兒，若是我說漏了，提我一聲兒。」

「你一個人去跟她說好了！」曹太夫人立即接口：「你跟四姨娘說，這件事只能擺在心裡，千萬別說破！阿筠慢慢懂事了，若有那不知輕重的丫頭，拿這個逗她取笑兒，讓她一生了心，說不定就害她一輩子！」

聽到最後幾句話，震二奶奶懍然心驚；連連點著頭說：「老太太的心可是眞細。這一層上頭，關係不小，我一定跟四姨娘說明白！」

話確是說得很明白。因爲除了曹太夫人的意思以外，還有震二奶奶的解釋。

照她的解釋，其實阿筠已經中意了。但女大十八變，不能不防以後的變化，譬如說：阿筠還沒有出痘；倘或一場天花，留下甚麼殘疾，還能退婚嗎？曹太夫人再有一層不放心的是，怕阿筠無人管教，長大來不是乖戾驕縱，就是小家子氣。芹官豈能娶這樣子的媳婦？

除了說曹太夫人對阿筠已經中意，略嫌武斷以外，其餘的話都能道著本意。四姨娘是聰明人，聽了這些話，心裡自然而然有了一個結論：阿筠長到十四五歲，如果仍是像目前這樣，令人喜愛；這頭親事就有把握了。

這樣的結果，不能滿意，但也不曾失望；再想到李煦還安排著「改八字」那個伏筆，更覺希望無窮，不由得就有了笑容。

「姑太太眞正老謀深算，不能不服她；更不能不聽她。阿筠還是我自己帶！」她說：「將來是怎樣的賢淑，還不敢說；女孩兒家要溫柔，這一點，我也是常常跟阿筠這麼說。至於出痘的時候，自然格外當心；會不會留下甚麼殘疾？那就得看她自己的造化了。」

「四姨全明白了！」震二奶奶因爲她有此欣悅的表情，覺得那份重禮可以受之無愧，亦大感寬慰，笑著說道：「咱們這樣的人家，若說女孩兒會是小家子氣的樣子，是決不會的；就怕把她的脾氣寵壞了！」

就在震二奶奶動身的前一天，傳來一個令人心悸的消息，鎭江對岸瓜洲至十二圩的江面上，有隻赴任的官船，爲一夥明火執仗的強盜所搶劫，刀傷事主，還擄走了上任新官的一個姨太太。這夥強盜，有的說來自太湖；有的說是鹽梟，年近歲逼，飢寒驅人，迫不得已做下這麼一件案子，被擄的姨太太已經送回去了。

「就送回去也蹧蹋過了！」李煦跟四姨娘說：「勸震二奶奶過了年再走吧！我今年的運氣壞透了！別再出事；我想起來都怕。」

「勸姑太太過了年走，也許還辦得到；震二奶奶怎麼行！人家別過年了？」

「你不管，先勸一勸再說。」

「一定辦不到。」

果然，震二奶奶表示怎麼樣也得走。曹太夫人也說，非想法子送她回南京不可？法子怎麼想？把李煦請了來商量，李煦認爲只有一個法子，請水師營派兵護送。

「這又好像太招搖了！」曹太夫人不以爲然。

「而且，也不方便。」震二奶奶也不以爲然，她的膽亦很大，「其實亦無所謂！一闖就闖過去了。我不信我會那樣子倒楣，偏教我遇上了！」

「我的二奶奶！」四姨娘說：「遇上了，可就不得了啦！情願小心；耽遲不耽錯。」

「遲也遲不得！」震二奶奶皺著眉：「多少事在等著我，這兩天我想起來都睡不好覺。」

剛談到這裡，李鼎趕來了；他也是得知瓜洲江面的搶案，跟李紳談起，覺得他有個看法，非常之好，特地來告訴他父親。

「紳哥說，水路千萬走不得——。」

李煦如今一聽見李紳，便無明火發；當時喝道：「他懂甚麼？」

「舅公，」震二奶奶勸道：「且聽聽他是怎麼說？」

李鼎等了一下，看父親不作聲，才又往下說道：「這幾天冷得厲害，河裡會結冰；萬一拿船膠住了，就不遭搶，也是進退兩難，那一下費的勁可就大了！」

「啊！一點不錯！」震二奶奶說：「我可不敢坐船。起旱吧！」

「起旱可辛苦得很呢！」李煦提出忠告，也是警告。

「辛苦我不怕！只要平安，只要快就好。」

「紳哥也說，起旱爲宜。照他看，越冷越晴，旱路走起來還爽利。署裡派個人，再派兩個護院的送了去，包管平平安安到南京。」

「這好！」震二奶奶轉臉問道：「老太太看呢！」

「只要你肯吃辛苦，自然是起旱來得好！」

「不管旱路、水路，路上不平靖，總不能叫人放心。」李煦說：「要嘛，讓小鼎送了去；他有功名在身上，到那裡都方便。署裡至多派個筆帖式；那班滿洲大爺的譜兒太大，幫不了忙，只會添麻煩。算了，算了！」

「小鼎有功名在身，可也有服制在身；馬上就要出殯了，怎麼趕得回來？」曹太夫人說：「果然要派人送，我倒想到一個人，就怕大哥不願意。」

「沒有那話！」李煦不暇思索地說：「只要姑太太覺得誰合適就派誰；我爲甚麼不願意？」

「那就請你紳二哥送一送吧！」曹太夫人對李鼎說：「他出的主意不錯，必是個很能幹、很靠得住的人。」

「是！」李鼎看著他父親。

李煦果然不大願意，但話已出口，不便更變；再則也實在找不出別的親屬可當護送之任，只好點點頭：「就讓他送！你把他找來，讓姑太太交代他幾句話。」

「我這就去。」

李煦不願見這個姪子，託辭去交代錢仲璿，轉身走了。曹太夫人望著四姨娘笑道：「我說得不錯吧！你老爺果然不願意。」

「姑太太別理他！紳二爺送去很妥當。」

「他的號，叫甚麼？」

「叫縉之。」

「對！叫縉之，我想起來，縉紳的縉。」曹太夫人又問：「我聽說縉之打算回山東去，有這話沒有？」

「我也聽說了。不過不便問，一問倒像眞的要攆他走似地。」

曹太夫人不作聲；心裡另有盤算，一時也不肯說破，只談些在北道上起旱的情形，那種荒村野店的苦況，別說不曾到過北方的四姨娘，連震二奶奶都未曾經過，因而聽得出了神。

正談得起勁，只聽門外人聲；丫頭打了簾子，先進來的是李鼎，「紳哥來了！」他問：「是不是讓他進來？」

「既然請他護送，也就不必迴避了！」曹太夫人這話是指震二奶奶而言，「請進來吧！」

於是李紳步履安詳地踏了進來，叫聲：「大姑！姪兒給大姑請安。」說完，趴在地上磕了個頭。

「請起來，請起來！」

等他站起身來，震二奶奶已經預備好了，一面襝衽爲禮；一面盈盈含笑地叫道：「紳表叔！」

「不敢當！」李紳還了一個揖。

「快過年了，還要累表叔吃一趟辛苦，眞是不知道該怎麼說了？」

李紳尙未答言，曹太夫人搶著說道：「還不知道紳表叔抽不抽得出功夫？你倒像是以爲定局了！」

「這是義不容辭的事！」李紳問道：「那天動身。」

「自然越快越好。不過——，」曹太夫人躊躇著說：「我都不知道該怎麼走法？」

李紳懂她的意思，「怎麼走法」不是問路途，是問轎馬。江南水鄉，汊港縱橫，只要不是深山，幾乎就沒有船不能到的地方；因此，堂客出遠門，全由水路；至於短短陸路，譬如燒香、上墳，或者十幾二十里以外探親，有錢坐轎子、沒錢坐「一輪明月」的小車。若說像北方起旱的大車，江南只用來拉貨，很少坐人，尤其是堂客。

要坐當然也可以，只是要吃苦頭。第一是塵沙甚大，就有車帷也不甚管用；第二是顚簸得厲害；第三是這種數九寒天，凜冽西風，撲面如刀。

「當然不能坐車。」李紳答道：「別說震二奶奶，就是我，一天坐下來，不把骨頭震散了，也凍僵了。只有坐轎子。」

「坐轎子自然好！轎班一路抬到南京，得多早晚才到得了？」

「這得委屈震二奶奶，不能坐家裡的大轎了！」李紳說道：「只有算好路程，派人打前站；那裡打尖，那裡宿夜，都定規了準地方。轎子是一天一晚，預先雇好了它！」

「紳表叔算計得一點不錯。」震二奶奶大爲高興，「這是跑驛站的辦法，『換馬不換人』，一班轎伕趕幾十里路，不太累就快了。」

「還是我舉薦得不錯吧？」曹太夫人向震二奶奶得意地說了這一句，轉臉向李紳說道：「縉之，就都託你了，我們聽信吧！」

「是！」李紳答說：「我想，明天來不及；準定後天動身好了。」

「原定後天動身。」震二奶奶問道：「要派人打前站，只怕後天也來不及。」

「不要緊！這條路我熟，尖站、宿站，那家客棧比較乾淨，我都知道，告訴他們到那裡接頭就是了。」

話雖如此，李紳亦須稟明而行，李煦對於隔站換轎，派人打前站，都表同意；但不主張住客棧，因為由蘇州到南京，各地皆有跟蘇州織造衙門，或者揚州鹽院有關係的殷實商人，可作東道主。

同時，李煦認為應該加派李鼎護送；雖不必到南京，至少亦應送到鎮江。

這番盛意為曹太夫人與震二奶奶堅決辭謝了。因為已過臘八，家家都在忙著過年，不便打擾；更怕居停情意忒厚，殷殷留客，誤了歸程。至於李鼎送到鎮江，一來一往怕趕不上出殯；而且震二奶奶一走，四姨娘一個人忙不過來，也得李鼎在家，幫著照料。

這都是實情；而況李煦作此主張，無非籠絡，意思到了，目的也就達到了，所以並不堅持。

一主兩婢，三乘轎子，護送的是李紳與兩名護院，張得海、楊五；另外是李家的兩男僕，李才、李富；李紳的小廝小福兒；曹家的一個老僕曹榮。除了兩名護院騎馬；其餘的都坐車，是拿織造衙門運料的馬車加上布篷、鋪上棉墊，坐人帶裝行李，一共用了五輛。車把式加馬伕，一行恰好二十人。

動身這天雖冷，但無風而有極好的太陽；加以沿運河的塘路，因為是南巡御舟縴道，路面一律用青石板，修治得相當平整，無論車馬轎子，都走得很爽利；夕陽啣山時分，便已到了無錫。

照李紳的指定，打前站的李家二總管溫世隆，在東關最大的招賢客棧包了一大一小兩個院落；小的那個院子只得三間房，正好歸震二奶奶帶著他的兩個丫頭住；李紳住在大院子裡，一個人佔一間房，其餘的人，兩個、三個一間，勉強夠住。

「老曹！」李紳第一天落店便立了個規矩：「你家二奶奶那裡，歸你照應；我特為把你跟兩位護院，安排在西面靠小院子的那間屋，不但為了照應方便，也為了看守門戶，不論甚麼人不准進小院子！今天住無錫、明天住常州、後天住鎮江，都是這麼辦。請你記住了！」

「是！」曹榮答說：「不過那間屋只擺得下兩張床。」

「兩張床夠了！你一張；兩位護院的合一張！」

「啊，啊！」曹榮敲一敲自己的腦袋笑道：「我真糊塗了！護院的巡夜，輪班兒睡。」

「對了！」李紳正一正臉色，略略放低了聲音說：「晚上你也驚醒一點兒！」

於是，曹榮將震二奶奶的行李送了進去，正在幫著鋪陳，只聽小福兒在外面大喊：「曹二爺，曹二爺，給你送東西來！」

曹榮正在解鋪蓋繩子，便即高聲答說：「甚麼東西，你送進來！」

「我不敢！紳二爺交代，我踏進這個院子，就要打斷我的腿。」

「好傢伙！」震二奶奶笑了，「紳二爺的規矩好大！」她向她的另一個丫頭繡春說：「你去告訴紳二爺的那個小廝，說是我讓他進來的，叫他不用怕。」

等將小福兒喚了進來，只見他一手端一盆冒熱氣的漿糊；一手握著一大把桑皮紙裁成、寸許寬的長紙條，衝著曹榮說道：「紳二爺說，怕板壁有縫會灌風，讓我把這些東西送來給你。」

「好！小兄弟索性勞你駕糊一糊，行不行？」

小福兒想了一下，慨然答道：「好吧！我替你糊。先糊那一間？」

「先糊東面這一間。」曹榮又說：「反正只住一夜，就在外面糊好了。」

「不！」震二奶奶親自掀開門簾說道：「外面糊得一條白、一條白地，有多難看！到裡面來糊。」接著又問小福兒：「你叫甚麼名字？」

「我叫小福兒。」

這小福兒約莫十四歲，圓圓的一個腦袋，很黑；多肉的鼻子與嘴唇；一雙大眼，長相憨厚，加以震二奶奶愛屋及烏，就越覺得他討人歡喜了。

「你進來吧！」

屋子裡靠窗是一張雜木方桌，兩把椅子，得移開了才能動手。震二奶奶正要喚丫頭幫他的忙；但見小福兒鑽到桌子下面，用腦袋一頂，雙手扶著桌腿挪了開去。

「眞叫有其主，必有其僕！」震二奶奶向兩個丫頭笑道：「別看他是孩子，還眞管用呢！」

受了誇獎的小福兒，越發賣弄精神，很快地糊完了壁縫；依舊用頭頂著桌子放回原處，擺好椅子問道：「震二奶奶還有甚麼事沒有？」

「沒有了！回去替我跟你們二爺道謝。」震二奶奶向錦兒說道：「給他一個賞封；拿大的！」

震二奶奶預備著好些賞封，一兩、二兩、五兩共三種。小福兒不想當這麼一個差使，就能落五兩銀子，喜不可言；傻傻地笑著，十分滑稽，惹得錦兒和繡春，也都抿著嘴笑了。

這一來，小福兒自然更起勁了，糊完了另外兩間屋，又供奔走，一會兒送茶水，一會兒送火盆，裡裡外外，來去不停。最後一趟來，卻是空手，道是有人送菜來；還有話要讓曹榮轉告震二奶奶。

送菜的是無錫城裡一個姓薛的商人；開綢莊、開米行、開油坊，甚麼生意都做，而且做得很大。跟江寧、蘇州兩織造衙門都有往來，聽說震二奶奶路過，特地派他的兄弟薛老三來致意；李紳便讓曹榮跟他去打交道。

「家兄說，曹少夫人路過，本來要著女眷過來請安，不過老實婦人上不得台盤；只好送幾樣不中吃的菜，請曹少夫人賞臉。」薛老三說：「另外還有幾個泥人兒，是送小少爺玩的。」

「多謝，多謝！等我先上去回一聲；請薛三爺寬坐。」

其實是跟李紳商議，該不該收？李紳認爲並無不可；便具了個代收的謝帖，又賞了薛家下人四兩銀子。將來客打發走了，他命小福兒幫著曹榮，將四個食盒，一隻木箱都搬了進去，請震二奶奶過目。

四個食盒中是六大六小一火鍋，極好的一桌「船菜」。震二奶奶留下生片火鍋，一隻烤過再煨湯的鴨子，一碟糟醃子鵝；其餘的菜，犒賞兩名護院跟李家的下人。

「是不是先讓紳二爺挑幾個菜留下來？」

「不必！」震二奶奶毫不考慮地答說：「請紳二爺一起來吃好了！在路上不能按家裡的規矩；再說，我也吃不了這些東西。不如請了他來，一面吃飯，一面商量商量明天的事。」

聽曹榮轉達了這些話，李紳點點頭。他不是甚麼拘謹迂腐的人，既然震二奶奶不在乎，他又在乎甚麼？

「好吧！我再交代幾件事；回頭我進去。」

話剛完，只見窗外一條長長的辮子甩過，是繡春來傳話：「我家二奶奶說，請紳二爺跟櫃上要一罈子惠泉水；眞正的惠泉水。」

「好！我知道了。」

李紳隨即派小福兒跟櫃房要了送進去；自己交代了幾件事，洗一把臉，瀟瀟灑灑來到小院子裡。

這個小院落已非剛到時的光景了，院子裡掃得乾乾淨淨；走廊上支著兩個炭爐，一個烹茶，一個蒸菜；熊熊的火燄，襯著雨過天青顏色窗紗上掩映的燈光，入眼便覺心頭溫暖，整日風塵之苦，一掃而空。

「紳二爺來了！」錦兒一面通報，一面打門簾，「請東面屋裡坐。」

震二奶奶將東屋做了飯廳，飯桌已鋪設好了；正中一個火鍋，火燄正在上升；上首擺一雙牙筷；下首也是一雙牙筷，不過包金帶鍊子，一望而知那是震二奶奶的座位。

等李紳在火盆旁邊的椅子上坐了下來；繡春端來一個漆盤，上面是一具簇新五彩的磁壺，同樣富貴不斷頭花樣的兩隻茶杯。

「二奶奶說，福建武夷茶，不能用蓋碗；要用茶壺。剛沏上，得稍微燜一會兒，香味才能出來。紳二爺，你自個兒斟著喝吧！」

李紳聽她語聲如簧，看她眼波流轉；一條甩來甩去的長辮子，顯得腰肢極活，不由得想多打量她一眼，卻只看到一個背影，腰細臀豐，不像姑娘，像是婦人。

一面想一面斟著茶喝，只聽簾鈎一響，抬頭看時，豔光四射的震二奶奶已出現在他面前了！

「紳表叔，」她含笑說道：「這一天可把你累著了吧！」

「不累，不累！」李紳站了起來：「但願天天是這種天氣，那就很順利了。」

「請坐！」震二奶奶向窗外說道：「就開飯吧！」

於是錦兒來主持席面，薛家送的菜以外，把自己帶來的路菜也擺了出來；八個生片碟子，無處可以位置，擺在一張小條桌上，抬了過來，接上方桌，居然也是食前方丈的模樣了！

「請上坐！」震二奶奶說：「紳表叔，你是長輩，別客氣；讓來讓去地，就沒意思了。」

「恭敬不如從命！」

李紳在想：嚴冬旅途，有這麼豔麗的一主二婢照應著，在這麼一間溫暖如春屋子裡，吃這麼一頓肴饌精潔，食器華美的晚飯，也是人生難得的際遇；讓來讓去地鬧虛文客套，簡直就是有福不會享！

因爲這一轉念，對於震二奶奶替他斟酒布菜，便都能泰然而受了。

「紳表叔的尊庚是？」

「我是吳三桂造反那年生的，今年四十八。」

「看不出。最多四十歲！」震二奶奶又問：「聽說還沒有表嬸？」

「再也不會有了！」李紳笑一笑，喝了口酒。

「爲甚麼？」

「古人說：四十不娶，可以不娶。年將半百，何必再動這個心思。好比八十歲學吹鼓手，也太自不量力了！」

「紳表叔也別說這話！五十歲續弦的還多得很呢！」

「那是前妻有兒女有照料，迫不得已。像我，孑然一身，何必再弄個家室之累？」

「說起兒女，我可要拿大道理說表叔了，不孝有三，無後爲大；就不想成親，房裡也該弄個人才是。」震二奶奶又問：「莫非舅公就沒有提過這話？」

「提倒是提過。我說不必，就沒有再往下提了。」

「『不必』跟決不行不一樣！紳表叔，我勸你還是得弄個知心著意的人。」

「知心著意，談何容易？」李紳舉一舉杯說：「有這個伴我，也就盡夠了。」

震二奶奶笑了，「有個人陪著你喝，不更好嗎？」她說。

李紳心中一動，「我倒從來沒有想過。」他說，「那就更難了！又要知心著意，又要會喝酒，那裡找去？」

「只要肯下心思去找，那裡會沒有？像府上這樣大家，丫頭帶『家生女兒』總有三四十；我就不相信會找不到一個中意的。」

李紳笑笑不答；從火鍋裡挾了一大筷子涮好的山雞片、腰片，放在小碗裡，吃得很香。

看他這一笑，有著皮裡陽秋的意味，震二奶奶有些好奇；很想問一問，卻又怕問出甚麼令人嘆息的事來，搞壞了此刻的心境，終於還是忍住了。

「倒是小鼎，」李紳忽然說道：「實在應該早早續弦。震二奶奶若有合適的人，不妨做媒。」

「怎麼才算是合適的人呢？」

「自然要賢慧知禮、能幹而能忍耐；年紀大一點倒不要緊！」

「你說要能忍耐，這話很對，『婆婆』太多，氣是夠受的！不過，」震二奶奶問道：「何以說年紀大一點的倒不要緊？」

這是李鼎自己說的話，甚至還作了譬仿：「就像震二奶奶那樣，二十七八歲了，我亦不在乎。」不過這話不便實說。李紳想了一下答道：「娶妻，各人的喜愛不同，有的喜歡宛轉柔順，像個小妹妹；有的喜歡爽朗明快，拿得出主意，作得起決斷，像個大姊姊那樣的。」

「這麼說，鼎表叔是喜歡大姊那樣的人囉？」

「當然應該這麼說。」

「那麼，紳表叔，你呢？」

「我——，」李紳搖搖頭，「我自己都說不上來。也許，也許跟小鼎的想法差不多。」

震二奶奶的量淺，此時因爲談得投機，又是陪著李紳大口大口地喝，不知不覺地已有了些酒意，想說的話也就更多，「紳表叔，」她指著自己的鼻子，「你看我呢？是像小妹妹呢，還是大姊？」

「震二奶奶是巾幗鬚眉。」

「那自然是大姊了？」

李紳笑笑不答，喝一口酒，拈了兩粒杏仁，放入口中，慢慢咀嚼；而視線卻只是隨著繡春在轉。

震二奶奶有些掃興，談得好好地，忽然冷了下來；不知道他是甚麼意思？冷眼旁觀，不須多久，便已恍然，怪不得他不願娶妻；原來他是「玩兒」慣了，所以會中意繡春這種騷貨？

其實，那個男人不愛騷貨？震二奶奶想到丈夫背著她跟繡春擠眉弄眼的醜態，胸口就酸酸地不舒服。忽然，她靈機一動，心裡在想：何不趁此機會，把這個「騷貨」攆走？

此念一起，就不覺得掃興了，「紳二叔，」她說：「我看你既不是喜歡像大姊的，也不是喜歡像小妹妹的；得要又像大姊，又像小妹。你說，我猜得對不對？」

「震二奶奶，你這話可把我問住了。」李紳笑道：「我從來都沒有想過，那談得到對不對？而且，我也想不出，怎麼會又像大姊，又像小妹？」

「俗語說，『上床夫妻，下床君子』，我得把這兩句話改一改，『上床小妹、下床大姊。』這話怎麼說呢，下了床照料你的飲食起居，有時候還得要管著你一點兒，才能讓你覺得是眞的關切。這不就像個做大姊的樣兒嗎？」

李紳笑了，「震二奶奶的口才可是眞好！形容得一點不差。」他順口問道：「『上床小妹』，可又怎麼說？」

「這要用怎麼說？還不是由著你的性兒，愛幹甚麼就幹甚麼。」

由於語涉不莊，所以震二奶奶故意綳緊了臉；而且聲音有點像生氣的樣子；李紳不免愕然。看到他的神氣，想像自己假裝正經的模樣一定很滑稽；震二奶奶不由得「噗哧」一笑——這一笑開頭可忍不住了，將頭一低，以額枕臂，伏在桌上笑著鬢邊所插的一朵白絨花，顫巍巍地抖動不停。

第二天宿在常州，仍舊包的一大一小兩個院子。有了前一天的經驗，李紳就省事得多了，恰好在同一家客棧中遇見一個南歸度歲的好友，旅途邂逅，相偕入市，把杯細叙契闊，直到起更時分才回來。

「震二奶奶來請二爺吃飯，我說跟朋友出去了。」小福兒迎著他說：「飯後叫丫頭來問過兩回，看回來了沒有？剛才還來過，說回來得早，就請二爺過去，有事商量。」

既是有事商量，李紳便坐都不坐，轉往小院子裡；只咳嗽一聲，便聽繡春在說：「紳二爺來了！」

接著，堂屋的門開了，震二奶奶捧著個銀手爐，笑盈盈地站在門口迎接。

「臉紅得像關老爺，酒喝得不少吧？」

李紳摸著發燙的臉說：「教風吹的！酒喝得並不多。」

「還想找補一點兒不想？」

「不必！倒是想喝茶。」

「有，有！」錦兒答說：「剛沏上的。」

等從錦兒手裡接過茶來，他卻又不即就口；將茶杯轉著看了看問：「這釉色很好。似乎出窰不久。」

「九月裡才在江西燒的。爲這些磁器，還碰了個大釘子。」

「碰誰的釘子？」

「自然是皇上的。」

震二奶奶接著說：「這兩年，我家的差使很多，燒磁器、燒琺瑯，都是太監傳的旨。七月裡又說要燒一窰五彩的；指明用『富貴不斷頭』的花樣。我心裡就疑惑，這個花樣俗氣得很；再說宮裡用這個花樣也不大對勁。大清朝萬萬年的天下，自然『富貴不斷頭』，還用得說嗎？果然，送到京裡，摺子批下來，才知道是有人假傳聖旨。」

李紳駭然。

「甚麼人這麼膽大？」他問：「摺子上是怎麼批的？」

「我記不太清楚了，說是『近來你家差事甚多，如磁器琺瑯之類，先還有旨意，件數到京之後，送至御前看過。如今不知騙了多少磁器，朕總不知！以後非上傳旨意，即當在密摺內奏明；倘瞞著不奏，後來事發，恐爾當不起！』」

「上諭很嚴厲啊！」

「話說得夠重了！」震二奶奶有些困惑，「不過，我就不明白了，第一、瞧這光景，是誰假傳旨意，皇上心裡有數兒，爲甚麼自己不降一道旨意治罪；第二、燒磁器、燒琺瑯也不是一件甚麼了不起的事。倘或說是受了騙，大不了報銷不認賬，賠幾個錢而已！怎麼說得上『吃罪不起』的話。」

李紳心想，震二奶奶再能幹，遇到這些事，她可就不在行了。於是想一想問道：「震二奶奶，你聽說過，幾位『阿哥』爭皇位的事沒有？」

「聽說過，還不止一回。一會兒太子廢了，一會兒太子復位了；一會兒又是那個阿哥發瘋，那個阿哥圈禁高牆，實在鬧不清楚是怎麼回事？」

「就因爲這件事瓜葛甚多，不容易弄得清楚；也不便說得太露骨；所以皇上才那麼批下來，只要遵辦就是。」

「紳表叔，你這話，我可又糊塗了！這跟阿哥爭皇位，怎麼扯得上呢？」

「不但扯得上，而且很有關係。震二奶奶，你想，有誰敢假傳旨意，或者甚麼都不說，只教辦甚麼差事？當然是王府裡的人。是不是？」

「啊！紳表叔，你的話有點意思了。」震二奶奶深感興味地，「請再往下說。」

於是，李紳想了一下，先將太子被廢以後，皇子們暗中較量的情形，扼要地講了些給她聽——從太子廢而又立，立而又廢，皇帝似乎有了個極深的警悟，立儲會帶來兩大害。因爲一立子，便須設置東宮官屬，自然而然成了一黨；如果太子天性稍薄，而又有小人簸弄攛掇，則篡弒之禍，隨時可以發生。這是大害之一。

倘或太子不賢，自可斷然廢除；但這一來又啓其他皇子覬覦儲位之心，於是各結黨援，彼此相攻，總有一天會演變成骨肉相殘的悲劇局面。這是大害之二。

這兩大害，皇帝幾乎已經親歷過了。從太子第二次被廢幽禁以後；八阿哥胤　頗受王公大臣的愛戴；皇子之中九阿哥胤禟、十阿哥胤䄉、十四阿哥胤禎，亦都跟八阿哥很親近。因此，他的黨羽，日多一日。

八阿哥胤禩禮賢下士，而且頗有治事之才，確有繼承大位的資格。但他的出身不好；生母良妃衛氏，出身於籍沒入宮充賤役的「辛者庫」；倘或立他爲太子，必爲他的兄長所不服，明爭暗鬥，從此多事，豈是社稷之福？

其次，皇帝又覺得他的身子很好，活到八十歲，不算奢望；那一來儲君就得在康熙七十年以後，才有踐祚之望，那時胤禩也在五十開外了！自古以來，雖說國賴長君，但五十之年，精力就衰，享國自必不久，所以嗣位之子，除了賢能之外，也還要考慮到年富力強這四個字。

因此，皇帝一面嚴諭，不准建言立儲，以防結黨；一面暗中物色，屬意有人；此人就是皇四子胤禛的同母弟皇十四子胤禎。

胤禎從小爲皇帝所鍾愛，他有許多長處，其中之一是對兄弟非常友愛。他生在康熙二十七年；皇帝的打算是，如果他能在康熙七十年接位，亦不過甫入中年，還有大大的一番事業可做。因此，借需要用兵青海的機會，派他爲撫遠大將軍，特准使用正黃旗纛；上三旗皆屬皇家，但只有正黃旗是天子自將，所以准用正黃旗纛，無異暗示爲代替御駕親征。

十四阿哥更有一個獨蒙父皇眷愛的明證是，授撫遠大將軍的同時，封爲恂郡王。因此，將來皇位必歸於十四阿哥，在京中已成公開的秘密。

皇帝不立太子，而出此暗示，固然是爲了十四阿哥如果不長進，可以用召回以及收回正黃旗纛等等方式，改變決定，不至於會像廢太子那樣引起軒然大波；但最主要的還是杜絕其他皇子覬覦大位之心，然後嚴禁親藩結黨，才可收到實效。

話雖如此，王公門下賢愚不一，總有些小人，或者擁立之心不死，在設法交結外官；或者假名招搖，營私自便，這就是曹家「近來差事太多」，不知爲人騙了多少東西的緣由。像這樣的事故，皇帝如果降旨嚴辦，小事亦會變成大事，既傷感情，又傷精神；所以批示曹頫，應該在密摺中奏明，皇帝便可單獨處置。但如將來發現，仍有皇子在圖謀大位，那是一件非辦不可的重案，倘或牽連在內，罪名自然不輕。

李紳細細談論；震二奶奶靜靜傾聽，雖非心領神會，而利害關係，大致已經瞭然，覺得受益不淺。

「唉！」震二奶奶嘆口氣：「眞是家家有本難念的經！誰知道皇上家的這本經更難念。紳表叔，照你看，京裡有人來要東西，該怎麼辦？不是王爺，就是貝子，貝勒；派出來的人，不是藍頂子，就是花翎，我們家的織造老爺見了還得請安問好；你說，能當面駁人家的回嗎？」

李紳想了想答說：「只有一個法子，聽皇上的話。差事儘管辦，密摺還要奏；或者明人不說暗話，告訴來人；皇上有旨，以後凡有差事，必得奏明經手之人。也許就把他嚇跑了！」

「對！紳表叔這個法子妙得很。」震二奶奶忽然收斂了笑容，正色說道：「紳表叔，不是我恭維你；你可比我見過的那班爺們強多了！舅公怎麼不重重用你？」

「我的脾氣不好！沒的替他得罪人。」

「是啊！」震二奶奶困惑地，「我也聽說過，李家有位紳二爺，難惹得很；可是，我就看不出你有脾氣。」

李紳不答。他是在心裡考慮，應該不應該就從此時開始，讓她覺得不好惹？所以不但沉默，而且別無表情。

這局面好像有些僵了，繡春便在旁邊說道：「人家紳二爺有脾氣，也不是亂發的；二奶奶自然看不出來！」

「是嗎？」震二奶奶斜睨著李紳問。

「繡春這話，說得我不能不承認。」李紳答說；視線又繚繞在她那條長辮子上了。

「紳表叔！」

李紳微微一驚，看到她略帶詭秘的笑容，知道自己失態了；定定神問說：「原說有事要跟我談。不想一聊閒天，忘了正事。」

「沒有甚麼正事。」震二奶奶笑道：「閒著沒事幹，悶得慌！請你來聊閒天就是正事！」

「時間可不早了！」李紳說道：「明天這一站，路程比昨天今天都長，得早點動身。請安歇吧！」說著，站起身來，是打算告辭的樣子。

「還早！」震二奶奶說：「我煨了薏米粥在那裡。要不要喝一碗？」她不等李紳開口，便即吩咐：「繡春，你去看看煨好了，端來給紳二爺嘗嘗。」

這一說，李紳只好坐了下來，沒話找話地說：「明天是在丹陽打尖。」

「紳表叔，」等繡春走遠了，她輕聲問道：「你很喜歡繡春是不是？」

此一問頗出李紳的意外，看了她一眼，沉吟未答。

「別說假話！」

「說假話就不是李紳了。」他立即接口：「我不是在找話敷衍你；是在琢磨你問我這話的意思。」

「當然是好意。」震二奶奶說：「好些人跟我要繡春，說她是宜男之相；這趟到蘇州來之前，揚州『總商』馬家的老二，還託人來跟我說，想娶繡春，答應給她娘老子一千兩銀子。她嫌馬老二已有七個姨太太了，說甚麼也不肯。紳表叔，你若是喜歡她，這件事包在我身上。」

「多謝盛意！我可拿不出來一千兩銀子。」

「你就拿得出來，我亦不能讓她娘老子要。她不是『家生女兒』；十四歲買來，契上寫明白是賣斷的，一個子兒不給，也無話說。而且她老子開個小飯館，境況也還不錯。」震二奶奶想了一下，用總括的語氣作了個結論：「反正只要你紳二爺說一聲：我喜歡。人就歸你了！甚麼不用你管，我還陪一副嫁粧。」

「這不是喜從天降嗎？」李紳笑著回答。

看樣子千肯萬肯，求之不得；只不過震二奶奶非常機警，看出他笑容後面有個疑問：值一千銀子的人，白送還貼嫁粧。幹嗎這麼好啊？

這個疑問，在別人可以不管它；照李紳的脾氣，一定會追根究柢。倘或從曹榮口中得知，「震二爺」一直在打繡春的主意，他就會恍然大悟，怪不得震二奶奶這麼大方！而像他這樣的人，多半有便宜不會撿，迂腐騰騰地說甚麼「君子不奪人之所好」，那一來不成了笑柄？尤其是讓「震二爺」在暗地裡笑，是不能教人甘心！

因此，震二奶奶覺得即時有解釋的必要，「紳表叔，你大概也知道，我做事是有分寸的。多少人來求我要繡春，我不肯；你沒跟我要，我反倒把她送了給你，這不是毫無章法嗎？不是！」她自問自答地說：「這種事得要男女兩廂情願；旁人看起來也很合適，才算圓滿。你紳二爺至今不曾成家，老來作伴，房裡該有個人；既然喜歡繡春，又是宜男之相，自然再合適不過。繡春呢，她早說過，最好一夫一妻；可又不願嫁個不識字的粗人。這就難了！有身分的人家能用花轎把她抬進門嗎？不能。如今好了，跟了你紳二爺，雖無夫婦之名，可也跟一夫一妻差不多。我敢寫包票，她一定願意！」

話說得十分透徹，李紳的疑問，渙然消釋，只是拱拱手道謝：「深感成全之德！」

「你也不用謝我。」震二奶奶又說：「這是我自己喜歡做的事：第一、承紳表叔一路照應，我能撮成這樁好事，算是有了報答；第二、繡春跟了我九年，有這麼一個歸宿，我也很安慰；第三，明年繡春替紳表叔生個白胖小子，香煙不斷，不就是我做了一件積德之事嗎？」

把這番話隻字不遺地聽入耳中的，除了李紳，還有門外的繡春與錦兒——是錦兒發現在談繡春；趕緊轉回去將在熱薏米粥的繡春拉了來，兩人悄悄側耳，把震二奶奶與李紳對談的話，凡是要緊的，都聽見了。

聽到最後一句，錦兒輕輕拉了繡春一把，「你趕快替紳二爺生個白胖小子吧！」她忍俊不禁：「好讓二奶奶積一場陰德。」

「去你的！」繡春掉頭就走。

這一來裡面自然聽到了；李紳有些不安，震二奶奶便即喊道：「錦兒！」

錦兒答應著走了進來，臉上有一種孩子淘氣，被大人抓住的那種神氣。

震二奶奶不免奇怪，「怎麼回事？」她問。

「沒有甚麼！」錦兒答說：「紳二爺的薏米粥怕吃不成了。」

「爲甚麼呢？」

「有糊味兒了。」

震二奶奶又好氣，又好笑；然後沉著臉說：「說過多少回，不准你們聽壁腳，這個毛病總是改不了！」

「別怪她們！」紳二爺趕緊解勸：「像這樣的事，我聽見了，也得聽壁腳！」

震二奶奶不過隨機告誡，並非眞的生氣；她關心的是繡春的態度，呶一呶嘴，輕聲問道：「她怎麼樣？」

「還能怎麼樣？高興也不能擺在臉上啊！」

震二奶奶點點頭，表示滿意，「你再去看看，有甚麼消夜的東西？」她說：「我也有點兒餓了。」

「不必費事！我一點兒都不餓。」李紳搖著手說。

「好吧！紳表叔，明兒聽好消息吧！」

這是很客氣的逐客令，李紳便即說道：「我也不必多說甚麼了！反正自己知道。震二奶奶，請你也早點歇著；明兒比往常早半個時辰動身。」

「我知道。反正一上了路盡有得睡！倒是紳表叔你，別高興得一夜睡不著覺。」說著，震二奶奶抽出腋下那方白紡綢繡黑蝴蝶的手絹，掩著嘴笑。

李紳微笑不答，一手掀簾，一手撈起羊皮袍下襬，大步跨了出去；繡春恰好在門外，躲避不及，趕緊轉過身去，勢子太猛，辮子飛了起來，「啪」地一下，正打在李紳臉上，還頗有些疼。

繡春從感覺上知道了是怎麼回事？不想無意中闖這麼一個禍，按規矩應該陪個笑臉；卻又不好意思。正在躊躇時，李紳卻很體諒，連連說道：「不要緊、不要緊！」一面說，一面就邁步走了。

「怎麼回事？」震二奶奶在裡面問。

錦兒正看得好笑，聽此一問，便即笑著答道：「繡春揍了他老公！」

「甚麼？」震二奶奶又問：「你說甚麼？」

「二奶奶聽錦兒嚼舌頭。」繡春紅著臉趕了進去說：「紳二爺出門，我一躲，辮子掃著他了。」

「原來這麼回事？」震二奶奶問道：「你幹麼躲他？」

這不是明知故問？繡春連番受了戲弄，心裏不免覺得委屈；眼圈紅紅地想哭！

見此光景，錦兒發覺事態嚴重。震二奶奶馭下，一向恩威並用；如果一變臉，繡春受的委屈更大，所以趕緊出面轉圜。

「自然是害羞才躲。」她插身進去，亂以他語：「到底吃甚麼？若是不愛燙飯；有剩下的雞湯，下掛麵也很好。」

「還是燙飯吧！你們倆一起去。」

說著，震二奶奶呶一呶嘴，錦兒懂她的意思，報以一個受命的眼色，悄悄拉了繡春一把。

「你也是！」錦兒一面將剩下的菜和在冷飯中，一面埋怨繡春：「好端端地哭甚麼？人家正在高興頭上；你這一來不掃她的興？」

「你還怪我！齊著心拿我取笑，也不管人受得了、受不了。」

錦兒笑笑不答，將燙飯鍋子坐在炭爐上，煽旺了火，放下扇子說道：「開起來得有會兒；你坐下來，我有話問你。」

繡春不答，也不動，低著頭咬指甲；不過錦兒一拉，她也就過去了，完全是聽人家擺布的那股味道。

兩人在一張凳上坐定，錦兒想了想，低聲問道：「你這會兒心裡在想甚麼？」

「我覺得我像一隻貓，一條狗；誰喜歡就拿我給誰。根本不管貓跟狗願意不願意。」

「這麼說，你是不願意？」

「我可沒有說這話！」話一出口，繡春覺得這樣否認，倒像是很願意似地，所以跟著又說：

「願意也好，不願意也好，反正由不得我！」

聽得這話，錦兒知道已可以覆命，不妨聊聊閒天；便即笑道：「會有這麼一樁喜事，誰都沒有想到。」

「我是早想到有這麼一天！」

這一回答頗出錦兒意外，「怎麼？」她問：「你是怎麼想到的？」

「那還用說嗎？」繡春口有怨言：「防我像防賊似地，還不是早早打發走了，也省多少心。」

錦兒的笑容收斂了，細想了一回，覺得她似乎還捨不下曹震，倒要好好勸他一勸。

「繡春，我當你親姊妹，我才跟你說掏心窩子的話，你別糊塗！曹家的姨娘不好當；震二爺的姨娘更不好當。就算讓你如了願，那頭雌老虎不把你連骨頭都吞了下去才怪！」

「誰要當他家的姨娘？」

「既然如此，你還冤氣衝天地幹甚麼？憑良心說，她想攆你，固然不錯；替你做的這個媒，可是更不錯。你沒有聽見她的話？處處都替人打算到了。要說她把你當貓、當狗隨便送人；這話連我都不服。」

繡春不答，心裡在琢磨錦兒的話，想駁她卻找不出話。

「再說，紳二爺脾氣雖怪，也得看人而定；我在李家聽說，他專門跟那個篾片叫甚麼『甜如蜜』的過不去；再有他家的那兩個大總管，他也沒有好臉嘴給人看。至於好好的人，他一樣也通情達理，尤其是對你，讓你揍了他一辮子，還怕你不好意思，連說：『不要緊！不要緊！』這有多難得。」

「甚麼讓我揍了他一辮子？我又不是存心的。」

「我知道你不是存心！」錦兒笑道：「你也捨不得。」

「又來了！看我不收拾你的。」說著，繡春揚起手吹一口氣，作勢欲撲。

錦兒最怕癢，看她這個動作，先就軟了半截，「別鬧！別鬧！」她笑著說：「我有正經話問你。」

「好！」繡春警告：「你再要我；我可絕不饒你。」

錦兒說的果然是正經話：「你伺候二奶奶一場，要分手了；二奶奶說要給你一副嫁粧，你也不必客氣，心裡想要甚麼，如果不便說，我替你去說。」

這確是好意，繡春頗為心感；想了一下說：「我想不起來該跟她要甚麼東西？只巴望著能夠平平安安過日子就好了。」

作此說法，當然是她覺得以後的日子不平安。這話又從何而來？錦兒實在有些困惑。

「我不懂你的話！你倒說明白一點兒，嫁了紳二爺會沒有平安日子過？」

「這趟回去就不平安了！」

「怎麼呢？」錦兒想了一下，疑惑地問：「莫非二爺會鬧？」

「不是二爺鬧，只怕二奶奶會鬧。」

「越說越讓我糊塗了！到底是怎麼回事？」

「只要二爺說一句話，二奶奶就會大鬧特鬧。」

「你先別說，等我好好想一想，那是句甚麼話？」錦兒撳著她的手；想了好一會說：「我知道了，二爺要把你收房。這話，」她又懷疑：「二爺敢說嗎？」

「他自然不敢！不過有句話，他不敢也得硬著頭皮說。如果他不說，我說了；他在老太太面前不好交代。」

「喔，」錦兒被逗得好奇心大起：「那是句甚麼話，我倒眞要聽聽！」

繡春卻又遲疑不語；禁不住錦兒一再催促，甚至要板臉吵架了，她才很吃力地吐露：「我身上兩個月沒有來了！」

「啊！」錦兒大驚：「眞的？」

「我也不知道眞的、假的？反正這件事是記得很淸楚的。」

她說不知是眞、是假，是指懷孕而言；錦兒覺得這一點在眼前必須確確實實弄淸楚，才談得到旁的話。不過，大家的丫頭對男女間事，雖懂得很多，而她到底還是處子，怎會檢驗有孕無孕？只能就習知的跡象問說：「你是不是常時想酸的東西吃？」

「也不怎麼想。」

「那麼，肚子裡是不是常常在動呢？」

兩個月的胎兒只是一個血塊，那裡就能躍動了？繡春聽她說外行話，便懶得答理了。

「你說啊！」

「說甚麼！」繡春沒好氣地說：「你不懂！」

錦兒不能不慚愧地默認；這一點無法求證，只能假定是眞，嘆口氣說：「唉！這一下可有得饑荒打了！我就不懂，剛才我問你，你為甚麼不說？」

「我為甚麼要說？說了不是我自己找倒楣？她能饒得了我嗎？」

「可是，你這會兒不又說了嗎？」

「那是你逼得我說的。」

「好！」錦兒因受驚而紊亂的思緒，恢復正常了，「我倒問你，你始終不說，莫非要把曹家的種，帶到李家去？那是根本辦不到的事；再過個把月，肚子就現形了。」

「我也不是始終不說，是他的種，我當然先要問他。」

「原來你是要問二爺！」錦兒想了一下問：「你是不是打算著讓二爺來說破這件事？」

繡春沉吟未答。實在是她至今還不能確定，要怎麼說才算妥當。不過，曹震說破了這件事，錦兒便得改口叫她「姨娘」；這是可想而知的。同時她也知道，錦兒問她這話的意思，正就是要確知她是不是想做曹家的姨娘？這一點應該有所分辯，卻不知該怎麼說？

「繡春，我勸你的話，你記不得了？」

「那裡！」繡春立即否認：「你說得不錯！我還留著我這條命呢！憑甚麼讓人把我連骨頭都吞了下去？」

「既然如此，我勸你自己先跟二奶奶表白，不告訴她去跟二爺商量，這就大錯特錯，千萬做不得！」

「我心裡也這麼想過。可就是——，」繡春苦笑著說：「教我怎麼開口呢？」

「我替你去說。」錦兒自告奮勇。

「那可是求之不得！」繡春又輕鬆、又緊張，「你打算甚麼時候告訴她？」

「這得看情形，反正，你瞧我的眼色就是。」

談到這裡，燙飯也開了；兩人檢點碗筷、湊付著裝了六個小菜碟子，一個端托盤、一個端飯鍋，雙雙入內一看，震二奶奶和衣躺在床上，已經睡著了。

「怪道，好半天不叫我們。」錦兒上前推一推她的身子，「二奶奶、二奶奶、燙飯來了。」

「我又不想吃了！服侍我睡吧。」震二奶奶說：「別忘了把鬧鐘的楔子拔開！」說著，掙扎起身，在一張作爲梳妝台的半桌前面坐下，等丫頭來替她卸妝。

錦兒心想，發脾氣也得有精神；這會兒她倦不可當，有脾氣也發不出來，正是揭破秘密的好時機，便向繡春使個眼色。

「你先吃去吧！吃完了先收拾起來，省得臨時抓瞎。」

「知道了！」繡春答應著，走到堂屋裡，就坐在房門口，細聽動靜；心裡自然是「卜通、卜通」地在跳。

錦兒並未想到，說話的聲音最好提高，讓繡春也能聽見；她只是很婉轉地在說：「繡春有件事，早就想告訴二奶奶了，心裡怕，不敢，她跟我說：到今天再不說，可就對不起二奶奶了！」

「甚麼事啊？」

「她身上兩個月沒有來了！」

聽得這一句，震二奶奶的惺忪倦眼，立時大張；瞪著錦兒，睫毛不住眨動；雖是看慣了的，錦兒仍不免覺得可怕。

「你問了她了，是二爺的？」

這不是明知故問？錦兒剛這麼在想，突然醒悟；震二奶奶做事向來不恤殺伐，只求乾淨，看樣子她可能存著根本不承認繡春腹中一塊肉，是曹家的種。倘或如此，繡春就太委屈了。

因此，她本來想回答說：「那還用說？」此刻改爲清清楚楚地回答：「是的！我問了她；是二爺的。」

「那麼，她是怎麼個意思呢？」震二奶奶問道：「意思是生米煮成熟飯，非讓二爺收房不可囉！」

「沒有！」錦兒的聲音毫不含糊：「她絕沒有這個意思。」

震二奶奶的臉色舒緩了，眼光也變得柔和了，一面對鏡子用玫瑰油擦著臉，旋又抹去；一面慢條斯理地對錦兒說：「她該早告訴我的！這也不是甚麼大不了的事。如今已經許了紳二爺了，忽又翻悔，傳出去不成了笑話？再說，爲了別的緣故翻悔，猶有可說；結果是二爺收了房了，親戚熟人不知道內中有這一段苦衷，只說二爺好色，已經許了人家的一個丫頭，只爲長得出衆，居然就能翻悔。你想，有這個名聲落在外頭，二爺還能好得了嗎？」

話說得異常冠冕，不過有件事不知道她是忽略了，還是有意不說——曹震還沒有兒子，繡春如能生個男孩，也是好事。

「二爺若有這個名聲在外面，錦兒，你也會受累。」震二奶奶又說：「如說他好色，人家心裡就免不了會這麼想：大概他家的丫頭都讓他偷遍了！繡春這個騷貨，我早就知道逃不出他的手；你乾乾淨淨的一個人，無緣無故讓人家疑心你，可就太冤了。將來要找個好婆家都難。」

錦兒眞佩服她能想出這麼一個理由來拉緊她；當即答說：「只要二奶奶能知道我就行了！」

「我全知道，就不知道繡春身上兩個月沒有來。不過，到底是有了，還是血分上的毛病，可也難說。你把她找來，等我問問她。」

在堂屋裡的繡春，聽得這話，趕緊躡足而起，到對面椅子上坐下，靜等錦兒出現。

「進來吧！」錦兒掀門簾探頭出來說：「二奶奶問你話，不會爲難你，你別怕！」

這是幫繡春的忙，預先拿句話將震二奶奶拘束住；繡春心放了一半，挨挨蹭蹭地進了門，把個頭低著。

「繡春，」震二奶奶說：「恭喜你啊！」

她會冒出這麼一句話來，連錦兒都大出意外；繡春一聽話風不妙，趕緊跪了下來。「二奶奶，」她有些氣急敗壞地：「我不敢撒一句謊，是二爺逼了我好幾次，我不肯；後來他拿酒把我灌醉了，才，才讓他得了手。」

「喔，那是甚麼時候？」

「是今年二月十九，二奶奶上白衣庵燒香宿山那一天。」

「好啊！我在白衣庵燒香求子，你們在家喝交杯盞；怪道沒有效驗！這不能怨菩薩不靈，你二爺喪盡良心，怎麼會有兒子？」震二奶奶停了一下又問：「一共幾回？」

「兩回。」

「才兩回？」震二奶奶看著錦兒說：「你聽聽。」

「二奶奶且聽她說下去；算日子就知道她的話是眞是假？」

這是提醒繡春，別將日子算錯，露了馬腳；繡春看了她一眼，卻不敢露出感激的神色。

「說啊！第二回是甚麼時候？」

「兩個多月以前。」

「這回又是拿你灌醉了？」

「是，是夜裡偷偷兒到我床上來的。」

「咦！」震二奶奶神色又一變，「你們當著錦兒就幹起來了？」

這一下，錦兒可著急了！她跟繡春一屋睡，兩張床靠得很近；半夜裡有人偷上繡春床去，她不能毫無知覺。如今看震二奶奶的神色，似乎疑心她們通同作弊；再往深處去想，她是不是已讓二爺「偷」過了，也就難說得很。因此，脹紅了臉，氣惱萬分；待要分辯，卻又是空口說白話；想一想，除非罰咒，不能讓震二奶奶相信她確是不知其事。

幸好，繡春爲她作了有力的洗刷；「那天錦兒回家去了。」她說：「不然二爺也不敢！」

錦兒如釋重負，「二奶奶准我告假的那一天是九月初四。」她說：「我爺爺七十歲整生日，我回家給他磕頭；記得很清楚的。」

震二奶奶對於錦兒的疑惑，已完全消釋，便用撫慰的眼色看一看她以後，又問繡春：「那麼我呢？莫非二爺就不怕我發覺，床上少了個人？」

「二奶奶也不在，是在老太太那裡鬥牌。」

震二奶奶心想，陪老太太鬥紙牌，最晚不過二更天；繡春還不到睡覺的時候，可見偷上床去的話靠不住。不過，如今也不必再追究了；反正早早把她送了出去，這個主意決不錯。

「你過來！」

繡春怯怯地走了過去，卻不敢靠近震二奶奶；防著會挨打。

「到我身邊來！我看看是病，還是眞有了？」

繡春仍有畏縮之意，錦兒怕這樣子反而眞的會惹得震二奶奶發火，所以開導她說：「二奶奶叫你，你就過去嘛！你以爲是躲得了的嗎？」

這話不錯！要打盡可叫她跪下來受罰；用不著騙她。繡春便坦然走了過去；震二奶奶便在她小腹上又摸又揿地檢驗。揿倒不要緊；摸來摸去癢癢地不好受，不由得笑著扭腰，藉爲閃避。

「你看你這浪勁兒！天生的賤貨！」震二奶奶咬牙切齒地罵：「二爺怎麼不打錦兒的主意？人家坐得好、行得正；那像你！這就癢得受不得了。」

罵得實在難聽，錦兒皺眉；繡春噘嘴，震二奶奶卻是橫了心，已摸出來她小腹上有硬硬的一塊，十之八九懷了孕，但不肯說實話。

「不是的！」她說：「血分上的毛病，回去吃兩劑通經的藥，把瘀血打下來就好了。」

聽這一說，錦兒先就有如釋重負感；繡春卻是將信將疑，表情跟錦兒自然不一樣。

「怎麼？」震二奶奶問道：「莫非你還不相信？真的以爲二爺給你下了種了？」

「我怎麼不信？我自然信二奶奶的話！」

「你信也好，不信也好，我不來管你心裡的事。我只問你，你自己的終身，怎麼個打算？」

「自然是聽二奶奶作主。」繡春趕緊答說

「先前我不知道你跟二爺有一腿，可以替你作主；這會兒，可要你自己作主了！是不是願意嫁紳二爺？」

「願意。」繡春的聲音很堅定。

「眞的願意？」震二奶奶再釘一句。

「二奶奶，我罰咒！」

「那也不用。」震二奶奶轉臉說道：「錦兒，你可聽見她的話了？」

這是要她做個見證；爲的是倘有人議論，說震二奶奶吃醋，故意將繡春送了給李紳，錦兒便好替她表白，完全是繡春自願，跟震二奶奶全不相干。

意會到此，錦兒要爲自己占個穩穩的地步；特意再問一問：「繡春，你可再想一想，是不是自願嫁紳二爺？倘或不願，趁早回明；我也替你做個見證。」

「沒有甚麼不願；心甘情願。不過，將來如有難處，錦兒，要請你替我求二奶奶的恩典。」

這話曖昧不明，錦兒不能不追問：「將來會有甚麼難處？」

「我回頭跟你說。」

「不必回頭再說了。」震二奶奶說：「必是你不願意當著我的面說；錦兒，你們到外頭談去。」

於是相偕到了外屋，繡春低訴她的顧慮：倘或震二奶奶所驗不確，是眞的懷了孕，莫非捧著個大肚子嫁到李家？

「說來說去就是這麼個難題目！」錦兒問道：「你自己的意思呢？」

「我想，」繡春很吃力地說：「萬一，萬一是個小小子──。」

「怎麼？你的意思還是要做姨娘？」

「不是，不是！」繡春趕緊否認。

「那麼，你是甚麼意思呢？」

這逼得繡春不能不說了：「我的意思是，」她囁嚅著：「先住在外面，等生下來，再、再跟紳二爺。」

錦兒不答，心裡盤算了好一會；認爲這個辦法不妨跟震二奶奶去說，不過，先得有個保證。

「到了那時候，你如果變了主意了呢？」

「怎麼會變？你是說我還是想姓曹？絕不會的！錦兒，你也知道我的脾氣，向來說話算話。」

「你的話是不錯，就怕那時候由不得你做主。」錦兒又說：「譬如二爺捨不得你；搬動老太太出面，你怎麼辦？」

「別說老太太；老太后也不行！」繡春自覺失言，解嘲似地說：「你看看，你逼得說話都沒有分寸了！不過，錦兒，我只是要把孩子留下來，絕沒有別的意思；我想二爺也不敢去搬動老太太，倘或不然，我一定自己抹脖子！錦兒，我現在就託你，如果到了那時候，二爺有這麼一個意思，你可千萬記得要跟二爺說：萬萬動不得！他要那樣做，就是逼我死。我把他的孩子給留下來，他不應該這麼報答我。」激動的繡春，說到這裡，眼淚都快奪眶而出了。

話都說到頭了，錦兒認爲她這個要求，在震二奶奶應該能夠允許。所以等繡春睡下以後，爲她去進言。

震二奶奶亦已上床，只是擁被而坐，閉目養神，似乎在想心事；她輕輕叫一聲：「二奶奶！」

震二奶奶微吃一驚，睜眼問道：「你怎麼還不睡？」

「繡春還有件爲難的事，託我來求二奶奶的恩典。」

「喔！」震二奶奶將身子往裡讓一讓，「你坐下來說。」

於是錦兒坐在床沿上，將繡春的難處、希望、保證；以及她的詰問與繡春的答覆，倒籠傾筐地，一古腦兒說了出來。

一面說，一面看震二奶奶的臉色；深沉無比，一點都看不出她此時的想法。

「錦兒，」震二奶奶平靜地說：「你是一片待姊妹的血心；可是你也得替我打算、打算。」

「我怎麼沒有替二奶奶打算？」錦兒抗聲答說：「我把她問得死死地，決不能變卦。」

「你好糊塗！」震二奶奶有怫然之色。「她這個叫做『留子去母』，是最厲害的法子。別人不說她自己心甘情願，只說我做得太絕！且不說落個愛吃醋、不賢惠的名聲在外面，還讓二爺恨我一輩子。錦兒，你倒說，往後我那個日子怎麼過？」

錦兒一聽，透骨冰涼；自己也覺得想得太天眞了。

「你啊！」震二奶奶握著她的手，不勝憐愛地埋怨：「心太熱！凡事只往好的地方去想，思前不想後，將來會吃虧。」

「可是，事由兒擺著，她總不能捧著個大肚子嫁到李家。」

「不會的！錦兒，我包她不會現形。」震二奶奶說：「而況，到底眞的有了，還是血分上的毛病，也還不得而知。照我看，是病不是喜。」

「如果是喜呢？」錦兒固執著問。

「打掉就是！」

震二奶奶說得很輕鬆；錦兒卻大吃一驚！心裡在罵自己太笨；早就該想到震二奶奶會使這個手段。

看到她的臉色，震二奶奶發覺自己的態度錯了，不該出以毫不在乎的語氣。於是坐直了身子，板著錦兒的肩說：「我剛才一直在想這件事，除此以外，別無好法子。爲繡春設想，這是上上策，只不過，有點可惜。可是，錦兒，」她略略提高了聲音問：「你看我，是不是不像會生了？」

二十多歲的少婦，何況又是生了個女兒的，憑甚麼說不會再生了？「不！」錦兒毫不遲疑地答說：「先開花，後結果！二奶奶不愁沒有兒子。」

「就是這話囉！」震二奶奶欣慰地，「再說一句，就算我不會再生了；二爺將來少不了還要弄一兩個人。只要他命中有子，總該他有；命中注定沒有兒子，繡春就能安安穩穩生下來，還是個丫頭。」

這下又提醒了錦兒，費了好多的事，生下來是個女兒，那時候失望的只怕不止繡春一個人。

「你覺得我的話怎麼樣？」震二奶奶很泰然地，「若是我說得不對，你儘管駁。」

「我怎麼敢？再說，二奶奶的話也駁不倒。不過，我該怎麼跟繡春說呢？」

震二奶奶想了一下，輕輕答說：「你暫且不要說破；只說回了家再想法子，包她妥當，不必擔心。」

凋年急景，歸心如箭；才四更天已經有人上路了。五更一過，反倒靜了下來，偌大客棧，只剩下兩撥人尚未動身；一撥就是震二奶奶一行。

「震二奶奶，」小福兒在窗外大喊：「你老人家拾奪好了沒有？紳二爺說，晚了不好。」

「快了、快了！」錦兒代爲回答，一面還在開箱子找一件灰鼠皮襖；天氣突然回暖，震二奶奶覺得狐嵌的穿不住了。

衣服是找到了，箱子可也翻亂了，理好鎖上，底面還要加夾板，總算小福兒幫忙，等細紮停當，揹著到了車上，震二奶奶方始換好皮襖，走到停轎的大院子裡，李紳已等得有些著急了。見了面少不得還要寒暄幾句——眞正是寒暄：「天氣忽而回暖，」她問：「不知是怎麼回事？」

李紳知道不是好跡象，防著是在釀雪；但一說破了，徒亂人意，只很客氣地說：「震二奶奶請上轎吧！」

等主婢三人都上了轎，李紳傳話，加緊趕路，如果能在天黑以前趕到鎮江，另賞酒錢。轎伕、車伕聽得這話，個個起勁；一路吆喝著，過奔牛、經呂城，快到丹陽時，天氣變了，彤雲漸密，暗沉沉地，近午時分，倒像已將入夜了。

怎麼回事，別是要下雪了吧？正在嘀咕著，忽然轎子放慢了；隨即聽見轎外有人在喊：「震二奶奶，震二奶奶！」

掀開轎簾一看，只見李紳氣喘吁吁地趕了上來；震二奶奶連連拍著扶手板，大聲喊道：「停、停！」

「震二奶奶，」等轎停下來，李紳上氣不接下氣地說：「天快下雪了，咱們得趕一趕；本來定了在丹陽打尖，如今只好不停，回頭弄些包子、燒餅甚麼的，你就在轎子裡委屈一頓吧！」

「行、行。」震二奶奶連連答應：「不過，車馬都不要緊，轎伕太累了，能緊著趕嗎？」

「說得是！我已經派護院騎馬趕到丹陽雇人去了。到了就換班，一口氣趕到鎮江。」

「好！」震二奶奶看他滿臉焦急，大爲不忍，「紳表叔，你也別著急！」她說：「眞的不行，就在丹陽住下也行。」

「是的，是的！」李紳順口敷衍著；心裡在想震二奶奶持家能幹，出了門就不行了，丹陽多大一個地方，臨時能找得出容納二三十個人的客棧嗎？

到得丹陽，護院的已購就大批乾糧，主要的是形如虎爪的乾糧餅，名爲「京江蹄子」，買了好幾大筐；當然還有些細點心。李紳特爲找了個細竹篾編的全新小竹籃，裝了這些點心，送到震二奶奶轎子裡來。

分配停當，也換了轎伕，不多停留，立即趕路。走了約莫半個時辰，終於飄雪了；起初還好，不慢反而加快；但不久就走不快了，因爲地氣猶暖，雪片著地溶化，滲入土中，漸漸地泥濘滯足，有腳勁也使不出來了。

「你們看怎麼辦？」李紳跟護院的討主意。

「前不巴村，後不巴店，只有盡力往前趕。」

「車子是不要緊，就是轎子走不快！」曹榮說道：「紳二爺，我看得分成兩撥，車子盡快趕到鎭江，先安頓好了，能有敷餘的時間，還好趕回來打接應。」

「說得不錯！不過，東西不要緊；要緊的是人，尤其是震二奶奶，所以請兩位護院，仍舊跟著轎子走。」

定了主意，隨即照辦，車子格外加快；將轎子的距離很快地拉長了。震二奶奶不知是怎麼回事？看到轎伕舉步維艱，心裡非常著急，不過總算不時看到護院的圈馬回來，護侍左右，略略有所自慰。

雪是越來越大了！不過反倒是大了的好；因爲地有積雪，走起來便覺輕快，只聽轎伕的腳步，「沙沙」地踩在雪上；那種匀稱的節奏，具有催眠的作用，不知不覺地將震二奶奶帶入了夢鄉。

不知過了多少時候，突然發覺轎子停了下來；隨即聽得李紳在喊：「震二奶奶、震二奶奶！」

震二奶奶將扣住的轎簾，從裡面剛一打開，便覺臉上一陣涼；雪花捲風亂舞，直撲粉面，彷彿天公惡作劇，灑下無數的冰屑；望出去白茫茫一片，有如捲入銀海怒濤之中，反是無聲，更覺可怖。

「唷！」她失聲喊道：「好大的雪！」

「震二奶奶，不能走了；只能在半途歇一宵。前面有人家的一座祠堂，暫時可以安頓車馬；看祠堂的那家人家，總也可以商量，讓震二奶奶帶著錦兒、繡春在那裡暫住一住。不過，這得先問問你的意思。要走也可以，反正有雪光照著，晚一點也不要緊，就怕迷了路，在雪地裡陷一夜。」

「那可不成！」震二奶奶不等他說完，便即答道：「還是穩當一點兒，就這裡歇下吧！」

「好！我這就去辦交涉。」

等三頂轎子抬到，交涉不但已經辦好；車馬都已進入人家的祠堂了。李紳卻冒雪站在一座牌坊下面等候；引領著轎伕，由祠堂西牆外穿過去，後面是一片竹林；林外一帶茅籬，圍著小小一座瓦房，就是震二奶奶今夜歇宿之處了。

轎子沒法抬進去，就在籬笆外面停下；錦兒、繡春先下轎，扶著震二奶奶踏雪進門，踩到那片潔淨乾燥的泥地上，她有著無可言喻的恬適安全之感。

「總算有著落了。」震二奶奶說了這一句，從容不迫地抬眼搜索；發現有個中年婦人，含笑目迎，料知便是這家的主婦，便也親切地笑道：「這位嫂子，今天可要來打攪你了！」

「好說，好說！貴人，請都請不到的。」

「這位嫂子姓何，行二；她公公替顧家看祠堂已經四十多年了。」

「原來顧家！」震二奶奶說道：「鎮江顧家是大族；他們府上有一位做過工部堂官，跟我們家老爺子是至好。」

「那是顧家三太爺，在京裡做過一品；既然是我們東家有交情的，更不是外人。少奶奶，你先請坐！」何二嫂不好意思的笑道：「就怕地方太髒，也沒有甚麼好東西待客。」

「何二嫂，你不必說這些客氣話。大雪天能湊到一起，眞正是緣分。我也不說道謝的話了，先請何二嫂帶著看看屋子，好把鋪蓋打開來。」

「請跟我來。巧也很巧，上個月我們家妹子坐花轎走了；公公因爲年下事情多，住在祠堂裡，恰好有兩間房空在那裡！」

何家的房子還不算太舊；那間客房很大，因爲用途很多，紡績、礱穀、推置，都在這裡；後壁從西面推門出去，是極大的一間廚房，也是泥地；右手便是鋪了地板的住屋了，是朝北的兩間；轉過去東面還有兩間廂房，隔著一個小天井，與廚房相對。

何二嫂自己住了朝北靠西的那一間；緊鄰的一間，便是她小姑以前所住；兩間廂房靠北的那一間做了柴房；另一間現在空著，不過床帳俱全，原是她公公的臥室。

「不指望還有這麼一個好地方！說實話，我一直在嘀咕，今兒晚上還不知道怎麼過呢？紳表叔，你——。」

震二奶奶突然頓住；因爲發覺李紳的臉色不好，嘴唇發白，身子似乎微微在發抖，不要是病了？

「紳表叔，你怎麼啦？是不是招了涼？」

「身子有點兒發冷，不要緊！」

「你可病不得！」震二奶奶心裡在發冷，「不然怎麼辦？」

「你別著急！我一定能撐得住。我到那面看看去，叫他們把你的行李送了來。」李紳一面說，一面往外走。

「不！你不能去；你不能再冒風寒了！」

震二奶奶是頗有決斷的聲音，李紳不由得站住腳，躊躇著問：「我不去怎麼行？這麼多人睡的、吃的，都得想法子。」

「你上那兒想法子去？還不是得託何二嫂的公公；反正已經打攪了，只有明兒個多送謝禮。」震二奶奶略想一想，把「重賞之下，必有勇夫」這句話嚥了回去，改口說道：「等我來交代曹榮。」

李紳想想，也只好依她；隨即關照小福兒，到祠堂裡去找曹榮，同時趕快將震二奶奶的行李送來。

「藥箱呢？」震二奶奶問。

「在這裡！」錦兒將出門隨身必帶的一個皮藥箱拿了進來。

「你撿一塊神麴，跟何二嫂要一塊乾薑，濃濃兒的煎一碗來給紳二爺喝。」

錦兒答應著邀了何二嫂一起到廚房裡去煎藥；繡春便即問道：「二奶奶挑那一間住，我好收拾起來。」

「自然是她家小姑子住過的這一間。」震二奶奶手指東面：「紳表叔，你睡這兒。」

「不，不！我還是睡到祠堂裡去。」

「爲甚麼？」

李紳無以爲答；好一會才說：「那面比較方便。」

「得了吧！你有病在身，要在這兒才方便。出門在外，那有那麼多嫌疑好避。」

話讓她說破了，李紳只好默認。繡春探頭向東面那間屋子望了一下說：「褥子倒還乾淨，沒有棉被！不知道何家有敷餘的沒有？」

「不見得會有敷餘。」震二奶奶說：「你別管，我自有主意。」

說到這裡，外面已有人聲；出去一看，曹榮帶著車伕，將震二奶奶的鋪蓋箱籠都送了來了。

「紳二爺病了！」震二奶奶說：「曹榮，那面都得歸你照料。」

「是！」

「這麼多人，怎麼睡法呢？」

「只好將就一夜，幸虧有稻草；生上一兩個大火盆，還不至於凍著。」

「火燭可得小心！你關照他們，輪班坐更；大家吃這趟辛苦，我另賞酒錢。」震二奶奶又問：「吃的呢？」

「吃的倒有。何老頭給煮了一大鍋粥；還有京江蹄子。護院的這會兒到鎮上找酒、找肉去了。」曹榮問道：「不過，二奶奶，你怎麼辦呢？」

「我還有剩下的路菜，你不必管了。」震二奶奶轉臉問道：「紳二爺還有甚麼話交代？」

「我是怕在鎮江打前站的人，會著急，怎麼得通個信兒才好。」

「那也只好瞧著辦。眞的通不上信，也只好算了。」震二奶奶又說：「曹榮你問問何老頭，能不能找個人上鎮江去送封信；給五兩銀子。找到了帶了來見紳二爺。」

「是了！」曹榮答應著轉身而去。

李紳這算是領教了震二奶奶的手段，看她處事，要言不煩、乾淨俐落，不由得笑道：「震二奶奶，我眞該退位讓國，請你來帶這班人馬。」

「那裡！出門上路，自然非爺兒們不行。」震二奶奶又喊：「繡春，你今天跟錦兒在我屋裡打地鋪；你們倆使一副鋪蓋。勻一副給紳二爺用。」

「知道了！」

「你說『知道了』，我問你，你把誰的鋪蓋勻給紳二爺用？」

繡春也正在琢磨這件事；聽她這一問，便知又要拿她「開胃」了，一時不知如何作答，既窘且急，臉都有些紅了。

一急倒急出一句話來：「錦兒的鋪蓋，比我的乾淨，自然是用錦兒的。」

「我看你的也不髒，好像也厚些；拿你的給紳二爺用。」

繡春不答，卻看了李紳一眼；大概抬眼時方始發覺，這一眼看得不是時候，所以眼皮翻了一下，隨即垂了下來，轉身去解鋪蓋。

「繡春，」震二奶奶又說：「你先替紳二爺鋪床去！讓紳二爺吃了藥，好馬上就睡。」

於是繡春去解她的鋪蓋，抱了被褥轉往東屋。丫頭一個去，一個來；錦兒將煎好的神麯，用個托盤端了來；另外用磁碟子盛了十來粒蘇州「孫春陽」南貨店特製的松子糖，爲李紳下藥。

錦兒一面做事，一面說：「何二嫂挺會做人，也挺能幹的。這會兒在廚房裡忙著呢！她要請二奶奶吃飯；又忙著替紳二爺煮粥，想得眞週到。」

「眞難爲她！」震二奶奶說：「錦兒，你看看有甚麼尺頭甚麼的，找一找，送她幾塊，也是一點意思。」

「我也這麼想；可就想不出能找出甚麼東西來送人家。」

「其實也不要緊，」李紳接口：「明兒個多送她幾兩銀子，還實惠些。」

「眞的找不出來，也只好這樣子了！」震二奶奶問道：「何二嫂弄些甚麼菜請客？」

「現掘出來的冬筍煮爆醃肉；宰了一隻雞，可還不知道怎麼吃？她家的醃菜可是眞好！掰開來，黃得像蜜臘；菜心跟象牙似的，漂亮極了！」說著，錦兒嚥了口唾沫。

「看你饞得那樣子！」震二奶奶笑道：「你也替我鋪床吧！」

見此光景，李紳便站了起來，「我別在這兒礙事！」他說：「藥很燙，我帶回去，等涼了再喝。」

「趁熱喝！」震二奶奶說：「喝了就睡吧！出一身汗。馬上就好了。錦兒，你把紳二爺的藥端了去。」

把藥端到東屋，錦兒隨即就走了。李紳在桌子旁邊坐下側臉望去；繡春正跪在床沿上替他舖床。褥子上面加被單，要在裡床掖好，頗爲費事；繡春撅著個渾圓的大屁股，移到東、移到西；李紳的雙眼亦就移到東、移到西、跟著她轉。

他忽然發現她跟錦兒不同，「繡春，」他問：「你不冷啊？」

「怎麼？」繡春回頭看了一下，仍舊轉過身去。

「錦兒穿的棉袴，你只穿一條夾袴；大雪天會凍出病來。」

「我不冷。」

「那是你的身子好。」

「也不是她的身子好——。」突然有人接口；李紳與繡春都嚇一跳，急忙回頭看時，果然是震二奶奶在門口站著。

繡春不便有何表示，管自己又去動手鋪床；李紳亦不便道破心裡的感想，怎麼她也有「聽壁腳」的癖好，只是招呼著：「請進來坐！」

「『若要俏，凍得叫！』」震二奶奶一面踏進來，一面說：「繡春這會兒嫌棉袴臃腫難看，將來得了病受罪也是自己。」

「可不是嗎？」

就此便談受凍會得甚麼病，一聊開了沒有完；等繡春鋪好了床，恰好小福兒送來火盆，而李紳的藥也喝下去了。震二奶奶便即說道：「快睡吧！讓繡春留在這兒照應你。要甚麼儘管支使她做。」

「不必、不必——。」

「不！」震二奶奶那種平靜但極具威嚴的聲音又出現了：「繡春在這兒伺候紳二爺。」又加了一句：「聽見沒有。」

「聽見了！」

等震二奶奶一出去，繡春垂著眼說：「紳二爺，把馬褂卸了吧！」說著，便走上前來要替他解紐扣。

「我自己來。」

「我伺候你！」繡春答說：「我家二奶奶吩咐了，我一定得照她的話做；不然，我會挨罵。」

聽她這一說，李紳笑道：「那可只能聽你的了！」他將臉仰起來，好讓她解脖子下面的紐扣。

卸了馬褂，又卸皮袍；等他一坐下來，她要來替他脫靴子，李紳可就大爲不安了。「不行，不行！我這雙靴子盡是泥，太髒！不能讓你沾手。勞你駕，找小福兒來。」

小福兒在廚房裡，一面坐在灶下燒火，一面逗著何二嫂的兒子玩；繡春將他叫了回來，自己便接替他的位子，燒著火跟何二嫂說話。

從昏黃的燈光中醒來，李紳一身的感覺，苦樂異趣，頭上輕鬆得很；身上又濕又熱，汗水滲透了的小褂袴貼肉黏滯，難受得片刻不能忍耐。

扭過臉去，隔著藍布帳子，影綽綽地看到有人伏在桌上打盹；他毫不思索地喊一聲：「小福兒！」

等那人驚醒，站起身來，手拈垂在胸前的長辮子往後一甩，李紳才發覺是繡春。

揭開帳子，她甚麼話都不說，一伸手先按在他額上試試可還發燒？那隻豐腴溫軟的手，一下子將他的回憶拉到四十年前；記起兒時有病，母親亦總是這樣來測試熱度。

按了好一會，繡春抬手又摸自己的頭；然後手又落在他額上。不過這一次很快，略摸一摸，隨即一面掛帳子，一面欣快地說：「退燒了！出了好大一身汗吧？」

「跟泡在水裡一樣。」

「汗要出得透才好。」繡春問道：「餓吧？煨了粥在那裡；何家的醃菜可真好，我端來你吃。」

「這倒不忙！」李紳問道：「小福兒呢？」

「回顧家祠堂睡去了。」

「唉！這個小子混帳！」

「紳二爺別罵他。這裡沒有睡的地方，是二奶奶讓他走的。」繡春又說：「反正有我在這裡；紳二爺你要甚麼？」

李紳想了一下說：「繡春，請你在門外站一站。」

「幹嗎？是要小解？」

「不是！我得找一身乾淨小褂袴換一換；溼布衫貼在身上，這味兒可真不好受！」

「不行！紳二爺你忍一忍吧！剛出了汗不能受涼。」

「不要緊！勞你駕，把炭盆撥一撥旺就行了！」

繡春想了一下說：「好吧！這個味我也嘗過，確是很不好受。」

於是繡春先續炭撥火；然後從李紳的衣箱中找出來一套棉綢小褂　；將他扶得坐了起來，正要替他解衣紐，李紳不讓她再動手了。

「我自己來，你替我把帳子放下就行。」

「不行！這得換得快，才不會招涼；你一個人慢慢兒磨，怎麼行？」

於是不由分說，替他解開衣紐，把件溼布衫剝了下來，順手揉成一團，將他胸前背後的汗擦一擦，方始拈起棉綢小褂，抖開了替他穿上。

「這，」她把他的袴子遞給他：「自己在被窩裡換吧！」

說著，掉轉身去，從床欄上將李紳的一件絲棉襖取來，替他披在身上；等李紳摸索了好一會，要掀被下床時，她已經將他的羊皮袍提在手中了。

「紳二爺，你先在炭盆旁邊坐一會！我先把你床理一理，弄整齊了，你還回床上去。」

棉被自然也爲汗水滲溼了，幸好褥子還乾淨；繡春便把上蓋的那床被，疊被窩筒；溼了的那一床移作上蓋；枕頭布也另換了一條乾淨的。

看她這樣細心周到的照料，李紳自覺是在享福。而因此更感疚歉，「繡春，」他說：「眞過意不去，把你的鋪蓋弄髒了！我得賠你一副新的。」

她不知道他這話中，是否別有含蓄？有意保持沉默。

李紳覺得奇怪，自己的話說錯了嗎？不然，她不應該置之不理。

「好了！」繡春跨下床來，「還上床去吧，裹著被坐著，也很舒服。」

「不！」李紳把這個字說得柔和，「這樣也很好。」

「那，就把襪子跟棉袴穿上。」

「好，」李紳非常馴順地回答，自己動手穿棉袴、穿襪子，紮束停當，站起來擺擺手，聳聳肩，很高興地說：「一點病都沒有了。」

「那就喝粥吧！」

「慢一點，繡春，我想喝點酒。不知道該到那兒去找？」

「二奶奶那裡有泡的藥酒；可不知道睡了沒有？」

「勞你駕，看看去，眞要睡著了，不必驚動。」

繡春點點頭，推出門去，入眼便即失聲喊道：「好大的雪！」

李紳也看到了，一望彌白；半空中還在飄，彷彿一球一球地，下得正密。等他想走到門口，看看清楚時，門已關上了；還聽她在門外說了句：「快進去！外面冷。」

李紳不忍辜負她的意思，退回來坐下；心裡在想，明天動不了身怎麼辦？

正在發愁，聽得門響；繡春抱了個紅綢封口的磁罐子走了進來說：「二奶奶睡下了。她說，反正明天走不成了，請紳二爺好好養病，多睡一睡。」

「這雪，也不知道要下到什麼時候？」

聽他聲音抑鬱，繡春便提高了聲音勸慰他：「管它呢！就耽擱一兩天也不要緊。天有不測風雲，誰也不知道的事；只有不抱怨。來吧，你不是想喝酒？有酒不喝，可是傻瓜。」

李紳想了一下，輕輕一跺足：「對！有酒不喝是傻瓜。」

於是繡春替他鋪設杯盤，同時告訴他說，菜都是早就撥出來的，不是剩菜。早知道他的病好得這麼快，還該替他多留些。

「這就很好了！」李紳悄悄說道：「你大概也餓了，陪我吃一點兒好不好？」

繡春向震二奶奶那面看了一眼，搖搖頭說：「沒有這個規矩。」

「你要講規矩，我可就吃不下了。」李紳央求著：「二奶奶睡下了，你就不守一回規矩也不要緊。」

繡春心裡在想，震二奶奶雖不曾看見，明天會問；如果問到，不能瞞她，而且得有解釋。說「紳二爺非要我陪他不可」，似乎不是很充足的理由；但如守著主僕的規矩，一定不肯同桌而食，必又挨罵：「這會兒知道守規矩了！那時候在家裡，你要是守規矩，不敢坐下來陪二爺喝酒，他還眞能捏住你鼻子楞灌不成？眞是賤貨！」

這樣正反一想，情願挨不懂規矩的罵；便即答說：「好吧！我先把湯熱上。」

將水壺取下來，把一鍋湯坐在炭盆的鐵架子上；繡春在李紳對面坐下，卻又發現難題，只得一雙筷子；待到廚房去取，怕走過震二奶奶房門口會問，殊多不便。

看她困惑的神情，李紳也想到了，把自己的筷子移到她面前，「你使這一雙！」他說：「我有。」

旗人大都有把五六寸長的小刀、木鞘，刀柄上雕個鬼頭甚麼的，跟荷包一起拴在腰帶上；逢到紅白喜事，或者有何祭典、請客「吃肉」，就非得有這把小刀不可。不過李紳此時卻不是用刀來代替筷子；而他有一雙銀鑲烏木筷子插在木鞘上，每趟出門都帶著的，以防荒村野店不時之需，此刻是用得著了。

等到一坐下來，繡春覺得很不自在。以丫頭的身分伺候李紳，不過額外多做點事，願為他多盡些心意，亦可以寄託在自己的職司中，絲毫不覺得不自然；而此刻她卻無以自解，這樣對坐相陪，容他恣意貪看，自覺是個不識主人的客人；沒有伴娘的新娘，孤零零地侷促不安。

李紳多少了解她的心境，所以不說客氣話，好讓她容易把他看成自己人；「繡春」，他首先表明：「人家都說我脾氣怪；我自己並不承認。你看呢？」

「我看不出紳二爺有甚麼怪癖的地方。」

「二奶奶跟錦兒呢？」

「她們也一樣。」

「我很高興。」李紳是眞的高興，「公道自在人心。」

繡春笑笑不響；挾了一塊冬筍慢慢在咀嚼。

「世界上的是非，有時候是很難說的！」李紳有些牢騷要發：「九個人的意見不一定對；一個人的意見不一定錯。尤其是有成見最可怕。」

「成見」二字；繡春不甚明白；抬眼看了李紳一下，眼中有著很明顯的要求解釋的意思。

於是李紳又說：「人的毛病都在懶，凡是懶得去細看、細想。不管提到一個人、一件事，心裡先有一個聯想，提到強盜，一定十惡不赦；提到千金小姐，一定三貞九烈。其實，強盜之中也有好人，做強盜有時候是出於無奈；千金小姐也不一定幽嫻貞靜，說句難聽的話，她是沒有機會，有機會一樣也會偷人。」

這幾句話說得繡春有在心底搔著癢處之感；不由得接口：「是啊！小姐總是好的，丫頭總是賤的，十個人倒有九個人是看表面的。像我們二奶奶——。」話一出口，她立刻警覺，趕緊縮住了口。

見此光景，李紳抬起頭來，睜大了眼看她。口中不說，眼中有話：怎麼，莫非震二奶奶也不規矩？

繡春想到他如果有這樣一個誤會，那可是件很不妥的事；萬一傳出去，追究來源，自己怎擔得起造這麼一個謠言的責任？

因此，她覺得必須立刻澄清這個誤會。但決不能直指李紳心中有此弄錯了的想法；最好的解釋是把話說清楚。

於是她略想一想，放低了聲音說道：「像我們二奶奶，總是說錦兒好，說我不好！我做事做錯了，是這麼說；做對了，她也是這麼說。那裡能教人心服。錦兒是比我強；不過不見得錦兒樣樣好，我就樣樣不好！」

「這就是成見可怕！」李紳緊接著說；「至於好與不好，並沒有定論。照我看，錦兒固然好；你比錦兒更好。」

這就是故意恭維了！繡春心裡在想，他的嘴倒也很甜；不過話說得並不高明。

看她有些不以爲然的神態，李紳不由得就說：「我這話也不是瞎恭維；是有道理在內的！」

「喔，紳二爺，」繡春已不如先前那樣感到拘束了：「請你把這個道理說給我聽！」

李紳點點頭，拿筷子指著一碟蝦油滷香瓜問道：「這樣小菜很好是不是？」

「是的。揚州紫陽觀的東四，怎麼能不好？」

「何家的醃菜呢？」

「也很好。」

「你喜歡那一樣？」

「還是喜歡何家的醃菜。」

「好！這話就要這樣說了，揚州紫陽觀的滷香瓜固然好，何家的醃菜更好！爲甚麼呢，因爲你喜歡何家的醃菜。」

繡春立刻懂了她的譬喻，錦兒雖好，他不喜歡；所以覺得她比錦兒更好。

又喜又羞又感激；繡春紅著臉笑了：那一雙水汪汪的眼中，開始有了脈脈的春情。

然而她卻故意裝作不解，只問：「紳二爺，你說我比錦兒更好，好在那裡呢？」

這話實在應該這麼說：你是那些地方喜歡我？李紳覺得這話很難回答，因爲照實而言，話不中聽；泛泛地說得不夠誠懇，更加不妥。所以微笑沉吟，久久無語。

「怎麼？」繡春倒有些急了，「必是找不出一樣好處來！」

「不！你的好處太多，言不勝言。」說到這裡，李紳突然產生一個感覺，認爲可以說出來：

「總而言之，繡春，以前我打算打一輩子光棍；現在我倒眞想快快成家。你知道這個道理嗎？」

這話使得繡春震動了！她實在不能想像，自己會有這樣重要，能夠改變一個人的一生；從她知道人事開始，就只知道丫頭是聽使喚的，凡事聽人擺布，作不得自己的主，更莫說作他人的主！可是現在，她不必開口，就能使得可以使喚他的人，把她看作他生活中最重要的一個人。這眞有點不可思議了！

於是她的心胸也開展了，開始會想像了！刹那間，她想到許多她從未想到過的東西；尤其使她嚮往的是一個屬於自己的家，完全可以按照自己的心意去安排支配的家。

她想得出神了；那種神遊物外的表情，讓李紳很容易地發現，她正陶醉在自己的想像中。爲了不忍打斷她的思維；她一直忍著不開口，只在猜測她此時所想的是甚麼？

好久，繡春突然驚省，看到一碟醃菜，只剩下三兩塊，才知道自己忘其所以得太久了！因而歉然地望著李紳一笑。

「繡春，」李紳問道：「你到北方去過沒有？」

「沒有！」

「北方可苦得很。」

繡春不知道他說這話的用意何在？而且是自言自語的模樣，自己就更不必作聲了。

「我本來待過了年，想回山東老家；有幾畝薄田，半耕半讀，就算了掉了這一生。如今看起來，是不必這麼打算了！」

「爲甚麼?」

「我怕你在北方住不慣。再說，我也不能讓你太吃苦。」

「我不是不能吃苦的人。」繡春很快地回答。

「我知道。那是我自己的想法。」李紳想了一下說：「譬如，一盆好花，明知道種在瓦盆裡，也能開得很好；可是，我自己總覺得該用磁盆，才能配得上好花。」

繡春聽得這話，心裡甜甜地非常舒服；想說一兩句報答的話，卻以難於措詞，唯有報以愉悅的微笑。

「我大叔家，我是決計不再待下去了！我想先在南邊找個館，這還不難。明年皇上登基六十年，有恩科，我想去試一試；倘或僥倖中了舉，後年春闈又能聯捷，照我這年齡，大概『榜下即用』，放出去當縣官。繡春，那時候就歸你掌印了。」

不知道聽過多少戲文，道是夫人掌印；然則掌印的就是夫人！繡春又驚又喜；但又不信；沉默了好一會，這時候必得開口了。

開口說甚麼呢?總不能直言相問：紳二爺，你莫非拿花轎來抬我?想了一下，旁敲側擊地說：「只怕輪不到我掌印吧?」

「怎麼輪不到?除非我沒有抓印把子的命；不然，掌印的一定是你。」李紳又用極懇摯的聲音說：「繡春，眼前你得委屈一點兒；過個兩三年，我一定拿你扶正。」

這在繡春是深知的，太太故世，姨娘熬夠了資格，爲人賢慧，兒孫感服，才能扶正。像自己這種情形行嗎？

「本來扶正這種事，要碰機會；不過我的情形跟人家不一樣，我願意怎麼辦、就怎麼辦，只要找到一個理由，能在親友面前交代得過，這件事就可以辦了！」

「那麼，是要怎麼樣的理由呢？」

「譬如，譬如你生個兒子，就是很好的理由。」

聽得這話，繡春的心像被針刺了一下；滿懷高興消失了一大半，搖搖頭說：「事情還不知道怎麼樣呢？」

李紳大為詫異，談得好好的，何以忽然有此意興闌珊的模樣？

「我看酒差不多了吧？」繡春起身說道：「我給你盛粥來。」

粥已經很稠了，繡春怕不好吃；但李紳說是肚子餓了，正要稠的才好。就著小菜，很快地吃了兩碗，摩腹笑道：「吃得很香，很舒服。」

繡春很滿意他的態度，不挑嘴，更不挑剔，心裡在說：是容易伺候的主兒。

「這可勞你的駕了！」李紳站起身來，從懷中掏出一個錶來看了一下，失驚地說：「可了不得！丑末寅初了。」

「二奶奶不說了嗎？反正走不成了，儘管睡大覺；丑末寅初又要甚麼緊？」

「二奶奶跟錦兒怕早睡著了，你這一回去，不又吵醒了她們？」李紳說道：「都是為我，眞過意不去！」

繡春不作聲；心裡尋思，反正已經丑末寅初，不妨就談到天亮；等錦兒起身，自己再睡，也省得兩個人擠在一起不舒服。

不過，李紳剛發過一場燒，雖說此刻的精神倒比未病以前還旺盛，究竟不宜於熬夜。想到這裡，她忽然感到自己已有責任，必得當心他的身子；因而不再考慮，很堅決地說：「我收拾好了就回去；好讓你早早上床，陰陽交接那段辰光最要緊，非睡不可。」

李紳有些不能割捨，但沒有理由留住她；看她收拾了桌子，將杯盤等物，用個大籃子盛了，提出門去，卻又探頭進來，還有話交代：

「請上床吧！我等你睡下再走。」

李紳躊躇了一會，畢竟還是依從了。繡春等他睡下，替他掖好了被，檢點了炭盆；又將油燈減得只剩下了一星星火，方始離去。

趁著雪光，將籃子送到了廚房裡；繡春走回來推門——依照多少年來的慣例，如果一個早睡，一個晚歸，早睡的總是用凳子將門頂住，先推開三四寸寬的一條縫，然後伸手進去，將凳子移開，人就能進去了。推門時凳子會有聲音；驚醒早睡的人，會問訊招呼；但到熟了，一聽聲音就知道是誰，不必再問。

這天，早睡的錦兒，卻沒有按規矩做；以至於一推再推，始終不開，是在裡面上了閂。繡春不免驚疑；轉念意會，必是震二奶奶因為作客在外，門戶格外謹慎之故。

於是她喊：「錦兒，錦兒！」

由於怕吵醒了震二奶奶，聲音不大；直喊到十聲開外，方聽得回音：「是繡春？」

「是啊！快開門；凍死了！」

她從聲息中，聽得錦兒從地鋪上爬了起來，卻並未開門；隔著門低聲說道：「你怎麼回來了——？」

「你這話問得好沒道理！」繡春搶白：「我不回來，教我睡那兒？」

錦兒不即回答，輕輕拔閂，從門縫中露出來一個鼻子，半雙眼睛，輕輕說道：「你快回去吧！不管你睡那兒，反正今兒你不能回來了！」

一聽這話，繡春越發手足冰冷；「是怎麼回事？」她問：「好端端地，怎麼攆我？」

「不是攆你！這會兒我也沒法子跟你細說。你死心塌地跟定了人家吧！聽我的話，準不錯。」說完，將門輕輕掩上，「閣落」地一聲，鐵門又推上了。

繡春站在那裡，第一次體味到「無家可歸」的恐怖與淒涼。她也知道，自己只有一條路好走，但她得先把自己的勇氣鼓起來，同時也要想好一套話，等李紳來問時好回答。

但她無法細想，手跟臉凍得太久，已在發痛，想趕緊躲入李紳臥室，卻又畏怯，時光都耗費在躊躇不定上，始終沒有想出，如果李紳問一句：「你怎麼又回來了？」應該如何作答？

繡春覺得自己是走到了不應該走到的一條絕路上，心裡委屈得想哭。就在這時候，「呀」地一聲，左邊的門開了；李紳只穿著一身繭綢小褂袴，站在門裡。

「怎麼啦？」

聽到那種關切多於詫異的溫和的聲音，繡春覺得自己就是一個失寵於父母，被摒諸門外的小女孩，只想撲了過去，接受撫慰。不道雙足已經凍得麻木，不聽指揮，以致一跤摔倒在地。

「怎麼摔倒了呢？」李紳趕上來相扶。扶也沒有用，膝蓋的關節，木強不彎了；李紳覺得多問是件傻事，估量自己的膂力還夠，便從她身子下面探右手過去，往上一起；再伸左手過去，攬住她的腰腹，然後將自己蹲著的身子，使勁往上一提，將繡春抱了進去，放在床上。

到此地步，繡春也豁出去了！很冷靜地分清了那一句話該先說，那一句話可以後說。第一句是：「趕快把皮袍子披上！」

李紳聽她使喚，將皮袍子拎了過來，一面穿，一面問：「是怎麼回事？我聽你好像跟錦兒說了好一會的話。心裡奇怪，有話怎麼不上屋裡說去？忍不住起來看一看，那知道你還在門外！可怎麼又摔倒了呢？」

「兩條腿凍得麻木了。」

「怪不得！我會推拿；我替你揉一揉。」說著坐了下來，提起繡春的右腳，擱在他腿上，依照推拿的程序，爲她又揉又搓。

揉完右腳，又揉左腳；繡春又舒適，又酸楚；摔疼的地方，先不覺得，血氣一通、反感痛楚，不由得「哼」了出來。

「摔痛了？我看看是那裡？」

是手掌、肩頭、胯骨；三處著地之處，疼得厲害；尤其是胯骨上，卻苦於不便讓李紳檢視。不過肩上的傷卻不妨讓他看看，於是用左手撫著右肩說：「這兒有點疼。」

「厲害不厲害？」

「你想呢？」

那當然是疼得很厲害；李紳便用商量的語氣說：「能不能讓我瞧瞧？」

繡春便轉過身子去，解開領口到腋下的紐子；棉襖裡面是絲棉背心與白布小掛，卻都是緊身對襟的，非得將扣子解到底，不能把肩頭露出來。她心裡在想，反正還穿有肚兜，亦無大礙；於是以極快的手法，將扣子都解開，拿棉襖大襟掩在胸前，露出渾圓的一個肩頭給李紳看。

雪白的肩頭，已現出一塊烏青；李紳看一看說：「摔得不輕！我想想，我記得有幾帖膏藥，好像帶出來了。」

於是他開箱子翻了半天，終於找到了膏藥；在燭火上把它烤得化開，拿剪刀剪圓了，走了回來。

「有點燙；不過一會兒就好了。」

「不要緊！替我貼上吧。」

李紳看準了部位，將膏藥貼了上去；傷處正在肩臂相接的關節上，要把周緣都按實了，才能服貼。這得有一會功夫；繡春自己也來幫忙，手臂略鬆，有股暖烘烘、甜絲絲的氣味從她懷中冒出來，中人欲醉；李紳想起淳于髡所說的「薌澤微聞」那句話，不由得心旌搖搖，按捺不住了。

「紳二爺，你的膏藥有敷餘的沒有？」

「有啊！」

「再給我一帖。」

「怎麼？別處還有傷？」

「你甭管！」繡春答說：「你只烘化了給我就是。」

李紳如言照辦，將膏藥預備妥當，轉過身來，只見繡春已經把衣服穿好了。

「紳二爺，」繡春將膏藥接過來，放在床沿上，「請你轉過臉去。」

「好！」李紳背著她，對燈獨坐，心裡有點七上八下。

過了好一會，只聽繡春在說：「糟了！膏藥不黏了！」

李紳回頭一看，她左手提著袴腰，右手拿著膏藥。繡春發覺自己這副樣子落在人家眼中，不由得羞得滿臉通紅。

李紳也弄明白是怎麼一回事了。「你的舉動慢了一點，膏藥一涼，自然不黏了。」他說：「不要緊，我再替你烘一烘。」

這一次烘好，回頭看去，繡春已放下帳子垂腳坐在床沿上，左手捏住下面帳門；右手從上面帳門裡伸了出來說：「來！給我。」

「好是好了！」李紳捨不得把膏藥就給她，捏著她那隻豐腴的手說：「你的手好軟。」一面說，一面搓捏了一回，戀戀難捨；繡春可忍不住發話了。

「你也該夠本兒了吧？」她冷冷地說。

李紳笑了，把膏藥給了她，自己仍舊回身過去，對燈獨坐。

繡春從從容容地將膏藥貼妥當，繫好袴腰，掛起半邊帳門說道：「行了！紳二爺，你請安置吧！」

「你呢？」

「我——，」繡春答說：「只好坐一夜。」

「那怎麼行？」李紳想了一下說：「反正我也不是想『吃冷豬肉』的人；如果你願意，咱們就一床睡。你別脫衣服，我也不會冒犯你。」

繡春相信他的話；又想起錦兒的話，決定照他的意思辦。不過有句話她要問明白：「甚麼叫『吃冷豬肉』？」

「道學先生死了以後，牌位供到孔廟；春秋兩季祭孔，也可以分到一塊冷豬肉。我又不想做道學先生！」

繡春想了一下笑道：「我不大懂！」

於是李紳將衾枕都往外移，空出裡床一半；但難題又來了，是並頭相臥呢，還是各睡一頭。這個難題要繡春自己解除，「紳二爺，你先請上床。」她說：「你別管我了。」

李紳亦不多問；到了這樣的地步，有些話可以不必再說。他依言卸去長袍，自己先上床睡下，而且特意迴面向裡，多給她方便。

繡春想了一會，把棉襖脫下來，捲成一長條，用塊手巾包好，放在李紳枕旁；然後熄了油燈，上床睡下。李紳已經預備好了，隨即拿上面蓋的一床被扯開來，蓋了一半在她身上。

「冷不冷？」

「不冷。」繡春答說：「我這件絲棉背心很管用。」

「帳子呢？」李紳將手伸出來，「要不要放下？」

「不要！」繡春很快地答說。

李紳知道她的用意，是讓錦兒或者震二奶奶可以看到他們的情形，所以又把手縮了回去。

「屋子裡好亮！」

「雪一定很大了。」李紳說道：「這場雪，眞正叫瑞雪！下得太妙了！」

「好就好，甚麼叫妙？」繡春說道：「你有時候說的話很怪。」

「好字不足以形容，非說妙不可！你想，如果不是這場瑞雪，我怎麼會跟你同床共枕？」

「甚麼共枕？你是你，我是我；那個跟你做——。」說到這裡，驀然頓住；笑一笑，也是迴面向裡。

她的辮子已經解開，黑髮紛披，散得滿枕；髮絲掃在李紳的臉上，癢癢地不辨是何不易忍受的感覺？

「繡春，你這樣睡不行，你的頭髮又多又長，掃在我臉上，敎人受不了。」李紳央求著：

「你轉過臉來行不行？」

「那一來，我就受不了啦！」繡春一面轉過身來一面說。

「怎麼呢？」

「臉朝外，光太亮，我睡不著。」

「那麼放帳子？」

「不要！」繡春仍然堅拒。

「那怎麼辦呢？除非你睡外床——。」

「不，不！」繡春搶著說：「我們說說話，等倦了，眼一閉上，我自會翻身，你也自然不覺得我的頭髮討厭了。」

「我正是這個意思。」李紳欣然答應：「不過我要聲明，我並不討厭你的頭髮。」

「可也不喜歡，是不是？」

「喜歡也沒有用。」

「怎麼呢？」

「我很想聞一聞你的頭髮；可惜你不肯。」

「你眞不會說話！」繡春笑道：「這一下，我就是肯也不好意思說了。」

「你不說，我也懂了。」

李紳湊過臉去，先聞頭髮後吻臉；繡春想閃躲時，四片灼熱的嘴唇已密接在一起了。

但李紳卻別無動作；這提醒了繡春，自己應該端一端身分，便將臉往後一仰，說一聲：「就知道你會得寸進尺！」

李紳亦就適可而止，「咱們好好兒說話。」他問：「錦兒爲甚麼不讓你回去？」

這一問，在繡春心裡已盤旋好久了，答語也早有了，「還不是存心難咱們倆！」她說：「我不知道你怎麼樣？我，她們可是難不倒我，『行得正，坐得正，那怕和尙尼姑合板凳！』」

李紳笑著問道：「這句話有韻有轍，是你自己編的不是？」

「就算是我自己編的，又怎麼樣？」

「編得好像有點不大通。和尙尼姑合一條板凳，怎麼還能坐得正？自然是歪在一邊了。」

「只要和尙不打歪主意，就歪在一邊要甚麼緊？」

「這倒是雋語！」李紳很欣賞她這個說法。

但繡春卻未聽明白，追問著：「你說甚麼？」

必又是「雋語」二字她不懂；李紳便換了個說法：「我是說，你的話很俏皮。不過，我不相信光是和尙打歪主意；就不許尼姑打歪主意嗎？」

「你不相信，就看著好了。」繡春故意用警告的語氣說：「和尙若是想打歪主意，可得留神他的禿腦袋開花。」

「好厲害！」李紳也故意吐一吐舌頭；然後問道：「你剛才說『她們』，意思是震二奶奶也不讓你進去，存心要來試咱們一試。是不是？」

繡春想了想答道：「也可以這麼說吧！」

「我看震二奶奶怕不是這個意思。」

聽得這話，繡春自然注意了，睜大眼問道：「那麼，甚麼意思呢？」

李紳考慮了一會，終於把他的想法說了出來：「這是震二奶奶心太熱，成全我。咱們現在這麼『和尚尼姑合板凳』，不就等於生米煮成熟飯，再也不會變卦了嗎？」

繡春恍然大悟！震二奶奶確是這個意思，要把生米煮成熟飯。不過不是成全他；是成全她自己。回到南京，倘或震二爺割捨不下；拚著大鬧一場也要把她收房。那時震二奶奶只要說一句：「我已經許了人家了；而且繡春還在人家屋裡睡過一夜。這還能要嗎？」當然不能要了！

好厲害的手段！繡春又想，照震二奶奶的性情來說，她還決不會承認，是她自己把她逼到人家屋裡去的；她一定是這麼說：「我是讓她去伺候紳二爺的病；誰知道她一夜不回來，伺候到人家床上去了呢？」那一來，震二爺會怎麼樣？

自然是破口大罵！她想起有一回曹震在西花園假山洞裡捉住三十多歲，守寡十年的吳媽，跟他的書僮得福偷情；當時那一頓罵，甚麼難聽的話都有，以至於吳媽羞憤上吊，差點出人命。

那還只是因為得福面黃肌瘦，做事老不起勁，他一口氣出在吳媽身上；像自己這種情形，更不知惹他如何痛恨；罵起來也就更不知怎麼樣地不留餘地了；

「不行！」她在心裡說：「明兒得跟錦兒辦交涉。」

到這時臉不由得就脹紅了。李紳看她的表情，陰晴不定，顯得內心頗為激動，不由得驚疑：莫非她還是不願？所以發覺震二奶奶這樣安排，心裡難過？倘是如此，此刻懸崖勒馬也還來得及。

「繡春，」他平靜地說：「生米究竟還沒有煮成熟飯。明天我替你跟震二奶奶聲明。」

「聲明甚麼？」繡春愕然。

「聲明你我雖然同床，卻是異夢。」

「又要說這些我聽不懂的怪話了！」繡春罵他：「書獃子！」

這又不像是不願委身的神氣；李紳考慮了一會，終於還是照原意說了出來：「我要聲明，咱們倆雖睡在一起，除了親嘴以外，沒有別的！」

「說你書獃子，眞是書獃子！」繡春又好氣又好笑：「不但書獃子，簡直就是傻女婿！這話也有這麼跟人去說的嗎？」

李紳自己想想也好笑了。默想著繡春罵他的「書獃子」、「傻女婿」，覺得十分有趣。

「紳二爺，」繡春突然又說：「我倒要請問你，你剛才那話甚麼意思？莫非你以爲我沒有人要？」

看她臉有慍色，話也說得很急，不由得大吃一驚，「你完全誤會了！」他極力分辯了：「我是看你剛才臉上很生氣的樣子，以爲我自己的話是一廂情願；你並不願意跟我過一輩子，所以我趕緊打退堂鼓。繡春，我並沒有別的意思，完全以你的意思爲意思。你願跟我，我求之不得；若是你嫌我——。」

「好了，好了！」繡春搶白：「我嫌你窮，我嫌你年紀大，我嫌你迂腐騰騰！算你聰明，都看到心裡了，是不是？你啊，眞正是小人之心。」

聽這話，便知前嫌盡釋，而且死心塌地了！李紳滿懷歡暢之餘，可也不免存疑，「那麼，你剛才是爲甚麼生氣呢？」他問。

「我承認，我生氣了。不過，不是生你的氣；你不用多心。」

「我當然不會多心。不過，你在生氣，我當然也會難過，所以問一問。」李紳在被底伸手握著她的手說：「惹你生氣的日子不會太多；到明年春天就好了。」

繡春自能默喩，他已知道她是生震二奶奶的氣；同時暗示迎娶之期不遠。她覺得有許多話要跟他說，轉念又覺得不必忙在一時，便這樣答說：「有些話我也不知道該打那兒說起？反正以後你總會知道。」

「是的！你也累了，朝裡床睡吧！」

「我要好好睡一覺！」繡春有些賭氣似地，「你把帳子放下來。」

「你，」李紳很謹愼地問道：「你不怕錦兒拿你取笑兒？」

「我豁出去了！」說完了，繡春一翻身朝裡床；伸出左手將壓在脖子下的頭髮攬住了往外一甩，髮梢正蓋在他臉上。

到底有事在心。那能熟睡？聽得何二嫂的聲音，繡春驚出一身冷汗！錦兒取笑，那怕震二奶奶說刻薄話，她都不在乎；若是何二嫂發現他跟李家二爺睡在一床，再一傳到前面祠堂裡，這一路還能見人嗎？

這一想就再也睡不住了。悄悄起身，把衣服穿好，攏一攏頭髮；從門縫裡望出去，幸喜何二嫂又走了，於是輕輕開了房門，一溜煙似地閃了出去，在震二奶奶的房門外面輕聲喊道：「錦兒，錦兒！」

「幹嗎？」錦兒答說：「不多睡一會！」

「快開門！」繡春著急異常；這種情形讓何二嫂發現了，連說都說不清楚，「快，快！」情急智生，只好嚇一嚇她：「出大事了！」

「甚麼？」是錦兒與震二奶奶異口同聲地在問；接著是錦兒匆忙起身，光著腳板來開門的聲音。

等門一開，繡春閃身而入；對錦兒笑道：「沒事！別害怕。我不是這麼說，就進不來。」接著向掀開帳子在張望的震二奶奶說：「還早，二奶奶再睡一會。」

「我跟錦兒早就醒了，怕吵了你們的好夢，所以不叫錦兒開門。那知道你也這麼早起來！」

居然是這樣體恤的話，繡春啼笑皆非，不過一夜過來，她的心境大不相同了，不是震二奶奶擠到她無路可走，又如何能贏得李紳的一片深情？這樣一想，自然心平氣和。

「我早就起來了，怕吵了二奶奶的覺，不敢來敲門。」

震二奶奶大出意外！倒不是因爲她的話；而是說話的態度。兩個丫頭的脾氣，她都知道，錦兒溫柔有耐性；但惹惱了她，能夠幾天不開口。繡春比較潑辣，爭強好勝，不肯吃虧。大雪天晚上饗以閉門羹，逼著她跟李紳在一屋睡；回來必是怨氣衝天，撅起了嘴，一臉要跟人吵架的樣子。所以一早醒來便關照錦兒：「回頭繡春一定會跟你兇，你別多說，看我來逗她。下雪天無事，拿她開開胃。」

看樣子，自己的估計一上來就落空了！震二奶奶一向自詡，料事縱非如神，總也八九不離十；如今居然連邊兒都沒有摸著！所以詫異之外，加了幾分警惕，倒不敢小覷繡春了。

錦兒完全不能理會震二奶奶在暗地裡跟繡春較勁的心事；她也是半夜不曾睡好，每一醒來，第一個念頭必是繡春這會不知道怎麼樣了？真的跟紳二爺睡一床？是不是在一個被筒裡？再想下去，不由得臉就發燒。

因此，在這震二奶奶一時無話可說的空檔，她迫不及待地問道：「繡春，你跟紳二爺『好過了沒有？」

繡春看她雙手環抱在胸前，光著腳站在地板上，傻嘻嘻地笑著；爲了聽新聞，連受凍都不在乎，不由得又好氣，又好笑。想起她跟震二奶奶站在一起，那樣子地捉弄人，不免起了報復的心思：你們都想知道實在情形不是？我偏偏弄個玄虛，教你們猜不透，摸不著，心裡癢癢地難受，打定了主意，便故意看了震二奶奶一眼，輕聲答說：「回頭告訴你！」

「這會兒說嘛！這裡又沒有外人。」

「教我說甚麼？」

「咦！不是問你，你跟紳二爺『好』了沒有？」

「怎麼叫『好』了？」

「你這不是裝蒜！」錦兒的聲音不知不覺地高了起來。看她有點氣急，繡春倒有些歉意，「我不跟你說了嗎？回頭告訴你。」她說：「二奶奶在這裡，我怎麼能說這些話？」

「就是二奶奶在這裡，你更要說。二奶奶是成全你。」聽得「成全」二字，繡春不覺氣往上衝；想了一下，故意這樣說道：「你一定要我說，我就說。我倒想跟他好，他不願意跟我好！」

這可是一語驚人！靠坐在床欄的震二奶奶，不自覺地身子往前一傾；錦兒更是一疊連聲地：「爲甚麼？爲甚麼？」

「他不喜歡我，他喜歡的是你！說你腰細、嘴小、皮膚白；跟你睡一晚，死了都甘心！」

像爆荳子似地說得極快，一時竟不辨她的話是真是假？錦兒又羞又氣，把張臉脹得通紅；繡春卻微笑著。

「好了！」她抄起臉盆就走，「我替二奶奶打臉水去。」

這一下錦兒才知道，自己讓繡春耍了個夠！望著她的背影，咬牙切齒地低聲罵道：「死不要臉的騷貨！」

震二奶奶想笑不好意思笑；但亦不免悲哀，「唉！」她嘆口氣：「眞是『女大不中留！』你看她，多大一會工夫，一片心都向著人家了；回來一句眞話都沒有。」

錦兒的氣，在那咬牙切齒的一罵中，發洩了一大半，此時已頗冷靜了；看震二奶奶有些拿繡春無可奈何的模樣，不知怎麼，心裡倒覺得很痛快似地。

一夜不曾睡，到得午飯以後，繡春畢竟支持不住了，但卻無處可睡；最後是錦兒替她出了個好主意，借何二嫂的床舖睡一覺。

正睡得酣暢時，繡春忽然發覺有隻手在她的胸前摸索，這一驚非同小可；急忙將身子往裡一滾，正待喝問時，錦兒開口了。

「是我！」她低聲笑道：「你當是紳二爺？」

「嚇我一大跳。」繡春將身子又轉了回來，「他不會的！我當是甚麼野男人；那想得到是你。」

「你倒挺信得過他。」錦兒在她耳旁問道：「你們真的好了沒有？」

「唉！」繡春嘆口氣，「問來問去這句話，倘或不告訴你，只怕你連飯都會吃不下。」

「對了！好姊姊你就跟我說了吧，省得我牽腸掛肚。」

「咦！這不是怪事，我跟他好了沒有，何用你牽腸掛肚？」

錦兒想想，自己的話確有語病，卻又怕繡春眞的起了誤會，可是件分辯不清的事！這樣又羞又急，把張臉脹紅了。

不過繡春看不見，只當她不說話是生氣了，倒覺歉然；因而陪笑說道：「我跟你鬧著玩的！

出出昨晚上的那口氣。好了，我問你，你怎麼來了？」

「二奶奶在鬥牌呢！」

原來何二嫂很會應酬，料想震二奶奶爲雪所困，必感無聊，居然給她湊夠了搭子，在鬥葉子牌。

「何二嫂沒有上桌；我託她在那兒照應，溜了來找你，那知道你到現在還記著昨晚上那一段兒。你不想想，又不是我——。」

「好了，好了，我知道。」繡春往裡一縮，「你上來歪著，等我原原本本告訴你。」

錦兒欣然應諾，跟繡春睡在一頭，聽她細談跟李紳如何同床共枕？

繡春想了一下說道：「我把你頂關心的一句話先告訴你，我跟他遲早會好，永遠會好，可不是在昨晚上；不必那麼急。」

錦兒大爲驚異，「照這麼說，你——」她遲疑地問：「好像死心塌地跟定他了？」

「那有甚麼法子？二奶奶鐵了心要攆我；我總得有個地方去。」

由此開始，繡春將前一天晚上從摔跤爲李紳抱回房去，一直談到這天早晨聽見何二嫂的聲音以後的感想爲止，凡是她所記得起的，幾乎都告訴了錦兒。

錦兒聽得心滿意足，從來都沒有聽過這麼好的新聞。「繡春，」她說：「看樣子，你那個『傻女婿』好像已經收服了。眞的好厲害，怪不得二奶奶都落了你的下風。」

繡春又得意，又好奇，「怎麼？」她問：「怎麼說她落了我的下風？」

於是錦兒將震二奶奶說她「女大不中留」，以及她自己的感覺，都說了給繡春聽。

這就使得繡春越覺得自己的意料不差；「你聽聽，明明是她自己把人家逼上梁山，倒說人家天生下流，願意當強盜。」繡春的臉色一沉，「錦兒，咱們倆也跟姊妹差不多，這件事，全本西廂記都在你肚子裡；明兒回南京，說甚麼我都不在乎，就有一句話我可不受！」

「那句話？」

「昨兒晚上啊！」繡春答說：「先叫我去伺候人家，回來不讓我進屋；你是經手的見證。若說我自己伺候得不想回來了，你可替我說句公道話。」

錦兒一口答應，並認爲她應該爭。因爲她嫁了李紳，等於正室，起初有實無名；三五年扶了正，便是名副其實的「掌印夫人」，不能落這麼一個名聲在外面。

聽得她的話，繡春感動而且感激。這樣無話不談，直到何二嫂來探望，方始警覺；急急起身，趕回震二奶奶房間，只見牌局已經散了，震二奶奶正跟一個五十多歲的老婆子在輕聲低語，發現她們兩人的影子，便都住了口，那老婆子的視線落在繡春身上。

「繡春在睡覺，」震二奶奶問錦兒：「你又上那兒去了，始終不見你的人影子。」

「我跟繡春聊天兒；聊得也睡著了。」錦兒把話扯了開去，「該開飯了，不知道何二嫂有預備沒有？倒忘了問她一聲兒。」

「何二嫂自然有預備的。不過，咱們也不能坐著不動；你們倆到廚房裡看看去。」震二奶奶又說：「紳二爺在前面一天了，你們看看。怎麼得通知他一聲，是回來吃飯，還是怎麼著？」

錦兒還答應一聲，繡春卻不曾開口；兩人又相攜而去，那老婆子望著她們的背影；估量已經走遠了，才呶一呶嘴；低聲問道：「曹少奶奶說的就是高挑身材，水蛇腰的那個？」

「對了！」震二奶奶用同樣低的聲音答說：「她叫繡春，從小跟我，就像我的一個妹妹；所以這件事我著急得很。石大媽，你知道的，我們這種人家規矩嚴；我雖是個當家人，上頭還有老太太，凡事也由不得我做主。」

「的是，大宅門我也見識過幾家；當家人最難！這件事如果不是秉公辦，怕別人不服；要辦呢，又是多年在身邊的一個丫頭，狠不下心來！」

「著啊！」震二奶奶覺得話很投機，趁勢說道：「就為了這一層難處，我幾夜睡不著覺；想來想去，只有悄悄兒拿掉最好。」

「是，大宅門裡出了醜事，只有這個法子。」

「可是，怎麼個拿法呢？」震二奶奶愁眉苦臉地，「南京城裡的名醫，倒是有幾個熟的；有個婦科臧大夫，是御醫，前兩年雍親王府的側福晉血崩，都說沒有救了，最後是臧大夫一劑藥，硬把她扳了回來。可是這一段情由，我又怎麼跟人家開口？」

石大媽點點頭不語，將手爐蓋子打開，慢慢撥著炭結。她眼下有些抽風，牽動肌肉，跳得很厲害，顯然是有為難的事在思考；或者故作這樣的姿態。

「石大媽，」震二奶奶試探著問：「你可知道有甚麼方子？」

「方子是有，不過——，」石大媽突然說道：「曹少奶奶，依我說，既然是那個小廝闖的禍；倒不如索性做樁好事，把她配了給那小廝，不就遮蓋過去了嗎？」

「唉！她如果肯這樣子，我也就用不著爲她犯愁了。」

「喔，原來她不肯？」

「你想怎麼會肯？那小廝好吃懶做，還有個賭的毛病，都攆出去過兩回了；看他老子在我們曹家是有功之人，留下來吃碗閒飯。這種沒出息的渾小子，她怎麼肯？」震二奶奶覺得謊還不夠圓滿，又編了一段：「她也是一時脂油蒙了心，才會上人的當；提起那小子，她恨不得咬下一塊肉來。所以我也不敢逼她，逼急了會出人命。」

「是這樣子，那就難怪了！」石大媽說：「方子，我倒是知道有個人有；不過，如今不肯拿出來了！」

震二奶奶一聽這話，便知石大媽的肺腑；故意不答，看她自己怎麼把話拉回來？

「不過！」石大媽很快地下了轉語：「是府上的事，那個敢不盡心？老織造大人在世的時候，從南京到揚州，只要災荒水旱，總是他老人家出頭來救，也不知活了多少人？說到曹織造府上，要點甚麼，敢不盡心，這個人也就太沒有良心，也太不識抬舉了。」

像這樣的事，何用把「老織造大人」抬出來，所以儘管她盡力在賣她的感恩圖報之意，震二奶奶卻覺得不甚中聽；一直聽到最後一句，才有了笑容。

「石大媽，你說得太好了。你我將心換心，交道也不是打這一回；幾時上南京，也來我們花園裡見識、見識。」震二奶奶緊接著問道：「你有幾個孫兒女？」

「託少奶奶的福，兩男三女。」

「眞好福氣。」震二奶奶把手伸到鏡箱。

她那具鏡箱很大，足有一尺四寸寬，兩尺四寸長，紫檀金銀絲嵌出瑤池上壽的花樣；一面西洋水銀鏡子此刻是閤在那裡，下面五層抽屜卻未上鎖；抽開第四格，黃橙橙地耀眼金光，立刻將石大媽的眼眶都撐大了。

一抽屜的金戒指，也有些金釵、金耳挖；這是震二奶奶用來備賞的，李家的丫頭僕婦也不少，所以帶了些。及至一「落白事」，婦女穿孝首擗金銀，拿這些東西賞人，顯得不大合適，所以又帶了回來。此時便宜石大媽；她隨手一抓，恰好是五個金戒指。

「給你孫兒女玩吧！」

五個戒指都是起楞的線戒，手工很精緻，金字卻沒有多少；不過總是金戒指。鄉裡人眼孔淺，看震二奶奶大把金戒指賞人，驚異多於欣喜。

當然，最後是歸於欣喜，「少奶奶，」石大媽說：「眞是，我兒媳婦都從沒有戴過金子！」

震二奶奶不知她這話是眞的感慨，還是取瑟而歌？反正再給一件決不會錯。便又取了支釵遞了過去，「我倒忘了問你兒媳婦了！」她說。

「唷，二奶奶——。」

石大媽少不得有番「受之有愧」的客氣話；震二奶奶只淡淡地笑著。石大媽當然也知道，這些話人家並不愛聽，不過自己非得說這些話，才能接著說人家愛聽的話。

「少奶奶，」石大媽正一正臉色，「可懂藥性？」

「我不大懂。」

「那就不必拿方子了。」石大媽說：「方子是個如假包換的方子，通經靈驗極了。懂藥性的人，只要加減兩三味，就能把『血塊』打下來。既然少奶奶不通藥性，這個方子又不便跟人去討教；乾脆，我替少奶奶弄一副藥來吧！」

「那敢情好！」震二奶奶問道：「想來藥很貴重？」

「如果是別人，我一定說，裡面有麝香、肉桂；在少奶奶面前這麼說，不怕天雷打麼？」

震二奶奶想一下說：「藥我要，方子我也要。藥不在乎貴賤，管用，就值錢！」

最後這三個字是暗示，錢不會少給。石大媽連連點頭，站起來說：「雪已經停了，想來明天一定動身；我趁早把少奶奶交代的事去辦好了它！」

是震二奶奶一個人吃的飯；接著是錦兒與繡春坐下來吃，這時石大媽已坐在何家廚房中了。

「回頭你們吃完了，繡春到廚房裡去給何二嫂幫忙；錦兒替我找些尺頭出來，我要送人。」

這樣很明白地交代，即表示她只須錦兒一個人在她身邊，自然是有話要跟她說。

「那個石大媽又是收生婆，又是土郎中。她有個通經的方子很靈；我叫她取了來。你看，該怎麼酬謝她？」

原來石大媽是這麼一個腳色！看她臉有橫肉，目常邪視，錦兒不信她會有甚麼好方子。但這只是心裡的感想，未看方子，不能武斷。若說酬謝；她想，不過幾兩銀子的事。

「我看，送她十兩銀子，也就是了。」

「十兩銀子好像太少了。」震二奶奶說：「你包二十兩銀子，另外再找些她們用得著的東西，多一點也不要緊。只要能把繡春的病治好，多破費一點兒也値！」

原來是給繡春找的通經方子；錦兒心想，倒要看看是那幾味藥，聽石大媽說說這張方子的好處。

於是等石大媽來了，錦兒故意以找東西爲名，逗留在那裡不走；只是面對箱籠，背脊向外，沒有看到震二奶奶已給石大媽遞了個眼色。

石大媽自然明白，因爲震二奶奶說過，連繡春自己都不肯承認已懷了孕；她亦不便說破。如今看她的眼色，知道這件事是錦兒都瞞著的；隨即點點頭表示會意。

「這是明朝宮裡傳出來的一個方子。」石大媽說：「我那親戚本來只賣藥，不傳方子；只爲少奶奶吩咐，不能跟別人比。」

「人家的秘方，我亦不會亂給人的，不過既然用她的藥，總得有個方子。」震二奶奶問道：「倒是些甚麼藥啊？」

「我也不大懂。方子上都寫得有，甚麼川芎、當歸、牛膝、大黃甚麼的。」

說著，石大媽將方子與藥，一一交代。藥是一大包、一小包；其中另有講究。

「這一包是兩劑。」石大媽是指的大包：「頭一劑吃兩煎；如果月水還不來，再服一劑，無有不通的。」

「這一包又是甚麼？」

「月經不調，虛弱的多；倘或身子倒很壯，月經不來，就得另外加幾味藥進去。方子上也寫得有。」

震二奶奶心裡明白，大包是通經藥；加上小包的藥，就可以打「血塊」了。接到手裡一看，藥包上還寫著字，甚麼「王不留行」、「威靈仙」，不像個藥名；卻又不便細問，只點點頭將藥包翻轉，怕上面寫著的字也是秘密，不願讓錦兒看到。

天是晴了，路卻越發難走；積雪消融、泥濘滿地，轎伕一腳下去，要使勁一提，才能跨開第二步，所以到得鎮江，天快黑了。

幸好打前站的人，主意拿得定；在李紳預先關照的三元老店，堅守不去。不過多花幾十兩銀子的房錢，行程總算又接得上了。鎮江大地方，三元老店又是鎮江第一家大客棧；所以住處很舒服。震二奶奶仍舊占一座小跨院；李紳也是獨住一間。安頓好了，震二奶奶將曹榮找了來說：「明天就回家了；今天是在路上最後一夜。大家都辛苦了，今兒個應該好好吃個犒勞。你讓店裡多預備，好酒肉好管個夠！」

「是了。」曹榮問道：「紳二爺呢？是不是應該給他預備？」

「當然。」震二奶奶說：「你關照廚房，另外備幾個菜，開到這裡來，我做主人。再跟紳二爺說一聲，事完了就請進來，我還有事跟他商議。」

曹榮如言照辦。等李紳一到，菜也送來了。震二奶奶吩咐曹榮去陪那兩個護院；席面有錦兒繡春伺候，外加小福兒裡外奔走，無須再留他在那裡照應。

經過這兩天的朝夕相處，不但情分大不相同；關係亦好像已經改變。震二奶奶就好像對多年的大伯子那樣看待李紳；李紳同樣地亦視她爲弟媳，只是彼此的稱呼不改而已。

「紳表叔，」震二奶奶徐徐說道：「我在蘇州動身之前，我家老太太告訴我說：你在路上跟紳表叔多談談。總是一家人，別存意見。如果紳表叔不願在蘇州住，可也不必在外面奔波；李曹一家，無不好辦。如今，我就是要先聽聽紳表叔自己怎麼說？」

這話未免突兀；連錦兒、繡春都覺得意外。尤其是繡春，更多的是關切；便悄悄移動腳步，站到震二奶奶的身後，爲的是可以將坐在對面的李紳，看得清清楚楚。

「老太太這麼愛護我們小輩，實在感激。」李紳答說：「我不瞞你說，在我大叔那裡，我是待不下去了。至於何去何從，本來想等過了年再說；不過，這一兩天倒是作了個打算。」

「是的！」震二奶奶平靜地說：「要成家了，自然該有個打算。紳表叔是怎麼個打算呢？」

「我還想下場。明年皇上登甚一甲子，要開恩科；有這個機會，我想試一試。」李紳笑道：「不過，『八十歲學吹鼓手』，這會兒再去重新搞八股文章，恐怕是遲了。」

「有志不在年高。」震二奶奶想了一下說：「如果要用功，最好甚麼事也別幹，免得分心。這一層，紳表叔總也想過？」

「是的！」李紳答說：「我略微有點積蓄，成了家，大概還能支持個年把。」

「不夠，不夠！」震二奶奶大聲說道：「一中了舉，拜老師，會同年、刻闈墨，我們這種人家，自然也還要好好熱鬧一下，三天戲酒，也得好幾百銀子，還有會試的盤纏。一年的澆裹都擱在上頭，只怕還差一截。不過，到那個時候倒也不必愁了。『窮居鬧市無人問，富在深山有遠親』，紳表叔一得意了，自然會有人送錢上門。」

「震二奶奶這話說得眞爽直！」李紳笑著喝了一大口酒，「只是我自己知道，必是『無人問』的成分居多。」

「不會的，」錦兒在一旁插嘴：「我保紳二爺不會！」

「喔！何以見得？」

不但李紳、震二奶奶跟繡春也都有此疑問；尤其是繡春，看著錦兒不住眨眼，是催她快說的神氣。

「算命的都說繡春有幫夫運。紳二爺明年下場，還能不高中嗎？」

聽得這話，繡春自然又羞又喜，不過臉上還能綳得住，只眼觀鼻、鼻觀心，作個佯若不聞的姿態。

「這話倒是有的。」震二奶奶接口說道：「紳表叔，現在咱們談談繡春的事。」

這一下，繡春自然站不住了，瞟了李紳一眼，悄悄地走了開去。

「話又得說回來；還是要看紳表叔自己的打算。」震二奶奶問道：「鄉試也得上京吧？」

「當然！我是在北闈下場；如果僥倖了，留在京裡等會試。」李紳略想一想說：「『南朝四百八十寺』，南京的古剎甚多，我想開了年還是回南京來，找個清靜的寺廟，好好用它半年的功。」

「回南京來是不錯；不過，繡春不能跟著你住廟吧？」

李紳也失笑了，「還得另外找房。」他說：「這，這就不是我一個人能作主的了。」

「二奶奶你聽！」錦兒笑道：「人還沒有進門就當家。」

「這也是繡春自己拿得定主意，會做人！」震二奶奶接著原先的話頭說：「紳表叔，你也不用找房了。水西門有現成的一所房子，我叫人收拾出來，借給你做洞房；也不必挑日子了，來年正月十五，元宵佳節就是好日子了。請兩桌客，你跟繡春就圓房吧！」

「那敢情好！只是，她的意思不知道怎麼樣？」

聽得這話，震二奶奶微感不悅，「媒妁之言，父母之命，我是兩重身分；繡春的父母既然把她託付我了，我自然作得了她的主。這一層，」她冷冷地說「紳表叔何用擔心？」

李紳自己也覺得過於寵這個尚未過門的姨娘，相對地將震二奶奶就看得輕了。此事大大不妥；便即離坐，抖直了袖子作好一個大揖，口中說道：「多謝震二奶奶成全之德。」

「不敢當，不敢當！」震二奶奶急忙站起身來，「紳表叔，你快請坐！自己人鬧這些虛文就沒意思了。」

「震二奶奶，」李紳坐了下來，「我這『成全之德』四個字，不是隨便說的。年將知命，本來萬念俱休，看人生也就是淡而無味，棄之可惜這麼一回事；自蒙割愛，不過一兩天的功夫，我的想法似乎都變過了，覺得人生亦不無可戀，值得起勁。往後的日子，若說過得不是那麼淡而無味，皆出所賜，豈非成全之德？」

「紳表叔的口才很來得！能說出這麼一篇道理來，可眞不容易。其實，」震二奶奶故意提高了聲音說：「也是緣分！繡春偏就心甘情願，我想不許都不行。這『成全之德』四個字，實在不敢當。」

話好像有些不大對勁；李紳亦無從去猜想，她爲甚麼這樣的不肯居功？心中雪亮的是錦兒；等一回家，震二爺跟震二奶奶說不定會大大打一場饑荒；她要推卸責任，不能不從這時候開始，就先占地步。看起來繡春的顧慮，怕震二奶奶說她「伺侯紳二爺的病，伺候到床上去了」，確有道理！

果然震二奶奶說了這話，自己許了繡春，一定會爲她表白，照現在的情形看，不能表白，否則會生是非。錦兒很懊悔當初欠於考慮，一時輕諾，終於寡信，想想實在無趣！

三更已過，震二奶奶已經卸妝，將要上床時，忽然聽得院子裡有咳嗽的聲音；接著便聽見錦兒在外面隔門問說：「誰？」

「是我！」是李紳的聲音：「錦兒，請你開一開門，我有要緊事跟你們二奶奶說。」

震二奶奶不由得詫異，是何要事，連明天一早說都等不得。因而不等錦兒來回，即高聲說道：「錦兒，你請紳二爺在外屋坐，我馬上出來。」

於是做一個手勢，讓繡春將她已解散的頭髮，匆匆挽成一個髻，繫上裙子，出得房門；只見李紳站在那裡，手上拿著一封信，臉色似乎有些沉重。

「甚麼事？紳表叔，你先請坐了談。」

「蘇州趕了一個人下來，送來小鼎的一封信。震二奶奶，你看！」說著，他把信遞了過來。

震二奶奶看信封上寫的是：「沿路探投紳二爺親啓」；具名之處是個「鼎」字花押；左上角有「火急」二字，字旁還密密加了圈。便不肯接信，因為一則是他人私函，不看反是重禮貌；再則，她肚子裡的墨水有限，怕看不明白，所以這樣答說：「請紳表叔告訴我就是。」

李紳點點頭，將信抽出來看了一會，抑鬱地說：「我怕大叔要出事！」

「怎麼？」震二奶奶一驚：「舅公要出事？出甚麼事？」

「小鼎信上說，皇上有密旨，要大叔一過了年就進京，說有事要『面詢究竟』。我怕——。」李紳看了看錦兒，沒有說下去。

這是故意不說，震二奶奶自能會意；頓覺脊樑上冒冷氣，必是老太太之死，到底是何「內傷外感之症」？皇帝要問個明白；一問明白了，會有怎麼個結果，是件連猜都無法去猜的事。

「喔！」震二奶奶又問：「還說些什麼？」

「他說，大叔對我已經諒解了；是大姑替我說了好些好話。現在大叔又要忙老太太出殯；又要打點進京，『事亂如麻：心亂亦如麻』，要我把震二奶奶一送到南京，趕快回去。」

「那！」震二奶奶很快地答說：「也不必送到南京了；紳表叔明天就請回去吧！」

「這倒也不必這麼急。」李紳答說：「我的意思是，明天最好趕一趕，能在中午趕到南京城外；我就不必進城了，帶著人往回走，明天晚上仍舊在鎮江；大後天趕回蘇州。出殯之前，還可以幫得上忙。」

「不必，不必！」震二奶奶搖著手說：「你不必這樣子來回奔波；我也用不著急急忙忙地趕。送到南京，跟送到這裡，沒有多大的分別。反正一天的途程；明天一走，先派個人騎馬回南京去通知一聲，城門卡子上有人招呼就行了。紳表叔，我也很急，希望你早點回去，能幫得上舅公的忙，反而可以讓我心裡舒泰些。這是自己人說老實話，決不是假客氣。」

「既然這麼說，我就半途而廢了。除我帶著小福兒一起走以外，其餘的人，照常讓他們送到府上。」

「這我倒沒有意見。只要路上有人用就行了。」

「是的，是的。就是這句話！我會跟曹榮安排，請震二奶奶放心好了。」

要談的正事，告一段落，但李紳還不想告辭，震二奶奶也希望他多留一會，因爲這短短幾天的朝夕相處，情分已大不相同，即令無話可說，亦覺戀戀不捨；何況彼此都感到應該多談一談，只是心有點亂，急切間找不著頭緒而已。

震二奶奶靜下心來想一想，此刻便要談妥當的，還是繡春的終身大事，「紳表叔，」她說：「看樣子你仍舊得在蘇州長住了？」

「這也說不定，得等大叔從京裡回來以後再說。」

「那麼明年鄉試呢？」

「我當然仍舊想下場；不過也要看情形。」

左一個「說不定」；右一個「看情形」，雖知他事出無奈，震二奶奶仍不免微有反感。

於是她說：「紳表叔，那麼，所談的那件事怎麼樣呢？」

「這在我求之不得，當然是定局了。」李紳很快地答了這一句；沉吟了一會又說：「現在所怕的是大叔眞的出了事；我要辦這件事，似乎說不出口。」

「那麼，」震二奶奶毫不放鬆地追問：「怎麼辦呢？」

「擔遲不擔錯，遲早要辦的。」

震二奶奶心想，他那方面固然不會出錯；自己這方面卻怕夜長夢多。不過這話她覺得不便說；最好莫如繡春自己跟他去談判。

成竹在胸，便先將這件事擱起；作個苦笑道：「眞正是好事多磨！」

「是啊！」李紳亦有同感：「但願大叔上京無事！大概二月裡就有消息。果然天從人願，我馬上到南京來接。」

震二奶奶點點頭，換了個話題談李煦；亦無非說他這一步運走得太壞，嗟嘆不絕。

「二爺，」小福兒在外面催了：「好些人在等著二爺呢！」

「喔，」李紳站起來說：「大家只以爲行程有變更，在等我回話；我得去交代一下。好在明天不是一早趕路，有事還可以談。」

「是的。紳表叔請吧！」

等李紳出了那座跨院；錦兒忽然追上來說：「紳二爺，回頭辦完了事，請再來一趟。」

「喔，」李紳問道：「震二奶奶還有話說？」

「不是！」錦兒停了一下說：「反正你來了就知道了。」

原來震二奶奶本想讓繡春到李紳屋裡面談；卻又怕外面人多不便，所以特地讓錦兒來關照。李紳卻不明究竟，想一想答說：「我有許多事要交代，恐怕太晚了。」

「不要緊！再晚也要請紳二爺來。」

李紳答應著轉身而去；錦兒回來，只見震二奶奶正跟繡春在談李紳。

「他爲人如何？你比我清楚；這是你自己一生的大事，主意也要你自己拿。」震二奶奶說：「我知道你一定有好些話說，所以我讓錦兒通知他，再來一趟。你可別錯過機會。」

「是！多謝二奶奶。」繡春低著頭說。

「那麼，你說，你預備怎麼跟他談？倒先說給我聽聽。」

繡春本有一個自以爲很好的打算，相信李紳亦會同意。只是這個打算，決不能告訴震二奶奶；那就只好向她求教了。

「我可不知道怎麼說；得請二奶奶教我。」

「我只能教你怎麼說。意思可是得你自己的。」

「是的！」繡春答應著，卻又不往下說。

這樣盤馬彎弓地，彼此都似閃避著甚麼，惹得錦兒忍不住了；「繡春，你乾乾脆脆說吧！不願跟紳二爺就拉倒；要是願意，打鐵趁熱。請二奶奶教你一個說法，能讓紳二爺早早來把你接了去，不就了掉一樁大事嗎？」

語出如風，繡春何能招架；只有這樣答說：「我就是錦兒說的這個意思；請二奶奶教我一套說法好了！」

「慢著！我還得問清楚，錦兒的話分成兩截，你願意聽的是前半截，還是後半截？」

「自然是後半截。」錦兒接口就說。

「你讓她自己說！」震二奶奶認眞異常。

「是後半截！」

「錦兒，你可聽見了！」震二奶奶緊接著說：「這是件好事，不過將來饑荒有得打！繡春是跟著紳二爺過稱心如意的日子去了；我不能成天在家爲她淘氣。所以我一定要問得淸淸楚楚，決沒有一絲一毫的成見。再有句話，我也得先說明了，凡事都有一定的譜子，別說一離譜就會弄得天下大亂；走錯一步也教人笑話。繡春既然死心塌地跟定了紳二爺，就得按一定的規矩辦，顧她自己的面子，顧紳二爺的面子；在我來說更要顧曹家的面子。你們懂我的話不？」

「我懂不懂不相干。」錦兒拿手一指，「只要繡春懂就好了。」

繡春不能說不懂——確是不十分懂；她只能用雪白的兩粒門牙，輕咬著嘴唇點一點頭。

「回頭你這麼跟紳二爺說：他這趟回去了，舅太爺待他自然跟以前不同，有好些事會交代他，讓他幫著鼎大爺，能把這一大家子接手撐起來。這個責任很重，要睡得舒服吃得香，才能長精神。所以最好一回蘇州就找屋子，居家過日子，只要夠用就好，不必求華麗。你看他怎麼說？」

繡春想一想答說：「不說舅太爺這趟進京，似乎、似乎有麻煩？他如果說要等舅太爺平安無事，才能辦這件事呢？」

「如果舅太爺有了麻煩呢？莫非他就不辦這件事了？成家立業是自己的事；倘或舅太爺有了麻煩，就更得他們小一輩的能夠爭氣！」震二奶奶又說：「你問他，怎麼叫『內助』？朱洪武若是沒有馬皇后，他能打得成天下？再說，就因爲怕舅太爺作興會有麻煩，更要搶在前頭辦了這件事。你懂這道理不懂？」

這道理很容易懂。繡春和錦兒小的時候，都聽老輩說過：「皇上南巡，本來太子總是留守在京的；有一年皇上讓他跟著來了，一路鬧得不成樣子。平頭整臉的少婦幼女，若是不巧讓他看上了，就怎麼樣也逃不出他的手去。所以下一回皇上南巡，有閨女的人家，趕緊都嫁了出去；年輕小媳婦看模樣還過得去的，亦都避得遠遠的。」這就是趁麻煩未來以前，預先躲麻煩的道理。

「行了！」錦兒說道：「你就這麼說好了！包紳二爺百依百順聽你的。老太太回來，李家總得有人送；你讓紳二爺討這樁差使，順便就來接你。『燒香看和尙，一事兩勾當！』」

小福兒擎著的燈籠剛一出現，繡春就知道了，輕輕咳嗽一聲，向錦兒呶呶嘴。

「是——，」錦兒看著震二奶奶說：「是讓繡春先到對面屋裡等著？」

「當然！繡春先過去。」震二奶奶又問：「敎生一個火盆，生了沒有？」

「生好了！」

錦兒一面回答；一面就推繡春到對面屋裡，然後「呀」一地一聲，把堂屋門打開，北風撲面如刀，不由得瑟縮後退。

「震二奶奶還沒有睡？」李紳問說。

「請進來！」錦兒先不答他的話；望著門外說：「小福兒，你把燈籠留下，回去睡去吧！在這兒打盹會招涼。」

打發走了小福兒，錦兒將堂屋門關上，向李紳招招手，往對面屋子走去。李紳不解所謂；而且覺得錦兒的行動詭秘，不由得腳步遲滯了。

「請進來！紳二爺！」錦兒說道：「是繡春跟你有話說。」

李紳大出意外，而更多的喜悅；舉步輕快進了屋子，繡春頭也不抬，管自己拿著鐵箸在撥火盆。

「請坐！」錦兒又向繡春招招手；將她喚到門外，低聲說道：「你儘管跟紳二爺多聊聊；二奶奶不會不高興。我也不會過來偷聽你們的話，你放心好了。」

繡春心裡感動極了，覺得錦兒眞比親姊妹還要體貼；方寸之間，又酸又甜地不辨是何滋味？

「快進去吧！」錦兒一甩手走了。

繡春轉身進屋，陡覺燭光刺眼，眼中亮晶晶地光芒四射，卻看不清李紳的面目；正舉手要拭眼睛時，聽李紳吃驚地問：「好端端地，爲甚麼哭？」

原來自己在掉眼淚？繡春不願承認，搖搖頭說：「沒有！」

李紳倒困惑了，面有淚痕，卻又有並非假裝出來的笑容，這是怎麼回事呢？

「沒有甚麼？」繡春猜得到他的心情：「剛才跟錦兒說話，讓一根飛絲飄到眼睛裡了。你別胡猜；我好端端地哭甚麼。」

「是啊！我想你也沒有哭的理由。」李紳急轉直下地問：「錦兒說你有話跟我說？」

「是的！」

「好極了！我也有話跟你說。」

「那麼，你先說。」繡春將燉在炭火上的瓦罐，提了起來問說：「要不要來碗消食的普洱茶？」

「好！」

於是繡春先取起桌上的杯子，細看了看；抽出腋下雪白的一塊手絹，抖開了擦一擦杯沿，方斟得八分滿的茶，用手絹裹著送到李紳手裡。然後爲自己也斟了一杯，很文氣地啜飲著。

「這就是享受了！」李紳在心裡說。

「你笑甚麼？」

「我笑了嗎？」李紳摸著臉問。

繡春「噗哧」一笑，將一口茶噴得滿地，「咱們倆總算湊到一塊了！」她說：「一個不知道自己哭；一個不知道自己笑。」

「原來你還是在哭！到底爲甚麼事傷心？」

「正好說反了！我是心裡高興才哭的。」

「這不是新鮮話？」李紳笑道：「照你這麼說，傷心的應該是我！」

「別跟我抬槓！咱們說正經的。你不是有話要跟我說嗎？」

「是啊！我想我應該給你留下一點東西，作爲信物。」

一面說，一面起身，掖起長袍下襬，在腰帶上解下一塊古色斑斕的漢玉，托在手裡，送到繡春面前。

「這玩意叫『剛卯』，是辟邪的。不過，我取它是塊玉；心比金石堅！」

說著，拉起繡春的手，將玉剛卯放在她掌心中；接著順勢一拉，並坐在床沿上。繡春看著那塊玉說：「照規矩，我得回你一樣禮才好。」

「你把這塊手絹兒送給我好了。」

「這塊手絹兒用過的——。」

「就要你用過的才好。」李紳搶著說：「新的就沒有意思了。」

繡春看了他一眼，輕聲問道：「你打算甚麼時候來接我？」

「這可說不定了！」李紳歉然地，「我得先回蘇州再說。」

「為甚麼呢？你也四十多歲的人了，像這種事，莫非自己還不能拿主意？」

「時候趕得不巧——。」

「你別說了！不就是舅太爺的事嗎？我也不知道你怎麼想的，說皇上找就會出事；出甚麼事？也許皇上要放舅太爺一個好差使呢！吉兇禍福還不知道，先就認定了沒有好事；這不是自己找倒楣？怪不得舅太爺跟你合不來，你怎麼總往壞的地方去想呢！」

這等於開了教訓，繡春講是講得痛快；講完了不免失悔，自己的話說得太衝了，因而惴惴然望著李紳。

李紳在發楞，一雙眼眨了好半天，突然說道：「你說中了我的病根！人苦於不自知；我確是常往壞的地方去想。這——，」他抬眼望著繡春，有種乞取諒解的表情，「也因為耳聞目睹，都是些不長進的樣子，久而久之，養成了我那麼一個習慣。說起來，多少也是成見；壞的地方固然不少，好的地方也有。從今以後，我得多往好處去看。」

「這才是！」繡春大感安慰——震二奶奶教她的那套話，自然無一語不打入李紳的心坎了。

「好！我一回蘇州就找房子，你是願意淸靜呢，還是熱鬧？」李紳又問：「如果要我住在府裡，你怎麼說？」

「最好別住在一起。」

「好！不住在一起。我找一處鬧中取靜，離府又不太遠的住房。」

「對了！我正是這麼想。」

李紳點點頭；沉吟了好一會說：「我想，咱們『二月二，龍抬頭』那天進屋，好不好？」

「好啊！」繡春問道：「挑這個日子，也有講究嗎？」

「那天是我生日。」

「原來如此，那就更好了！」繡春忽然想起：「你得給我一個八字。」

「好！」李紳說道：「你也得給我一個。」

「當然！我念你寫就是。」繡春四面看了一下，「我去拿紙，拿筆硯。」

說著，與匆匆地奔到對過，敲一敲門，錦兒開門出來問道：「紳二爺走了？」

「還沒有。」繡春答說：「要找兩張紅紙。」

「寫甚麼？」

「你想呢！」繡春笑著踏了進去，向斜靠在床欄上的震二奶奶說：「得借二奶奶的筆跟墨盒子使一使。」

「寫甚麼？寫八字？」

繡春點點頭，卻又故意這麼說：「誰知道他寫甚麼？」

「你跟他怎麼說！」

「我，」繡春揚著臉，得意地說：「我排揎了他一頓。」

「你還排揎了人家？」錦兒問道：「怎麼回事？你倒說給我聽聽。」

於是繡春揀要緊的地方，說了一遍；震二奶奶點點頭說：「話倒也在理上。」

「他怎麼樣呢？」錦兒追問著。

「他還能怎麼樣？自然乖乖兒聽我的！」

「紳二爺眞沒出息！」

錦兒忘形了，聲音很大；震二奶奶怕李紳聽見，急忙喝一聲：「錦兒！」

錦兒吐一吐舌頭，低聲笑道：「好傢伙！繡春過了門，一定會揍老公。」

繡春沒有再理她，開震二奶奶那個碩大無朋的鏡箱，找到筆跟墨盒；錦兒也湊趣，居然爲她弄來兩個梅紅簡帖。

「喔，」繡春走到門口，忽然站住了說：「還有樣東西給你看看。」她把那塊玉剛卯從口袋中掏出來，交到錦兒手裡，才走回對面。

「二奶奶，你看！紳二爺下的聘禮。」

錦兒的聲音中，充滿著感情，七分替繡春高興；三分是羨慕和嫉妒。震二奶奶心想，到了可以跟錦兒深談的時候了。

「我也替她高興，繡春有這麼一個歸宿，實在太好了！可是，我也替她發愁。她那個毛病怎麼辦呢？」

這話提醒了錦兒；心裡在想，繡春的肚子再過個把月就現形了！開年回春，卸卻寒衣，更容易看得出來；那一下，繡春就不用想姓李了！於是，她湊近震二奶奶，低聲說道：「是啊！不能帶著那個肚子上轎啊。」

「那不會。」震二奶奶很平靜地說：「照我看，還是經水上的毛病。」

錦兒聽這話，未免反感，明明她自己都知道，繡春是有喜不是有病，偏要這樣說假話，豈非無味？

震二奶奶看她的臉色，知道她不以爲然；便又把話拉回來：「你我都不是大夫，也不知道她肚子裡究竟是怎麼回事？好在時候還早，回去了找大夫來看了再說。」

「早可是不早了！」錦兒替繡春著急，「石大媽怎麼說？」

「你不是瞧見了，給了方子，又給了藥。」

「是的，我瞧見了。只瞧見一包藥；另外好像還有一個小包，是不是二奶奶收起來了。」

「對了！我另外收起來了。那小包的藥，不能亂用。」

「怎麼呢？」

「藥性太猛，非萬不得已不能用。」

「這——，」錦兒頗感困擾，「怎麼叫萬不得已？」

「如果那大包的藥服了，不管用，才能把小包的藥加上。」震二奶奶說：「那就無有不通的了。」

錦兒細想了一會，恍然大悟，原來大包是通經藥；加上那一小包，便有墮胎的功用。

想到這裡，不由得面現微笑；笑得似乎詭秘，震二奶奶當然要問緣故。

「你笑甚麼？」

「我笑石大媽！眞會搗鬼。」

震二奶奶知道她想通了，便正一正顏色說道：「錦兒，那小包藥，我是不會用的。你說石大媽會搗鬼，這話倒不假；通經的藥，加上麝香、威靈仙、王不留行、紅花，就能打胎，這也不算甚麼秘方；她是特意裝成那種自以爲多了不起的樣子。我仔細看了她的藥，麝香還是假的。」

「二奶奶怎麼知道的呢？」

「從前外洋來的貨船，一大半歸我們家轉手；香料我可是從小就看得多了。」震二奶奶指著一口皮箱說：「藥在那裡，你取來，我指給你看。」

於是錦兒開箱子取來藥包，震二奶奶將寫著藥名、分量的封皮紙打開，裡面是四小包藥；最小的一包便是麝香。黑黑地一小塊，毫不起眼；而且氣味很怪，不但不香，眞可謂之爲臭。

「這就是麝香嗎？」錦兒問道：「我實在聞不出來，香在那兒？」

「要跟別的藥料合在一起就香了。」震二奶奶說：「這塊麝香不知是甚麼東西冒充的，氣味倒還像，顏色不像。」

「眞麝香是甚麼顏色。」

「帶紅、帶紫醬色；不是這麼黑得像老鼠屎似地。」

「我懂了！」錦兒打開另一包，「這個呢？啊！是紅花。」

「對了！」

「這個甚麼?」錦兒又指另一包。

「大概是王不留行吧。」

錦兒便取過封皮來,一看上面的字跡,不由得笑道:「好怪的藥名!老王不留,小王就非走不可了!」

震二奶奶也笑了,「收起來吧!」她說:「我可有點倦了。」說著,往後一靠,雙手交叉著放在胸前,閉目養神。

等錦兒轉身過去,她卻又眼開一線;正看到錦兒將那張封皮塞入懷中,另外找了張紙包那四小包藥。

「這倒好!」震二奶奶在心裡說:「省了我多少事。」

取了根紙煤在炭火上燃著了,點上蠟燭,將燈籠交到李紳手上,繡春輕聲說道:「一路保重!可記著我給你的地址。」

「不寫下來了!」李紳拍拍口袋,「我一回蘇州就會給你寄信寄東西來。」

「不要寄東西,只要信就行。」

「我知道。」李紳指著震二奶奶的房間說:「該說一聲吧?」

「只怕已經睡了。我替你說到就是!」

李紳點點頭,將燈籠交給繡春,轉過身來朝上作了一個大揖。

「你這是幹甚麼？」

「謝謝震二奶奶跟錦兒。」

「眞是！」繡春笑道：「說你書獃子、傻女婿，一點都沒冤枉你。」

李紳笑笑不答，接過燈籠，推門出去；一腳在外，回身說道：「外面冷，你別出來。」說完，很快地將門閉上了。

繡春上了閂，靜靜地站著，將她跟李紳在一起的經過，從頭回憶；心裡又興奮、又舒泰，頓時忘卻身在何地。直到房門聲響，方始驚醒。

「你怎麼回事？冰涼的磚地上一站老半天，也不怕凍著。」錦兒笑道：「你說他傻女婿，我看你才是傻丫頭！」

繡春笑了，不好意思地說：「我想得出神了。」

「來、來！」錦兒拉著她的手說：「快上床，細細講給我聽。」

「沒有甚麼好講的。」

兩人做一被窩睡了；錦兒摟著繡春開玩笑，討便宜，「你就當我是紳二爺好了！」她說：「不許跟我拗手拗腳地！」

「你這塊肉怎麼辦？」錦兒手按在繡春的小腹上問。

此言一出，繡春立刻不作聲了。錦兒也不催她，反正已經有了辦法，不必心急；讓她慢慢想去。

「他來得早還好，來得晚了，看你懷裡捧著個『西瓜』怎麼見他？」

「他一定會來得早，我跟他已經說好了。」

「你們怎麼說的？」

「日子定在二月初二；那天是他的生日。」

「這是夠早了，可是也還有一個半月。不知道還遮蓋得住不？」

「遮蓋不住也不要緊！錦兒，我有個主意，得跟你商量。」繡春極有信心地說：「他的性情我摸透了，最講情理，最能體諒人的；我想跟他挑明了，雖住一起不同房，或者另外找一處地方讓我住，等過了這幾個月再回去。」

錦兒愕然，「繡春，」她抬起身子，以肘撐持，俯視著繡春問：「你是想把孩子生下來？」

「是的。我這麼想。」繡春答說：「我有把握，他一定肯。」

「你瘋了！」錦兒簡直要唾她：「你看不出來，紳二爺講義氣、要面子的人；別說你懷著孩子，只要讓他知道你跟二爺好過，他就不能要你了。連人帶孩子一起把你送回來，你怎麼辦？」

繡春爽然若失。錦兒說得一點不錯，李紳就是這麼一個人；他決不肯做任何可能遭人批評的事。

「而況，」錦兒又說：「如果你始終沒有離開過曹家，還有可說；到李家打個轉再回來，別人會怎麼想？且不說二爺心裡膩味，只怕老太太也不許。至於你那個孩子，不管是男是女，一定會有人嚼舌頭，說是不知道是誰的種。我倒問你，你那個孩子長大了，還能抬得起頭嗎？」

「啊！」繡春有如芒刺在背：「那怎麼辦呢？」

「辦法是有。你自己先得好好想一想。」

「我應該怎麼想。」繡春把錦兒拉得又睡了下來，低聲問道：「只有拿掉？」

「如果你一定要姓李了，除此別無二法；而且最好不讓紳二爺知道。」

「那當然。錦兒，你告訴我，應該怎麼拿？」

「當然是用藥。」錦兒在考慮，是不是要把石大媽的話告訴她。

「我也知道是用藥。就不知道怎麼樣才能去弄到這種藥。」

「總有辦法，你別急，等我替你想法子。」

「我看只有跟二奶奶說。」

「你別說！說了她就不肯替你想法子了。」錦兒將聲音放得極低：「你得裝糊塗。她始終不肯承認你有喜，你就依著她的話，說自己有病；那樣，事情才辦得成。」

「只要你有把握，這趟回去，我就不進府裡去了；在我嫂子那裡住下，先把個累贅拿掉，再作道理。」

「如果你願意，你就住你嫂子那兒去好了。」

這表示錦兒有把握——她確有十足的把握；通經藥，震二奶奶當然會給，另外應加的四味藥，她把那張封皮留下來，便是有了藥方還怕什麼？

「錦兒，」繡春從未想過的事，此時自然而然地想起來了，「我跟我嫂子怎麼說？」

「你嫂子不是待你還不錯？你老實跟她說好了。」

「錯是還不錯！不過挺客氣的；每次我回去，總要陪著我坐半天；有時留住吃飯，非讓我坐在上頭不可，倒像待生客似的；我怎麼說得出口。」

「那就不說。」

「不說又不成。你想吃了藥，肚子一定會疼，一定會把血塊打下來；不把她嚇壞了？」

「是啊！」錦兒也覺得大爲不妥：「那一來，全本西廂記，不就都抖了出來？」

「所以，」繡春緊接著她的話說：「你得陪著我！」

這在錦兒就答應不下來了。「你知道的，」她說：「我一點都不懂。」

「不懂不要緊，我只是要你壯我的膽；有個人可以商量。」

「不行！」錦兒搖頭：「到時候你找我商量，我又找誰去商量？」

「那，」繡春幾乎要哭了：「那怎麼辦？」

「你別著急。」錦兒想一想說：「等我想個法子，問一問二奶奶，看她怎麼說？」

「對了！問二奶奶。」

在她，以爲震二奶奶一定會有辦法，也一定肯想辦法，所以語聲輕快。錦兒卻看得並不容易；她把震二奶奶的心思摸透了，本意是要把繡春懷的胎打下來，但決不肯擔這個名聲。只有想好辦法，還得有個巧妙得不落痕跡的說法，才能讓震二奶奶出頭來辦這件事。

「睡吧！」

繡春的心情倒舒泰了，漸覺雙眼澀重，不久便起了輕微的鼾聲。錦兒心熱，只想著繡春有了這個好歸宿，無論如何得要替她把這個難題應付過去，故而一夜魂夢不安，心裡老轉著這個念頭。

到得曙色初透，突然一驚而醒；趕緊推著繡春說：「醒，醒，我想到一個好法子。」

「你說甚麼呀？甚麼事好法子不好法子？」繡春倦眼惺忪地問。

「不就要找個能照應你，壯你膽的人嗎？我想到了，是做夢想到的！」錦兒越想越妙，緊接著又說：「我不是說夢話，確是好法子。」

這下使得繡春精神一振：「快說，快說！」她催促著，「夢裡頭的事，一會兒就忘記掉了。」

「這個夢不會忘！」

服伺震二奶奶起了床，洗完臉梳頭；錦兒使個眼色，繡春便端著臉盆走了出去，好讓錦兒談她夢中所想到的法子。

「昨兒我跟繡春聊了半夜，原來紳二爺日子都挑了，是二月二，龍抬頭那天。」錦兒又說：「那天是紳二爺的生日。」

「喔，」震二奶奶在鏡子裡望著錦兒，「照這麼說，紳二爺一過元宵就會來接她了？」

「是啊！反正他這一回蘇州，該怎麼辦才合規矩，一定很快地就有信息。如今別的都不愁；

愁的只是繡春身上的病。該早點治好，將養好了身子，才能動身。」

「嗯！」震二奶奶沒說下去，拿把小銀銼子在修她的指甲。

「我告訴她，二奶奶有通經藥，她很高興，讓我來跟二奶奶說，求二奶奶把這兩服藥給了她。又說，回到南京，她也不進府；在外頭找一處地方住，讓我問二奶奶，准不准她這麼辦？」

「這也沒有甚麼不可以的。」震二奶奶問道：「她預備住在那裡？她嫂子家？」

「不！她不想住她嫂子家。」

「爲甚麼？她跟她嫂子不是挺不錯的嗎？」

「可也是挺客氣的。怕治病的時候，有許多不便。」

錦兒一面說，一面從鏡子裡去看震二奶奶的表情；只見她雖未抬頭，卻連連點頭；停了一會又問：「那麼，她預備住在那兒呢？」

「那得看二奶奶。」

「怎麼？」震二奶奶抬起頭來，鏡中現出她困擾的神氣。

「法子是我想到的。」錦兒仍有表功之意；「本來我可以陪她；可是我也不懂甚麼，沒法兒照應她的病。我想，通經藥既是石大媽的，一客不煩二主，就讓石大媽來照應她好了。」

震二奶奶不答，仍舊把頭低了下去修她的指甲；不過可以看出她的睫毛眨得很厲害，顯見得是在考慮她的話。

「石大媽不說要來看二奶奶嗎？那就索性先找個地方讓繡春住下；等石大媽來了，跟她一起住好了。」

「等我想想。」震二奶奶有了很清楚的答覆：「一回去了，繡春先到她嫂子那裡住一住。二爺如果問你，你就說她在路上受了寒，病了。大年下弄個病人在家裡不合適；而且各人都有事，也怕照應不到，所以她自願回她嫂子家暫住。」

這個說法，合情合理；趁此躲開「二爺」的糾纏，更是件好事。所以錦兒連連點頭，對她的話表示領悟，也表示贊成。

一切齊備，震二奶奶將李紳請了進來，既以道謝，亦以話別，而且還有事相託。

「紳表叔，累你辛苦這一趟，實在感激不盡。」震二奶奶笑道：「原是來奔喪的，不想倒帶了一件喜事回去。」

「原是喜喪嘛！」錦兒也顯得特別高興：「喜喪，喜喪，倒是叫應了。」

李紳亦在笑；唯有繡春不好意思，故意綳著臉。

「紳表叔，」震二奶奶又問：「開了年，甚麼時候到南京來？」

「總在元宵前後。」

「聽說你已經把日子挑定了？」

「不，不！」李紳急忙分辯：「那是我跟她私下商量的，」他手指繡春，「我得按規矩辦事，回蘇州也得跟大叔說一聲；更得稟告大姑，然後再來跟府上討日子。如何由得我擅自作主，說那一天就是那一天。」

「紳表叔也忒多禮了。咱們這會兒就定規了它；想來老太太亦決不會有別話。」

「那麼就是二月二吧！」

「喝喜酒帶吃壽麵。」錦兒接了句口。

「你看，」震二奶奶笑道：「連她都知道了。」

「倒眞是想請震二奶奶喝喜酒帶吃壽麵，可不知道肯不肯賞光？」

「不是肯不肯，是能不能。如能抽得出工夫，我一定來叨擾。」震二奶奶緊接著又說：「如果那時候是送我們老太太回來，當然不能拘定日子；不然，請紳表叔正月底來，反正我都給預備了，只要紳表叔自己來接就行了。」

「是！謹遵台命。」

「要能抽得出工夫，早來多玩幾天，求之不得。我是怕紳表叔沒有定，所以才這麼說；不是不歡迎你早來。」

「我知道，我知道，是你體諒我。」

「還有件事想拜託紳表叔順路辦一辦。何二嫂那裡有個姓石的老婆子，會穿新樣子的珠花；我想託紳表叔捎個信給她，準定一破了五，我就派人去接她，讓她預備著。」震二奶奶吩咐錦兒：「取十兩銀子請紳二爺帶給石大媽。」

「是了，錢跟話一定都捎到。震二奶奶，」李紳建議：「何不說個準日子呢？」

「那就是初六吧！」

「好。還有別的事沒有？」

「就這麼了！」震二奶奶轉臉問道：「繡春，你有甚麼話沒有？」

居然就這麼抖了出來，不但繡春，連李紳都微有窘色。幸虧有個遇事衛護繡春的錦兒在，大聲說道：「二奶奶，你不說要洗手嗎？快上車了！」

婦女出門，尤其是長行，這是件大事；震二奶奶便先回自己屋裡，錦兒自然跟著進去。繡春與李紳，都是目送她們的背影，直待消失，方始轉臉相視。

「我回到蘇州，仍舊會馬上寫信給你。」

「反正沒有幾天的事了，不寫也不要緊。倒是有件事；你可別忘了，二奶奶愛吃孫春陽的茶食，你多帶一點來。」

「我知道！我一定會帶足。」

「還有件事，見了石大媽，你別多問。」

「爲甚麼？」

「這會兒沒有工夫跟你細說。」繡春話很低很急，「你只記著我的話就是。」

李紳想了一下答道：「好吧！我乾脆也不必跟石大媽見面，把錢跟口信交代了何二嫂。」

「那又不妥。倘或何二嫂昧著良心，把錢給吞了，口信也就帶不到；正月初六，這裡派了人去，她說石大媽病了，或是不在那裡，不能來，豈不誤事？」

「這話也不錯！我讓何二嫂把她找來，當面交代清楚，塵土不沾，抬腿就走。姑娘，這可如了你的意了吧？」

繡春嫣然一笑，「這還差不離！」她說：「你好請了！」

李紳還有些戀戀不捨；繡春便拿手連連向屋裡指，意思是震二奶奶會等得不耐煩，別惹人厭。

「那，我先到門口去招呼。」

「對了！」繡春大聲說道：「勞你駕，關照轎伕，馬上就走了。」

說完，她不待李紳答話，往裡屋便走；轉過身去，卻又回過頭來看了李紳一眼。這「臨去秋波那一轉」，他看得很清楚，彷彿有話想說而苦於沒有機會似地。

一進了南京城，繡春便落單了；曹榮替她另雇了一輛車，直投她嫂子家。

繡春姓王，有兩個哥哥，老大夫婦倆跟娘老子一起住，幫著照料那爿小飯館，準備將來承家頂業，老二與大嫂不和，一氣離家，在江北混了三年才回南京，居然帶回來一個老婆，與震二奶奶同名，叫做鳳英；在水西門賃了屋子住。

王老二從小好武，在振遠鏢局當「趟子手」；南來北往地跟著鏢車走，一年倒有八個月在外。幸而鳳英賢惠能幹，帶著一男一女兩個孩子在家，關上大門過日子，從無是非；所以王老二才能夠放心大膽地去闖江湖。

車到水西門，天已經黑了，敲開門來，鳳英訝然問道：「妹妹不是跟震二奶奶到蘇州去了？

那天回來的？」

「剛到。」

繡春還沒工夫跟她細說，讓車伕將她的行李提了進來，開發了車錢，關上大門，才將編好的一套話說了出來。

「爲了兩件事，二奶奶讓我暫時回家來住：第一，我身子不大好，年下事多，在府裡也不能裝小姐，躲在屋裡不出來，所以二奶奶體恤，說是『不如到你嫂子那裡暫住，好好將養。』第二，二奶奶有個客，是鄉裡人，派我陪她；明天還得去找房子。」

「喔，」鳳英問道：「妹妹的身子，是怎麼不大好？得要請大夫來看。」

「沒有甚麼大不了的，就是經期不大準。」繡春問道：「大寶、二寶呢？」

大寶、二寶是鳳英的一男一女；「小的睡了；大的讓他奶奶接了去了。」鳳英又問：「二奶奶請來的客，是幹甚麼的？怎麼還要另外找房子？」

「會穿珠花。一住總得一兩個月，府裡不便，所以要另外找房子。」

「若是一兩個月，不如就住這裡。」鳳英說道：「二奶奶讓你陪她，無非看著點兒，別把好珠子都換了去。若是住在這裡，我亦可以幫你照看。」

「這話倒也是！等我明兒問了二奶奶再說。」

第二天下午，錦兒打發一個在花園裡打掃的老婆子，將繡春的衣箱行李送了來；只帶來一句話：等一兩天稍爲閒一閒，抽工夫來看她。繡春很想問一問震二奶奶回府以後的情形；無奈那老婆子在傭僕的等級中是最低級，連上房在那裡都不甚了了，自然不會知道上房裡的事。

不過，繡春在家卻不寂寞；因爲鄰居聽說「王二嫂」的小姑來了，都喜歡來串門子，聽繡春談談大宅門裡的家常，在她們也是新聞，而況這一次又是從蘇州回來，更有談不完的見聞。就這樣川流不息地這個去了那個來，說長道短，日子很容易打發。

到得第三天中午，畢竟將錦兒盼望到了。繡春如獲至寶似地，從沒有待錦兒那麼好過；鳳英跟錦兒也很熟，一面張羅，一面跟她寒暄。但錦兒卻沒有工夫來應酬；很率直地說：「二嫂子，你不用費事，我是上佟都統太太家有事，偷空來的，跟繡春說幾句話就走；等來拜年的時候再陪你聊天兒。」

「是的，是的。」鳳英也很知趣：「你們姊妹倆總有些體己話；上妹妹屋裡談去吧。二寶，走！」

鳳英將她的小女兒拉了出去；怕有鄰居來打擾，還將堂屋門都關上了。

「怎麼樣？」繡春拉著錦兒並坐在床沿上，低聲問道：「大家看我沒有回去，說了甚麼沒有？」

「說倒沒有說，不過聽說你病了，惦念你的人倒有幾個。」

這話自然使繡春感到安慰，含著笑容問：「是那些人？」

「第一個當然是二爺。」

聽得這一句，繡春的笑容一滅，「還有呢？」她問。

「伺候四老爺的桂剛；小廚房的下手張二猴；門房裡的李禿子——。」

「好了，好了！」繡春將雙耳掩了起來：「你別說了！」

錦兒有些好笑，也有些得意，隨便兩句話就把繡春耍得這個樣子；不過心中的感覺不敢形諸顏色。等她將手放了下來，靜靜地問道：「二爺說了些甚麼，你總要聽吧？」

繡春點點頭，卻又微皺著眉，有痛苦的表情；是怕聽而又不能不聽的神氣。

「二奶奶故意不提你，只談蘇州；二爺到底沉不住氣了，說得可也絕，『阿鳳，』他說：『我記得你帶了兩個人去的；是我記錯了嗎？』你知道二奶奶怎麼著？」

「怎麼著，我可沒法兒猜。你快說吧！」

「二奶奶也跟他來個裝糊塗。」錦兒學著震二奶奶那種假作吃驚的神氣：「『是啊，繡春呢？繡春怎麼不見？』接下來就問我。我說：『繡春不是病了，跟二奶奶請假，回她嫂子家去住。怎麼倒忘了呢？』二奶奶就打個哈哈，說是『眞的忘了！』把二爺氣得要死，只能跟著打哈哈。鴨子叫似地乾笑，聽得我汗毛都站班了。」

「以後呢？」繡春問說：「沒有問我的病？」

「你何必還問？」

繡春一楞，想了一下才明白，是錦兒嫌她還丟不開震二爺，當即辯說：「是你自己在說，他惦著我的病。話沒有完，我當然要問。」

「你既然要問，我就告訴你，他不但問你的病，只怕還要來看你。」

「眞的？」

「眞的，假的，我可不知道。你自己心裡總有數。不過，他問了我好半天，你是甚麼病，你嫂子住在那兒？這倒是一點不錯。」

繡春默不作聲，回想著震二爺相待的光景，不由得有些擔心；如果錦兒說的是實話，震二爺就很可能會瞞著震二奶奶來看她。

「你可千萬攔住他！這一來了，左鄰右舍就不知道會把我說成甚麼樣子了？錦兒，你得替我想法子。」

「我怎麼攔他？一攔他，他一定會動疑心，說不定來得還快些。」

「那麼，請你告訴二奶奶。」

「這不又害得他們夫婦打饑荒？他們大正月裡淘閒氣，我的日子也不好過。」

「這也不行，那也不行，怎麼辦呢？」繡春有些急了：「錦兒，你不能撒手不管？」

「我何嘗撒手不管？依我說，求人不如求己，他眞要來了，你讓你嫂子撒個謊，說你不在，莫非他還眞的進門來坐等不成？」

這一說，繡春回嗔作喜，「噉！」她說：「言之有理，就這麼辦。」

「這是一樁。」錦兒又說：「第二樁可得問你自己，你跟紳二爺的事，你跟你嫂子說過沒有？」

「沒有。」繡春答說：「我不知道該怎麼說？」

「你應該趁早說了，好替你自己備辦嫁妝。我看二奶奶的意思，說是賠一副嫁妝，也只是好聽的話；而況又是過年，她也沒工夫來管你的事。」

聽這一說，繡春不覺上了心事。她倒是有兩三百銀子的體己，存在曹家的賬房裡；但不能自己替自己辦嫁妝，第一，沒有人替她去辦；第二，說出來也沒有面子。

於是她將她的難處，說了給錦兒聽，並又問道：「換了你是我，該怎麼辦？」

錦兒想了一下，反問一句：「紳二爺總有句話吧？」

「他沒有說，我也不便問他。我想，他根本沒有想到這回事。」

「那就難了。」

「錦兒，」繡春握著她的手，迫切地說：「這件事，我只有老著臉求你了。你得替我在二奶奶面前求一求，爭一爭。不管怎麼，我也服侍了她一場；何況府裡，不管穿的、用的，擱在庫房裡，白白擺壞了的，也不知多少，就賞我一點兒，也算不了甚麼？」

錦兒覺得她這話也很在理。

考慮了一會，錦兒答說：「好！你要現成東西，我一定替你爭；至於說另外賞銀子替你去備辦，只怕難。有個人也許會賞你，你或者又未必肯要？」

「你是說二爺？」

「是啊！他跟你好過一場，送你幾百銀子，也是應該的。」

「算了，算了！我可不要他的。」繡春靈機一動，「錦兒，有個辦法，也得你費心替我去辦？我在張師爺那裡存了有二百多銀子，回頭我把摺子交給你，請你替我提出來；單拿兩百銀子用紅紙包一包，送來給我嫂子，就說二奶奶賞的，把我的面子圓了過去；我也就可以讓她替我去備辦一點兒甚麼。你看！這個辦法，如何？」

「好！很好。不過，這得等二奶奶把你的事挑明了以後再辦。」

「她是怎麼挑法？」繡春問道：「爲什麼不馬上跟二爺說呢？」

「這得等蘇州回了信再說。」

「回甚麼信？」

「已經派專人下去了，問老太太是年內回家，還是在舅太爺家過年？如果老太太年內回來，你的事由老太太來跟二爺說，那就萬事妥貼，再也不會有甚麼風波。」

「老太太如果不回家過年呢？」

「那就再說了！我想，多半亦總是由太太出面來跟二爺說；只有這樣，才能壓得住二爺；他不願意也只好認了。」

「不管怎樣，錦兒，你得替我催一催二奶奶。還有，年初六去接石大媽這件事，可也得請你記著點兒。喔，」繡春想起來了，「我跟我嫂子說，石大媽是二奶奶請來穿珠花的，得另外賃房子住一兩個月；我嫂子說，就住這兒好了——。」繡春將鳳英的話，照樣轉告，問錦兒是否可行？

「這也使得。反正住不了幾天，把你的『毛病』治好以後，就說珠花不穿了，打發她回去，你嫂子也不知道。」

「那好！既然你也贊成，就煩你跟二奶奶說一聲兒！」

「行！這件事包在我身上，一定可以辦到。」錦兒問說：「還有別的事沒有？」

接下來便談府裡過年的情形。這是閒話，錦兒無暇細說，略為談了些，便即起身作別；答應一有信息，隨時派人來通知。繡春將她送到門口，看她上了車方始進來，看見鳳英含笑相迎，有著等她拿跟錦兒談些甚麼去告訴她的神情，心中未免歉然。不過，事情還沒有到揭開的時候，只好硬一硬心腸，故意裝糊塗。

是送灶的那天，震二奶奶打發一個老婆子來，喚鳳英到曹家去一趟，說有話交代。鳳英頗為困惑，猜想著必是為石大媽到南京，暫住她家穿珠花的事；但何以不將繡春叫回去交代，而要找她去談？

繡春則除了困惑以外，更覺不安。她肚子裡雪亮，找鳳英是為了她的親事要談；為甚麼錦兒不先遞個信，莫非事中有變？想想不會，憑震二奶奶的手段，這麼一件事會辦不成功，她還能當那麼難當的一個家。

倒是有件事，不能不此刻就想辦法。繡春在家，等鳳英一見了震二奶奶，自然甚麼都知道了。喜事早成定局，而自己回家這麼幾天，隻字不提；不是將親嫂子視作外人？鳳英如果拿這句話來責備，很難有話可說。

此時怨錦兒不早通知，以便自己能找機會先跟鳳英說明；已無濟於事，爲今之計，只有自己來揭開這件事，但倉卒之間，很難措詞。趁他嫂子在換衣服時，想了又想，覺得只能隱隱約約說一句，留下一個等她回來以後的辯解餘地。

於是，她含羞帶愧地說：「震二奶奶找你，大概是爲我的事；我也不好意思說，你一見了震二奶奶就知道了。」

「怎麼？」：鳳英一驚：「妹妹，你是不是闖了甚麼禍？」

「不是，不是！你放心好了。」

「那麼，是甚麼事呢？你別讓我心裡慭得慌！」

「你就忍耐一會兒吧！」繡春又說：「二嫂，我還關照你一句話，二奶奶跟你的名字完全相同；大宅門講究忌諱，你可稍爲留點兒神。」

鳳英點點頭，出門而去。繡春心中一動，把那個老婆子叫到一邊，拿了一串錢給她，悄悄問道：「是震二奶奶叫你來的，還是震二爺叫你來的？」

「是震二奶奶。」

「她當面交代你的？」

「不是，是小芳來告訴我的。」

她是怕震二爺或許已經知道了這件事，特意將鳳英喚了去，有所安排，所以要問個明白。如今可以放心了；因爲小芳對震二奶奶忠心耿耿，可以包她不會爲震二爺所利用。

「震二爺跟震二奶奶吵嘴了沒有？」

「沒有聽說。」那個老婆子看在一串錢的面上，獻殷勤地說：「等我回去打聽了來告訴姑娘。」

「不，不！謝謝你，不必！你請吧！我問你的話，你千萬不必跟人去說。」

將她送出門口，只見鳳英已先坐上曹家的車子了；微皺著眉，面無笑容，是仍舊擔著心事的神情。

但回來就不同了，眉目舒展，未語先笑，手上捧著一個大包裹，進門就大聲喊道：「妹妹，妹妹！」

這一喊，兩個孩子先奔了出去，爭著要看那個大包裹裡面是甚麼東西？

「別鬧，別鬧！有好東西給你們吃；你們先跟姑姑磕頭道喜。」

聽這一說，剛走到堂屋門口的繡春，回身便走；走回自己屋裡坐下來，手撫著胸，要先把心定下來。

「妹妹」，鳳英一腳跨了進來，滿面含笑地說：「大喜啊！」

繡春不好意思地笑了一下，顧而言他地問：「二奶奶給了你一點甚麼東西？」

「吃的、用的都有。」鳳英將包裹放在桌上，抽出一盒茯苓糕，交給大寶：「兩個分去，乖乖地別打架。」

說完，將兩個孩子攆到堂屋裡，才坐下來，只瞅著繡春笑。

「怎麼回事？」繡春催問著。

「妹妹，你也太難了！這麼一件喜事，你回來怎麼一句口風不露？」

繡春早就想到她會這麼問，所以從容不迫地答說：「事情還沒有定局，萬一不成惹人笑話，所以我索性連你都瞞著；怕年下亂了你的心思。」

「照二奶奶說，事情是早就說好了的，昨晚上跟太太回明了，太太也很高興，所以今天把我叫了進去當面交代。」

這「太太」是指馬夫人。繡春跟錦兒密談時，就已定了可由馬夫人來宣布此事的策略。錦兒果然將震二奶奶說服了，才有這樣的結果。繡春想起曾怨錦兒不先報個信，看來是錯怪了人，心中不免歉然。

「太太跟我說：蘇州李家舅太爺有個姪子紳二爺，至今不曾娶親；人雖四十多了，身子健得很。如今想把繡春給了他，眼前沒有甚麼名分；不過他許了繡春，將來一定拿她扶正。紳二爺跟我們老爺同輩，算是我們老爺的表兒；說不定有一天我得管繡春叫一聲表嫂呢！當時大家都笑了。」鳳英轉爲非常關切的神氣：「妹妹，那紳二爺眞的待你那麼好？照錦兒說，你把紳二爺呼來喝去的，紳二爺只是笑，不敢不聽你的。可有這話？」

聽得這話，繡春得意之餘，也有不安；看樣子錦兒這兩天在「賣朝報」，不知道會將她跟李紳的故事，加油添醬地渲染得如何熱鬧？好在也就是這一回，不管它，且問正事。

「那麼，你怎麼回答太太呢？」

「我自然要客氣幾句，說是託主子家的福；我妹妹是極忠厚的，不會忘本的人，如今有了這麼好的人家，一輩子都記著主子家的恩典。」

繡春點點頭說：「這幾句話，還算得體。」

「太太聽我說這話，也很高興，她說：『繡春到了李家，總要爭氣，將來果真扶了正，也是替我們曹家爭面子；她回來，我一定拿待姑太太的禮節待她。』又說：『繡春有脾氣，人也太活動了一點兒，不過她的心地爽直，看相貌也是有福氣的。』」

「以後呢？」

「以後說完了，叫人取來三封銀子，一共一百四十兩。四十兩是例歸有的；一百兩是太太賞的添妝，銀子我帶來了。我拿給你看。」

「你先別拿，不忙！」繡春搖搖手：「震二奶奶說了甚麼沒有？」

「震二奶奶說，繡春我用得很得力，本想再留她一兩年再放她走；不過紳二爺是至親，他喜歡繡春，繡春亦跟他投緣；加以太太作的主，我亦不敢違背。又說，另外有些東西給你，只是年下忙，還來不及檢；等過了年讓錦兒給你送來。」

「那麼，」繡春考慮了好一會，終於問了出來：「你看見震二爺沒有？」

「我沒有見過震二爺；也沒有看見那位年輕的爺們。」

繡春問不出究竟，只得丟開；心裡在盤算，應該如何告訴爹娘；又如何得省下一筆錢來孝敬爹娘？加以鳳英格外興奮，談李紳的爲人；談她的嫁妝；談如何辦喜事？擾攘半夜，心亂如麻，竟至通宵失眠。

到得天亮，卻又不能睡了；因爲大寶多嘴，逢人便說：「姑姑要做新娘子了！」於是左鄰右舍的小媳婦、大姑娘都要來探聽喜訊，道賀的道賀，調笑的調笑，將繡春攪得六神不安，滿懷煩惱，卻還不能不裝出笑臉向人。

晚來人靜，繡春突然想起，「石大媽的事怎麼了？」她問鳳英：「二奶奶跟你說了沒有？」

「交代過了。石大媽要在我們家住一個月；二奶奶給了五兩銀子，管她的飯食。」

「喔，」繡春又問：「可曾說，那天到？」

「說初六派人去接，初八就可以到了。」

瀟瀟灑灑過了個年，一破了五，繡春就有些心神不定了。

「二嫂，」她問：「你預備讓石大媽在那間屋住？」

「廂房裡。」

廂房靠近鳳英那面，繡春怕照應不便，故意以穿珠花作個藉口，「我看不如跟我一間房住；或者跟你一間房住。」她說：「總而言之，要住在一起，才能看住她，免得她動甚麼手腳。」

「說得不錯！」鳳英歉然地：「妹妹，跟你一房住吧。我帶著兩個小的，很不便；怕她心煩且不說，就怕孩子不懂事，拿二奶奶的珠子弄丟了幾個，可賠不起。」

「這樣說，我這裡還不能讓大寶、二寶進來玩。」

鳳英當時便叫了一兒一女來，嚴厲告誡，從有一個「石婆婆」來了以後，就不准他們再進姑姑的屋子。

「你們可聽仔細了，誰要不聽話，到姑姑這裡來亂闖，我不狠狠揍他才怪！」

石大媽正月初七就到了。去接她的是曹家的一個採辦；正月裡沒事，震二奶奶派了他這麼一個差使。接到了先送到鳳英那裡，說是震二奶奶交代的。

繡春跟石大媽僅是見了面認得，連話都不曾說過；不過眼前有求於人，心裡明白，應該越殷勤越好，所以雖不喜她滿臉橫肉，依舊堆足了笑容，親熱非常。

「本打算你明天才到，不想提前了一天，想來路上順利。」繡春沒話找話地恭維：「新年新歲，一出門就順順利利，石大媽你今年的運氣一定好。」

「但願如姑娘的金口。」石大媽看著鳳英說：「王二嫂，到府上來打攪，實在不應該。」

鳳英也不喜此人，但不管怎麼是客，少不得說幾句客氣話，卻是淡淡地，應個景而已。

「石大媽，」繡春卻大不相同：「既然二奶奶交代，請你住在我嫂子這裡，那就跟一家人一樣。你這個年紀，是長輩，想吃甚麼，喝甚麼，盡管吩咐。」

「不敢當，不敢當！既然像一家人，自然有甚麼吃甚麼，不必費事。」

「一點都不費事。」繡春向鳳英說：「二嫂，石大媽今天剛到，該弄 幾個好菜，給客人接風。」

「是啊！可惜天晚了，我去看看；只怕今天要委屈石大媽了。」

天晚是實情；而況大正月裡，連熟食店都不開門，只能就吃剩的年菜，湊了四菜一湯，勉強像個樣子。

「眞正委屈了！」繡春大爲不安。

這些情形看在鳳英眼裡，不免奇怪。繡春一向高傲，看不順眼的人，不大愛理；這石大媽就像住在街口的、在上元縣當「官媒」的王老娘；繡春見了她從無笑容，何以獨對石大媽如此親熱？而況，看她那雙手，也不像拈針線，穿珠花的！

重重疑雲，都悶在心裡。吃完飯陪著喝茶；石大媽呵欠連連，鳳英便說：「必是路上辛苦了，我看，妹妹陪石大媽睡去吧。」

石大媽頭一著枕，鼾聲便起；接著咬牙齒，放響屁——一路來沒事，特意炒了兩斤鐵蠶豆帶著；她的牙口好，居然把兩斤炒豆子都吃了下去，此刻在胃裡作怪了。

繡春幾曾跟這樣的人一屋住過？尤其是「嘎、嘎」地咬牙齒的聲音，聽得她身上起雞皮疙瘩，只好悄悄起身，避到堂屋裡再說。

也不過剛把凳子坐熱，「呀」地一聲，鳳英擎著燭台開門出來，「妹妹。」她問：「你怎麼不睡？」

「你聽！」繡春厭煩地往自己屋子裡一指。

「吃了什麼東西？盡磨牙！」鳳英在她身邊坐下來問道：「這石大媽，到底是什麼人？」

「不就是二奶奶約來穿珠花的嗎？」

「我看不像。」鳳英停了一下說：「妹妹，我告訴你一件事，她帶著個藥箱。」

繡春一驚，但裝得若無其事地問：「你怎麼知道？」

「是她自己解包袱的時候，我看見的。我的鼻子很靈，藥味都聞見了。」

繡春不作聲。心裡在想：現在倒是希望有個愚蠢而對她漠不關心的嫂子來得好。

鳳英見她不答，自然要看她；臉一側，燭火照在她臉上看得很清楚，是又愁又煩的神色，不由得疑雲大起。

「妹妹，」鳳英的表情與語聲一樣沉重：「我想你這趟回來，有好些事不想還罷了，想起來似乎說不通。譬如，怎麼不回府裡；就算有李家那樁喜事；有陪石大媽這個差使，都跟你回府裡去過年不相干。你想是不是呢？」

繡春不答；想了一會才問：「二嫂，你在府裡聽他們說了我甚麼沒有？」

「沒有！只有人問我，你的病怎麼樣了？到底甚麼病？」

「你怎麼回答呢？」

「我說，怕是你弄錯了，繡春沒有病。」

「不！」繡春低聲說道：「是有病。」

「眞的有病？」鳳英大聲問道：「甚麼病？你怎麼不早說？」

「也不是甚麼大不了的毛病；不過經閉住了。」

繡春故意用很淡的語氣，無奈鳳英不是毫無知識的婦人，當即用不以爲然的態度說道：「經閉住了還不是病？這個病討厭得很呢！不過——。」

她突然頓住，是因爲發現了新的疑問；這個疑問使她非常困惑，得先要想一想，是何緣故，所以只是怔怔地瞅著繡春。

「怎麼啦？」繡春被她看得心裡發慌，不知不覺地將視線避了開去。

「妹妹，」鳳英吃力地說：「我看你不像是經閉住了！閉經的人我見過，又黃又瘦，咳嗽、頭痛，一點精神都沒有。你沒有那一樣像！」

「那麼，」繡春的神色已經非常不自然了，很勉強地說出一句話來：「你說是甚麼病？」

「我看，妹妹，你自己心裡總有數兒吧！」

一語擊中心病，繡春一張臉燒得像紅布一樣，頭重得抬不起來。

這就非常明白了！鳳英倒抽一口冷氣，想不相信那是事實而不能；心潮起伏，久久無法平靜，但終於還是吐出來一句：「是二爺的？」

「是他。」繡春的答語，低得幾乎只有自己才聽得見。

「二爺知道不知道？」

「不知道。」

「二奶奶呢？」鳳英問說：「也不知道。」

「不！」繡春微微搖頭。

「她知道了以後怎麼說呢？」

「她，」繡春知道話到了有出入關係的地方了，考慮了一會，覺得以實說爲宜：「她說我不是；是病。」

「是病！甚麼病？沒有聽說過二奶奶懂醫道啊！」

「她說是經閉住了。」繡春又說：「幾次都這麼說。」

幾次都這麼說，那就不是病也是病了！鳳英凝神靜思，自然也就了然於震二奶奶的用心。便冷笑著說：「她不認也不行！這不是往外一推，就能推得乾淨的。」

看她是這樣的態度，繡春不由得大爲驚懼，「二嫂，」她問：「你是怎麼個意思呢？」

「你怎麼問我，要問你是怎麼個意思？」

鳳英的語氣忽然變得很鋒利了，使得繡春更生怯意。不過話已經說開頭，要收場先得把害羞二字收起來；否則，這件事就會變成鳳英在作主張，不一定能符合自己的心意。

於是她想：看鳳英的態度，似乎要拿這件事翻一翻；然則她的用意何在，卻眞個需要先弄弄清楚。是對震二奶奶使手段不滿，還是替她不平；或者是想弄點甚麼好處，甚至看曹家富貴，希望她爲震二爺收房，好貪圖一點兒甚麼？

想是這樣在想，卻不容易看得出來；也不能再問，不然就抬槓了。繡春考慮了好一會，只好這樣回答：「我覺得現在這樣也不算壞。」

「現在怎樣，是嫁到李家。」

繡春點點頭，自語似地說：「他人不壞。」

「那麼，他知道你的事不知道呢？」

「不知道。」

「現在不知道，將來總會知道。」鳳英看著她的腹部說：「只怕再有個把月，就遮不住了。」

「那當然要想辦法。」說著，繡春不自覺地回頭望了一眼。

「原來她不是甚麼穿珠花的！」鳳英的臉色又嚴重了，「妹妹，這麼一件大事，你也不告訴我；還在我這裡動手。你把我看成甚麼人了？」

這個責備很重；簡直就是罵她霸道無禮。繡春不安異常，心裡既慚愧，又惶恐，只好極力分辯。

「二嫂，決不是我不敬重你，更不是敢拿你當外人，實在是我不知道怎麼說？我剛睡不著就是一直在盤算，明天一早得讓錦兒來一趟，由她跟你來說、來商量。那知道你今天晚上就知道了。」

聽得這一說，鳳英自然諒解，「妹妹，倒不是我在乎甚麼，我是覺得這件事不小，大家先得商量、商量。而況。」她略略加重語氣說：「這件事也不一定非這麼做不可。」

「是啊！」繡春特意迎合她的語氣，討她的好，「原要請二嫂出出主意。」

「主意我可不敢胡出，不過，你在我這裡辦這件事，我總擔著干係。依我說，找個地方悄悄兒住下來，把孩子生下來送回曹家，你再料理你自己，不就兩面都顧到了。」

繡春心一動，這原是她的本意，是讓錦兒勸得打消了這個念頭；如今聽鳳英所說，與她先前的想法，不謀而合，似乎可以重新商量。

「你看呢？」鳳英說道：「不管怎麼樣，總也是一條命；就這樣打下來，是作孽的事。」

「我想，」繡春不肯說破，自己也曾有過「養子而後嫁」的念頭，只說：「明天等錦兒來商量。」

「錦兒明天會來嗎？」

「我想會來。」繡春又往自己屋裡一指，「二奶奶有話交代她，自然是叫錦兒來說。」

繡春猜得不錯，第二天一早，錦兒就來了。

鳳英是防備著的，派大寶、二寶守在門口，所以錦兒一到，兩個孩子一喊，她搶先迎了出來，截住了說：「錦姑娘，你請我屋裡坐。」說著，還使了個眼色。

錦兒知道她是要背著石大媽有話說，便報以會意的眼色；見了石大媽泛泛地寒暄了一陣，然後起身說道：「石大媽，對不起，我有點事先跟王二嫂交代了，再來陪你閒談。」

「好、好！請便、請便！」

石大媽坐著不動，繡春少不得也要陪著；心裡焦急異常，怕鳳英話說得不當，節外生枝。惹出極大的麻煩。但如起身而去，不但不是待客之道，也怕石大媽來聽壁腳。心裡在想，得要有個人來陪著她，順便看住她才好！

念頭一轉，想起一個人；「石大媽，」她說：「你剛才問我雨花台甚麼的，我不大出門，沒法兒跟你細說。我替你找個人來！」

找的是間壁劉家的二女兒，小名二妞，生性愛說話，一見了面咭咭呱呱說個不停；繡春對她很頭痛，見了就躲，此時卻很歡迎她了。

「堂屋裡冷，」繡春將門簾掀了起來，「二妞，你陪石大媽我屋裡聊去。」

等她們一進了屋子，繡春順手將門關上；轉到鳳英那面，兩人的臉上都沒有甚麼笑容。

繡春心一沉，尤其是看到錦兒面有慍色，更不免惴惴然地，不敢隨便說話。

「繡春，」錦兒沉下臉來說：「這麼件大事，你怎麼不先跟你嫂子說明白呢！」

是這樣的語氣，繡春反倒放心了。原來大家巨族，最講究禮法面子；有時禮節上差了一點，面子上下不來，便得找個階台落腳；照曹家的說法，便是找人「作筏子」好渡一渡。繡春、錦兒是常替震二奶奶作筏子的；此時必是錦兒聽了鳳英兩句不中聽的話，學震二奶奶的樣，拿她「作筏子」。這無所謂，認錯就是。

「原是我不對！」她將頭低了下去，「我是想請你來跟二嫂說，比較容易，說得清楚。」

「那你應該早告訴我！或者你早跟二嫂說，一切託我來談；我們的情分，還有不幫你忙的。如今二嫂疑心你跟我串通了瞞她，這不是沒影兒的事！」

「錦姑娘、錦姑娘，」鳳英急忙分辯：「我怎麼會有這種心?你誤會了!你跟繡春親姊妹一樣，我也把你當自己人，話如果說得直了一點，錦姑娘，你也不作興生我的氣。」

「好了，好了!」繡春插進來說：「錦兒氣量最大的，怎麼會生你的氣?」

「是啊!」錦兒的面子有了，當然話也就好說了，「王二嫂，你也別誤會，我不是生你的氣；我有點氣繡春。好了，話也說開了；王二嫂，你有甚麼話，請說吧?」

「我也是昨晚上才知道這件事。錦姑娘，你知道的，我上面有公公，還有大哥、大嫂；再說，還有繡春她二哥。這件事在我這裡辦，我有點怕。」

「怕甚麼?」

「怕人說閒話；我公公如果責備我，我怎麼跟他說。」

「你的話不錯!不過，我也要說實話，要親嫂子幹甚麼的?繡春不找她大嫂來找你，是爲甚麼?就是巴望著你能替她擔當；如果你不肯，那可沒法子了!」

一上來就拿頂帽子將人扣住；鳳英心想，大家出來的丫頭，眞的不大好惹，何況又是震二奶奶調教出來的?

「王二嫂，」錦兒又說：「這件事關乎繡春的終身，肯不肯成全她，全看你們姑嫂的感情。」

話越套越緊，鳳英被擺布得動彈不得，唯一能說的一句話是：「我總得告訴我公公一聲。」

「那倒不妨，不過須防你大嫂知道。你們妯娌不和，連累到繡春的事，想來你心裡也不安。」

「這──，」鳳英躊躇著說：「要避開她恐怕不容易。」

「那就乾脆不告訴他。」錦兒說道：「本來這種事只告訴娘，沒有告訴爹的。」

「唉！」鳳英嘆口氣說：「我婆婆在這裡就好了。」

「就是繡春的娘在世，也只有這個辦法。人家是『長嫂如母』；繡春是『二嫂如母』，將來就是你公公知道了，也不會怪你。說到頭來一句話，只要繡春嫁得好，這會兒做錯的，也是對的；嫁得不好，做得再對也是白搭。」

「這話可眞是說到頭了。」鳳英的心思一變，「錦姑娘，你看紳二爺這個人怎麼樣？」

「這個人啊，如果是我也要──。」

錦兒突然頓住，只爲下面那個「嫁」字，直到將出口時才想到，用得非常不妥；但雖噤住也跟說出口一樣，不由得羞得滿面通紅。

鳳英這天跟她打交道，一直走的下風；無意中抓住了她話中這個漏洞，自然不肯輕饒，似笑非笑地問道：「怎麼著，錦姑娘，你也想嫁紳二爺？紳二爺眞是那麼教人動心？」

錦兒倒是肯吃虧的人，就讓她取笑一番，亦不會認眞；不過現在正談到緊要關頭，自己的氣勢不能倒！不然，鳳英反客爲主，提出一兩個話有道理而其實辦不到的要求，豈非麻煩？

因此，她硬一硬頭皮，狠一狠心答道：「不錯！王二嫂，不是我說，那怕你三貞九烈，只要見了紳二爺，私底下也不能不動心！」

鳳英沒有想到她是這麼回答；儘管心裡在罵：這個死丫頭，眞不要臉！表面上卻微紅著臉不作聲；剛強的銳氣，一下子就挫折了。

「閒話少說，王二嫂，我看就這麼辦，你替繡春擔當一次吧！」

「好！」鳳英毅然決然地答應，不過提出同樣的要求：「錦姑娘，你也得有個擔當。」

「只要我擔當得下。你說吧！」

「如果我公公將來發話，我可得把你拉出來；說你傳二奶奶的話，非要我這麼辦不可。」

「對！你就這麼說好了。」

一直沉默不語的繡春，到這時才長長地舒了口氣說：「二嫂！錦兒說話算話。」

接下來是錦兒向石大媽有話有東西交代。交代的東西是二十兩銀子，一小塊麝香；話只一句：「另外的藥，你自己配吧！」本來還帶了一支舊珠花，想讓她拆線重穿，藉以遮鳳英的眼睛，如今當然不必多此一舉了。

石大媽亦是心照不宣，無須多問，只有個心願，「錦姑娘，」她陪笑說道：「都說南京織造府跟皇宮一樣，好不容易來一趟，總得讓我開開眼。」

「本來就是皇宮嘛！」錦兒淡淡地答說：「等你把繡春的病治好了，少不得會讓你開開眼界。」

答了這兩句話，錦兒不容她多說，站起身來就走；繡春卻在堂屋裡攔住了她：「錦兒，你無論如何到晚上再回去！」她哀求似地說。

錦兒面有難色，好久才說：「這樣吧，我吃了飯走。」

繡春也知道，必是震二奶奶還有很要緊的事要差遣她；延到午後回去，她已是擔著很大的干係，便點點頭說：「也好，我讓我嫂子去弄幾個菜。」

「不，不！」錦兒攔住她說：「吃飯是假，好好兒說說話是眞。你請你嫂子陪客吧，我也有些話要告訴你。」

石大媽倒也很知趣，聽得這話，搶著說道：「陪甚麼？我那算是客？我這會就上街，順便把藥配了回來。」

繡春怕她不認識路，將大寶喊了來，給了他十來個銅錢，讓他陪著石大媽上街，一再關照：別走遠了！只在近處逛逛。然後關上了大門，轉身笑道：「這個老幫子，眞受她不了。」

「也只有這種人，才能幹這種事；受不了也得受她的。」錦兒招招手說：「你來！奶奶有樣東西給你。」

於是兩人回到繡春屋子裡，錦兒將一個手巾包解開來，裡面是一個錫盒；揭開來，已泛黃的棉花上置著一支吉林人蔘。

「二奶奶說，這是眞正老山人蔘，給你陪嫁。」

單單用人蔘來陪嫁，似乎稀罕；不過細想一想，也不難明白，是怕她服了石大媽的藥以後，失血過多，用來滋補。只是不肯明說而已。

「我想，人葠也不是好亂用的。既然她有這番好意，你就收著再說，等吃了藥看，如果身子太吃虧；我跟二奶奶說，找大夫來給你看。」

「我自己知道，身子我吃虧得起。就是那一陣，想起來害怕。」繡春不勝依戀地說：「我眞想你能在我旁邊！無奈，是辦不到的事。」

「是啊！就是辦不到。不過，跟你嫂子說破了也好；她會照應你的。」

繡春點點頭，欲語還休地遲疑了好一會，終於問了出來：「二爺怎麼樣？」

「你是說，太太把鳳英叫了去，交代了你的事以後？」

「是啊！」

「那還用說？彆扭鬧到今天還沒有完。」

「鬧到今天還沒有完？」繡春蹙著眉說：「那不鬧得大家都知道了嗎？」

「不！是暗底下較勁，表面看不出來甚麼，當著人更是有說有笑；一回到房裡，二爺的臉就拉長了，摔東西，尋事罵人。」

「罵誰呢？」

「還不是那班小丫頭子倒楣！有一天連我也罵了。」

「連你都罵了！」繡春不勝咎歉地：「怎麼呢？你又沒有惹他。」

「故意尋事嘛！」錦兒倒是那種想起來都覺得好笑的神氣：「有一天請客，忽然想起來要用那一套酒杯——。」

「那一套酒杯？」繡春打斷她的話問。

「不就是那套會作『怪』的酒杯嗎？」

這一說繡春想起來了，「是那套從東洋帶回來的，甚麼『暗藏春色』的酒杯不是？」她說：「那套酒杯我收到樓上去了。」

「怪不得！我遍處找，找不著；二爺就咧咧喇喇地罵：『我就知道，你們齊了心跟我過不去！只要是我看得順眼的，你們就看不順眼，非把它弄丟了不可！』又指到我臉上問：『爲甚麼二奶奶的話你句句聽；我二爺的話你就當耳邊風？』」

「這不是無理取鬧嗎？」繡春問道：「你怎麼回答他呢？」

「我理他幹甚麼？倒是二奶奶看不過了，從裡屋走出來說：『你那套色鬼用的酒杯，是我叫繡春收起來了。你二爺看得順眼的東西，我們敢把它弄丟了嗎？如果即時要用，只有派人把繡春去接了回來。不過，你得先跟太太去說一聲兒！』二爺一聽這話，跳起來就吼：『你就會拿太太這頂大帽子壓我！』不過跟放爆竹一樣，只那麼一響；說完了掉頭就走，甚麼事也沒有。」

繡春覺得好笑，但笑不出來。心裡自不免有些難過。不過，她也知道，事到如今，除了心硬膽大四字以外，她不能有別的想法；只希望順順利利過了二月初二，因此對震二爺夫婦鬧彆扭一事，還得問下去。

「二奶奶呢？說了甚麼沒有？」

「她用不著說甚麼！二爺這種樣子，她早就料到了，一再跟我說：『你別理他！反正這件事咱們沒有做錯；只要繡春嫁得好，就行了。』錦兒將臉色正一正，說她自己要說的話：「繡春，你千萬要爭氣，幫紳二爺成家立業。運氣是假的，自己上進是眞的；女人嫁了人都會走幫夫運，就怕得福不知，總覺得事事不如意，一天到晚怨天恨地，尋事生非，丈夫正走運的時候，都會倒楣，那裡還有幫夫運？你當然不會；不過我怕你太能幹、太好強，凡事不肯讓紳二爺吃虧；那樣幫夫又幫得過分了，也不是甚麼好事。」

「我知道。」繡春握著錦兒的手，很誠懇地答說：「我不會跟二奶奶學的。」

錦兒深深點頭，「你說這句話，我就放心了。從明天起，我每天會打發人來看你。」她突然想起，「你存在賬房裡的那筆款子，我跟張師爺說過了，要提出來；張師爺說：是每個月十五的日子，就在十五提好了，算利息也方便些。」

「那就託你。」繡春將存摺交了給錦兒，很高興地說：「這筆錢我分作四份，自己留一份；一份給我二嫂；一份半孝敬我爹；還有半份給我那個不賢惠的大嫂。錦兒，你看這麼分派好不好？」

「好得很！」錦兒站起身來說：「明兒一早，我仍舊打發上次來過的那個老婆子來看你。你想吃點兒甚麼，我讓她捎了來。」

「我——，」繡春偏著頭想了想說：「那種顏色像鼻煙，帶點苦味的西洋糖，叫甚麼？」

「你怎麼想起這玩意？那叫朱古力；上次四老爺帶回來兩盒，說是皇上賞的。孝敬了老太太一盒；老太太留著給芹官；芹官還不愛吃，這會兒不知道還有沒有，看你的造化吧！」

「二嫂，」石大媽跟著繡春這麼叫，「藥是齊備了，還得一樣東西，要個新馬桶。」

「喔，那得現買。」王二嫂看一看天色，「這麼晚了，又是正月裡，還不知道辦得來、辦不來？」

「二嫂，這得費你的心，務必要辦到。爲甚麼呢？」石大媽放低了聲音說：「如果有東西下來，我好伸手下去撈；另外包好埋掉。這樣子，不就穩當了嗎？」

「啊、啊、不錯。」王二嫂心想：如果料理得不乾淨，傳出風聲去，王二嫂的小姑養私娃子，怎麼還有臉見人？

「那，請二嫂就去吧！我來配藥。」

藥是從三家藥店裡配來的，一一檢點齊全；石大媽去找躺在床上想心事的繡春，要一把戥子。

「戥子沒有。」繡春問道：「幹甚麼用？」

「秤藥。」

「有天平，也是一樣的。」

「天平，我可不會用。」

「二嫂會。」

「她有事出去了。」石大媽說：「你來幫我看看好了。」

等繡春將天平架好，石大媽便將錦兒帶來的那塊麝香取了出來，放在秤盤裡。
「姑娘你秤秤看，多重？我看總有五六錢。」
繡春一秤才知道是震二奶奶秤好了來的；恰好是五錢。
於是石大媽用把利剪，剪下五分之一；看看藥，又看看繡春，躊躇不定。
「石大媽，」繡春不由得問：「是那兒不妥？」
「我在琢磨、麝香該下多少？」石大媽抬頭又看繡春，「姑娘，平時身子很結實吧？」
「嗯！」繡春答說：「我從來都沒有病過。」
聽得這話，石大媽毫不遲疑地又剪下一塊，繡春秤得很仔細，用砝碼較平了，是兩錢三分。
「兩錢三分就兩錢三分。」石大媽說：「你的身子結實，禁得住。」
聽她這麼說，繡春心裡不免嘀咕，「石大媽，」她怯怯地問：「怎麼叫禁得住？」
「你的血旺，多下來一點不要緊。」石大媽說：「藥力夠了，就下來得快。」
「喔，」繡春又問：「服了藥，多早晚才會下來？」
「不一定，有的快，有的慢；反正有一夜工夫，無論如何就會下來了。」
「那就早點服藥吧！」
「是的。我也是這麼想，最好半夜裡下來，省得天亮了驚動左鄰右舍。」
繡春心裡忽然浮起一種警悟：自己的終身——這件人人看來都是好事的喜事，甚麼都已妥當；甚麼都可放心，如今唯一的關鍵，是要把肚子裡這塊肉，順順利利地拿下來。

她在想，這一點石大媽必是十足有把握的；但如拿下來以後，面黃肌瘦，好久不得復元，還不能算順利。這一層得跟石大媽商量，而此刻是最後的機會。

儘管心照，口中難宣；繡春亦就只能含含糊糊地問道：「石大媽，你看我甚麼時候可以復元？」

「那可不一定。」

一聽這話，繡春不由得皺眉；想一想問道：「不一定就是可以快，可以慢；那麼，石大媽，請問你，快到甚麼時候，慢到甚麼時候？」

像這樣的事，石大媽替人辦過好幾回，不過一面是偷偷摸摸來請教；一面是鬼鬼祟祟去應付，事後如何，不但不便去打聽，就想打聽亦不易。因爲迫不得已出此下策，無非是爲了面子二字，腹中一空，根本不承認有這回事，甚至是誰服她的藥，都無從知曉，卻又如何打聽。

像繡春這種情形，在她還是初次；不過人家要問，她不能不答。好在生男育女之事，她見得多，不難搪塞。

「快到半個月。慢就難說了。」石大媽說：「姑娘好得底子厚；只要將養得好，恢復起來也快。」

繡春心情一寬，「石大媽，」她說：「種種要請你費心。我也是識得好歹的人，石大媽盡心幫我的忙，我自然也有一份人心。」

「好說，好說！做這種事，實在也是陰功積德。姑娘，你放心好了，一切有我。」

聽她這樣大包大攬，足見胸有成竹，繡春越發放心；當下便許了她事後另送十兩銀子。又說她還有好些衣飾，在府裡沒有拿回來；將來要檢一檢，穿的用的，有好些外頭不易見到的東西送她。

起更時分服的藥，一過了午夜，有影響了。

「二嫂！」繡春喊；聲音不大，怕的是驚醒了石大媽。

石大媽跟王二嫂說好了的，兩個人輪班相陪；估量藥力發作在後半夜，得讓石大媽來照料，所以前半夜歸王二嫂陪。聽得喊聲，立刻轉臉去看，只見繡春的臉色很不好，黃黃地像是害了重病的樣子。

「怎麼樣？」

「肚子好疼，心裡發悶。」

「肚子疼是一定的。妹妹，你得忍住，忍得越久越好。」

「我忍！」繡春點點頭；她也聽人說過，臨產有六字眞言：「睡、忍痛、慢臨盆」。心想，自己的情形雖跟足月臨盆不同，不過道理總是一樣的。

這樣想著，便覺得痛楚減了些；同時，胸前似乎也輕鬆了。

「肚子餓不餓？」王二嫂問。

「不怎麼想吃。」

這表示腹饑而胃口不開，王二嫂便勸她：「吃飽了才有精神氣力。我替你燉了個雞那在裡，撕點胸脯子，下點米粉你吃，好不好？」

繡春實在缺乏食慾，但不忍辜負她的意思，便答一聲：「只怕太麻煩。」

「麻煩甚麼？」王二嫂說：「我把作料弄好了，拿鍋到火盆上來煮。」

到廚房裡配好了作料，倒上雞湯，王二嫂抓一把發好的米粉丟在沙鍋，雙手端著，回到原處。誰知就這片刻之間，繡春的神氣又不同了，雙手環抱在胸前，雙肩搖動，是在發抖。

「怎麼回事？」

「不行！」繡春帶著哭音說：「肚子疼、胸口又脹又悶，還不知道爲甚麼發冷？」

王二嫂將沙鍋坐在火盆上，轉身便去推醒石大媽：她很吃力地張開倦眼，看到繡春那種神情，不由得一驚。

「姑娘，」她一伸手去摸繡春的額，手是濕的，「怎麼會有冷汗？」

「肚子疼得受不了！」

「啊，啊！」石大媽放心了，「冷汗是痛出來的。來，你早點坐到馬桶上去，省得把床弄髒了麻煩。」

這一說，提醒了王二嫂。如果被褥上血污淋漓，拆洗費事，猶在其次；就怕鄰居見了會問，難於回答。所以趕緊幫著石大媽，將繡春扶了下來，坐在她新買的馬桶上。

這時石大媽的心定下來了；兼以睡過一覺，精神很足，所以神閒氣定地交代：「二嫂，請你把火盆撥旺一點兒，預備消夜：我也不睡了，趁一晚上的工夫，把它弄得妥妥當當，乾乾淨淨。」

最後這句話，在王二嫂覺得很動聽，「消夜的東西有！」她問：「石大媽喜歡吃甚麼？年糕，還是撥魚兒，也有米粉。」

「米粉不搪飢；年糕是糯米的，不大好；撥魚兒吧！」石大媽歉然地笑道：「不過太費工夫。」

「沒有甚麼！」王二嫂說了心裡的話：「只要石大媽你盡這一晚上，弄得妥妥當當、乾乾淨淨，明天我好好做幾個菜請你。」

「你請放心，包管妥當。」

於是王二嫂心甘情願地到了廚房裡。撥魚兒很費工夫，先得煮湯；接著調麵粉。等把麵粉調成稠漿，湯也大滾了；再用筷子沿著碗邊，拿麵漿撥成一條一條下到湯裡，頗爲費事。

這碗撥魚兒下得很出色，可是石大媽卻顧不得吃了；愁眉苦臉地迎著王二嫂便說：「只怕不是！」

「甚麼不是？」

王二嫂一面問，一面將托盤放在桌上，抬起頭來一看，大驚失色；但見繡春臉色又黃又黑，嘴唇發青，氣喘如牛，一陣陣出冷汗。

「怎麼會弄成這樣子？」王二嫂奔到床前，探身問道：「妹妹，你覺得怎麼樣？」

「氣悶啊！」繡春喘不成聲地說。

王二嫂方寸有些亂了，只能回頭來問：

「石大媽，服了你的藥，是這個樣子的嗎？我看不太對！」

「那可不能怨我！」

聽得這話，王二嫂楞住了，「到底是怎麼回事？」她著急地說：「石大媽你總該知道吧？」

「只怕當初沒有弄清楚。根本不是；那就不能服我的藥！」

「怎麼說是不是？」

「我撈過了。裡頭沒有東西！」

「沒有東西？」王二嫂說：「莫非沒有下來？」

「不會的。下了這麼多血，還會不下來嗎？」

「那麼，我妹妹經水不來，總是眞的；藥不是通經的？」

「不錯，本來是通經藥；加上別的東西就不是了！」

王二嫂還待質問，只聽繡春是從嗓子眼裡逼出來的聲音：「還爭甚麼？就看著我死嗎？」

王二嫂與石大媽都轉臉去看，也都沒有作聲，而心裡有著同樣的一個決不下的念頭：是不是得趕緊找大夫？

「我看不行！」王二嫂走到床前說道：「妹妹，我想把劉家的四婆婆請來，她的見識多。你看怎麼樣？」

「請了她來，怎麼說呢？」

「只好老實跟她說。」

「不要！」繡春將眼閉上，眉心擰成一個結，大口地喘著氣。

王二嫂束手無策，心裡又悔又恨又怕；但眼前還只有跟石大媽商量，「這個樣子，怎麼辦呢？」她還不敢說一句怨怪的話，只說：「總得想法子，把藥性解掉才好。」

石大媽心中茫然無主，表面卻力持鎮靜，要顯得她毫無責任；但只能做到不露慌張之色，並不能靜心細想，因而就變得痲木不仁似地，怔怔地望著王二嫂，好半天開不得口。

這副神態，實在可氣，王二嫂恨不得狠狠給她一巴掌；「你倒是說話呀！」王二嫂頓足說道：「藥是你弄來的，總知道藥性，要怎麼才能給它解掉？求求你，快說，行不行？」

這下，石大媽算是聽清楚了。心裡有話：「我懂藥性，還當大夫呢！」但她也知道，這話如果出口，先就理虧；既不懂藥性，何以敢爲人「治病」？如今挨得一刻是一刻，看繡春身子壯實，只要能把胎打下來，吃幾服當歸湯補血，也就不要緊了。

這個僥倖之念一起，心裡比較平靜，腦筋也比較靈活了。想起常聽人說，服參不能吃蘿蔔，會把參的功效抵消。看來蘿蔔可以解藥。

於是她脫口說道：「蘿蔔！多榨點蘿蔔汁來。」

王二嫂是「病急亂投醫」的心情；直覺地在想，蘿蔔淸火解熱，應該也能解藥。石大媽的話很有道理。所以毫不遲疑地奔到廚房裡。

等她把一飯碗的蘿蔔汁捧了來，繡春又已上過一次馬桶；神氣亦越發萎頓。同時石大媽的臉色亦越發陰鬱了。

「妹妹，你把這碗蘿蔔汁喝下去就好了。」王二嫂一面說，一面拿碗湊到她唇邊。

「好難喝！」繡春喝了一口，吐舌搖頭；舌苔跟嘴唇一樣，都發青色。

「藥嘛！」王二嫂說：「良藥苦口利於病。」

繡春聽勸，終於把那碗極難下嚥的蘿蔔湯喝完。但氣喘、出冷汗如故；臉色白中帶黃，指甲皆現青色，形容可怖。

「好一點沒有？」王二嫂明知問亦多餘；依舊問了出來。

「二嫂，我要死了！胸口難過，比死都難過。」繡春語不成聲地說：「石大媽到底給了我甚麼藥吃？」

「誰知道呢？」王二嫂帶著哭聲答說；她心裡亦有一肚子的怨苦，「你們事先瞞得我點水不漏——。」

一說出口，才發覺這時候不宜作何怨懟之詞；但話出如風，已無法收回。只見繡春將眼閉上，擠出極大的兩滴眼淚，臉上是委屈而倔強的表情。

「妹妹！」王二嫂趕緊用致歉的聲音說：「我不是怪你，我是比你還著急！我看，我把劉家四婆婆去請來吧！事到如今，性命要緊，再耽誤不得了。」

繡春不答，而神色不同了，是極痛苦的樣子，這表示她已經不反對請劉家四婆婆來看；王二嫂便不再遲疑，轉身出門。

「二嫂，二嫂！」石大媽追上來說：「我跟你一起去。」

王二嫂心想有她在一起，好些話不便說，所以拿繡春不能沒有人看作藉口，回絕了她。

一出大門，王二嫂不免害怕。如此深夜，單身上街，彷彿夤夜私奔，先就容易讓人起壞念頭；劉家雖住在同一條街上，相去亦有數十家門面，萬一在這段路上遇見地痞無賴怎麼辦？這樣一想，大感躊躇；幸好打更的張三來了，王二嫂摸一摸身上倒有十來個銅錢，便掏了出來將張三喊住。

「請你到旱煙店劉家，把四婆婆請來，說是我家出了急事，非請她老人家馬上來一趟不可。就煩你陪了她來。喏，這十幾個銅錢你先拿著，回頭我還要謝你。」

「劉家四婆婆年紀大了，只怕不肯來。」

「你跟她說：這是陰功積德的事。」王二嫂又說：「張三，你替我跑一趟，把四婆婆請了來，你也就是積了陰德。」

「好！我去。」

張三更也不打了，將小鑼梆子擱下，提著燈籠，飛快地去了。

王二嫂就在大門裡面等，門開一條縫，不斷往外張望；好不容易盼到一星燈火，認出是張三的燈籠，行得極慢，足見是將劉四婆婆請來了，不由得心中一寬，在盤算著話應該怎麼說？

來的不僅是四婆婆，還有她的一個十來歲的孫子。王二嫂迎著了，首先致歉，然後將四婆婆延入自己房間，囁嚅著說：「四婆婆，我家出了醜事，只怕還要出人命！」

劉四婆婆大吃一驚，「怎麼？」她問：「你出了甚麼岔子？」

「不是我！」王二嫂說：「是我們繡春，肚子裡有了三個月私娃子；曹家二奶奶找來個石大媽，想替她把孩子打下來，那知道一服藥下去，神氣大不對了！」

「怎麼樣不對？」

「出冷汗、氣喘、胸口難過，嘴唇、指甲都是青的。」

「啊！」劉四婆婆站起來說：「我看看去。」

陪著到了繡春卧房，石大媽就像見了街坊熟人似地，「四婆婆來了！」她向繡春說：「來看你來了。」

四婆婆看了她一眼，沒有理她；一直走到床前問道：「姑娘，你這會人怎麼樣？」

繡春臉上只泛起些微紅暈，避開了四婆婆的視線說：「心口像堵著甚麼一樣，好像隨時要斷氣似地。」

「你把臉轉過來，等我看一看。」

繡春將臉轉了過來，王二嫂捧著燭台映照，劉四婆婆看了她的臉、她的手，最後看舌苔。臉色很沉重了。

「我們到外面談去。」她又向繡春說：「姑娘，不要緊的，你別怕；把心定下來。」

站起身時，她看了石大媽一眼；王二嫂會意，向石大媽招招手，一起出了房門。四婆婆卻未住足，直向王二嫂臥房走去；這一下，都明白了，要談的話，不能讓繡春聽見。

「這位想來就是石大媽了？」劉四婆婆問道：「你給她吃的甚麼藥？」

「通經的藥，另外加上麝香，還有幾味藥。這個方子靈得很，只要是的，一定會下來。」

「下來了沒有呢？」

「沒有！」石大媽順理成章地說：「可見得不是的；不是的，藥就不對勁了！不過不能怨我。」

「不怨你怨誰？」劉四婆婆的詞鋒犀利，「人家黃花大閨女，不是有了，幹嗎說有？有弄個屎盆子往自己頭上扣的嗎？」

這句話提醒了王二嫂，很容易明白的道理，怎麼就想不到？便即接口說道：「石大媽，你可聽見了？到底是怎麼回事，你得想法子啊！」

面如死灰的石大媽，猶欲強辯，「既然是的，怎麼不下來？」她伸出血色猶在的小臂，「我都伸手進去撈了好幾遍，甚麼都沒有撈到。四婆婆，你倒說，是怎麼回事？」

「我可不敢說。」劉四婆婆轉臉說道：「二嫂子，我看得請大夫，還得快。得趕快另外用藥，把它拿下來；死在肚子裡可不大好。」

「怎麼？」王二嫂一哆嗦，「四婆婆，你說是個死胎？」

「我不敢說。你問她！」劉四婆婆拿手指著石大媽。

石大媽心裡明白，毛病是出在藥用得重了；念頭一轉，有了推託，「如果是這樣，一定是那塊麝香不好！那也不能怨我。」她說：「多下的我也不敢要了，還了曹家二奶奶吧！」說著便起身離去，是回繡春屋子裡去取那塊麝香。

「四婆婆！」王二嫂幾乎要哭了，「這件事怎麼辦呢？萬一繡春出事，怎麼辦？」

「石大媽是曹家震二奶奶找來的？」

「是啊！」

「那就不與你相干了。如今頂要緊的一件事，通知震二奶奶。做到這一步，你的腳步就算站穩了。」

「四婆婆說的是。可是就是我一個人，怎麼走得開？我一走，那個老幫子還有個不趕緊溜的？」

劉四婆婆深以爲然，「對，對！這個人得看住她，不然你就有理說不清了！」她想了一下說：「如今只有這麼辦，一面請大夫，一面通知曹家。請大夫倒容易，本街上的朱大夫、婦產科有名的；通知曹家，我看就找張三去好了。」

「好的！那麼，」王二嫂說：「我看只有託小弟了。」

劉四婆婆便關照她的孫子去請朱大夫，順便把張三找來；王二嫂關照，到曹家要找震二奶奶屋子裡的大丫頭錦兒，只說繡春快要嚥氣，讓她趕緊來。

其時天色將曙，風聲已露；鄰居或者好奇、或者關切，但不便公然上門探問。王二嫂明知有人窺探、有人談論，亦只好裝作不知；心裡在想：等錦兒來了，甚麼話都不用說；只請她告訴震二奶奶，趕緊把繡春接了去！只有這樣，面子才能稍稍挽回。

但一看到繡春氣喘如牛，冷汗淋漓，那種有痛苦而不敢呻吟的神情，又覺得面子在其次，要能保得住她一條命才好。

「四婆婆，」她說：「你看朱大夫還不來！你老人家有沒有甚麼急救的法子？」

「看樣子是藥吃錯了，有個解毒的方子『白扁豆散』；不知管不管用。不過，吃是吃不壞的。」

「雖然吃不壞，不妨試一試。四婆婆請你說，是怎麼一個方子？」

「到藥店裡買一兩白扁豆，讓他們研成末子；用剛打上來的井水和著吞下去就行了。」

剛說得這一句，只聽院子裡在喊：「朱大夫請到了！」是劉家小弟的聲音。

王二嫂與劉四婆婆急忙迎了出去；朱大夫跟劉四婆婆相熟，所以點一點頭，作為招呼，隨即問道：「你在這裡幫忙；產婦怎麼樣了？」

「朱大夫，你先請坐，我跟你把情形說一說。」

等劉四婆婆扼要說完，朱大夫隨即問道：「那個甚麼石大媽在那裡？」

畏縮在一邊的石大媽，料知躲不過，現身出來，福一福，叫一聲：「朱大夫！」

「你給人家服的甚麼藥，拿方子我看。」

「是一個通經的方子，另外加上幾味藥，我念給朱大夫聽好了。」

等她念完，朱大夫冷笑一聲，「你膽子也太大了！」他說：「且等我看了再說。」

於是由四婆婆領頭陪著，到了繡春床前，「姑娘，」她說：「朱大夫來了，你有甚麼說甚麼！這會不是怕難爲情的時候，有話不說，你自己吃虧。」

繡春不答，只用感激的眼色望著她點一點頭。

於是朱大夫自己持燈，細看了繡春的臉色，又讓她伸出舌頭來看舌苔；然後坐在床前把脈。這時屋子裡除了繡春間歇的喘聲以外，靜得各人都聽得見自己的心跳。

「姑娘！」朱大夫打破了沉悶：「你胸口脹不脹？」

「脹！」繡春斷斷續續地答說：「像有甚麼東西堵在那裡，氣都透不過來？」

「下來的血多不多？」

「多。」

「四婆婆！」朱大夫轉臉說道：「請你伸手進去，按一按這裡。」他比著小腹上的部位，「看有硬塊沒有？」

四婆婆如言照辦；伸手入衾，在繡春的小腹上按了好一會，確確實實辨別淸楚了，方始將手縮了回來。

「有的！」她比著手勢說：「大概有這麼大一個硬塊。」

「有這麼大？」朱大夫訝然。

「是的。」

朱大夫看了繡春一眼，轉臉問王二嫂：「到底有幾個月了？」

這得問本人自己才知道；王二嫂便跟繡春小聲交談了一會，方始回答朱大夫：「算起來三個月另幾天。」

「三個月另幾天？」朱大夫困惑地自語著，沒有再說下去。

「朱大夫，」王二嫂惴惴然地問道：「不要緊吧？」

「我再看看舌苔。」

又細看了舌苔，他依舊沒有甚麼表示；起身往外走去，到得堂屋裡站定，眼望著地下，嘴閉得極緊。

「朱大夫——。」王二嫂的聲音在發抖。

朱大夫抬起頭來，恰好看到石大媽，頓時眼中像噴得出火似地，「你的孽作大了！要下十八層地獄！」他說。

他的話還沒有完，劉四婆婆急忙輕喝一聲：「朱大夫！」她往裡指一指，示意別讓繡春聽到。

那就只有到王二嫂臥房裡去談了，「很不妙！」朱大夫搖著頭說：「胎兒多半死在肚子裡了！」

「啊！」聽的人不約而同地驚呼；石大媽更是面如土色。

「而且看樣子還是個雙胞胎。」

劉四婆婆倒吸一口冷氣，「這個孽作大了！」她又問：「怎麼不下來呢？」

「攻得太厲害了!血下得太多，胞胎下不來。」朱大夫作了個譬仿：「好比行船，河裡有水才能動；河乾了，船自然就要擱淺了。」

這一說，石大媽才恍然大悟；不由得就地跪了下來，「朱大夫，求求你。」她說：「千萬要救一救！」

「恐怕很難。」朱大夫念了幾句醫書上的話：「『面青母傷、舌青子傷；面舌俱赤，子母無恙；唇舌俱青，子母難保。』姑且用『奪命丸』試一試；實在沒有把握。」說著又大搖其頭。

於是朱大夫提筆寫方：「桂枝、丹皮、赤苓、赤芍、桃仁各等分，蜜丸芡子大，每服三丸，淡醋湯下。」

寫完又交代：「這奪命丸，又叫桂枝茯苓丸，大藥鋪有現成的，就方便了。不然恐怕耽誤工夫！」

「多謝，多謝。」王二嫂轉臉向劉四婆婆問道：「大夫的——」

「不用，不用！」朱大夫搶著說，同時頭也不回地往外走，「倘或好了，一總謝我；如果不好，不要怨我。或者另請高明也好。」他的腳步極快，等王二嫂想到該送一送，人已經出了大門了。

「王二嫂，」劉四婆婆說：「看樣子，很不好，還得趕快去把藥弄來。」

「是啊！」王二嫂茫然地，「那裡有藥店，我都想不起來了。」

劉四婆婆知道王二嫂此時方寸已亂，又無人手。她這個孫子雖很能幹，到底只是十來歲的孩子，不敢差遣他上藥店，萬一誤事，性命出入，非同小可。

終於還是王二嫂自己想到，左鄰香燭店的夥計孫三，爲人熱心而老成；於是隔牆大喊：「孫三哥、孫三哥！」

孫三應聲而至，由劉四婆婆交代：「到大藥鋪買桂枝茯苓丸；越快越好。」

「附近的大藥鋪，只有水西門的種德堂；倘或沒有，怎麼辦？跑遠了一樣也是耽誤工夫。」

劉四婆婆想了一下，斷然決然地說：「沒有就只好現合。」

「是了！」孫三帶著藥方、藥錢，掉頭就走。

藥還未到，繡春已快要死了！雙眼上插，嘴張得好大，而氣息微弱；冷汗卻是一陣陣地出個不止。王二嫂大驚失色，高聲喊道：「妹妹、妹妹！」

聲音突然，只見繡春身子打個哆嗦，但眼中卻無表情。劉四婆婆趕緊阻攔：「王二嫂，你別驚了她！」

王二嫂本來還要去推繡春，聽得這話，急忙縮回了手，掩在自己嘴上，雙眼望著劉四婆婆，眼中充滿了驚恐與求援的神色。

四婆婆見多識廣，一伸手先掀被子看了一下，跌跌衝衝地到得堂屋裡，一把抓住他孫子說：「小四兒，趕快，再去請朱大夫！你跟他說：病人怕是要虛脫！請朱大夫趕快來。」

「婆婆，你說病人怎麼？」

「虛脫！」劉四婆婆說得非常清楚，「聽清楚了沒有？」

「虛脫？」小四兒學了一遍。

「對！虛脫。」劉四婆婆又說：「快！能跑就跑；可別摔倒了。」

小四兒撒腿就跑。這時王二嫂也發現了，繡春床上一攤血，胎死腹中之外，又加了血崩險症；面如土色地趕了出來，只問：「怎麼辦，怎麼辦？」

「家裡有什麼補血的藥？」

「我來想——，」王二嫂盡力思索，終於想起，「有當歸。」

「當歸也好。」劉四婆婆說：「你必是燉了雞在那裡，我聞見了；趕緊拿雞湯煮當歸。」

說到這裡，總是畏縮在後的石大媽突然踏上兩步，彷彿有話要說似地；劉四婆婆與王二嫂便轉眼望著她，眼中當然不會有好顏色。

石大媽忽然畏怯了；劉四婆婆便催她：「你有話快說！」

「我，我，」石大媽囁嚅著說：「我去煮雞湯。」

既然自告奮勇，亦不必拒絕，「那就先去把火弄旺了！」王二嫂說：「我去找當歸。」

於是三人各奔一處；劉四婆婆回到病榻前坐下，眼看著繡春在嚥氣，卻是束手無策，唯有不斷地念佛。

好不容易聽到外面有了人聲，是小四兒回來了，「婆婆，」他上氣不接下氣地說：「朱大夫說，要趕快喝參湯；要好參！他不來了。」

「他怎麼不來？」

「他說：有參湯，他不來亦不要緊；沒有參湯，他來了也沒有用。」

「這時候那裡去找參去？」劉四婆婆嘆口氣：「要是在她主子家就好了。」

說著，便往廚房裡走；恰逢王二嫂端著當歸雞湯走來，一眼望見小四兒，立即問說：「朱大夫呢？」

「他不來了！」劉四婆婆說：「說了方子，要參湯；還要好參。」

「去買！」王二嫂說：「錢有；還是得請小弟跑一趟。」

「不行！」劉四婆婆說：「這件事小四兒辦不了！人家看他孩子，也不敢把人參給他，你還是託街坊吧！」

一言未畢，只聽車走雷聲，到門戛然而止。孩子們好事，小四兒先就奔了出去；很快地又奔了回來，大聲報道：「張三回來了！另外還有人。」

王二嫂心頭一喜，急急迎了上去；第一個就看到錦兒，脂粉不施，頭上包著一塊青絹，眼圈紅紅地，雙頰還有淚光，似乎是一路哭了來的。

「錦姑娘，你倒是來得好快。」

「繡春怎麼了？」錦兒搶著問說。

「恐怕不行了！你去看！」

「何大叔，」錦兒轉臉向跟她一起來的中年男子說：「你也來。」

王二嫂這才發現錦兒身後還有人。此人她也認得，名叫何謹，是曹府「有身分」的下人之一；專替「四老爺」管理字畫骨董。不知道錦兒帶了他來幹甚麼？

於是她也喊一聲：「何大叔！」

何謹卻顧不得跟她招呼，緊跟著錦兒往前走；只見她掀開門簾，踏進去定睛一望，隨即「哇」地一聲哭了。

也就是這一聲；錦兒立刻警覺，會驚了病人，硬生生地哭聲吞了回去，可是眼淚卻攔不住，往下流個不住。

何謹一言不發地上前診脈。王二嫂這才明白，原來他懂醫道！不覺心中一寬；可是何謹似乎是絕望的樣子，不過眨了三五下眼的工夫，便將診脈的手縮回來了。

「怕要虛脫不是？」劉四婆婆上前問說。

何謹點點頭，向王二嫂招一招手，走到堂屋裡；劉四婆婆跟錦兒亦都跟了出來。

「錦兒跟我說得不夠清楚。到底怎麼回事？」

王二嫂不知怎樣才能用三五句話，就將這一夕之間的劇變說清楚？見此光景，劉四婆婆自然自告奮勇。

「是這樣，有三個多月的身孕在肚子裡，想把它打下來。那知一服了藥，肚子沒有打下來，血流了好多；請大夫來看過，說是變了死胎，而且還像是雙胞。」劉四婆婆又說：「朱大夫來的時候人還能說話；沒有多久，又流了一攤血，人就變成這個虛脫的樣子。」

「照這麼說，不但虛陽外脫，而且上厥下竭，脈已經快沒有了。」

「何大叔，」錦兒是恨不得一張口就能把一句話都說出來的語氣：「你無論如何得救一救繡春。」

「沒有別的法子，只有用獨參湯，看能扳得回來不能？」

聽得這話，錦兒眉眼一舒，「參有！」她轉臉說道：「那天我不是帶了一支老山人參來，是二奶奶給繡春的。」

「我可不知道；她沒有跟我說。」

「那就快找！」劉四婆婆很熱心地說：「我先到廚房，洗藥罐子去。」

於是王二嫂與錦兒便上繡春臥房裡去找那支人參；抽斗、櫥櫃、箱子，都找遍了，就找不到那個裝參的錫盒子。

「奇怪了！她會擺到那裡去了呢？」錦兒滿心煩躁地將包頭的青絹扯掉；披頭散髮地顯得頗爲狼狽。

就這時候，孫三滿頭大汗地趕了回來，手裡抓著一包藥，進門便喊：「奪命丸來了！奪命丸來了！」

這一下提醒了王二嫂，奔出來說：「孫三哥，還得勞你駕；要買一支好參。」她又問何謹：「帶二十兩銀子去，夠了吧？」

「夠了！」

「不必這麼辦！」孫三說道：「我讓種德堂的夥計，揀好的送來，你們自己講價好了。」說完，孫三掉頭就走。

「這個甚麼丸！」錦兒問道：「還能用不能？」

「不能用了。」

「那就只有等人參來救命了？」錦兒傷心地問。

「只怕，」何謹緊皺著眉說：「不知來得及，來不及？只怕陽氣要竭了。」

「那支參會到那裡去呢？」

錦兒的聲音比哭都難聽！聽見的人，都像胸頭壓著一塊鉛，氣悶得無法忍受。

忽然，王二嫂大聲問說：「石大媽呢？」

這一說，都被提醒了，錦兒接口：「是啊！」她恨恨地說：「這個害死人的老幫子，怎麼不照面？」

「我去看！」王二嫂一直奔到廚房。問道：「四婆婆，你看見石大媽沒有？」

「我還問你呢？不知道躲到那兒去了？」

「壞了！一定開溜了。」王二嫂跌腳：「太便宜了她。」

石大媽自知闖了大禍，畏罪潛逃的消息一傳出來，觸動了錦兒的靈感；叫王二嫂把她不及帶走的行李打開來一看，錫盒赫然在目；裡面擺著一支全鬚全尾，絲毫無損的吉林老山人參。

發現石大媽作賊偷參，最痛恨的還不是王二嫂與錦兒，而是何謹。原來他本是曹寅的書僮，年輕時隨主人往來蘇州、揚州各地，舟車所至，多識名流；所以他於岐黃一道，雖未正式從師，但卻聽過名震天下的葉天士、薛生白諸人的議論，私下請教，人家看他主人的面子，往往不吝指教，是故何謹的醫道，已稱得上高明二字。他看繡春的情形，是命與時爭，片刻耽誤不得；朱大夫的話不錯，「只要有參湯，他不來也不要緊」；就是剛才他診治之時，一味獨參湯救繡春的命，也還有八分把握。此刻卻很難說了！如果不治，繡春這條命從頭到尾是送在此人手裡！

想到恨處，不覺破口大罵：「這個老幫子，明知道一條命就在那支參上面，居然忍得住不吭氣！甚麼石大媽，三姑六婆再沒有一個好東西！」

一面罵，一面搶過參來，親自到廚房裡去煎參湯。錦兒心情略為輕鬆，想到有件事得趕緊去辦；她走到繡春身邊，側身在床沿上坐下來，用一種安慰歡欣而帶著鼓勵的聲音說：「繡春，不要緊了！二奶奶給你的那支參找到了；何大叔親自在替你煎參湯，一喝下就保住了。你可千萬剛強一點兒，硬撐一撐！」

一面說，一面用一塊紡綢手絹替繡春去擦汗，同時目不定睛地注視著她的已不會轉動的眼珠，心裡在想：繡春不知道還能聽得懂這些話不！

突然，錦兒像拾得了一粒明珠——實在比一粒晶瑩滾圓的珠子珍貴，繡春的眼角出現一滴淚珠。

「繡春，我的話你聽清楚了，謝天謝地，我好高興。你把心定下來，有我在這裡，你不要怕！」

不知是眞的繡春自己「剛強」能撐得住；還是錦兒自己往好的地方去想？她覺得繡春的氣喘

似乎緩和了，汗也出得少了，因而心情又寬鬆了兩三分。等參湯一到，由王二嫂將繡春的身子扣住，錦兒自己拿個湯匙，舀起參湯，吹涼了小心翼翼地往繡春口中灌。

起先兩湯匙，仍如灌當歸雞湯那樣，一大半由嘴角流了出來；灌到第三匙，聽得「嘓」的一聲——所有的人都覺得那是世界上最好聽的聲音！

「阿彌陀佛！」劉四婆婆鬆口氣說：「自己會嚥，就不要緊了。」

一碗參湯灌完，氣喘大減；出的汗已不是冷汗，眼睛中開始有了光采，而且能夠微微轉動。到此程度，何謹才覺得有了把握；不過他提出警告：「著實還要小心！屋子裡要靜，要讓病人覺得舒服；最好拿她身子抹一抹，褥子換一換。」

「多虧得何大叔手段高妙。」錦兒問道：「那個藥丸，現在能吃不能？」

何謹且不作答，復又爲繡春診了脈才說：「脈是有了；人還虛得很。如今先得把她的元氣托住；參湯還要喝；另外我再開張方子。錦兒，你記住，到繡春能跟你說話了，就可以服丸藥了。到那時候通知我，我再來看。」

於是，何謹開了方子，囑咐了服用的方法，在王二嫂千恩萬謝中被送走了。

到得日中，震二奶奶打發了一個人來；是她的心腹沈媽，要她說話時，滔滔不絕；不要她說話時，從不多嘴。震二奶奶與南京城內達官巨賈的內眷打交道，倘或不能面談，往往派沈媽去傳話；她所知道的震二奶奶的秘密，比錦兒只多不少。

看過了已能辨人，卻還無力交談的繡春；慰問了心力交瘁，也快將病倒的王二嫂；也交代了震二奶奶用來作爲撫慰之用的、好些吃的、穿的、用的東西，她向錦兒使個眼色，相偕到後廊上去密談。

「二奶奶已聽老何細說了這裡的情形。她說，這件事多虧得你有主意。」沈媽忽然問道：「我倒還不明白，你怎麼消息這麼靈通？」

「也是碰巧！我答應繡春，弄一盒洋糖給她吃，正交代掃園子的老婆子，趕緊把它送來，恰好門上把這裡送信的人領了來；我一聽王二嫂帶來的那句話，知道出了亂子。」錦兒又說：「昨夜我擔了一夜的心事，就怕石大媽出亂子，眞的就出了亂子！但沒有想到，會差一點把繡春的命都送掉！」

「二奶奶也沒有想到會出這麼一個大亂子，不過總算還好。二奶奶說，你的功勞她知道；如今一客不煩二主，這裡還得靠你，別再出亂子。」

「怎麼？」錦兒不解，「除非繡春的病有變化；不然還會出甚麼亂子？」

「怕繡春的家人會說話，到府裡去鬧，自然不敢；就怕他們自覺委屈，到處跟人去訴苦，攪出許多是非來就不好了！」

錦兒不即答話，細想了一會答說：「繡春的嫂子，我壓得住；不過這場笑話，知道的人很不少，難保不傳出去。」

「傳歸傳，風言風語總是有的。二奶奶的意思，要拿幾個要緊的人的嘴封住，謠言就不會太厲害。」

「怎麼封法？無非拿塊糖把人的嘴黏住。」

「對了！」沈媽接口說道：「二奶奶的意思，還得王二嫂出面，送錢還是送東西，作爲酬謝，同時就把話傳過去了。二奶奶讓我帶了十個銀子來，一共一百兩；還有給繡春的兩枝參、一大包藥，我都包在一起，這會兒不便打開，回頭你自己看好了。」

「是甚麼藥？」

「無非產後補血保養的藥；是宮裡妃子們用的，希罕得很呢！」

錦兒想起來了，點點頭說：「果然希罕！上次江寧楊大老爺的姨太太做月子，託人來跟震二奶奶要，才給了兩小包；這會兒一大包、一大包給繡春，眞是難得。」

「這話你該說給繡春聽，讓她知道，二奶奶對她好。」沈媽又說：「你關照王二嫂，這藥可不能送人，傳出去不大好。」

「當然！這一送了人，問起來源，不就是繡春養私孩子的證據。」

「對了！所以藥的封皮，仿單亦不能流出去。不過，這藥不能送人，還不止是爲繡春的名兒；宮裡妃子用的藥，外頭是不能用的。」

「嗯、嗯！我懂。」錦兒問道：「繡春這件事，府裡都知道了？」

「只知道她快要死了，還不知道是爲甚麼？二奶奶已經交代老何，只說是錯服了通經藥血崩。不過，我看日久天長也瞞不住。」

「二爺呢？也知道了？」

「不知道他知道不知道。反正免不了有一場飢荒要打。」沈媽問道：「我就是這些話；你有甚麼話要我跟二奶奶說？」

錦兒搖搖頭說：「我心裡亂得很，一時也想不起什麼話來，反正每天總有人來，再說吧！」於是沈媽要去了。臨行向王二嫂、劉四婆婆一一作別；禮數頗爲周到。最後去看繡春，居然睡著了，自然不能去驚動她，躡手躡腳地走了出來，回府覆命。

「這一睡可眞好！人參的力道一發出來，醒過來就能張口說話了。」劉四婆婆說：「我回家息一息，回頭再來。」

「一定把四婆婆累著了！眞正感激不盡。四婆婆請坐一坐，我還有幾句話要說。」有話還不能即時說出口；得先把王二嫂找到一邊，悄悄將震二奶奶預備拿銀子封人的嘴的話說給她聽。兩人稍作斟酌，認爲劉四婆婆出的力最多，她那張嘴也頂要緊；決定送她二十兩銀子，另外再拿兩吊錢讓小四兒提了回去，那就皆大歡喜了。

「還有件事，」王二嫂說：「劉四婆婆剛才問我，繡春到底懷的是誰的孩子？我沒有敢說眞話，只說我也是昨天才知道有這麼回事，還沒有來得及問繡春。如果她再要問，我該怎麼說？」

「對了！這倒得琢磨琢磨，咱們該有個一樣的說法。」

錦兒凝神想了一會，覺得有個說法不足爲外人道，對劉四婆婆卻可以交代得過去。

「如果她再問你，你就說是聽我說的，是這麼一回事——。」錦兒將她編的一套話教了給王二嫂。

「好！這個說法很周全；面子找回一半來了！乾脆就讓劉四婆婆這麼去傳好了」商量停當，王二嫂找紅紙來包好兩個銀子，另外從錢櫃裡取了兩吊錢，隨著錦兒回到堂屋裡。劉四婆婆人倦神昏，兩眼半張半閉，但見錢眼開，頓時精神一振。

「四婆婆，是我們家二奶奶的一點意思，累了你老人家半天，該當吃點好東西補一補；不過不知道四婆婆喜歡甚麼？乾脆二十兩銀子折乾兒吧！」錦兒又加了一句：「若是四婆婆不收，就是嫌少。」

劉四婆婆喜出望外，「二十兩銀子還嫌少啊？姑娘，你眞是大宅門裡出來的，不在乎！照說，二奶奶恤老憐貧，送我幾兩銀子，我不該不識抬舉；不過，」她想了一下，終於還是照謙辭的原意：「實在太多了！」

錦兒還是那句話：「四婆婆若是嫌少，就不收。」

「姑娘可眞是把我的嘴封住了。」劉四婆婆笑道：「既然這樣子，只好請姑娘替我在府上二奶奶面前，先道個謝；改天我跟著王二嫂一起去給二奶奶請安。」

「請安不敢當！等過了這一陣子，我來接你進府去逛逛，看一看皇上坐過的椅子，睡過的床，是怎麼一個樣子？」

「那可是前世修來的福氣了——。」

「四婆婆，」王二嫂打斷她的話說：「這兩吊錢是小四兒的腳步錢；讓他提了回去，買花炮跟弟弟妹妹一塊兒玩。」

「實在是多了——。」

「給孩子的，你老人家別管。」王二嫂又說：「四婆婆，我燉了好肥的一個雞，繡春就能吃也吃不了那麼多；你吃了飯去，我還有事要告訴你。」

「好，好！」劉四婆婆很高興地「索性叨擾你了。」

於是先到門外叫小四兒，讓他提了兩吊錢回家，到下午再來接祖母回去。錦兒託詞照料繡春，特意避開；王二嫂便拉著劉四婆婆到廚房裡，一面做飯，一面談繡春。

「你問我繡春懷的是誰的孩子，我剛才問了錦兒了。是蘇州李家一位紳二爺的。」王二嫂說：「這位紳二爺跟曹家四老爺是表兄弟；算起來比震二奶奶長一輩。他很喜歡繡春，跟震二奶奶說，他還沒有娶親，願意把繡春娶了去當家；只要一生了兒子，立刻拿她扶正。這不是很好的一件事嗎？」

「這是甚麼時候的事啊？」劉四婆婆問說：「怎麼我沒有聽說呢？」

「四個多月以前的事，不過我也是年前送灶的那天，府裡派人把我找了去，跟我說了才知道。曹太太還跟我說笑話，總有一天她得管繡春叫表嫂。四婆婆，你聽聽，繡春的命還不錯吧？」

「是啊！她長得又俊又富態，眞是大家奶奶的樣子。」

「可惜走錯了一步！」王二嫂微微嘆息：「紳二爺在曹家作客的那陣子，不知道怎麼就跟她已經好上了；後來兩個月身上不來，心裡發慌，才悄悄跟錦兒商量。錦兒就說，這得催紳二爺快娶！正好李家老太太故去，震二奶奶到蘇州去弔喪，當面就拿這件事說定了，定的是『二月二，龍抬頭』，紳二爺生日那天辦喜事。這不是很好嗎？」

「怎麼不好？順理成章的好事。」

「就有一樣不好，繡春自己覺得肚子已經顯形了，怕人笑話；再則，已經三個多月，到二月二就快四個月了；一過門，半年工夫生下一個白胖小子來，紳二爺自然知道是嫡親的骨血，可是李家人多，少不得會有人疑心，她是帶了肚子來的。有這個名聲在，她在李家會一輩子抬不起頭；所以起個念頭，要把肚子的胎打掉。」

聚精會神在傾聽的劉四婆婆連連點頭：「她這麼想，有她的道理，不算錯！」

「錯在她太愛面子，除了錦兒以外，再不肯告訴別的人，千叮萬囑，叫錦兒瞞著震二奶奶，只說經水不來是病，等回了南京找大夫看。在我面前也是一樣，如果早告訴我，也好辦——。」

「可不是嗎？」劉四婆婆忍不住打斷她的話說：「她要告訴了你嫂子，你必找我來商量；我倒有個極好的方子。如今也不必去說它了。」

「唉！壞就壞在她一個人在肚子裡做功夫；就是錦兒，她也沒有全告訴人家。就像這個混帳的石大媽，會搞這套花樣，她也是等人到了才告訴錦兒的。」

「對了！這個石大媽，是怎麼個來路呢？」

於是王二嫂照錦兒所教，將石大媽的來歷告訴她；結識的緣由是實情，震二奶奶歸途為雪所阻，居停替她找牌搭子遣悶，其中有一個就是石大媽。

以後的情形就是編出來的了。道是石大媽會穿珠花，且又刻意巴結震二奶奶，所以約定開了年接她到南京來，替震二奶奶把幾副「頭面」重新理理。

「當然，這一半繡春拚命幫著說話，震二奶奶才無可無不可地答應下來。繡春爲甚麼又這麼起勁呢？就因爲石大媽胡吹亂嗙，世上就沒有她不懂的事。震二奶奶無意間問了句，可有通經的單方？那個老婆子就吹了一大套，居然說得頭頭是道；繡春在旁邊聽著就有心了。這麼一件緊要大事，只跟一個外頭人去商量，你看她糊塗不糊塗？」

「如今也不必埋怨她了。」劉四婆婆說；「我只不明白，她既然跟錦兒已經說了，爲甚麼去請教石大媽這一段，倒又不跟錦兒商量呢？」

「因爲錦兒很不贊成她打胎，所以她先不敢說。直到石大媽來了，諸事齊備，才跟我跟錦兒說。事情到了這個地步，她的主意又大，不依她不行。結果，弄得這麼糟。唉！」王二嫂以長長一聲嘆息作結。

「唉！」劉四婆婆亦不勝惋惜：「你這個小姑子，模樣兒、能耐，樣樣出色，就是性情太剛強了一點，不大肯聽人勸。到底在這上頭吃虧了。她是最好面子的人，偏偏出了這麼一件事，心裡不知道怎麼難過法？只好你多勸勸她，街坊知道了有這麼一段緣由，也不會笑她。」

「街坊怎麼知道？我也不能逢人就跟人家撇清。除非是你四婆婆這樣子平時走得極近，跟一家一樣，我才跟你有甚麼說甚麼。不然，我也不好意思告訴你！」

劉四婆婆經得事多，拿她這番冠冕堂皇的話，咀嚼了一會，再想到那兩個銀錁子，就甚麼都明白了！「得人錢財，與人消災」，此刻是自己該當對那二十兩銀子有個交代的時候了。

「王二嫂你心裡用不著煩。這些話你自己不便說，有我！鑼不打不響，話不說不明；我會替你們表白。」

命是撿回來了，但繡春並沒有得慶更生；好比夢中遇險，驚醒來方知此身猶在的那種欣喜之感。相反地，只覺得遍受心獄中的各種苦難，找不出可以躲避得一時片刻的空隙。這才想起，怪不得有人說：生不如死！只有死才是大解脫。

那知死亦不易！因爲渾身骨頭像散了一般，想學鼎大奶奶那樣，用三尺白綾吊死在床頭都辦不到。而死的誘惑是那麼強烈；僅僅只要想到死，就覺得有了希望，老天爺畢竟還留了一條路讓人去走！

於是她心心念念所想的，只是怎麼走得上這條路？拿尋死的法子一樣一樣想過來，想到五六年前府裡一個吞金而死的丫頭；幸好聽人講過此人的故事，不然只知道吞金，卻不知道算盤珠這麼大一個金戒，吞入口中，哽在喉頭，怎麼能夠死得掉？

更好的是，要用的東西都在手邊；她掙扎著起身，踏著軟軟的磚地，一步一扶地走到梳頭桌子前面坐下。

繡春打開抽斗找出一個製法最簡單的金戒，拉直了像小半片韭菜葉子，然後用利剪剪成橫絲；是足赤的金子，很軟，剪起來比剪指甲還省力，而在繡春卻已算是一件吃力的工作，所以剪得很慢。

剪到一半，聽得有人在問；「你怎麼起來了？」是錦兒的聲音，她就睡在石大媽原先睡過的那張床上，已經三天了。此時午夜夢回，從帳子裡望見繡春的背影，所以探頭出來問一句；聲音並不大，不過已足使繡春受驚了，一個哆嗦一打，震脫了手中的剪刀，掉落在磚地上；金石相擊，其聲清剛，入耳不易忽略。

「甚麼東西掉在地上了？」錦兒一面說，一面坐起身來——睡過一覺，神清氣爽；正好下床來照料繡春服藥。

繡春有些著慌，想彎身去撿剪刀，卻又想到剪碎了的金子要緊，得先收拾好；一念未畢，一念又起，該找句甚麼話回答錦兒。

就這微顯張皇之際，錦兒已經下床，一眼從繡春肩上望過去，黃橙橙的金子耀眼，急忙奔過去定睛細看，不由得大駭。

「繡春，」她是叱斥的聲音：「你這是幹甚麼？」

繡春不答，吃力地舉起白得出奇，瘦得露骨的手，拉脫了鏡袱，在鏡中用一雙哀怨絕望的眼睛看著錦兒。

錦兒倏地省悟；一下子激動了，只覺得委屈得無法忍受，「哇」地一聲哭了出來。

「繡春，你的心好狠啊！」她一邊哭，一邊罵：「大夥兒好不容易把你從鬼門關裡拉了出來，你就一點兒都不想想人家？莫非救你救錯了，非要死才對！你把大家的心血作踐得一個蚌子兒不值，你也太霸道了！」

繡春何嘗沒有想過？只是顧不得那麼多而已。此時自是無言可答，閉著嘴不作聲。

在錦兒看，她並無愧悔之心，以致越感委屈：「好！我天一亮就走；從此以後，隨你是死是活，我再也不管你了！」她「嗬，嗬」地哭著去收拾她的衣服。

這一下自然將王二嫂驚醒了，只披一件小棉襖，跌跌衝衝地推門進來；一看，愣住了！

「錦妹妹，錦妹妹！」經此一番患難，彼此感情深了一層，所以王二嫂改了稱呼：「你甚麼事傷心？」

「二嫂，你問她！她只顧她自己！」

王二嫂茫然不解，及至看到桌上的碎金，不由得顏色一變，「妹妹！」她抱怨著：「你怎麼起了這麼一個害人的念頭？」

在她看，繡春一尋了死，總是她照料不周，家人責備，街坊閒言閒語，會替她惹來極大的麻煩，自然是害人；而在繡春，那裡有害人之心，更何況是自己的親人？嫂子的話未免太冤屈了她；這樣一想，也就跟錦兒一樣，忍不住雙淚交流。

「好了，好了！」王二嫂自知話說得太重，更明白了是怎麼回事，便解勸著說：「你千不看、萬不看，只看錦妹妹對你的這一片心，你也不該起那樣的念頭！就是我，這兩天是怎麼個情形，你倒問問錦妹妹看。大家都顧著你，反而倒是你自己不顧你自己。」

聽這一說，錦兒哭得更兇。她心裡在想，自己對繡春，眞比對同胞姐妹還要親；旁人都看出來了，繡春自己倒不覺得，可知是跟她白好了！因此，這副眼淚之中，不盡是委屈，還有傷心。

「我也不是不知道你們的心。可是，」繡春說道：「你們也該想想我的心！」

這句話發生了意想不到的效力，將錦兒的眼淚，輕易地攔住了，「我們怎麼不知道你的心，你好面子，這下子讓人說嘴，自己覺得沒臉見人？」她走近了來說：「你問二嫂，我們是怎麼費好大的勁，在替你保住面子？本想，你的身子還弱得很，等你精神稍微好一點兒，細細告訴你，你不想想，你的難處，我們當然知道，當然會替你想法子，誰知道你這麼心急，這麼想不開！你怨誰？」

繡春不響，將錦兒的話，一個字、一個字地咀嚼；自覺一顆冷透了的心，似乎在回暖了。

王二嫂比較冷靜，看出情勢是緩和了；便即說道：「好了！我先扶你上床去；讓錦妹妹把這兩天的情形跟你說一說，你就知道了。」說著，一連打了幾個噴嚏。

「二嫂，你快回去穿衣服吧，受了寒不是玩的。」錦兒又說：「穿了衣服再來。」

王二嫂不再多說，匆匆奔回去穿衣服。錦兒的委屈已經從淚水傾瀉淨盡，此時心情開朗得很，彎腰先拾起剪刀，然後找張紙將金子碎屑連同剩下的半隻戒指一起包了起來。

「眞險！合是你命不該絕。我是餓醒的；夢裡頭想吃走油肘子，想吃燒鴨子熬白菜，總是到不了嘴，一急急醒了，正好看到你坐在這裡。」錦兒又說：「這兩天胃口不好，今天一天只吃了一碗藕粉；倘或晚上吃了飯，你這條命完了。」

娓娓言來，特感親切；繡春想起從認識李紳以來，錦兒處處關懷衛護的情形，心裡一陣酸、一陣熱，再想到此番九死一生的經過，不由得伏在桌上，失聲痛哭。

錦兒知道她內心感觸甚深，只有極力勸慰著，將她扶上床去；而繡春的眼淚始終不斷，先是感動，後是感傷。爲自己哭，也爲多少大宅門裡跟自己一樣遭遇的人哭。

哭的不累，勸的卻累了；於是王二嫂接著相勸，盡力寬慰，說沒有人會笑她。話很懇切，卻沒有搔著癢處；繡春最傷心的是，跟李紳白頭偕老的美夢，碎得不成片段了。

「別再哭了！哭壞了身子，又讓大家著急。」

王二嫂的這句近乎呵責的話，倒是有些用處；繡春慢慢收了眼淚，服藥睡下，但思前想後，終夜不能闔眼。

第二天人又不對了，發熱咳嗽，還有盜汗，便把朱大夫請了來，細細診察，開好方子，提出警告。

「產婦似乎心事重重，抑鬱不開；如果不能先把她心裡的痞塊打掉，藥就不會有效驗！」

這個警告，很快地由錦兒轉給繡春；又嘆口氣說：「我也知道你有心事。不過不是自己把心放寬來，養好了身子，一切無從談起。」

「就養好了，又還有甚麼好談的？再說，你倒替我想想，怎麼能夠把心放寬來？」

錦兒靜靜地想了一會，毅然決然地說：「我原來的意思，等你精神好一點兒，咱們再細細琢磨，省得談不出一個名堂，連我都煩。既然你連你自己的病都不顧，那就談吧。」

「是福不是禍，是禍躲不過，其實也沒有甚麼好談的！反正我知道我的命薄；我甚麼人都不怨，連石大媽我都不怪她。」

「別提這個人，提起來我恨不得咬她一口。」錦兒忽然說道：「繡春！你再忍個一天半天行不行？」

「我不懂你的話。」

「我是在想，我得回府裡去一趟，先看看情形，把事情弄清楚了，回來再商量。」

繡春不答，面現悽惶，倒又像要淌眼淚了。

「你放心！」錦兒懂她的意思，急忙安慰她說：「我只去一天，明天一早就回來。」錦兒又說：「今天正月十三上燈，老太太不知道那天回來，是不是紳二爺送？」

一語未畢，繡春緊皺著眉，重重嘆口氣說：「咳！叫我怎麼還有臉見人？想起來就揪心。」

「暫時不見好了。我回去跟二奶奶商議，想好一個說法，把你們喜事延一延。」

「喜事？」繡春苦笑，「那裡還有甚麼喜事？」

「咦？你怎麼這麼說？」

「不是這麼說該怎麼說？你以爲人家還會要我？」

「爲甚麼不要你？這也不是大了不起的事；紳二爺果然是眞心待你，決不在乎這個。」

「你不懂！」繡春搖搖頭，語氣簡促，頗有不願多談的意味。

錦兒不免反感，「我不懂，那麼你懂囉！」她問：「你倒說個道理我聽聽。」

「他如果知道我懷過誰的孩子，就一定不肯再要我。我知道他的脾氣，他要避嫌疑。」

「避甚麼嫌疑？怕二爺喜歡你，他不願奪二爺的人，是不是？」

「你道他不會這麼想？」

「如果他是這麼想，你就沒有甚麼好難過的！」錦兒很快地說：「因爲他不是眞的喜歡你。」

在繡春聽來這是強詞奪理的歪理，可是一時卻不知怎麼駁她？

「我再告訴你吧！現在這裡的鄰居，都知道你要嫁紳二爺；也知道你懷的是紳二爺的孩子。」

繡春大爲詫異，「這是怎麼說？」她問：「怎麼會有這麼一個說法？」

「你奇怪是不是？我告訴你吧，是我想出來的；你嫂子讚我這個主意，好比諸葛亮再世。」

看她洋洋得意的樣子，繡春急於要知其詳，便坐起身子問道：「你是怎麼個主意。」

於是錦兒細說經過；繡春聽得很仔細。每一句話都在心裡琢磨了一遍；覺得這個說法確是不壞，但傳到李紳耳朵裡，只怕會有是非。

「繡春，你自己倒說，我這個主意是不是很高明。」

「我很感激你。錦兒！不過，這就更教我沒有臉見紳二爺了。騙了他一回不夠，又騙第二回。」

「你錯了！你沒有騙他。頭一回，你肚子裡有了孩子，是不好意思跟他說；這一回根本不是你說的。若說冒了他的名兒，我跟他賠罪，他一定也能原諒我的。」

「是的！可是他不能原諒我。」

「你總是這麼想不開！」錦兒有不悅的神色，「你別以爲只有你才知道紳二爺；他的性情我也看得很透，是寬宏大量，最肯體諒人的。」

繡春不答。微微垂著眼，不知在想甚麼？錦兒便起身去尋王二嫂，將要回府裡去看一看的話告訴了她。

「是的，應該回去看一看。不過，」王二嫂問道：「錦妹妹，你能不能今天就回來？」

「那怕來不及。」

王二嫂面有難色，「我實在有點怕！」她說：「怕她不死心，再來那麼一回，怎麼辦？我有兩個小的，也不能整夜看著她。」

「如果她眞是要這樣，我在這裡也沒有用；我也不能整夜看著她啊！」

「不，不！錦妹妹，我不是說讓你整夜看著她，有你在，咱們晚上輪班兒起來看看，總好得多。」

「嗯！」錦兒不置可否。

「還有，」王二嫂又說：「頂要緊的一件是，她跟你好，也相信你；晚上談談說說，勸一勸她，心境會好得多。如果一個人淒淒涼涼地，思前想後，越想心越狹，那就甚麼事情都做得出來了！」

錦兒覺得她這話很有道理。考慮了一會，慨然說道：「好吧！我現在就走；晚上回來。」

「那就好極了！錦妹妹，晚一點不要緊，反正府裡總有人送；我這裡，不管多晚，我都等你的門。」

於是，錦兒回房，將這話告訴了繡春；她連連點頭，表示欣慰，證明王二嫂的看法是對的。

二更時分，聽得叩門聲響；繡春立刻精神一振，「錦兒回來了！」她說。

王二嫂起身就走，開門出去，果然是錦兒；不但人回來了，還帶來一個大包袱，一個網籃。

「可回來了！」王二嫂一面接東西，一面如釋重負地說：「繡春不知道念叨了多少遍。」

「差點不能來！」

「怎麼呢？」

「回頭再談。」錦兒說：「二嫂子，你借兩吊錢給我。」

「有，有！」

王二嫂去取了兩吊錢，讓錦兒打發了車伕跟護送的一個打雜的小伙子，關上大門，回到繡春屋裡。

「大家都問你的好。我還替你帶了好些東西來。」

接著，便打開網籃，一一交代，不但「主子」，凡是跟繡春談得來的，幾乎都有餽贈；其中有個扁扁的紅木盒子，抽開屜板，裡面有本紅絲線裝訂的冊子，與十來塊不同形狀的紅木板。王二嫂不知是何物，繡春卻識得。

「怎麼會有一副七巧板？」

「不是七巧板，比七巧板的花樣來得多，這叫『益智圖』」。錦兒將那個本子遞給繡春：「你知道是誰送你的？」

「誰？」繡春想不起來，「誰會送我這個玩意。」

「芹官。」錦兒說道：「芹官還說，你還欠他一個『鏢袋』；問我甚麼時候能給他。」

原來芹官好動不好靜；聽說繡春的二哥在鏢行裡，便吵著要繡春帶他來看王二，還要跟王二學保鏢。芹官是曹老太太的命根子，誰都不敢跟他出門，怕萬一磕磕碰碰摔了跤，誰都擔待不起。所以繡春好說歹說地哄他，答應製一個小小的鏢袋送他，才能安撫下來。

「這是去蘇州以前的話了，他倒還記得！可是，」繡春皺著眉說：「這個願心怕一時還不能完。」

「這又不是甚麼太爲難的事！」錦兒接口說道：「過兩天，等你精神再好一點，讓二嫂幫著，一半天就做好了。」

「對了！」繡春點點頭：「這件事我就託了二嫂！」接著她將這段情由，說了給王二嫂聽。

「這容易。」王二嫂轉臉問錦兒：「老太太那天回來？」

「已經在路上了。是坐船的；順路到金山寺燒香，還得幾天才能到家。」

「那麼——。」

錦兒知道她是問李紳；卻不願回答。因爲一提到他，就得談繡春的終身大事；而覺得此刻不是談此事適宜的時機。

「錦妹妹，」王二嫂換了個話題：「你剛才說，差點不能回來，是怎麼一回事？」

「二奶奶不放我。」錦兒答說：「你想，少了一個繡春，再少一個我，她自然撕擄不開了。」

「二嫂，」繡春忽然插進來說：「我想吃點兒東西。」

「你想吃甚麼？」王二嫂問。

「不拘甚麼，帶湯的就行。」繡春又說：「只怕錦兒也餓了？」

「對了！倒是有一點兒。」

「好，我一塊兒做。」

「不！」錦兒不好意思地說：「我不想吃湯湯水水的；那天二嫂做的鵝油簑衣餅，我還想吃一回。」

這可是一樣極費手工的點心；但王二嫂無法推辭，點點頭說：「你可得有耐性。」說完，掉身而去。錦兒與繡春相視一笑，莫逆於心。兩人是唱慣了的這種雙簧；繡春一開口說要吃東西，錦兒便知是調虎離山，所以用簑衣餅將王二嫂絆住在廚房裡，好容她們傾談不傳六耳的私話。

「我告訴你吧，還有個人送你東西。」

錦兒從大包袱中取出一個小包袱，在繡春面前的床几上解開來，只見是好些補藥，封皮上標著名目：「先天保和丸」、「天王補心丹」之類。另外有兩個小盒子，一個蒙著蜀錦，一個飾著西洋絲絨，一望而知是首飾盒子。

「你打開來看！」

繡春先打開錦盒，白綢裡子上臥著一副碧玉耳墜，是小小的一個連環，上鑲掛耳的金鈎；下垂極細的金鍊，吊著一枚六角長形，上豐下銳的金鋼鑽，材料形製，精緻異常。

有誰會送她這麼名貴的一樣首飾？繡春心中一震！方欲有言；錦兒在催她看第二個盒子了。

這個盒子裡是一隻金錶，景泰藍的底面，周圍鑲珠；揿機鈕打開蓋子，錶面與衆不同，一晝夜分成二十四格，正中上下都刻著羅馬字「十二」；外圈每兩格註明地交，上面的「十二」是午，下面的十二是子。

「你把後面的蓋子再打開來！」

這一打開，繡春大出意外，原來後蓋背面刻得有字：「一日思君十二時！」

「我可不能要『他』這兩樣東西！」繡春神色凜然地說；同時將兩個盒子向外推一推，很明白地顯示，藥物照收，首飾不受。

錦兒並無詫異的表情，是猜到繡春會有此表示，但亦沒有反應；只說：「他還讓我帶一句話給你；還教我跪下來罰咒。」

「罰甚麼咒？」

「他的那句話，只能帶給你，再不能跟第二個人說。」

「你罰了咒沒有呢？」

「我當然罰了。」錦兒答說：「我本來很不情願，那有這樣子託人捎信的？後來想想，如果我不肯罰咒，他就不會跟我說；我能不知道他要跟你說的是甚麼話嗎？所以我罰了。」

「這句話，」繡春很快地說：「我不要聽！」

「聽不聽在你！」錦兒順口就說了出來：「他說他要來看你。」

這一下，繡春不但聽了，而且要問：「甚麼時候？」

「他沒有說；只說讓你知道就好了。」

「你沒有問他？」

「問了。」錦兒答說：「他還是不肯說。意思是抽冷子來這麼一下，所以自己都不知道時候。」

繡春不作聲了。緊皺雙眉，心事重重；怔怔地想了一會，突然說道：「錦兒，勞你駕，把二嫂請來。我得挪地方！」

「挪地方！挪到那兒去？」錦兒覺得很不安，「你別忘了，你還不能勞累；更不能吹風。」

「那，那怎麼辦呢？」

「你別急！只要你拿定了主意，法子自然會有。」

「我的主意早就定了！一了百了！」繡春一下激動了：「錦兒，我今天盤算了一天，我把我心窩子裡的話掏給你，我這個人就算瘋了！你看，」她伸手到頭上，抓住一綹頭髮，略微一用勁便扯了下來，「頭髮會掉，皮膚會皺，骨節會痛；我這個人我自己知道，春天還沒有過完，已經到了冬天了。我不能害人！錦兒，紳二爺是難得遇見的好人；我打算明天請二嫂到府裡去跟二奶奶說兩件事。第一件，求她替我找個庵，我修修來世；第二件，請她作主，把你許給紳二爺！」

「你瘋了！」錦兒脫口喊出來：「你怎麼會起這樣子的念頭？」

兩人的心情一變，反是錦兒激動，繡春冷靜，「我的念頭也不是隨便起的，前前後後盤算過，」她說：「只有這樣最好！」

「好不好不說，壓根兒就辦不通。你的事，二爺大致都打聽清楚了；跳腳大罵石大媽，說是『甚麼石大媽！我入——。』」錦兒臉一紅，急忙縮口，「反正那罵人的樣子，根本就不像個官宦家的爺兒們，你就可想而知，他是怎麼心疼你打掉的孩子？聽說他已經跟四老爺說過，要把你接回去；說你是宜男之相，他還沒有兒子。四老爺說，這件事他作不了主，得等老太太回來再說。二爺已發了話，二奶奶准他娶你，萬事皆休；不然要在老太太面前告二奶奶一狀。又說：他要打不贏這場官司，把曹字倒過來寫。我再告訴你吧，大家都說，二爺這場官司能打贏！三個人抬不過一個理字去，都派二奶奶的不是！」

長長一篇話，說得累了，錦兒坐下來只是張口喘氣；繡春卻是緊閉著嘴，胸脯起伏，心裡亂極了。

「你想想，」錦兒喘息略定，又接著說：「照這樣子，你就躲到庵裡去，二爺也放不過你。

只看他送你的這兩樣東西，就可以知道，他是眞的要你，並非跟二奶奶嘔氣。」

「唉！」繡春重重地嘆口氣：「這就逼得我非走那條路不可了！」

一聽這話，錦兒大吃一驚；旋即悔悟，不該只顧自己說得痛快，不顧慮繡春所受的刺激。如今話已出口，無法掩飾，甚至沖淡都不可能；只有平心靜氣地商議，才能找出一條不至於將她逼上死路的路來。

於是她說：「繡春，咱們倆誰也別死心眼兒，只當是旁人的事，該怎麼著就怎麼著。我倒問你，二爺既然這樣子捨不得你，你倒不妨想一想，就讓他把你接回去，行不行？」

「決不行！那一來，我沒有好日子過，他也沒有好日子過。再說，我這會連府裡的人都怕見到，那還有臉回府裡去？」

「既然這樣，就嫁紳二爺。」

「我剛才說過了，我不能害人。」

「剛才你的話，全是你自己那麼想；你的身子一向比誰都壯，只要好好調養，自然會復元，那談得到春天沒有過完，倒已到了冬天的話？」

「你不知道，自病自得知。再說，我的心境不是以前了！」

談得尙無結論，王二嫂已經將消夜的點心做好了，繡春的雞湯筍乾米粉；錦兒的簑衣餅，另外還有一碟醬菜，一碟燻魚，連同碗筷，做一個大托盤端了來。

一進門，王二嫂便覺眼睛一亮——床几上的兩樣首飾未收，而且盒蓋開著；那副耳環光彩奪目，誰也不能不爲它所吸引。錦兒心裡在想：瞞不住王二嫂了！即使繡春不願告訴嫂子，她也不應該再瞞；因爲繡春始終存著一個尋死的念頭，如果她不把話說清楚，萬一出事，豈不擔了很大的干係？

「你怕吃不了那麼多！」王二嫂向她小姑說：「我舀一碗出來，你就在床上吃吧！」

「嗯，」繡春答說：「多給我一點湯；米粉不必太多。」

「我知道。你先把東西收一收。」

繡春只把藥收了起來；拿兩件首飾的盒蓋閤上，再向外推一推。錦兒便取在手中，向王二嫂揚一揚說：「二爺送繡春的；繡春不要。」

說著便幫王二嫂擺好碗筷；等舀了一飯碗的米粉送到床几上，將筷子交到繡春手裡，跟王二嫂在方桌前面，相向而坐。王二嫂背對繡春；錦兒可以看到繡春的側面。

「老不死的石大碼，眞是坑死人了！」

錦兒由此開頭，將剛才跟繡春的談話；除了繡春希望她嫁李紳這一段之外，幾乎毫無遺漏地都告訴了王二嫂。其間繡春幾次側臉以目示意，錦兒裝作不見，把話說完爲止。

「眞是！沒有想到起這麼大的風波。」王二嫂說：「二爺眞要來了怎麼辦？」

錦兒還未答話，繡春接口說道：「他眞要來了，二嫂，請你跟他說：二爺，你如果要繡春馬上死在你面前，你就去看她！」

王二嫂與錦兒面面相覷，都覺得極大的一個麻煩快要臨頭了。

兩人也有同樣的想法，如今最要緊的一件事是，要把繡春心中「死」之一念去掉。而比較起來，兩人的心境又以王二嫂來得冷靜些；因此她的心思就比錦兒來得靈活些，心想，好歹先依著繡春，讓她能夠安靜下來，再作道理，也還不遲到。

於是她說：「錦妹妹，我倒覺得我妹妹的辦法不錯。我去求二奶奶、或者求太太，再不然求老太太，把我妹妹送到清規好的庵堂裡去，帶髮修行。我想二爺總也不好意思到庵堂裡去鬧吧！」

一面說，一面連連拋過眼色來；王二嫂是背著繡春，臉上表情不怕她會看到，所以暗示既明顯又強烈，錦兒自能充分會意。

「那也好！」錦兒故意裝作勉強同意：「不知道二奶奶肯不肯？」

「二奶奶沒有不肯的道理。」繡春插進來說：「只要你先把話說到，二奶奶自有辦法。」

「我老實跟你說，繡春，」錦兒趁機說道：「我也不是反對你住庵堂；只因為那一來，二嫂跟我又不能陪著你，萬一你要尋死覓活怎麼辦？」

「如果能夠出家，我又何必一定要死？不如多念幾卷經，修修來世。」

「那好？一言為定。」

「但也要快！」王二嫂說：「二爺眞的來了，到底是繡春主子家，我也不好說甚麼沒規矩的話。」

「不要緊！二爺明天動身，到鎮江去接老太太；回來以後，一時也不會插得出工夫。反正，我會留心這件事，決不讓你們爲難就是了。」

「那好！」王二嫂問：「老太太回來，是紳二爺護送？」

錦兒點點頭，輕輕答一聲：「是。」

「唉！」繡春在那裡嘆氣了。

錦兒跟王二嫂都不作聲；但保持沉默，也覺得難過，錦兒便向王二嫂討教簑衣餅的做法，彼此談得很起勁。

「錦兒！」繡春突然一喊；聲音很大，彷彿有些忍不住似地，「你請過來，我有話說。」

「你說！」錦兒起身坐到她床沿上。

「你明天一早就回去，跟二奶奶說通了，派人送個信來，請二嫂馬上去求她；一說妥了，我後天就搬。」

「我的姑奶奶，」錦兒大搖其頭：「那有這麼快！就算二奶奶答應了，總還得跟太太回一聲；然後要找庵，找到了要跟當家師太商量。不是我說，清規好的當家師太，做事都很仔細的，如果是個醜八怪，她不怕會招是非；憑你，她要想想，她是白衣庵，你就是觀音菩薩，賽如一塊『活招牌』，不知道會惹多少油頭光棍來打主意，只怕從此清規就守不住了！」

「說得一點不錯！」王二嫂拍手笑道：「原來錦妹妹的口才也是這麼好。」

繡春聽她「活招牌」的話說得有趣，不由得靦然一笑——王二嫂與錦兒都覺得她的這個笑容很陌生，也很珍貴。

「不管怎麼樣，錦兒，你無論如何得替我辦到這一點；在老太太到家之前，讓我搬到庵裡去，越遠越好。」

錦兒心裡明白，曹老太太到家，一震一紳兩「二爺」也就到了南京，她得避開。不過避「二爺」是痛心疾首，眞的不願相見；如果要避李紳，恰好證明她心裡還丟不開李紳。

想到這一點，她覺得不妨作一試探，「你是要避開二爺？」她問。

「他也是。」

言爲心聲，這隨口一答，證實了錦兒的猜測不錯；而且玩味語氣，主要的還是要避開李紳。

既然如此，只好在李紳身上打主意！錦兒在想，恐怕要靠李紳的熱情，才能使得繡春那顆冰透了的心回暖。

商量決定了，錦兒這天一回去，就不再給繡春作伴。因爲曹老太太回來，府裡要忙一陣，震二奶奶不能沒有得力幫手；同時，「二爺」如果爲繡春惹起風波，錦兒得明助震二奶奶，暗中維護繡春，不能回府去。

「你只答應我一件事，別再起甚麼拙心思！繡春，」錦兒提出嚴重警告：「你若教我在府裡擔驚受怕，我一輩子不理你。」

「說開了、就是了！我也不能有尋死的癮。不過，」繡春提出同樣嚴重的條件：「你也得替我辦一件事——。」

「找庵！」錦兒搶著說：「我一定替你找。不過你得想一想，在你是大事；在別人看是小事。老太太一回來，上下都會忙得不可開交；一天兩天顧不到你的事，也是有的。反正我總擺在心裡，就一時不能替你辦妥；我也會攔著他們，不會給你添心煩。」

「妹妹，」王二嫂在一旁幫腔：「話說到這樣子，也就是了。」

「好吧！」繡春無奈，「你隔一天打發一個人來看看，總不至於不行吧！」

「行！」

於是，繡春一心嚮往著青燈黃卷的生涯，盼望著錦兒能有好消息帶來。到了第三天，錦兒打發人來悄悄喚王二嫂到府中西花園後門相會。

「二嫂，我本來自己想去一趟，怕繡春問我，有些話還不便說。」錦兒說道：「事情鬧得很僵！」

原來曹震趕到金山寺侍候曹老太太拈香，一路上已將震二奶奶狠狠告了一狀；提出老何作證，說繡春懷的是個雙胞胎。孿生有男有女，或者一對之中一男一女，所以只要繡春能安然生產，他得子的希望至少有七成；就算是一雙女娃兒，等稍爲大一點，在曹老太太面前繞膝承歡，可娛老境，不也是很好的一件事？

曹老太太爲他說動了，因而他的要求也被接受了，准他將宜男有徵的繡春接回來。並且答應，由她來交代震二奶奶。

「這下，」王二嫂的心，不由得往下一沉，「老太太交代，二奶奶不就非答應不可了嗎？」

「你聽我說，壞事還不止這個。」錦兒接著又說：「我們這位二爺，臉皮也眞厚，居然在路上就跟紳二爺說：繡春是他所愛，君子不奪人所好，請紳二爺成全。紳二爺自然沒話說，連得二奶奶也沒話說了！」

「二奶奶怎麼說？」

「二奶奶說，二爺跟繡春的事，她一點也不知道；石大媽只說會穿珠花，誰知道繡春把她找了來打胎。繡春也從來沒有說過，她懷了二爺的種；年前回南京只說月經不調，要在她嫂子那裡住幾天。再想不到鬧出這麼一件活把戲！二爺要她，只要繡春自己願意，她不反對；不過已經許了給紳二爺，而且是繡春自己心甘情願的，親戚面上得有一個交代。」

「二爺怎麼說呢？他說，跟紳二爺談妥了？」

「是啊！當然這麼說。」

「那，二奶奶沒話說了？」

「二奶奶當然也不是那麼容易說話的人；她說——。」

震二奶奶說，曹震跟李紳如何說法，她不得而知；不過李紳跟繡春說的話，她都知道。震二奶奶說李紳如何尊重繡春，以及繡春如何傾心，原原本本講了一遍，並且她還有證人，就是錦兒。

「那麼你作了證人沒有呢？」王二嫂問。

「沒有法子！老太太問我，可有這話？我說有的。老太太就說，如果繡春沒有這件事，嫁到李家，倒是好事；如今有了這一段，反倒不便給人家了。又問繡春自己的意思怎麼樣？我說，她想出家。老太太就不高興了！」

「爲甚麼呢？」

「這——，」錦兒遲疑了一會答說：「老太太的意思是整肅家規。她說：家裡丫頭、年輕媳婦這麼多，一點不如意就鬧著要絞頭髮、當姑子，家都不成一個家了！繡春是她娘老子寫了契紙的，不能由著她的性兒愛幹甚麼，就幹甚麼！」

這話在王二嫂聽來，自不免刺耳驚心，亦有些惱怒。心境不覺現諸形色；錦兒自然頗爲不安。

「二嫂！」她急忙解釋：「老太太亦不是生繡春的氣，大宅門的規矩，向來這樣。人多了，不能不做規矩；是場面上該說的話，那怕二奶奶這麼得老太太的寵，照樣也得碰釘子。」

聽得這話，王二嫂的氣順了些；她想了一下說：「既不准繡春出家，又說嫁到李家不合適，那不就只好讓二爺收房了嗎？」

「是啊！不過還好；幸而太太說了一句：親戚還是要緊的，應該當面問一問紳二爺，如果他眞的不打算要繡春了，再作道理。」錦兒急轉直下地說：「二嫂，我請你來，就是要商量，怎麼挽回這件事。不能住庵，不能嫁紳二爺，我看遲早會把繡春逼到死路上去。你說呢！」

「一點不錯！」王二嫂感覺事態嚴重：「這位紳二爺，我雖沒有見過，照你們所說，是寧肯自己吃虧的外場人物；既然他已經答應二爺撒手了，話自然不會再改的。」

「正是！今天晚上請他吃飯，老太太就會當面問他；要想法子得快！」

「錦妹妹，」王二嫂無可奈何地說：「這個法子，我可不知道怎麼想了。大宅門裡的規矩，說實話，我也不大懂；眞不知道該怎麼辦？」

沉吟了好一會，錦兒毅然決然地說：「好吧！我跟你一起去走一趟。」

「到那裡？」

「去看紳二爺！」錦兒答道：「我本想讓你自己跟紳二爺去商量；看樣子其中有些曲折細微的地方，你還弄不淸楚，非得我去一趟不可。」

「對了！這非錦妹妹出馬不行！我去不去倒無關緊要。」

「不！你不去就變成我多事了。」錦兒站起身來，「你等我一會，我去跟二奶奶回一聲，順便換件衣服。」

說到換衣服，王二嫂也正轉到這個念頭，看一看身上說：「我這麼一件舊棉襖，見生客多寒蠢？我也回家轉一轉吧！」

人同此心，心同此理；自己愛漂亮，王二嫂自然也一樣，但如讓她回了家再來，耽誤工夫，且費周折，錦兒想了一下，有了計較。

「我看你身材跟二奶奶差不多；這樣吧，我去找一套二奶奶的衣服，你就在這兒換了去好了。」

說完，錦兒將王二嫂託付了給看花園後門的老婆子，匆匆穿花圃，繞過迴廊，越假山，走捷徑去找震二奶奶。不多一會，由原路回來，手裡已多了一個包裹。

「二嫂，你試試！二奶奶說了，這套衣服就送了給你。」

錦兒一面說，一面打開包裹，裡面是一件玫瑰紫緞子，圓壽字花樣的紅棉襖；一條玄色湖縐的百褶裙，起碼也有八成新。

「眞謝謝二奶奶！」王二嫂笑道：「這一穿上了，倒像要去給那一位老太太拜壽似地。」

「二奶奶只穿過一回，跟新的一樣。」錦兒說道：「是嫌花樣老氣；我看也還好。」

於是幫著王二嫂換好衣服。錦兒很周到，還帶著一盒粉，一帖胭脂；將她裝扮好了，再借一把梳子攏一攏頭髮。錦兒走遠幾步，偏著頭看了看，非常滿意。

「王二嫂，你打扮出來，著實體面；這一到了人面前，誰不說你是官宦人家的少奶奶。」

王二嫂自己卻有些露怯，「錦妹妹，」她說：「到了那裡，你凡事兜著我一點兒；別讓我鬧笑話，下不得台。」

「不會，不會！該說些甚麼話，我到車上再告訴你。」錦兒又向看門的老婆子說：「勞你駕，看車子來了沒有？」

車子已經到了，還有曹榮陪著去；這當然是震二奶奶的安排。王二嫂也認識曹榮，招呼過了，跟錦兒一起上車，下了車帷；但聽車聲轆轆，經過靜靜地、穩穩地一條長巷，市聲入耳，路亦不甚平穩，好在不久就到了。

下車一看，王二嫂才知道是一家大客棧；車子停在大敞院裡，只見車帷啓處，曹榮說道：「紳二爺一早逛雨花台去了，剛回來。也不必通報了，你們就跟我來吧！」

李紳住在西跨院，一踏進去便看見茁壯的小福兒奔了上來，大聲喊道：「錦兒姊姊，你好哇！」

錦兒笑著摸了摸他的腦袋，「你越來越黑了！」她問：「紳二爺呢？」

「我在這兒！」有人應聲；回頭一看，正是李紳，穿一件舊棉袍，沒有戴帽，手裡握著一個白布小口袋，不斷地捏弄著，發出「沙、沙」的響聲。

「紳二爺，」錦兒福一福說道；「我來引見，這是繡春的二嫂。」

「喔！」李紳頗爲注目；他知道繡春姓王，所以自然而然地這樣叫：「是王二嫂！」說著，拱一拱手。

「不敢當！」王二嫂還了禮，把頭低著。

「請屋裡坐吧！」

「是！」錦兒回頭說道：「曹大叔，你在櫃房裡喝喝茶，等著我。」

說完，隨著李紳進屋；他住的是「官房」，照例三間，在中間堂屋裡坐定，李紳問道：「聽說王二哥是鏢行的買賣？」

王二嫂還未答話；錦兒問道：「紳二爺，這話是繡春告訴你的？」

「是啊！」

「你看，」錦兒回頭向王二嫂說；「繡春甚麼話都告訴紳二爺了。」

「我知道。」王二嫂答說：「繡春也跟我談過紳二爺；似乎紳二爺府上的情形，她也知道得不少。」

兩人無意間抓住這麼一個機會，默契於心地一問一答；立刻將李紳與繡春的關係拉得很近了。這使得李紳很快地勾起了舊情──當曹震要求他「讓賢」；而他表示「割愛」，心裡確是有些像刀割似地難過。只是他性情豁達，提得起，放得下；而此刻，那心如刀割的感覺又出現了。

「紳二爺，」錦兒問道：「你可知道，繡春差一點不能再跟你見面？」

「怎麼？是──。」李紳看了看王二嫂，沒有說下去；只是一臉的關切。

「唉！說來話長，我眞不知道從何說起？」

李紳默然，且有躊躇之意。王二嫂發覺，自己夾在中間，成了錦兒與李紳開誠相見的一個障礙，應該設法避開。

於是，她將錦兒的衣服拉了一把，悄悄說道：「當初我妹妹有好些心事，只跟錦妹妹你說過；我看，請你告訴紳二爺吧！」

「好！」錦兒正中下懷；略一沉吟，覺得有句話，應該由王二嫂交代：「二嫂，請你把繡春心裡的打算，跟紳二爺說一說。」

王二嫂點點頭，想了一下，看著李紳說道：「紳二爺，我妹妹只願姓李，不願姓曹！」

李紳自然動容，看一看王二嫂，又看錦兒，不無要求證明繡春所言屬實的意味。

「說來話長；等我細細告訴紳二爺。」錦兒抬眼向西面的屋子看了一下；暗示李紳，易地密談。

來。」

「好！請等一等。」李紳從容起身，走到廊上喊道：「小福兒！你到櫃房裡，把魏大姊請來。」

「魏大姊」是這家客棧掌櫃的居孀之女，住在娘家，幫助老父經營祖傳的行業；李紳把她請來，是要把王二嫂託付給她，暫為招待。這一細心的安排，見得他待人接物的誠懇體貼；更可以看出他對繡春的尊重。王二嫂以前聽說他對繡春是如何如何地好，多少存著「說歸說，聽歸聽」的心理；此刻的感受，使她自然而然地浮起一種想法：繡春應該嫁給這樣的人！

等她讓滿面含笑的魏大姊接走；錦兒開口問道：「我家二爺跟紳二爺談過繡春？」

「是的。」李紳平靜地答說。

「他怎麼說？」

「他說，」李紳說得很慢：「他跟繡春有成約，希望我放手。君子不奪人所愛，我不能不負繡春了。」

「我家二爺，可曾說繡春已經懷了孕？」

「沒有。」李紳答說：「不過，我已經知道了。」

此言一出，錦兒錯愕莫名，「原來紳二爺知道了！」她問：「紳二爺是怎麼知道的呢？」

「你家二奶奶，讓我捎信給何二嫂，過了年接石大媽到南京；那時候，何二嫂就悄悄告訴我，接石大媽的眞正原因是甚麼！」李紳略停了一下又說：「那時我就想到，繡春所懷的，一定是你家二爺的孩子；既然如此，不管我怎麼捨不得繡春，亦不能不割愛。」

「原來紳二爺還沒有回蘇州，就打算不要繡春了！」

這話說得太尖刻，李紳頓如芒刺在背，「錦兒，錦兒，」他極力分辯：「決不是這個意思！

「那麼，是甚麼意思呢？」

「你想繡春懷著曹家的孩子，我又把她接了來，豈不亂了宗親的血胤？」

「紳二爺說得有理？不過你也知道，一定不會有這樣的情形！」

「怎麼？」李紳愕然，「那不是很明白的事嗎？」

「對了！這是很明白的事，繡春胎打掉了，還會亂甚麼血胤？」

李紳語塞，承認錦兒的指責不錯，自己話中有漏洞；而這個漏洞是因爲自己的話，有所保留而出現的。如今必須明白道出他當時的想法，才能解釋一切。

錦兒卻得理不讓人，接著又說：「如果紳二爺覺得繡春不應該打胎，就應該說話，譬如寫信告訴繡春，或者乾脆，叫那個混帳的石大媽，不必到南京來；如今紳二爺知道繡春一定會把肚子裡的累贅拿掉，可又說甚麼亂了血胤，不就是安心不要繡春嗎？」

這番話眞是振振有詞，李紳越覺侷促，「你眞把我說得裡外不是人了！錦兒，」他搓著手說：「我當時心裡在想，繡春這件事一定瞞不住，也一定不容她打胎，所以我的心冷了。不是說，我不要繡春；是想要也不成。」

「那麼，紳二爺，」錦兒問道：「你知道繡春現在怎麼樣？」

「我不知道。」李紳答說：「跟你說實話吧！我一直想問，總覺得不便開口。爲甚麼呢？已經答應你們二爺了，雖然只是一句話，在我看她就是你們二爺的姨奶奶了；無故打聽親戚家的內眷，會招人閒話！」

「唉！都像紳二爺你這種君子人就好了！」

「且不談甚麼君子、小人。」李紳急於要知道繡春近況，「請你說吧，繡春怎麼了？」

「差一點送命！」

李紳大驚，脫口問道：「怎麼會呢？」

「怎麼不會？」錦兒答說：「我也不懂甚麼，聽大夫說是服錯了藥，血流不止，胎死腹中；幸虧命不該絕，一支老山人葠把她的一條命，楞從鬼門關裡拉了回來。二爺，不是我埋怨你，你做事拖拖拉拉，兩面不接頭；如果你覺得繡春應該讓我家二爺收房，索性就寫信來說明白了，繡春亦就不至於遭遇這樣的兇險。如今，不上不下，不死不活，尷尬到極點。」

聽她在談時，李紳已經臉上青一陣、紅一陣地不斷在冒汗；及至聽完，更覺五中如焚，方寸大亂，急急問道：「怎麼叫不上不下，不生不死？」

「如今我家二爺還是想要繡春。她那麼要強的人怎麼還肯進府；再說，就進去了再也沒有好日子過。豈不是不上不下，一個人懸在半空裡？至於不生不死。」錦兒冷笑道：「二爺，不是我嚇你，繡春尋過一回死，也是碰巧了才把她救了下來；到現在她還存著這個念頭！雖然活著，也跟死了一半差不多。」

李紳聽罷不語，好半晌才長嘆一聲：「唉！聚九州之鐵，難鑄此錯。」

錦兒聽不明白他說的話，只冷冷地說：「如今繡春是生、是死；就看紳二爺的了！」

「那還用說？」李紳接口便答：「只要力之所及，怎麼樣我也得盡心。」

「好！有紳二爺這句話，繡春有救了。」

「你說吧！我該怎麼辦？」

錦兒想了一下，用很有力的聲音說：「一句話，一切照原議。」

「這是我求之不得。可怎麼照原議呢？我話已經說出口了，許了你家二爺了！」

一聽這話，錦兒不由得冒火，「好了！」她倏地站起身來，「說了半天，全是白費唾沫！」

見此光景，李紳慌了手腳；又不敢去拉她，只搶先占住出路，攔在門口說：「錦兒，錦兒，你性子別急，咱們慢慢商量。」

「商量也商量不出甚麼來！紳二爺是君子，一言既出，駟馬難追；說了不要她就不要她！」

「你完全誤會了。我決不是這個意思！」李紳想了一下說：「不過，錦兒，你也應該替我想想，我總得有個說法；不能自己跟你們二爺去說，我以前說過的話不算，我還是要繡春。」

「用不著你自己去說，今天晚上請你吃飯，老太太會當面問你，你不就有機會說話了嗎？」

「是、是！不過，」李紳苦笑著以指叩額，「我腦子裡很亂，眞不知道該怎麼說？錦兒，你教一教我。」

到此地步，錦兒覺得不該有任何隱瞞了；於是將繡春鬧著要出家，震二奶奶的本意，以及曹老太太爲了整飭家規，不能不偏向曹震的始末因果，細細跟李紳說了一遍。

「如今我家二奶奶只能咬定一句話，當初許了紳二爺的，親戚的面子要顧，必得先問一問紳二爺。只要你拿定主意，說得出一點點仍舊要繡春的理由，我家二奶奶就有辦法。」

「就是這一點點理由，似乎也很難找。」李紳仍感爲難，「出爾反爾，那怕是強詞奪理，總也得有個說法。」

錦兒也知道，讀書人，尤其是像他這種讀書人，最講究的就是說一不二；所謂「千金一諾」，已經許了人家割愛的，忽又翻悔，那是小人行徑，在他確是難事。

兩人都在攢眉苦思；畢竟還是錦兒心思靈巧，想得了一個理由，喜孜孜地說道：「紳二爺，我看你要這樣說；你說，你原本捨不得繡春，只爲給石大媽捎信時，才知道繡春怕是懷了孕；後來又聽我家震二爺談起，才知道繡春懷的是他的孩子。這就捨不得也要捨了。如今聽說繡春已經小產，而且住在外面，情形不同，又當別論。」

「是、是、是！」李紳不待她說完，便已笑逐顏開，抱起拳來，大大地作了個揖：「錦兒姊姊，你眞高明！教我茅塞頓開。準定照你的說法；而且我要說在前面。」

「對！那就更好了。」

李紳又凝神靜思，將這番措詞，通前徹後想了一遍；很興奮地說：「我起碼有八成的把握。此刻，咱們得再往下談。老實說，我以爲事情已經過去了，這一次來毫無預備。回頭你家老太太倒是答應了，我赤手空拳，可怎麼辦這樁喜事啊？」

「紳二爺，你可也別太高興！這面，裡應外合，我家老太太瞧在親戚的分上，一定會點頭；

那面，可還不定怎麼樣呢？」

李紳愕然，「錦兒姊姊，」他問：「你說是那一面？」

「繡春啊！」

了解繡春心理的，自然莫如錦兒。在她看，繡春經此打擊，萬念俱灰，如今連生趣亦不一定會重生，更莫說婚事！而且，她的性子向來剛強執拗，亦是說了話不願更改的人；已經表示，只願出家，永斷俗緣，只怕一時還難得挽回她的意志。

「如今最難的是，她那顆心簡直涼透了，要讓它能夠暖過來，只怕得下水磨工夫。」

李紳平靜地答說：「我有耐心。」

「行！有紳二爺這句話就行了！」錦兒站起身來說：「紳二爺就對付今晚上這一段兒吧。有話明兒再說。」

「喔，」李紳問道：「能不能讓我去看一看繡春？」

「當然！不過也得到明天。明天才有確確實實的好消息帶給她。紳二爺想，這話是不是？」

「不錯、不錯！明天就有好消息了。」

於是李紳讓小福兒到魏大姐那裡，把王二嫂請了回來。當著人不便細談；不過她看錦兒與李紳的臉上，都有神彩飛揚的喜色，知道談得很好，也就放心了。

「怎麼樣？」上了車，王二嫂便問。

「嗐，眞是想都想不到的事，繡春有喜，紳二爺早就知道了。」接著，錦兒將與李紳談話的經過，都告訴了王二嫂。

「謝天謝地！」王二嫂長長地吁了口氣：「眞是絕處逢生，又回到原先那條大路上來了。這一回可眞得步步小心，再也錯不得一點。」

「就是這話囉！」

「那麼，錦妹妹，你看我回去該怎麼說？」王二嫂說：「繡春一定會問我，不能沒有話回答她。」

錦兒沉吟了一回答說：「你只說找庵的事，差不多了；明兒中午我當面跟她細談。」

這是入春以來的第一個好天，金黃色的陽光，布滿了西頭的粉牆，溫暖無風，很像桃紅柳綠的豔陽天氣。

因此，繡春這天的心情比較開朗；再想到錦兒中午要來，幾天蓄積在心裡的話，有了傾吐的機會，更覺得精神一振。於是掙扎著起床，起先還有些頭暈；及至吃過一碗王二嫂替她煮的鴨粥，似乎長了些氣力，便坐到梳妝台前，伸出枯瘦的手去卸鏡套。

「算了吧！」王二嫂勸她：「病人不宜照鏡子；過幾天吧！」

「不礙！」繡春答說：「我知道我已瘦得不成樣子了。」

既然她心裡有數，就不會爲自己的模樣嚇倒；王二嫂也就不再作聲。但是，繡春仍舊嚇著了自己；因爲她已不認得鏡中人——在她看，鏡中不是人，是夜叉羅刹，瘦得皮包骨一張臉，黃如蜜蠟，顴骨高聳，配上一頭枯黃如敗草似的頭髮，與一嘴白森森的牙齒，自己看著都害怕。

她將眼睛閉了起來，感覺脊樑上在冒冷氣；而眼中所見，是枯枝敗葉，殘荷落花，斷垣頹壁，凡是所見過的蕭瑟殘破的景物，不知怎麼，一下子都湧到眼前來了。

突然，她發覺王二嫂在說話，是驚異的聲音：「震二爺來了！」

繡春就像被人打倒在地，忽又當頭打下來一個霹靂，幾乎支持不住。但心裡卻有清清楚楚的念頭：他是來看我的！看二嫂怎麼打發他走？

因而極力支撐著，屏聲息氣，側耳細聽；發覺王二嫂已將他領了進來。果然，聽見她在門外說：「妹妹，震二爺來看你了！」

她恨嫂子糊塗！心裡一生氣，不免衝動；莫非眞個要找當面來回絕他？緊接著又想，就憑現在這副模樣，他還會來糾纏？索性開了門讓他看看，好教他死了心！

於是她答一聲：「來了！」然後扶著牆壁，走到門口；雙手扒著兩扇房門，往裡一拉，豁然大開。及至定睛一看，這一驚又遠過於發現自己變得像個夜叉；以及初聞「震二爺來了」的聲音！

那裡是什麼「震二爺」？是「紳二爺」！

繡春這一回是眞的支持不住了。但是，她還是使盡渾身力氣，將兩扇房門砰然閤上；身子順勢靠在房門背後，雙眼一閉，淚珠立即滾滾而出了。

「妹妹，妹妹！」王二嫂在外面喊。

繡春沒有理她；王二嫂卻還在喊，最後是李紳開口了，「二嫂，」他說：「她心境不好，今天不打擾她了。」

「眞是對不住，紳二爺——。」

「紳二爺」三字入耳，繡春恍然大悟；原來是王二嫂口齒不淸，「紳」字念得像「震」字。不過，她也深深失悔，總怪自己不夠冷靜，才會聽不淸楚。

但怎麼忽然會上門？來幹什麼？是誰把這裡的地址告訴了他？必是錦兒！轉念到此，繡春眞有冤氣難伸之感！痛恨錦兒多事，而且魯莽，難道她就看不出來她這副模樣不能見人？這不明明是要她出醜？

房門上又響了；這次是王二嫂自己先開口聲明：「妹妹，是我一個人。」說著，虛掩的房門已被推開；繡春轉臉相視，發現王二嫂的表情很奇怪，喜悅與懊惱一起擺在臉上。

「新女婿第一次上門，就碰了你一個大釘子！」

「甚麼？」繡春問說：「二嫂，你說什麼人上門。」

「新女婿啊！紳二爺是特爲來報喜的；曹老太太仍舊許了紳二爺，把你配給他。」

聽得這句話，繡春摸不著頭腦；亦無從辨別心裡的感覺，只搖搖頭說：「我鬧不淸是怎麼回事？」

「我也鬧不淸你是怎麼回事？」王二嫂說：「旣然已經開了門，爲什麼忽然又關上；倒像存心給人一個過不去似地。」

繡春有些著惱，「誰要跟他過不去？」她說：「都怪你話說得不清楚，明明是紳二爺，怎麼說是震二爺？」

「只怕是你聽錯了！這也不去說它；我只不明白，何以震二爺就能開門，紳二爺就不見？」

「我自然有我的道理。我要用我這張臉，把震二爺嚇回去！告訴他，謝謝他的好意，請他再不要來跟我胡纏了！」

王二嫂爽然若失地說：「原來是這麼一個意思；多冤枉！平白無故地把人給得罪了。眞冤枉！」

「得罪了誰？紳二爺？」

「不，不——，」王二嫂急忙分辯：「紳二爺倒沒有說甚麼，只說你心境不好，難怪！陪他來的魏大姐似乎很不高興。」

「魏大姐！誰啊？」

「是紳二爺住的那家客棧的少掌櫃；掌櫃的大女兒，居孀住在娘家，幫著老子照料買賣。挺能幹，挺熱心的人。紳二爺想來看你，請她作陪，又請她打聽我家的地址；她居然都辦到了。」

「原來不是錦兒搞鬼！」

「她搞甚麼鬼？她爲你出的力可大了！一會兒來了，你細細問她。妹妹，事情都轉好了，只要你自己把心放寬來，好好將養。」

繡春不作聲，心裡有著一種無可言喻的不安；可是她卻辨不出，使她不安的東西是甚麼？好久，終於捉摸到了，「唉！」她嘆口氣，「到底不知道是你說錯了，還是我聽錯了：反正我這副不能見人的模樣，偏偏就讓他看到了！」

王二嫂當然知道，幼女少婦若說能添得一分姸麗，甚麼都可犧牲；同樣地，自覺醜得不能見人時，不論許她甚麼好處，都不足以使她露面。繡春此時的心境，她能了解；不過不如繡春看得那麼嚴重，所以仍舊在談她喜歡談的事。

「這紳二爺實在是好！我雖只見過兩次，看得出來——。」

「兩次？」繡春打斷她的話問：「除了今天這一次，你多早晚又見過他？」

漏洞被捉出來了，王二嫂也不必抵賴：「昨天！」她說：「跟錦兒一起去的。」

「怎麼？非親非故，二嫂，你是怎麼找上門去的呢？」

「現在不成了至親了嗎？」

「那是現在！昨天可不是。」繡春突然起了疑心，神色亦就很不妙了，「現在也不是！人家都嫌棄了，自己找上門去求人家；二嫂，你就不為我留餘地，你也得想想二哥的面子啊！」

言語神色，並皆峻厲；王二嫂嚇得楞住了。

幸好來了救星，是錦兒。大門未關，她一路喊：「二嫂，二嫂！」一路就走了進來。

但先看到王二嫂面現抑鬱，已覺不解；及至進入繡春臥室，發現她面凝寒霜，更是驚疑不定了！

「怎麼回事？」

「唉！」王二嫂一跺腳說：「好好的事，只怕又要弄擰了！眞是，我也受夠了！」說著，轉身便要離去。

這一來，錦兒自然明白三分；不知她們姑嫂，因何嘔氣？便搶著攔住，「二嫂，二嫂，你別走！」她說：「好好的事情，不會弄擰的！你倒說說，是怎麼回事？」

「是我多了一句嘴，說昨天和你去看了紳二爺；繡春就疑心紳二爺嫌棄她了，我跟你倆是去求親的，貶低了她的身分！」

「我也不是說貶低我的身分；我如今還有甚麼身分好端得起來的？」繡春搶著表白：「我只覺得犯不著去求人！而況，我本來就打算好了的，甚麼人也不嫁！」

「原來是這麼一個誤會！二嫂沒有錯；繡春也沒有錯，只是性子急了些。話不說不明，鑼不打不響；這會兒可以敞開來說了。繡春，你不願求人，我也不是肯求人的人；昨天是紳二爺託我把二嫂約了去，當面談你的事。若說他有嫌棄你的心，這話如果讓他知道了，可是太傷他的心！」

「是他約了去的？」繡春問道：「二嫂剛才怎麼不說？」

「我的姑奶奶！」王二嫂叫屈似地喊了起來，「你還怨我不說，我才說了一句，你就一大頓排揎，都把人嚇傻了！還容得我說？」

繡春回想自己剛才的情形，確是過分了些；內心不免咎歉，將頭低了下去。看樣子誤會是消釋了，錦兒深怕王二嫂會說氣話，讓繡春受不了，所以以眼色示意，悄悄說道：「二嫂，我來跟繡春說。」

「本就該等你來說，就甚麼事都沒有了。喔！」王二嫂突然想起，「錦妹妹，我告訴你，紳二爺來過了！」

「震二爺？」錦兒詫異。

「是不是？」繡春向她嫂子說：「不是我聽錯，是你說錯吧？」

事實上都有責任，一個說得不夠清楚，一個聽得不夠仔細。錦兒自然不明白她們在說些甚麼，及至問清楚了，不由得有些著急。

原來事情尙未定局。因爲曹老太太對繡春不甚關心；對李紳的願望也看得並不怎麼要緊；她所重視的是家規與家聲。繡春的新聞，正熱哄哄在親黨之間談論，她覺得已足以損害曹家的家聲，所以經過深思熟慮，決定要把這件事冷下來；而不管是將繡春配給李紳，或者由曹震收房，都是進一步的新聞，越哄越熱，更難冷下來了。

好在她有一個很好的藉口：繡春還不知道怎麼樣呢？等她將養好了再說！因此，錦兒爲李紳設計的一套話，根本沒有機會說；昨夜的宴席上，誰也未提此事，不過，震二奶奶利用李紳抵制丈夫，要防他日久洩氣，非穩住他不可。所以叮囑錦兒悄悄告訴李紳：曹老太太已經把繡春許給他了，但這話要等繡春身子復元再宣布；以便喜信一傳，跟著就辦喜事。

錦兒心裡明白，李紳雖有希望，卻無把握；曹震雖遇挫折，但他不必也不會就此斷念。繡春的歸屬，尙在未定之天，像今天繡春由聽聞一字之差所引起的誤會，讓曹震知道了，就可能會振振有詞地說：繡春一片心都在他身上；說她喜歡紳二爺，那是別有用心的撒謊。不然，怎麼一見了紳二爺就把房門關上，不理人家？

看她陰晴不定的臉色，王二嫂和繡春都不免猜疑。不過繡春想到的是自己，以爲錦兒跟她同感，這麼難看的一副模樣，落入他人眼中，是件很窩囊的事；而王二嫂所想到的是李紳，暗中自問：莫非錦兒覺得繡春是把紳二爺給得罪了？

「錦妹妹，」王二嫂問：「昨天晚上是怎麼談的呢？」

「談得很好哇！」錦兒答說：「老太太也很關心繡春，說是無論如何總要先把身子養好。」

「紳二爺呢？」王二嫂又問：「老太太跟他怎麼說？」

這話讓錦兒很難回答，實話不能說，假話不知怎麼編？只能設法敷衍，「他們是姑姑內姪，親戚之中，比誰都親，」她含含糊糊地說：「自然有談不完的家常。」說著，趁繡春不防，給了她一個眼色。

可惜還是遲了一步；王二嫂已將錦兒不願她問的一句話問了出來：「我是指繡春的事；老太太跟紳二爺怎麼說來著？」

到此地步，錦兒只能硬著頭皮說假話：「老太太說了，只等繡春將養好了，她立刻通知紳二爺來迎親。」

聽得這話，王二嫂一顆心才比較踏實。「妹妹，你聽見沒有？」她看著繡春說：「誰都這麼說，養好身子是第一。老古話說的是：『心廣體胖』。你總得把心放寬來。」

「唉！」繡春嘆口氣，「我心裡亂糟糟地！你們不知道那種滋味。」

「其實，你何用如此？」錦兒不暇思索地說：「既然你已經打算出家了，應該一切都看得開。」

她是無心的一句話，繡春聽來卻是一種指責與譏笑——她心裡還是撇不開男人！敢情尋死覓活，鬧著要出家，都是做作？

意會到此，方寸之間難過極了！「繡春啊，繡春，」她在心裡對自己說：「都道你爭強好勝，說一不二；原來你也口是心非，慣會作假，你成了甚麼人了？」

繡春在想：要在他人眼中證明自己是甚麼人，全看自己的行徑。她決不能承認自己「口是心非，慣會作假」；在她看，那是一種最讓人瞧不起的人。爲了證明自己不是那種人，唯有堅持原意。

一轉念間，自覺解消了難題，心境倏而轉爲平靜，臉孔的顏色也不同了。

這時她才發覺，錦兒與王二嫂都已走了。側耳傾聽，並無聲息，心裡不免奇怪；便下得床來，扶著牆壁，慢慢走到堂屋，才聽到王二嫂的卧房中，有錦兒的聲音。

等走近了，聽得錦兒小聲在說：「剛才逼在那個節骨眼上，我不能不說假話。二嫂，這些情形，你都放在肚子裡，千萬不能讓繡春知道。」

繡春一聽，心境立刻又不平靜了；是甚麼不能讓她知道的假話？她本無意「聽壁腳」；此刻卻不能不屏聲息氣偷聽了。

「唉！」是王二嫂嘆氣，「老太太一向聽二奶奶的話；這回怎麼倒像是向著二爺呢？」

「也不是向著二爺。」錦兒停了一下說：「這裡頭拐彎抹角的緣故多得很，一時也說不盡。」

王二嫂沒有作聲；過了一會，突如其來地說：「喔，錦妹妹，你上次不說有個治孩子溺床的單方？」

話題轉變，繡春知道不會再談她的事了；想到讓她們發現她在聽壁腳，彼此都會尷尬，因而趕緊又悄悄扶壁而回，到得自己屋子裡才透了口氣，就在靠窗的椅子上坐下來，回想剛才所聽到的話。

話只有三句，貫串起來卻有好多的意思；再想一想錦兒在這間屋子裡說話的態度，事實更容易明瞭；震二爺對自己還沒有死心，而且曹老太太也已經許了他了，只待她病體復元，便可收房。錦兒所說的「老太太說了，只等繡春將養好了，立刻通知紳二爺來迎親」，就是不能讓她知道的「假話」。

一點不錯！繡春心想：怪不得錦兒說甚麼「已經打算出家了，應該一切都看得開」的話；敢情是暗暗相勸，趁早對紳二爺死了心吧！

可是，繡春又想，何以紳二爺又說曹老太太仍舊把她許了他呢？莫非她嫂子也在說假話？細細想去又不像。錦兒是當時逼得非說假話不可；她嫂子沒來由說這假話，不怕將來拆穿眞相，難以交代？

然則還是紳二爺自己來報的喜；就不明白他這個喜信是那裡來的？繡春想來想去想得頭都痛了，還是不得其解。

嗐！她突然省悟，既然堅持原意要出家了，又管他的話是眞是假？這樣一想，倒是能把李紳拋開了；但心裡空落落地，只覺得說不出來的一種不得勁。

「繡春，我得走了。」錦兒說道：「你好好養病——。」

「錦兒，」繡春平靜而堅定地打斷她的話：「我這個病，只有一個地方養得好。」

「甚麼地方？」

「庵裡。」

錦兒愣住了，與王二嫂面面相覷，都不明白繡春的態度，怎麼又變了？

「錦兒，你替我費的心，我都知道。不過，我的命不好，只有修修來世。你若眞的肯幫我的忙，就跟二奶奶說，趕緊替我找庵。」

「我眞不懂，繡春，說得好好的，你怎麼又翻了？」錦兒略停一下又說：「我現在跟你說實話吧，有庵二奶奶也不能給你找，老太太根本就不許！」

「喔，」繡春問道：「爲甚麼呢？」

「老太太說了，誰要是有點小小不如意，就鬧著要出家，不成話！沒那個規矩！」

繡春的臉色發青發白！沉默了好一會說：「這倒也是實話。錦兒，你還有多少實話，一起跟我說了吧！」

這一下是錦兒的臉色變了，「繡春，」她說：「你變了！」

「是的，我變了！從前是在夢裡，說的都是夢話；現在夢醒了，自然變過了！」

她那種絕望無告，飄飄蕩蕩一無著落的聲音，聽得錦兒痛心不已。不過，她仍舊鼓起勁來說：「繡春，你別這麼說！你一定得相信我跟二嫂，事情會弄得很好。」

「我怎麼不相信你？可是，錦兒，只怕你自己都沒法兒相信你自己！」

話鋒如白刃般利，錦兒既痛苦、又困惑，不懂她為何一下子變得這樣不受勸？心裡自亦不無氣惱，話不投機，何必再自討沒趣？

於是她站起身來，看都不看繡春，只說：「二嫂，我得走了。」

冷眼旁觀的王二嫂，當然也看出來了；繡春的態度自是錯了，卻不敢責備她，只能背著她向錦兒道歉。

到得院子裡，她拉住錦兒說：「錦妹妹，你別難過！千不看、萬不看，看在她心境不好上頭。」

「唉！」錦兒不免有牢騷：「管閒事管得我們姐妹的感情都壞了。『頂石臼做戲』，我也不知貪圖甚麼？」

「誰教你們像親姐妹一樣呢？錦妹妹，你也要原諒繡春，她是最好強的人，弄成今天這種窩囊的情形！連見人都怕；你想想她心裡是怎麼一種滋味？」王二嫂緊接著又說：「錦妹妹，這件事你不能不管；救人救徹！如果你撒手不管，不但繡春沒有救，連我也不得了！你是心腸最熱的人；我可是全副千斤重擔要擱在你肩膀上了。這不是我撒賴，實在是只有你錦妹妹才挑得起這副擔子！」

解釋、訴苦、糾纏帶恭維，將錦兒的俠義心腸又激了起來；「我當然要管。可是，」她躊躇著說：「繡春這個樣子，我可怎麼管呢？」

「這你別管！有我。」王二嫂說：「我這會兒擔心的是紳二爺；得要把他穩住才好。」

錦兒沉吟了一會說：「出來一趟也不容易；索性我再去看一看紳二爺。」

「那可是再好都沒有了。」王二嫂又說：「錦妹妹，如果紳二爺有甚麼誤會，或者不高興，千萬請你說明白。」

錦兒答應著走了。到了李紳所住的那家客棧，特爲留意看了看；果然，櫃房裡坐著一個三十出頭的婦人，瓜子臉、薄唇、寬額、一雙眼睛極其靈活，透著一臉的精明。

錦兒不認識她，她倒認識錦兒，滿臉含笑地起身來招呼：「錦兒姊姊，請坐、請坐！」

「喔，」錦兒問道：「想來你就是魏大姊了！」

「不敢當。」

說著，魏大姊已從櫃房裡走了出來，蜂腰削肩，體態輕盈；錦兒這才發現，原是個極妖嬈的婦人。

「是來看李老爺？」魏大姊問。

「是的。」錦兒找了個很冠冕的理由：「我家老太太派我來傳一句話。」

「喔！李老爺出門了。錦兒姊姊，你請裡面坐，喝盅熱茶；等我來問，李老爺是上那兒去了？」

正談著，小福兒出現；一見錦兒奔了上來，笑嘻嘻地叫應了，然後說道：「錦兒姊姊，你進來坐；二爺是在逛舊書攤，快回來了。」

「喔，」錦兒問道：「你怎麼沒有跟了去。」

「就怕你家有人來，特爲把我留下來看家。走，走！二爺屋子裡暖和。」

於是錦兒轉回臉來，向魏大姊笑一笑說道：「多謝你！回見。」

到了李紳住處，小福兒直接將她帶入李紳臥室，只見生著炭爐，上坐一壺熱水，「骨嘟嘟」地在冒白汽，靠窗方桌上有一副正在拿「相十副」的牙牌；泡著一杯茶，另外還有一碟子果子乾。由於茶也在冒熱汽，錦兒便說：「這是你的茶？你倒會享福！」

「閒著沒事，學二爺消遣的法子。錦兒姊姊，你請坐這裡，舒服一點兒。」

他指的是床前一張鋪蓋棉墊子的藤椅；錦兒一坐下來立即發現，椅旁有塊湖色綢子的手絹，撿起來一看，便知是閨閣中所用，忍不住要問一聲。

「喔，」小福兒說：「這必是魏大姊掉在這兒的！」

「魏大姊，就是櫃房裡的那個魏大姊？」

「就是她。」

「怎麼?」錦兒好奇心大起,「怎麼到了二爺屋子裡來了呢?是二爺找她來的?」

「頭一回是二爺找她;第二回是她找二爺。」

「談些甚麼呢?」

「頭一回,昨天晚上從你家回來,魏大姊還在櫃房裡結帳,二爺就問她繡春姊姊的哥哥家,知道不知道?說姓王,幹鏢行的。魏大姊說,這容易打聽。過了一會就來給二爺回話,坐了好半天才走。」

「談些甚麼呢?」

「我不知道。我在外屋打瞌睡;到她走的時候我才醒,都三更天了。」

這麼一個妖嬈婦人,又是寡婦的身分;半夜三更逗留在男客卧室中,是談些甚麼?這不能不讓錦兒起疑,決定打聽一個明白。

「今天一早,她陪二爺到繡春那兒去了?」

「是的。二爺說要人帶路;又得跟繡春姊姊的嫂子打交道,所以特意請她陪了去。」

「去了以後怎樣?」

「我不知道,我沒有去;二爺留著我看屋子。」

「喔,」錦兒問道:「二爺回來了怎麼樣?」

「甚麼怎麼樣?」

「我是說二爺的心境，是高興呢，還是不高興？」

小福兒想了一會才回答：「也不是甚麼不高興，是有點掃興的樣子。」

聽他這話，錦兒略感寬慰；把話頭又接到魏大姊身上，「去是一起去，回來也是一起回來。」她問：「魏大姊把二爺送回來就聊上了？」

「不！」小福兒答道：「先是二爺一個人回來；過了一會，魏大姊來找二爺。」

「來找二爺幹甚麼？」

「我沒有太注意，好像是一個勁地勸二爺別生氣。」

錦兒緊張了，「二爺生氣了嗎？」她問。

「我看不出來。」小福兒搖搖頭，「二爺自己也說，『我沒有生氣』。」

「那——。」

錦兒突然將話頓住。她本來要問：「那麼，爲甚麼魏大姊要勸二爺別生氣。」剛一開口，突然領悟：這那裡是勸人家別生氣？明明是在鼓動人家生氣！這個甚麼魏大姊，跟石大媽一樣可惡！

「錦兒姊姊，」小福兒問道：「你要說甚麼？」

錦兒知道小福兒秉性憨厚，只是有點戇；像這種事，跟他說了就會出麻煩，所以改口答道：

「那麼，她甚麼時候去的呢？」

「直到夥計來催，說有人等她結帳她才走。臨走，還給二爺飛眼兒。」小福兒齜一齜牙說：

「這娘們，有點邪！」

「你別瞎說！」錦兒笑著呵斥：「細心二爺聽見了，罵你。」

小福兒笑笑不以為意，但一轉眼間，只見他一臉的頑皮，盡皆收起；錦兒不免奇怪，掉頭一看，方始明白，原來李紳回來了。

他穿一件鼻煙色的寧綢灰鼠袍子，玄色團花貢緞馬褂，戴一頂紅結子的軟緞摺帽；左手袖口挽起一截，手裡抓著一部舊書；右手盤弄著兩枚核桃，一路「嘎啦、嘎啦」地響；一路瀟瀟灑灑地走了進來。

「二爺，」小福兒迎上去通報：「錦兒姊姊在屋裡。」

「喔，」李紳抬眼看見站在那裡，微笑目迎的錦兒，用隨便而親切的聲音說：「甚麼時候來的？」

「來了一會兒。」

「請坐！」他將手中的一部「板橋雜記」放在桌上，自己也坐了下來，口中問說：「有事嗎？」

「聽說紳二爺今兒上午，到繡春那裡去了？」

「是的。」李紳向小福兒說：「打盆水來我洗手。」

這是將小福兒支使開，好方便錦兒講話；她領會得這層意思，所以等小福兒走遠了，方始問道：「怎麼樣，見著了沒有？」

「見著了。」李紳點點頭。

「說話了？」

「沒有。」李紳搖頭，「恐怕也沒有甚麼好說的！」

「咦！」錦兒很認眞地質問：「紳二爺怎麼說這話？」

李紳的神色也很凝重，「錦兒，」他說：「你知道的，人各有志，不能相強！繡春先以爲你們家二爺去看她，所以開了房門；一看是我，知道弄錯了，立刻又把房門關上。說實話，她這一關門，我的心可是涼透了。」

沒有想到他會把這件事看得如此嚴重！錦兒楞住了；好半晌才省悟，自己的這種態度只有使誤會加深，應該趕快解釋。

於是她說：「紳二爺，我沒有料到你是這麼個想法！不過也不能怪你；你想的是在情理之中。倒是繡春的想法，說起來似乎不大合情理。」

「她怎麼想來著？」

「二爺，」錦兒問道：「繡春你是見著了？」

「不錯。可只是看到一眼。」

「這一眼，把她的臉看清楚了沒有？」

「大致清楚。」

「那麼，我請問二爺，繡春是不是很難看，臉上又瘦又黃，頭髮又枯又稀？」

「那是病容嘛！」

「不管病容不病容，我只請紳二爺說心裡的話，這麼一張臉是不是很難看？」

李紳點點頭說：「好看總談不到！」

「那就是了！繡春的嫂子有點大舌頭，紳、震不大分得清楚；繡春也只當我家的震二爺來了，要躲躲不掉，起了個笨念頭，要拿她那張難看的臉把我家二爺嚇回去。誰知道開出門來是你紳二爺。」錦兒喘口氣又說：「紳二爺，請你倒想想，如果你是繡春，肯不肯把這張臉給你看？為這件事，繡春心裡難過得要死，跟她嫂子吵得不可開交，是我去了才勸開的。如今紳二爺你反倒以為她向著我家震二爺，不願理你紳二爺。這個冤到那兒去喊？」

話風如懸湫傾注，暢順無比；他在想「女為悅己者容」，所以女子對容貌能否悅人，看得很重；繡春的想法實在比自己的推測，更合情理。不過錦兒楞了一下，卻不能使他無疑；震二奶奶調教出來的丫頭，說話行事，都高人一等，安知不是她隨機應變，臨時編出來這麼一套理由。

但不管怎樣，總是寧可信其有，不必信其無的說法，所以神色便不同了，歉意地說道：「照你這麼說，倒是我錯怪了她！」

「也不能怪你。」錦兒不敢用得理不讓人的態度，心平氣和地說：「換了誰，都是紳二爺你這麼想，那知道另有說法。不然，怎麼叫情呢？」

「不錯，不錯！」這句話說得李紳心服，「情到深處便成癡，旁人不易了解。」他又笑道：「錦兒，真看不出，你論情之一字，居然是這麼透徹。」

錦兒臉一紅，「我也是胡說的。」她將話題扯了開去：「紳二爺，我倒要問，當時你是不是很生氣？」

「不！」李紳重重地回答：「我是洩氣，不是生氣。你知道的，生氣跟洩氣不同。」

照此看來，魏大姊明明是在挑撥李紳跟繡春的感情。她這是爲了甚麼呢？錦兒渴望了解；但要問的話，到了口邊又硬嚥回去，因爲這一問出來，不言可知是小福兒搬弄口舌。李紳一怒，說不定會雞毛撣子抽他一頓。

於是她撇開魏大姊，從正面問道：「紳二爺，誤會大概是解釋清楚了；你是不是還覺得洩氣呢？」

「不，不，怎麼會？」

「那麼，紳二爺你預備怎麼辦呢？」

「全聽你的！」李紳盤算了一下說：「我還可以待個五六天，你看，能不能跟她見一面？」

「見面就不必了！倒是紳二爺有甚麼可以表情達意的東西，不妨給她見一面。」

「我送過她一個『剛卯』，我的心意都寄託在那上面。若說眼前，我只望她早占勿藥。」李紳怕錦兒聽不懂這句成語，又說：「只望她早早復元；要表達這番情意，只有一個辦法，但怕太俗氣。」

「不管它！請先說了，咱們再看。」

「病要好得快，自然要請最好的大夫，服最好的藥；非錢不辦！我送她點錢，行不行？」

「這也沒有甚麼不行！不過不是送她錢；是紳二爺你留下的安家銀子。」

「對，對！若是這麼說，就無所謂俗氣不俗氣了。錦兒，你的想法直截了當，我眞自愧不如。」李紳站起身來說：「這一趟來，毫無預備；只帶了二百兩銀子打算買書，就把這筆款子移作安家銀子吧！」

說到這裡，正好小福兒打了臉水來，李紳便喚他找鑰匙開箱子；錦兒靈機一動攔著他說：「紳二爺，我沒法子替你轉交這筆錢。你讓魏大姊派人替你送去好了。」

「這——，」李紳躊躇著說：「倘或她那裡不肯收呢？」

「不會！我回家順路轉一轉，關照王二嫂就是。」

「既然如此，何不就替我帶了去？」

「不！要專程派人，才顯得紳二爺你的情意。最好再給繡春寫封信。」

「好！」李紳欣然答應，卻又爲難，「怎麼稱呼呢？」

錦兒有些好笑，「紳二爺，」她說：「若是你肚子裡連這點墨水都沒有，可怎麼趕考呢？」

李紳啞然失笑；點點頭說：「你責備得不錯。如今就算你出了個題目，我得好好交卷。」

「對了！用點心寫。能一封信把繡春勸得心活了，才顯你紳二爺的本事。」錦兒起身說道：「我得走了。讓小福兒送我出去吧！」

「好，我送！」小福兒把門簾一掀。

於是錦兒在前，李紳隨後，送到院子門口；錦兒回身請李紳留步，由小福兒帶路相送。

「小福兒！」錦兒喊住他說：「我託你點事行不行？」

「行啊！怎麼不行？」

「我託你留點兒神，」錦兒低聲說道：「看魏大姊是不是又來找二爺？如果來找，說些甚麼？你只悄悄記在肚子裡，甚麼也別說。」

「好！」小福兒問道：「我知道了可怎麼來告訴你呢？」

錦兒想了好一會說：「明兒我打發人來給二爺送點心；來人會問你，有話帶回去沒有？如果沒事，你就說沒有！如果有話要告訴我，你就說，讓我來一趟，我就知道了。」

到得黃昏，曹家照例送菜，魏大姊便趕了來照料，打開食盒，見是蜜炙火方、八寶翅絲、薺菜春筍；一碟網油鵝肝是生料；另外還有燻魚、醉蟹、蚶子、風雞四個碟子；一大碗雞湯魚圓。紅黃綠白，論色已讓李紳頗有酒興了。

「曹家的菜是講究。」魏大姊說：「這薺菜春筍，起碼還有半個月才能上市；他家已經有了。」她緊接著又問：「李二爺，你甚麼時候吃？」

「勞你駕，叫人把菜拿到大廚房熱好了，我就吃。」

「大廚房怎麼能熱這種細巧菜？」魏大姊略想一想說道：「只有蜜炙火方，可以上籠去蒸；其餘的菜，只好在這裡現熱現吃。」

說著，不容李紳有何意見，掉身便走；不多一會，只見兩個夥計，一個捧來一具已生旺了的炭爐；一個一手提著活腿桌子，一手提隻大籃，裡面裝的是鐵鍋與作料；魏大姊跟在後面，已繫上圍裙，手捏一把杓子，是她自己來動手。

很快地在走廊上安好炭爐，搭好桌子；她把那碗蜜炙火方讓夥計端到大廚房去回蒸，然後抹桌子，放碗快，擺好冷葷碟子，燙上酒來，喊一聲：「李二爺請來喝酒吧！」

接著，先熱薺菜春筍，再炸鵝肝；支使小福兒端上桌去。方始解下圍裙，攏一攏頭髮，洗了手進屋。

「酒菜大概夠了。」她說：「留著翅絲、火方，魚圓湯做飯菜。慢慢兒喝吧，要吃飯了，讓小福兒叫我。」

說完，一扭身進了李紳臥室；不知道她去幹甚麼？主僕二人都感詫異，李紳呶一呶嘴；小福兒會意，走過去探頭一望，只見魏大姊是在收拾屋子；正要將一本攤開的書收攏。

「魏大姊！」小福兒急忙攔阻：「你別動二爺的書！」

魏大姊一楞；招招手將小福兒喚了進去，小聲問道：「二爺的書，爲甚麼不能動？」

「二爺正看到這兒，你把它一闔上，回頭二爺找不到地方了。」小福兒又說：「收書有收書的法子。」他拿起一張裁好的紙條，夾在書中，方始闔攏。

「我懂了！」魏大姊說：「你伺候二爺喝酒去吧！」

「還有，寫得有字的紙不能丟！反正二爺的書桌，你最好少動！」

說話的語氣不太客氣，李紳在外面聽見了便喝一聲：「小福兒！」

小福兒不敢再多說，悄悄走了出來；李紳便教訓了他幾句，說收拾屋子本是他的事，魏大姊好意代勞，應該感謝，何得出以這種不禮貌的態度？

「二爺別說他！」魏大姊趕出來笑道「倒是我應該謝謝小福兒，她讓我學了個乖。來！」她將小福兒一拉：「幫魏大姊去打盆水來。」

小福兒乖乖地跟著她走了。打了水來，魏大姊一面抹桌子，一面跟小福兒有一搭，沒一搭地閒聊；又不斷指使他幹這幹那。神態之間，眞像大姊之於幼弟。

「行了！」她說：「你把髒水端出去潑掉；到大廚房去把蒸著的火腿拿來。二爺該吃飯了。」

李紳的這頓飯，自然吃得很舒服；等他紅光滿面地站了起來，魏大姊已將一條冒熱的手巾遞了過來。

「茶沏上了，在裡屋。你喝茶去吧，該我跟小福兒吃飯了。」

「多謝，多謝！今天這頓飯可眞好！」

說完，李紳掀起門簾，入眼一亮；臥室中收拾得井井有條，硯臺、水盂都擦洗過了；七八本書疊得整整齊齊，書中都夾著紙條。坐下來拿起上面的那本，正是這天在三山街二酉堂新買的「板橋雜記」。心裡不由得就想，余澹心筆下的舊院風光，善伺人意的黠婢巧婦，不道眞有其人！

在堂屋，魏大姊以長姊的姿態，慈母的情意與小福兒共餐。他對蜜炙火方特感興趣，她便一筷不動，連碗移到他面前，網油鵝肝還剩下三塊，她亦都挾了到他飯碗裡。

一面吃、一面小聲談話；小福兒不知不覺地，把他所知道的李紳跟繡春的情形，傾囊倒篋般都告訴了魏大姊。

吃完飯收拾桌子；魏大姊悄悄走了。到櫃上看一看，交代一個得力夥計，說她有些頭痛，要早早休息，凡事斟酌而行。然後回到臥室，重新洗面櫳髮，淡掃蛾眉，戴上銀頂針，拿著針線包，重到李紳身邊。

「今天可把你累著了！」李紳放下筆來，看著她問：「怎麼還不睡？」

「還早。」魏大姊答說：「我看二爺袍子跟馬褂上，好幾個紐襻綻線了，趁早縫好它。」

「多謝，多謝！眞個過意不去。」

「這有什麼！還值得一聲謝？」

說著，她管自己去取皮袍跟馬褂，坐下來仔細檢點。李紳也就不再管她，重新握起筆來。

「二爺在寫甚麼？」她隨口問說：「做文章？」

「不是，寫信。」

「家信？」

「也可以說是家信。」

家信就是家信，怎麼叫「也可以說」？魏大姊心中納悶，卻未問出口來。

李紳將信寫完，開了信封；接著便開箱子，取了四個用桑皮包著，出自藩庫的五十兩銀子一個的官寶，連信放在一邊。然後收拾筆硯，推開書來看。

他的一舉一動，都在魏大姊的眼角偷覷之中，到得此時，便站起身來，去取茶碗，要替他續水。行走無聲，直到一隻五指用鳳仙花染得鮮紅奪目的白手，驟然出現在眼前，李紳方始警覺。抬眼看時，她那雙水汪汪、眼角微現魚尾紋的鳳眼，也正瞟了過來；她平時頗爲莊重，在李紳心目中，是個正經能幹的婦人；因此，對於她這一瞟，心中所感不是一動，而是一震。

等將茶碗續了水送來，她也就換了個位置，坐在李紳旁邊的那張椅子，不過依舊低著頭釘紐擳。李紳的書當然看不下去了！側臉望去，只見她鬢如刀裁，髮亮如漆；皮膚白淨，只頰上有碎芝蔴似的幾點雀斑，反增添了幾分風韻。

「魏大姊，」李紳問道：「你有沒有孩子？」

「有孩子也不會住到娘家來了。」她看了他一眼，仍舊低著頭作活。

「你夫家姓甚麼？」

「姓諸。言者諸。」

「那位諸大哥過去幾年了？」

她略想一想答說：「七年。」

李紳一半關切，一半奇怪；居孀七年，又無孤可撫，何以不嫁？若說守節，也不應該在娘家。

他的性情爽直，而且看樣子就魯莽些也不致遭怪，便問了出來：「魏大姊，我有句話問得冒昧；莫非你要替你那位諸大哥守一輩子？」

魏大姊不作聲，但睫毛忽然眨動得很厲害；彷彿在考慮應該怎麼回答。

李紳倒有些不安，「魏大姊，」他說；「我不該問的。」

「不！也沒有甚麼不能問的。」她抬起頭來說：「先是爲了想幫幫我爸，根本沒有想到這上頭；等想到了，可就晚了。」

「晚了！一點不晚。」

「眞的？」

「我不騙你。」

「誰會要我呢？」魏大姊又把頭低下去，「高不成，低不就。唉！」嘆氣未畢，忽然驚呼；只見她趕緊將左手中指伸入口中吮著；原來不小心讓針扎著指頭了。

「不要緊吧？」

「這算甚麼！」魏大姊咬斷了線頭，站起身來說：「二爺，你身上這件棉襖的領子快脫線了，請換下來，我替你縫幾針。」

「不！」李紳畏縮地笑道：「我最懶得換衣服。」

她看了一下說：「不換下來也不要緊。你把頭抬起來。」

撂下手中的馬褂，她不由分說，來替李紳縫領子；先伸手解他的衣領，兩指觸處，讓他癢癢地已很不好受；又想到她這樣下手，可能針會扎了他的脖子，更感畏怯，因而一伸手按住了她的手；本意在阻止，不道失了禮，趕緊放下。

魏大姊朝他笑一笑，仍舊在解他領子上的鈕釦。李紳心想，看樣子她是誤會了，以爲他藉故討她的便宜。於是身子向後一縮，想掙脫她的手。

「別動！」魏大姊連人跟了過去；就是不放手。

「得、得！」李紳無奈，「我脫下來吧！」

魏大姊倏然歛手，退後一步；雙手交握，置在胸腹之間，微偏著臉看他；雖未開口，卻等於問了出來：你是怎麼回事？不過一舉手之勞，就這麼繁難？

這一眼色的逼迫，不由得使李紳自己去解鈕釦；魏大姊等他卸脫那件舊藍綢子的薄棉襖，隨即將皮袍替他披上，很快地縫好了領子，再換回皮袍。然後眼也不抬地撥灰掩炭，檢點了衾枕茶水，說一聲：「早早安置吧！」翩然轉身而去。

她已經走到門口了，李紳才想起一件事，趕緊喚住她說：「魏大姊、魏大姊，有件事拜託。」

等她回身，他拿桌上的一封銀子、一封信，託她派人送給王二嫂。她是記慣了賬的，學著識了好些字在肚子裡；一看信封上「繡妹親啓」四字，臉色勃然而變。

但是，她很快地恢復了正常的神色：而且李紳也根本沒有發覺她神色有異，所以她仍能從容不迫地問：「是不是明兒一定得送去？這得我自己去一趟，明天怕抽不出空。」

「不要緊，不要緊！後天也可以。」李紳在想，反正這一回跟繡春見面，已不可能；只要把自己的意思達到，早晚都不關緊要，因而又加了一句：「那怕我走了再送也沒有關係。」

「好！我知道了。」魏大姊走到門口探頭外望；大聲說道：「嗨，小福兒，別打盹了！幫魏大姊來拿東西！」

次日一早，曹府派人來給李紳送點心；來人受託，特意找到小福兒問有事沒有，照彼此約定，他應該讓錦兒來一趟；但因心已偏向魏大姊，只好有負錦兒，以「沒事」相答。

到得下午，小福兒正要隨著李紳到曹府，夥計領進一個中年漢子來，一身風塵，滿臉于腮；小福兒細辨一辨，失聲說道：「二總管，你不是伺候老爺進京了嗎？怎麼來了呢？」

李府的二總管溫世隆，不答他的話，只問：「紳二爺呢？」

李紳已聞聲迎了出來，「我在這裡！」他問：「世隆，有甚麼要緊事嗎？」

溫世隆先請了安，然後從貼身口袋中取出一封信來，「老爺讓我專程來給紳二爺送信。」他說：「還有好些話，當面跟二爺回。」

「好！」李紳接了信先不看，很體恤地說：「你先洗洗臉，喝喝茶，讓他們替你找屋子歇一歇，咱們再談。」

等夥計將溫世隆領走了，李紳方始拆信，一看大感意外。信是李煦寫的，只說：平郡王麾下須有親信，專司筆札，望姪不憚此行。詳情由溫世隆面述。」

這消息來得太突兀了！李紳覺得第一件事要清楚的是，到底是平郡王訥爾蘇來信要人；還是出於李煦的保薦，藉此將他逐得遠遠地？倘是後者，無非離開蘇州，西北可去可不去。如果辭絕此行，今後的行止又將如何？

這些都是頗費思考的事；正在沉吟之際，征塵一卸的溫世隆來了，為他細述經過。

原來李煦在正月初十啓程北上，行至淮安地方，遇到平郡王府自京裡下來的專差；分赴蘇州、江寧送信。給李煦的信中，細述西陲的軍務，撫遠大將軍皇十四子恂郡王胤禎，駐節穆烏斯烏蘇，指揮若定，軍務頗為順利；宗室延信，即將進兵西藏。訥爾蘇駐兵古木，是大將軍的副手；機密大事，相商而行，苦於缺乏司筆札的好手，以致信函往還，不能暢所欲言。又以戎機緊要，這個司筆札的人，亦非相知有素的親信不可；因而特地函託李煦物色，看至親後輩中，有老成練達的，最為合適。

「老爺看了信對我說，倘說老成練達，莫過於紳二爺！就不知他肯不肯吃這趟辛苦？」溫世隆說：「老爺又說，這件事關係很大，如果紳二爺肯去，可就幫了我的大忙了！」

「喔！」李紳深感欣慰，因為他叔叔不但仍舊重視他；而且看樣子已不存絲毫芥蒂，不過，何以自己此行，關係甚重，對他是幫了大忙，卻還待溫世隆作進一步的解釋。

「據平郡王府的來人說，西邊除了十四爺，就數郡王爺最大；十四爺一回京，大印就歸郡王爺掌管。如今皇上也很看重郡王爺，雖不是言聽計從，要給誰說幾句好話很管用。」溫世隆停了一下說：「老爺這趟進京，心裡很不是味兒；想請郡王爺照應說不出口。紳二爺去了，是再好不過的事。」

「啊、啊！」李紳完全明白了，慨然說道：「老爺這麼說，我怎麼樣也得去；而且還得快去。」

「正是！」溫世隆也很欣慰地：「老爺心裡也是這麼個意思，不過說不出口。我是繞淮陰由六合、天長這一路來的；老爺另外打發人回蘇州去了，關照鼎大爺給紳二爺預備行李盤纏。」談到這裡，溫世隆詭秘地笑了一下，又說：「還有件事，紳二爺一定樂意聽，老爺說：紳二爺一去不能沒有人；家裡的丫頭，不拘是誰，隨紳二爺挑兩個帶去。如果都看不中，花幾百銀子買一個也行；不過這日子上怕來不及！」

李紳笑了，「老爺倒是想得眞周到！」他說：「這件事我另有計較，等我籌畫好了再告訴你。」

「是！」溫世隆問道：「那麼，紳二爺預備那天動身呢？」

李紳沉吟著；他不便說，要將繡春的事，安頓好了再能定日子，只好這樣答說：「總還有個兩三天！」

「是。我伺候紳二爺回蘇州。」

「不！你今天去給姑太太請了安，明天先走好了。」

「也好！我先替紳二爺去預備著。」李紳點點頭，想了一下問道：「你累不累？如果不累，一起上姑太太那裡去。」

「是！」

李紳是有曹府派來的一乘轎子可用；溫世隆遠道而來，既無現成馬匹，李紳不好意思再讓他步行，所以關照小福兒：「你到櫃上去說，有現成的車雇一輛。」

小福兒答應著，奔到櫃房；魏大姊已聽夥計講過溫世隆的來歷，正要跟他打聽，所以老遠就先喊他：「小福兒，你過來，我有話問你。」

「慢點，魏大姊，你先叫人給雇一輛車，到曹府。」

「誰坐？」

「我跟我們溫二總管。」

「喔，是李府上的二總管。」魏大姊問：「他來幹甚麼？」

「嘿！」小福兒說：「想都想不到，一位郡王爺；就是我們姑太太家的姑爺，找我家二爺去幫忙。」

魏大姊大感驚異，也有些著慌；她有一套安排玉餌釣金鰲的辦法，剛一施展，不想有此意外波折。便即問道：「這位郡王爺在甚麼地方？」

「遠了去囉！」小福兒忽然想起自己的差使，「魏大姊，這會我沒有工夫跟你細說；勞你駕，先替我們雇車行不行？」

一問恰好不巧，客棧附近沒有車；得到前街的騾馬行去雇。魏大姊關照小徒弟：「跑快一點兒；你就押著車回來。」然後對小福兒說：「再快也得一盞茶的工夫，二爺是怎麼回事，你趕快告訴我。」說著他從抽斗裡抓了一把銅錢塞在他的手裡，還加一句：「別讓人瞧見！」

小福兒的性情，受了主人的感染，亦頗狷介，將一把銅錢放在桌上說道：「我不能要這個！拿錢買我，我就不說了！」

「啊！啊！」魏大姊極其見機，趕緊改口：「你別生氣，我知道你跟我好；咱們的交情金不換！是不是？」

小福兒對她的態度很滿意，便將他所聽到的，與他所懂得的話，都告訴了她。不過還有些疑問卻來不及問，因爲車子已經雇來了。

縱然如此，魏大姊仍舊覺得小福兒幫了她太大的忙；他的話對她有莫大的用處。她在想，繡春對李紳是何態度，只看錦兒拚命在拉攏，大致也就可以知道了。退一步說，就算事機好轉，已成定局；可是繡春病成那個樣子，且莫說萬里迢迢到比「雲貴半片天」還要遠的地方，就到蘇州，只怕也難。反正不論如何，李紳這一趟總娶不成繡春；也就是帶不走繡春了！

只要如此，自己就可穩操勝算；魏大姊一個人想了又想，盤算得妥妥帖帖，不由得在想：原以爲是意外的波折；誰知竟是意外的良緣。

回來已經起更了。微醺的李紳，興致很好；因爲在曹家受到了很大的鼓勵。曹頫的那班清客，都拿班超投筆從戎，以及其他書生籌邊的故事恭維他；曹頫則高誦陳其年的詞句：「使爾塡詞，何人草檄？」說是他早就覺得以李紳的捷才，不該只爲他叔叔辦些無關緊要的應酬文字；軍前效力，一篇露布，可抵十萬雄師，才不負他滿腹錦繡。

不過，最能激發他雄心的，卻是曹老太太的話；她也接到李煦的信，告知其事，請她勸使李紳應命。她說，這是她近年來最高興的一件事。娘家的家運不振，李煦又不自檢點，不卜此番進京，福禍如何？如今居然有此機會，她相信以李紳的品格才學，必能爲她的女婿——平郡王訥爾蘇所重用；重振隴西家聲，於今有望了。而且她也許諾，只等繡春身子復原，能耐跋涉，立即就會派專人把她護送到西邊，讓他們團圓。

爲此，李紳久已潛藏的豪情壯志，一下子被激了起來；當魏大姊來向他道賀的那一刻，正是這些情緒最昂揚的時候。

「二爺這趟去，是要帶兵打仗？」

「不一定帶兵打仗，不過出出主意而已。」

「那，」魏大姊說：「就是軍師？」

「這也談不到。總而言之，有個機會替皇上出力。」

「這就很難得了！能替皇上出力，談何容易？」魏大姊又問：「二爺甚麼時候動身？」

「我想後天就回蘇州。稍爲料理料理，馬上動身到青海。」

「青海在那兒啊？」

「遠了去囉！」李紳答說：「一直在西邊。假如打南京一直線往西走，得穿過安徽、河南、陝西、甘肅四個省份，才到青海。這還是在青海東邊；倘若在青海西邊，還得走好多好多路！」

聽此一說，魏大姊不免膽寒；不由得問道：「青海有多大啊？」

李紳想了一下說：「大得很！至少有江蘇、浙江、安徽、河南、湖北五個省份合起來那麼大。」

「眞有那麼大！那得多少人來住啊？」

「有人倒好了。全是荒涼的地方，千里不見人煙是常事。」

魏大姊倒抽一口冷氣，楞住了。

看她的臉色，李紳不免關切，「怎麼？」他問：「魏大姊，你有心事？」

一語破的，她自然吃驚；不過方寸還不致亂，搖搖頭說：「不是！我是替你發愁。」

「替我發愁？」李紳詫異了。

「是啊！替二爺你發愁。這麼遠的路，總得有個人照應你的飲食起居；可是，你那位繡姑娘，病得只剩下一副骨頭，起碼也得半年才能復元。你一個人孤孤單單地上路；朝思暮想，想你那位繡姑娘，這日子怎麼過得下去？」

李紳笑了。在豪氣萬丈的心境之下，兒女之情，旅途之愁，都看得不算回事；不過魏大姊的想法，卻使他感受到關切的情意，對她的印象也就更好了。

「魏大姊，」他說：「你倒也多愁善感。不過，你不必替我發愁。我生性好遊，南來北往，一個人走慣了的，就是口外，也去過兩次，甚麼苦都吃過。那雖是二十年前的話，如今我也還相信我能吃得起那些苦。」

「這一說就不要緊了。」魏大姊閒閒問說：「二爺倒是吃過甚麼苦頭啊？」

「多囉！連馬溺都喝過。」

魏大姊心裡又是一跳；不過這次心存警惕，不讓它形諸顏色。

「不過，話說回來；一路上樂趣也很多，至今回想，吃過的苦是忘記掉了；山川之美，歷歷如在眼前。古人說，讀萬卷書不如行萬里路，良非我欺！」

魏大姊對他的話，懂一半，猜一半，知道他興致很好；靈機一動，便即說道：「二爺倒講點我跟小福兒聽聽。」

「好啊！」李紳沉吟著，要找個開頭的地方。

「慢點！」魏大姊放下手裡在衲的鞋底，站起身來，「親戚家送了一罈自己釀的酒；我爹說還不錯。我取來給二爺嘗嘗。」

「好啊！」李紳欣然許諾。

「走！小福兒幫我拿酒去。」

去了好半天才來，不光是酒，還有個食盒，打開來看裡面是一碟鹽水鴨；一碟肴肉；另外一個小小的藤籮筐，滿盛著鹽炒瘦殼小花生；再有一盤熱氣騰騰的包子，好香的韭菜味兒。

「這一頓消夜不壞！」李紳起身去開酒罈；蓋子一揭，糟香直衝，倒出來看，卻是乳色的新酒，試嘗一口，酒味亦頗不惡，隨即吟道：「『濁酒三杯豪氣發，朗吟發下祝融峰。』」

等他轉回身來，只見魏大姊已指揮小福兒，將一張條几移到了爐火旁邊，安設杯盤。她將包子跟花生挪到一邊說道：「這是我跟小福兒的。」

「你何不也陪我喝一杯？」

魏大姊想一想，點點頭說：「我倒也想喝點酒。」

於是李紳一面喝酒，一面談塞外風光；小福兒找了張小板凳來坐，剝著花生，舒舒服服地聽著。魏大姊可不像他那麼優閒，一面裝得聚精會神在聽；一面不斷得找李紳不注意時，替他斟酒。

這種家釀，又香又甜，很容易上口，而後勁極大；李紳因為談興正豪，先不在意；等自覺有了六七分酒意，卻又貪杯，捨不得放下；兼以魏大姊殷勤相勸，不知不覺地望出去的人影都變成雙了。

魏大姊轉眼去看，小福兒的一雙眼睛，亦快將閉上；心想是時候了，不必再費工夫吧！於是，她說：「二爺，你不能喝了，快醉了！」

「沒有醉，沒有醉！」李紳悠悠晃晃地站起身來，只覺地板發軟；便在腳上使一使勁，想把自己穩住。

那知不使勁還好，一使上勁，重心越發不穩；魏大姊一聲「不好」尚未喊出口，他已咕咚一聲栽倒在地上，將小福兒嚇得直跳了起來。

「二爺摔著了沒有？」魏大姊忙上前相扶。

「沒有，沒有！」李紳還在充英雄，掙扎著要自己站起來。

小福兒是伺慣了的，一言不發，走到李紳身後，雙手從他腋下穿過去，往上一提；然後一彎腰，伸出腦袋，左手一繞，把李紳的左臂搭到肩上拉住，右手扶著他的身子。李紳便身不由己讓他扶到了床前放倒。

「二爺的酒可喝得不少。」魏大姊說：「只怕要吐。」

「要吐早吐了。」小福兒答說「二爺喝酒不大吐，也不鬧；喝醉了睡大覺。」

「酒品倒不壞。你也睡去吧，這裡我來收拾。」

小福兒楞了一下，心想：你不走，我怎麼睡？

「你別管！」魏大姊只顧自己說：「我不放心！回頭醒了要茶要水，不小心把油燈打翻了，著起火來，怎麼得了！我家的房子不值，客人的性命要緊。」

「不要緊！」小福兒沒有聽清她的話，順口答說：「把燈滅了好了。二爺向來滅燈睡覺。」

「沒有燈，摔了怎麼辦？已經摔了一跤，不能再摔了。你別管吧！大姊疼你，代你當差，你管你睡去！」說著，她伸出手來在小福兒後脖子上拍了一巴掌。

小福兒也實在倦不可當了；既然魏大姊有此一番好意樂得躲懶，自回對面屋子裡去睡。

魏大姊坐下來深深吸了口氣，定定神通前徹後地想了一遍，盤算妥當，開始動手；第一件緊要之事是將這個西跨院的門關緊閂上。

然後收拾殘肴，檢點火燭；又到堂屋裡站了一會，但聽小福兒鼻息如雷，恍然大悟，怪不得李紳不願小福兒在他床前打地鋪。看樣子他這一覺，非到天亮不會醒。

等關緊房門，看到床，方始失悔，盤算得再妥當，到底還有漏失，應該趁小福兒未走之時，爲李紳脫衣睡好。此刻說不得只好自己累一點了。

他的衣服不是脫下來，而是剝下來的；等剝剩一套小褂袴，才替他蓋上被子，推向裡床。這一番折騰，著實累人，她坐下來一面喘息，一面拔金釵，卸耳環；最後撥小了燈，面對著床，解衣卸裙，脫得只剩下一個肚兜，一件褻衣，輕輕掩上床去，拉開被子與李紳同衾共枕了。

遙聽圍牆外，更鑼自遠而近，恰是三更。

這一個更次，在魏大姊眞比半輩子還長；好不容易聽到打四更，她照定下的步驟，伸手到裡床，將被子掀開一角，李紳的一條光腿，便有一半在被子外面了。

她得將他弄醒了才好辦事；而又必須在半個更次辦妥當，因爲魏大姊雖說在後巷獨住，有時候也宿在櫃房裡；一面一個小丫頭，她有意挑撥得她們不和，幾乎不相往來。因此，她夜間的行蹤，不易爲人所知；但一到天亮，行藏顯露，所以非在五更時分離開這個西跨院不可。

要把他喚醒來，本非難事；難在不能開口，要弄成是他自己一覺醒來，發現她在，那齣「戲」才能唱得下去；所以魏大姊只有狠狠心，硬拿他凍醒。

正月二十的天氣，春寒正勁；宿酲漸解的李紳，很快地被凍醒了。但知覺並未淸醒。把右腿縮了進來，一翻身似乎摸到一個人，自下意識中含含糊糊地問說：「是誰？」

魏大姊不防他有此一問；想了一下答道：「我是繡春！」

李紳在若寐若寤之間，一時不辨身在何處，所以不解所謂；及至記起自己把杯雄談的光景，不由得一驚，此時安得繡春並臥？再伸手一摸，自覺遭遇了平生未有的奇事——是個精赤條條、膚滑如脂的女人睡在他身邊；同時發覺自身亦復如此。

這一驚非同小可，急急轉臉俯視，只見魏大姊仰面張眼，淚光隱隱，彷彿受人欺侮了似地，有著無限的委屈。

李紳有無限的惶恐，疚歉與感激，爲的不肯接受這份儻來的豔福。他心裡在想，讀了三十多年的書，自信能夠不欺暗室，現在遇到了考驗，千萬要有定力！

這樣轉著念頭，便毫不考慮地說：「魏大姊，我實在感激，眞不知怎麼說才好。不過，你的盛情，只能心領。你快穿上衣服回去吧！婦人的名節最要緊！」說著伸手被外去找自己的內衣。

魏大姊聽得他這話，感覺上由意外而失望；由失望而傷心；更由傷心而著急，因而急出一副眼淚，翻身向外，掩面飲泣。

李紳也有些著急，他不但要顧她的名節；也要顧自己的名譽，說不得只好狠狠心擺脫她的糾纏；所以用冷峻的聲音說道：「男女之情，不可強求。做人要識廉恥，你不要這樣！」

「要我怎樣？」魏大姊急出一計，正好接著他的語氣，斷斷續續地怨訴：「你把我當作繡春，要這樣，要那樣，我統統都依了你；那知道你酒醒了不認賬！叫我以後怎麼做人？倒不如拿把刀來人給我一個痛快！」

李紳驚愕莫名，莫非跟她眞個消魂了？苦苦思索，一點影子都沒有；摸摸自己身上亦無零雲斷雨，可資印證。然則，她的話從何而來？

見他不語，魏大姊知道他內心惶惑，自己都不知道自己幹了甚麼？這個機會不可放過！於是翻過身來，摟住李紳的脖子，將臉貼在他胸前且哭且訴：「我甚麼都給你了！你拿我當繡春的替身，是我自己情願的；你丟掉我，我也不怨。你不該占了我的身子又笑我不識廉恥！你教我怎麼嚥得下這口氣？」

說完了，一面哭一面拿整個身子貼緊李紳，揉啊搓啊的，滿床亂滾；搞得李紳百脈僨張，氣都喘不過來。

「我受不了嘞！你好好兒睡好行不行？」

她不再亂揉亂滾了，不過貼得他卻更緊了。

「叭噠」一聲，李紳抽了自己一個嘴巴：「甚麼讀書養氣，甚麼不欺暗室，李紳啊李紳，你是個渾蛋！」

魏大姊將一杯熱茶，擺在對著燈發楞的李紳面前，溫柔地問：「主意打定了吧！」

「唉！」李紳嘆口氣：「欲除煩惱須無我！」

「你也不要煩惱。」她平靜地說：「我那一點不如繡春？繡春有的我都有；我有的繡春不見得有。譬如，我能作我自己的主，繡春就不能；曹二奶奶倒是巴不得把繡春嫁給你，無奈曹二爺捨不得，你也不能為這個害他們夫婦不和。我知道你心好、厚道，一定不肯做對不起親戚的事！」

「唉！你這話要早說就好了。」

「現在說也不晚！」魏大姊又說：「話再說回來，你萬里迢迢，不能沒有一個人照應，繡春行嗎？我再說一句：你眞要捨不得繡春，等她好了，你再派人來接她好了。爺兒們三妻四妾常事，我也不是那容不下人的人！」

「唉！——」

「別老嘆氣了行不行？」魏大姊打斷他的話，「銀子明天還是給她送去。這封信，我看，可以免了吧？」她從口袋中掏出一封信來，悄悄地放在李紳面前。

凝視著「繡妹親啓」那四個字，李紳久久無語；魏大姊亦是屏息以待，屋子裡靜得連根針掉在地上都聽得見。

「唉！」李紳還是嘆氣，「錦兒，你太熱心了！讓你失望，我對不起你！」

魏大姊把那封信拿了起來，慢慢地伸向燈火，眼卻看著李紳；直到將信點燃，他始終不曾作聲。

高陽作品集7

秣陵春

1978年6月初版　　定價：新臺幣350元
1998年5月初版第十七刷
2000年1月二版

著者 高陽
發行人 劉國瑞

出版者 聯經出版事業公司　　校對 黃榮珠
臺北市忠孝東路四段555號
電話：23620308・27627429
發行所：台北縣汐止市大同路一段367號
發行電話：26418661
郵政劃撥帳戶第0100559-3號
郵撥電話：26418662
印刷者 世和印製企業有限公司

行政院新聞局出版事業登記證局版臺業字第0130號

　ISBN 957-08-2045-4（平裝）

國家圖書館出版品預行編目資料

秣陵春 / 高陽著．—二版．
--臺北市： 聯經，2000年
面； 公分（高陽作品集：7）

ISBN 957-08-2045-4(平裝)

857.7 88017390